U0088558

古典文獻研究輯刊

四 編

潘美月・杜潔祥 主編

第21冊

元明短篇傳奇小說研究

游 秀 雲 著

國家圖書館出版品預行編目資料

元明短篇傳奇小說研究／游秀雲著 — 初版 — 台北縣永和市：
花木蘭文化出版社，2007〔民96〕

序 2+ 目 4+250 面：19×26 公分

（古典文獻研究輯刊 四編：第 21 冊）

ISBN：978-986-6831-23-2（全套精裝）

ISBN：978-986-6831-14-0（精裝）

1. 中國小說－歷史－元（1260-1368） 2. 中國小說－歷史－明

（1368-1644） 3. 中國小說－評論

820.97057   96004450

ISBN - 9866831140

9 789866 831140

古典文獻研究輯刊

四 編 第二十一冊   ISBN：978-986-6831-14-0

元明短篇傳奇小說研究

作 者 游秀雲

主 編 潘美月 杜潔祥

企劃出版 北京大學文化資源研究中心

出 版 花木蘭文化出版社

發 行 所 花木蘭文化出版社

發 行 人 高小娟

聯絡地址 台北縣永和市中正路五九五號七樓之三

電話：02-2923-1455／傳真：02-2923-1452

電子信箱 sut81518@ms59.hinet.net

初 版 2007 年 3 月

定 價 四編 30 冊（精裝）新台幣 46,500 元

版權所有‧請勿翻印

元明短篇傳奇小說研究

游秀雲　著

作者簡介

游秀雲，1967 年生，台灣花蓮人。東海大學中國文學系學士、東海大學中國文學研究所碩士、中國文化大學中國文學研究所博士。現任銘傳大學應用中文系專任副教授，中國文化大學兼任副教授。另著有：《王韜小說三書研究》、《宋代傳奇小說研究》、〈青瑣高議對剪燈新話的影響〉、〈論傳奇小說與筆記小說的區分〉、〈中文系網站之現況與未來〉、〈從管子牧民論古典文學之應用教學〉，等等。

提　要

　　此乃作者繼《宋代傳奇小說研究》之後，探索元明傳奇小說發展之作。全書共分十二章，約二十萬字。第一章緒論，界定元明短篇傳奇小說之範圍，與研究方法。正論部分，則將元明傳奇小說之發展，分為傳奇專集與單篇傳奇二編。第二章至第六章為傳奇集之部，按時代先後，論述瞿佑《剪燈新話》、李禎《剪燈餘話》、趙弼《效顰集》、陶輔《花影集》、釣鴛湖客《鴛渚志餘雪窗談錄》、邵景詹《覓燈因話》等傳奇集；各章分論作家之創作淵源，各集之特色，與諸書之傳承與影響。第七章至第十一章為單篇傳奇之部，按元及明初、明代中期、明代後期等三個階段，引論單篇傳奇小說之作家作品；共有宋本、鄭禧、朱元璋、馬中錫、蔡羽、楊儀、陸粲、周復俊、胡汝嘉、馮時可、陳繼儒、宋楙澄、潘之恒等十三位作家，二十八篇傳奇小說。第十二章結論，總論元明傳奇小說之發展大勢，並按志怪、愛情、歷史、世情、宗教、豪俠、公案小說等類型，與唐宋傳奇作一比較，以呈現其發展特色。文末並附〈元明傳奇篇目分析表〉、〈元明傳奇分類表〉、〈作家時代分布表〉、〈作家生卒及傳奇小說紀事表〉、〈作家年表初編〉等，以供參考。

目

錄

自　序

首先，要感謝恩師李田意教授。1993 年 9 月我雖然離開了求學七年的東海，到文化中研所博士班就讀，但老師仍願意指導我，於 1997 年 6 月完成《元明短篇傳奇小說研究》一書，順利取得博士學位。

其次，也要謝謝金榮華老師，四年研讀期間的諄諄教誨；口試委員傅錫壬老師、謝海平老師、劉兆祐老師，不吝指正。韓國朴在淵先生、大陸程毅中先生、陳益源學長，慷慨地提供我寶貴的資料。此外，更要謝謝兩度贊助我到大陸搜集資料，與開拓視野的趙廷箴文教基金會；與提供博士論文獎助和考察的祐生研究基金會。

此次，《元明短篇傳奇小說研究》能在成書十年後，收入《古典文獻研究輯刊》四編，非常感謝潘美月老師、杜潔祥老師的厚愛，讓我修訂某些錯誤。最後，謝謝年邁的雙親，一路相隨的培臣，與活潑可愛的子游，體貼的家人是我精進的動力。

游秀雲識於松山醋齋
2007 年 1 月

第一章　緒　論

第一節　元明短篇傳奇小說的界定

　　元明時期的小說，不論是章回小說或話本小說已是蓬勃發展。在戲劇上又有南戲傳奇繼承北曲雜劇，成爲主流。在這樣小說與戲劇興盛的時代中，傳奇小說的發展，除了繼承唐宋傳奇的脈絡外，也產生了一些變化。例如，某些受到戲劇與通俗講唱文學影響的傳奇小說，有長篇化、詩化的現象。對這些篇幅較長或詩詞運用較多的傳奇小說，孫楷第稱之爲「詩文小說」，美國學者韓南（Hanan）稱之爲「文言才華小說」。〔註1〕

　　此外，某些以元明傳奇小說爲研究對象的專著或選輯，爲了避免和「南戲傳奇」混淆，會另以「文言小說」來指稱。例如，黃敏譯注的《明代文言小說選譯》、薛洪勣等選註《明清文言小說選》即是〔註2〕。薛洪勣甚至將明代「剪燈系列」，稱爲「通俗文言小說」，將如〈嬌紅記〉的中篇傳奇，稱爲「文言話本」；把清蒲松齡的《聊齋志異》、張潮《虞初新志》，稱爲「嚴肅文言小說」〔註3〕。

〔註1〕孫楷第在《日本東京所見小說書目》，卷六〈風流十傳〉條的按語，將〈傳奇雅集〉等較長的小說，因其不文不白，由詩文拼湊而成，稱爲詩文小說。（北京：人民文學出版社，1991年5月出版，頁127）又韓南對「才華小說」看法，見張保民、吳兆芳合譯，〈早期的中國短篇小說〉（收在王秋桂編《韓南中國古典小說論集》，台北：聯經出版社，1979年9月初版），頁26。

〔註2〕見黃敏譯注、章培垣審閱，《明代文言短篇小說選譯》（四川：巴蜀書社，1991年10月一版）。薛洪勣等選註，《明清文言小說選》（湖南：人民出版社，1981年6月一版）。

〔註3〕見薛洪勣，〈中國小說史上的一個發展環節——明代「文言話本」縱橫談〉，（《長春社會科學戰線》，1992年第一期），頁288～289。

這些不同的指稱，只能說明傳奇小說發展的某些變化，和名稱上與戲曲共用的情況而已。爲了呈現自唐宋以來傳奇小說的演進，本論文以「傳奇小說」爲通稱。

一、「傳奇」的涵義

在中國文學史上，「傳奇」一詞的涵義，隨著不同文類、時代，而有所遞嬗。然而，在眾多的意義中，簡單地劃分，可按小說與戲劇兩種文學類型來看。

（一）按中國小說的發展史來說

「傳奇」最初是指篇名，中唐元稹的〈鶯鶯傳〉，最初題名爲〈傳奇〉。晚唐裴鉶有《傳奇》一書，故又被用來當作書名。宋朝尹師魯讀范仲淹的〈岳陽樓記〉，認爲〈岳陽樓記〉與裴鉶的《傳奇》文體相同〔註4〕，似乎在宋人眼中，像《傳奇》那樣的作品，已成爲一種特殊的文體。

另一方面，隨著〈鶯鶯傳〉這篇愛情小說，原名〈傳奇〉的緣故，在宋人的說唱藝術中，如說話和諸宮調，將「傳奇」指稱爲：人世間男女悲歡離合的愛情故事。例如，羅燁《醉翁談錄》甲集卷一〈小說開闢〉：「論鶯鶯傳、愛愛詞、……崔護覓水、唐輔採蓮，此乃爲之傳奇。」〔註5〕成爲說話中的類名，專講男女愛情故事。又如，耐得翁《都城紀勝》〈瓦舍眾伎〉條：「諸宮調，本京師孔三傳編撰傳奇、靈怪、入曲說唱。」及周密《武林舊事》〈諸色伎藝人〉，載有「諸宮調傳奇」。

到了民國十三年，魯迅撰寫《中國小說史略》，即以「傳奇」稱自唐以來的專類文言小說；並收集了唐宋這樣的小說，名爲《唐宋傳奇集》。此時「傳奇」不是書名、篇名、類名；而是指自唐宋以來文言小說文體專名。

（二）按戲曲的發展史來說

「傳奇」本是小說的稱呼，爲何會與戲曲發生關係呢？在明朝胡應麟〈莊岳委談〉中，說得很清楚：「若今所謂戲劇者，何得以傳奇爲唐名？或以中事跡相類，後人取爲戲劇張本，因輾轉爲此稱不可知。」〔註6〕戲曲因多取材於唐代傳奇小說，故借「傳奇」爲代稱。

在戲劇上的稱呼，也有所不同。首先，用來指宋代戲文。例如，宋朝張炎「滿

〔註4〕見於宋陳後山，《後山詩話》：「范文正公爲岳陽樓記，用對話語說時景，世以爲奇。尹師魯（尹洙）讀之曰：傳奇體耳。傳奇，唐裴鉶所著小說也。」收在「詩話叢刊」上冊（台北：弘道出版社，1971年3月初版），頁95。

〔註5〕羅燁，《醉翁談錄》（台北：世界書局，1965年3月再版），頁4。

〔註6〕見胡應麟，《少室山房筆叢》，卷41〈莊岳委談〉下，文淵閣四庫全書本（台灣商務印書館，第886冊），頁439。

江紅」詞小序：「贈韞玉，傳奇惟吳中子弟爲第一。」〔註7〕到了金元時，有用來指北曲雜劇的。例如，元鍾嗣成《錄鬼薄》：「名公才人，有所編傳奇行於世。」〔註8〕可知那些元劇作家，所編的雜劇也稱爲傳奇。元末明初高明《琵琶記》開場【水調歌頭】：「論傳奇，樂人易，動人難。知音君子，這般另作眼兒看。」此時即已指唱南曲的長篇戲曲。

到了明代中葉，正式用來區別北曲雜劇的戲曲通稱，如呂天成《曲品》：「雜劇北音，傳奇南調。……雜劇但摭一事顛末，其境促；傳奇備述一人始終，其味長。」〔註9〕由於傳奇劇在明代的興盛，使得明代傳奇小說，往往被迴避改稱爲「文言小說」了。

本論文所稱的「傳奇小說」，即指自唐宋至清代，除了筆記小說以外的文言小說專名，它代表了古典文言小說發展的一個系統。雖然，明代中葉以後，傳奇也做爲長篇戲曲的通稱；但爲了標示出中國文言小說「傳奇系」的發展脈絡，以它做爲專名是必要的。況且，「傳奇」本來就是小說的篇名、書名，以至於專名；因此，即使到了明朝，也毋需另用「文言小說」來概稱。再者，當唐、宋、清三朝，堂而皇之以傳奇爲專稱時，元明時期當然也可用它指同類的小說。更何況如瞿佑《剪燈新話》、李禎《剪燈餘話》、邵景詹《覓燈因話》等，「三話的出現，是受了唐宋傳奇影響，是唐宋傳奇在明代的的繼續。」〔註10〕自然應當以「傳奇小說」一詞來指稱。

二、「傳奇小說」與其他小說的分野

（一）傳奇與筆記小說的區別

綜觀中國古典文言小說的演進，從唐傳奇興盛以來；一直都是傳奇小說與筆記小說，並列發展。唐人寫傳奇，也寫筆記；甚至許多傳奇集中有筆記小說，筆記小說集中有傳奇。例如，牛僧孺《玄怪錄》卷三〈許元長〉，就是簡短的筆記小說；與卷一〈杜子春〉那樣曲折的故事，是不同的。但它們都同屬於一本傳奇集中。因此，

〔註7〕 見張炎，《山中白雲詞》卷5，文淵閣四庫全書本（台灣商務印書館，第1488冊），頁506。

〔註8〕 見鍾嗣成、賈仲明撰，馬廉校注，《錄鬼簿新校》（北京：文學出版社，1957年6月一版），頁9。

〔註9〕 見呂天成，《曲品》，卷上，收在《中國古典戲曲論著集成》，第六集（中國戲劇出版社，1960年1月出版）。

〔註10〕 參見薛克翹，《剪燈新話及其他》（遼寧：遼寧教育出版社，1992年10月出版），頁6。所謂「三話」，即指《剪燈新話》、《剪燈餘話》、《覓燈因話》三種傳奇集。

首先需對同樣以文言寫作的筆記小說，做一區分。

1、在篇幅上：

筆記小說因爲多半只描述一個事件的緣故，所以篇幅短小。而傳奇是描述首尾完整的故事或人物，而且事件較複雜，篇幅較長，甚至可達上萬餘字。

2、在創作原則上：

筆記小說大多數是據實際的聽聞紀錄，語言較精簡，沒有加入作者的虛構與想像成分。而傳奇小說則添加了作者舖敘與虛構想像，用詩詞、對話、書信等方式，來達成故事的曲折性，與文體的豐富性。

3、在敘事方式上：

筆記小說的敘事方式，以截取事件的精華，做爲敘事的重點。傳奇則以主人公的奇遇，或完整的生平事蹟，爲敘事重心。所以在敘事方式上，一以事件爲中心，一以人物爲中心。

4、在篇題的制訂上：

筆記小說的標題訂定，沒有一定的規則可循；有時以主角名、事件，或者不訂篇題。傳奇的篇題則以「某某傳」、「某某記」、「某某錄」，做爲篇題的命名。

總括來說，凡是在篇幅、創作原則、敘事方式、篇題制訂等方面，合乎此特徵的元明文言小說，皆是元明傳奇小說。至於，某些爲歷史人物所寫的傳奇，雖然具有歷史傳記的特徵；如眞實的人物、事蹟、行爲。但是，若作者在寫作技巧上，加入了舖敘、虛構、想像、對話、人物烘托等手法，則自當屬於傳奇小說的範疇。

（二）傳奇與通俗小說的區別

在元明時期，隨著戲曲、通俗小說、講唱文學的多元發展，出現了同樣以文言寫作，但在發展與形式上，卻與傳奇不同的文類。例如，用文言寫成的歷史演義《三國志平話》。或用說書人口吻，挾雜文言的話本，如〈孔淑芳雙魚扇墜傳〉〔註11〕。這些多樣性的發展，一方面足以說明元明小說的發展蓬勃；另一方面，也迫使我們必須釐清它與傳奇小說的區別。如此才能眞正體察傳奇與話本小說的演進概況。

以《熊龍峰刊行小說四種》爲例，它們在語言與形式上的特徵，有許多不同地方。如表列所示：

〔註11〕見《熊龍峰刊行小說四種》，收在《中國話本小說大系》（江蘇：古籍出版社，1990年4月一版），頁53～59。

篇　名	語　言	入話詩	下場詩	說話人口吻	體　裁
馮玉伯風月相思小說	文言	有	有	無	話本體
張生彩鸞燈傳	文白挾雜	有	有	有（話說、且道、再說）	話本體
孔淑芳雙魚扇墜傳	白話	有	有	有（話說、且說、不說）	話本體
蘇長公章臺台柳傳	文白挾雜	有	有	有（卻說、說道）	話本體

　　話本小說的最大特色，是模仿說書人的口吻寫作。因此，有些以說話人口吻來寫的，被判定為話本體時，爭議較少。但如〈馮玉伯風月相思〉，小說的始末，都有入話與下場詩，卻沒有用說話人的語氣敘述，又以文言寫作。像這類的小說，應該是話本小說發展中的過渡作品，因此，筆者認為不宜視為傳奇小說。

三、「元明短篇傳奇小說」的範圍

（一）「短篇傳奇小說」的界定

　　傳奇小說的界定清楚了之後，接著必須對「短篇傳奇小說」下個定義。在唐宋傳奇中，沒有所謂短篇與中篇之分，全都屬於短篇。但到了元明時期，由於某些傳奇小說已有長篇化的傾向，並且在數量上也不少。例如，宋遠的〈嬌紅記〉、李禎的〈賈雲華還魂記〉等等，都是超過上萬字的傳奇小說。陳益源先生對這些傳奇小說加以研究，撰寫了《元明中篇傳奇小說研究》，專論十六篇中篇傳奇。所以，一方面為免於重複，另一方面為補足元明傳奇小說史，本論文將範圍界定在短篇傳奇的部分。

　　歷來對「短篇小說」的界定，在「篇幅短小、情節單純、人物集中、結構精巧」上，看法大同小異。但在字數上，則有「一萬字上下」、「兩萬字以上」、「兩三千到一兩萬字」等不同的標準。或用閱讀的時間為度量，以半小時到一兩小時之內，可以看完的小說，即視為短篇小說。〔註12〕

　　雖然在字數上，有不同的標準，但對照陳益源對「中篇」所下的定義：大約一萬字以上的文言愛情故事。〔註13〕雖然他只針對愛情故事，但我們仍可界定「短篇傳奇小說」是：字數在一萬字以下的元明傳奇小說。

（二）元明短篇傳奇小說的範圍

　　首先，從作者的時代上來劃分。第一、凡是傳奇作家的主要活動時間在元明（1280～1644）者。例如，《剪燈新話》的作者瞿佑（1347～1433），主要的活動

〔註12〕方祖燊，《小說結構》（台北：東大圖書公司，1995年10月初版），頁248。
〔註13〕陳益源，《元明中篇傳奇小說研究》（中國文化大學中國文學研究所，博士論文，1994年12月），頁3。

時間在元末與明初，就是本論文的研究對象。第二、生於明朝末年，但明亡時已超過三十歲，且入清朝不仕者，即歸入研究範疇。例如，寫〈負情儂傳〉的宋楙澄（1569～1662），晚年雖然已入清初，但主要的活動時間仍在明朝，因此，屬於本論文的研究對象。

其次，則視作者的創作動機而定。倘若作者表示是承襲與模擬明傳奇而寫作的，例如，陶輔創作《花影集》，就表示是融合了瞿佑《剪燈新話》、李禎《剪燈餘話》、趙弼《效顰集》三家的特點而寫。那麼《花影集》也屬於本文研究的對象。

最後，視作品產生的時代而定。有些傳奇篇章因輾轉流傳，或因元明時期文網嚴密，恐遭致迫害，所以創作者的身份，早已無法考知。但從作品的風格、文字、刊刻時代，可考知是元明時期的作品，也為本文的研究對象。這類的作品，大多被收在通俗類書或小說集。例如，收在馮夢龍《情史類略》中的〈小青傳〉，祗題名「戔戔居士」，真實姓名不詳。但因戔戔居士有寫於萬曆四十年（1612）的序，因此可確定是明代傳奇小說。

第二節　元明短篇傳奇小說的研究現況

學術界對元明短篇傳奇小說的努力，可總括以下二個方面來說。

一、傳奇專集的研究

元明短篇傳奇中最受到關注的作品，莫過於瞿佑的《剪燈新話》了。除了因為它是明代傳奇集的第一部之外，影響日本、越南、韓國小說寫作的成就，更使得它的地位益形重要，幾乎所有的研究都圍繞著它。例如，《剪燈新話與傳奇漫錄之比較研究》、《剪燈新話與金鰲新話之比較研究》、《伽婢子和剪燈新話之比較研究》等專論；其他尚有單篇論文與專門著述。〔註14〕

除此之外，研究的對象，尚有李禎的《剪燈餘話》、邵景詹的《覓燈因話》；但與《剪燈新話》一起論述，例如，王淑玲的《剪燈三種考析》。〔註15〕所以，大抵不出「剪燈三話」。

沒有被研究過的傳奇集，還有許多；例如，趙弼《效顰集》、陶輔《花影集》、釣鴛湖客《鴛渚志餘雪窗談異》、雷燮《奇見異聞筆坡叢脞》等等。事實上，每一本傳奇集，在整理與歸納元明短篇傳奇小說的發展上，都是重要的。過去，因為許多

〔註14〕關於研究《剪燈新話》的概況，請參見本論文第二章。
〔註15〕王淑玲，《剪燈三種考析》（台灣大學中國文學研究所碩士論文，1982年6月）。

幾近於失傳且未大量流傳的本子，不容易見到，更別說要加以研究了。隨著孤本的校印與出版，較能一窺明代傳奇小說的寫作狀況。

二、罕見元明短篇傳奇小說的校注與出版

近十餘年來，許多珍藏於中國、日本、韓國的小說，紛紛被校注出版。例如，釣鴛湖客評述的《鴛渚志餘雪窗談異》，於 1995 年由徐野校點，使得我們可以目睹此書。〔註16〕又如，保存二篇明代傳奇的《刪補文苑楂橘》，於 1994 年由朴在淵校注。〔註17〕

此外，如陶輔《花影集》的影印與校注，也是明顯的例子。現存孤本《花影集》，本來藏在日本早稻田大學，到了 1990 年，台北天一出版社，將它影印回來，收在《明清善本小說叢刊續編》。又，1994 年程毅中點校《花影集》，並於 1995 年，由吉林大學出版，收在王汝梅、薛洪勣主編《中國古代稀見珍本叢書》中。

這些罕見的孤本校注與出版，對研究元明傳奇小說的概況，有著極大的助益。更可以知道元明短篇傳奇小說在數量上，的確不少；只是在流傳的過程中亡佚者多，孤本難見。

第三節　研究動機

研究本論文的動機，可從以下三個方面來說。

一、元明短篇傳奇小說尚未系統化研究

根據筆者的考察，明代傳奇小說的數量，尤其是在作家有意創作傳奇集上，並非只有「剪燈三話」，或到了邵景詹《覓燈因話》即成絕響。從明代高儒《百川書志》中載，與《剪燈新話》相似的作品，還有李昌祺《剪燈餘話》、趙弼《效顰集》、陶輔《花影集》、周禮《秉燭清談》、周禮《湖海奇聞》、雷燮《奇異見聞筆脞叢談》等六種〔註18〕。要全面考察元明傳奇小說的創作情況，如果沒有一一對它們深入探討，是無法窺其全貌的。而這項工作，至今還沒有學者嘗試過；因此，筆者不揣譾陋，

〔註16〕《鴛渚志餘雪窗談異》，原來收藏在天津南開大學圖書館，是硬筆抄本；1995 年由吉林大學出版社出版。收在王汝梅、薛洪勣主編，「中國古代稀見珍本叢書」中。

〔註17〕朴在淵校注的《刪補文苑楂橘》，題「朝鮮人選編」，此校注本於 1994 月 2 月，由韓國成和大學中文系出版。

〔註18〕見高儒，《百川書志》，卷 6，〈小史〉（收在台北：成文出版社，《書目類編》，第 27 冊），頁 88～89。

希望能夠系統性地整理出它們的發展絡脈與特色。

此外,在單篇傳奇小說的部份,還有許多短篇散見的傳奇小說。例如,宋懋澄《九籥集》中的〈負情儂傳〉、〈珠衫〉;馬中錫〈中山狼傳〉、陸粲〈洞簫記〉、蔡羽〈遼陽海神傳〉等等。像這類的單篇傳奇,被收在如《情史類略》、《虞初新志》、《國色天香》等書中也不少。它們在元明傳奇小說史上的地位,不因為是零星篇章,而減低了重要性。例如,宋懋澄的〈負情儂傳〉,對後來通俗文學與戲曲的影響極大,馮夢龍據以改編為〈杜十娘怒沈百寶箱〉,清乾隆間夏秉衡有《百寶箱》一劇。

二、前人研究的啟發

自從魯迅在《中國小說史略》中,發表了他對元明傳奇的意見之後,幾乎所有撰寫小說史者,都異口同聲的附和他的三點看法:1、《剪燈新話》文體冗弱,比不上唐傳奇。2、仿效《剪燈新話》風氣,到了明英宗正統七年下禁書令之後,就衰弱了。3、嘉靖到明末,因書商的刊刻,與文人喜作傳的風氣,使明末的傳奇寫作再度風行〔註19〕。追繼他這種觀點者,如孟瑤《中國小說史》,只是多列舉了《剪燈餘話》、《覓燈因話》、《效顰集》〔註20〕。楊子堅《新編中國古代小說史》,同樣提及「三話」,並評論成就甚微〔註21〕。徐君慧《中國小說史》,增加介紹嘉靖至明末刊行的單篇傳奇〔註22〕。

直到最近幾年,隨著許多傳奇小說的發現,以及陸續探討的論文產生,已使得我們對元明傳奇小說的觀點,有所調整。例如,侯忠義、劉世林《中國文言小說史稿》(下冊),就介紹了明代傳奇小說的特點、內容、種類;並將它們分成記怪、愛情、劍俠、綜合等四類〔註23〕。後來的諸作皆持相同的看法,例如,韓秋白、顧青《中國小說史》,即認為:「明代的傳奇創作,還是有成績」〔註24〕。因此,基於前人研究的基礎上,使我對元明短篇傳奇小說,有了全面的體察觀點。

〔註19〕見魯迅,《中國小說史略》,第二十二篇,〈清之擬晉唐小說及其支流〉(台北:谷風出版社,翻印本),頁210。

〔註20〕孟瑤,《中國小說史》,〈明代文言小說〉(台北:傳記文學出版社,1991年4月再版),頁222~229。

〔註21〕楊子堅,《新編中國小説史》,第十章,〈清代文言小説〉(南京大學出版社,1990年出版),頁242。

〔註22〕徐君慧,《中國小說史》,第十二章,〈文言短篇小說代表——聊齋志異〉(廣西:教育出版社,1991年12月初版),頁365~368。

〔註23〕侯忠義、劉世林,《中國文言小說史稿》下冊,明代小說(上),傳奇小說(北京:北京大學出版社,1993年2月一版),頁101~136。

〔註24〕見韓秋白、顧青《中國小說史》,第五章第二節,〈明代傳奇小說〉(台北:文津出版社,1995年6月初版),頁81~91。

中國小說史中所提及的元明短篇傳奇一覽表

（按出版先後排列）〔註25〕

傳奇作者與篇名 ＼ 小說史作者姓名	1 魯迅	2 范煙橋	3 郭箴一	4 孟瑤	5 楊子堅	6 齊裕焜	7 徐君慧	8 李悔吾	9 侯忠義	10 石昌渝	11 吳志達	12 胡大雷	13 韓秋白
1. 瞿佑《剪燈新話》	☆		☆	☆	☆	☆	☆	☆	☆	☆	☆	☆	☆
2. 李禎《剪燈餘話》			☆	☆	☆	☆	☆	☆	☆	☆	☆	☆	☆
3. 邵景詹《覓燈因話》				☆	☆	☆	☆	☆	☆	☆	☆	☆	☆
4. 趙弼《效顰集》				☆							☆		
5. 釣鴛湖客《鴛渚志餘雪窗談異》								☆					☆
6. 宋本〈工獄〉		☆											
7. 陶輔《花影集》						☆			☆				
8. 馬中錫〈中山狼傳〉						☆	☆	☆	☆		☆	☆	
9. 蔡羽《遼陽海神傳》						☆	☆		☆		☆	☆	
10. 董圯〈東游記〉						☆							
11. 楊儀〈娟娟傳〉						☆							
12. 胡汝嘉〈韋十一娘〉													☆
13. 宋㮚澄〈負情儂傳〉						☆			☆			☆	
14. 戔戔居士〈小青傳〉						☆							
15. 馮夢龍《情史》						☆	☆	☆	☆		☆	☆	☆

〔註25〕小說史中所提及元明短篇傳奇一覽表，13種小說史的出處，按出版先後排列：魯迅《中國小說史略》，22篇，清之擬晉唐小說，頁210。范煙橋《中國小說史》，第四章第三節，小說演進時期——元。郭箴一《中國小說史》，第七章第一節，清代的擬晉唐小說及其支流，頁389。孟瑤《中國小說史》，明文言小說，頁222～229。楊子堅，《新編中國古代小說史》，第10章，清代文言短篇小說，頁242。齊裕焜《中國古代小說演變史》，第一章第四節，宋元明傳奇，頁47～54。徐君慧《中國小說史》，第十二章第一節，文言小說的盛衰，頁365～468。李悔吾《中國小說史漫稿》，第四章第三節，明代文言短篇小說，頁114～115。侯忠義、劉世林《中國文言小說史稿》下冊，明代小說（上），頁103～129。石昌渝《中國小說源流論》，第四章第六節，通俗化的傳奇小說，頁195～202。吳志達《中國文言小說史》，四編一章，文言小說的復甦，頁681～722。胡大雷、黃理彪《鴻溝與超越鴻溝的歷史——中國古代文言短篇小說史》，第十一章，明代——新世紀到來的前奏，頁177～183。韓秋白、顧青《中國小說史》，第五章，明代文言小說，頁85～91。詳細出版年月，見參考書目，茲不贅述。

三、承續宋傳奇的研究

筆者曾得李師田意指導，撰寫《宋代傳奇小說研究》，做爲碩士論文。此後，老師又繼續給我這個題目，不辭辛勞的指導我，希望我承續宋傳奇的研究成果，進而將元明時期的傳奇演進，做一整理與歸納。

而從宋代傳奇的閱讀與觀察，增加了我對傳奇小說的喜愛，也使我對往下考察元明傳奇小說的發展，萌生興趣。唐人的政治、社會、背景、文學等方面，造就了唐傳奇的風格與發達。宋人的文風與時代環境，也產生了他們自己的傳奇故事。而元明兩代，是中國戲劇與通俗小說興盛、出版業發達的時代；這諸多因素所呈現的風格與表現，必定異於唐宋。元明短篇傳奇若經深入整理與研究，應可進一步瞭解它們的眞實情況。

第四節　研究方法

本論文的研究方式將按傳奇專集與單篇傳奇二部份探討，分別考訂作者與作品，以通觀元明傳奇的歷史演進、主題思想等等。

一、按承襲先後，觀察流變

從傳奇創作的承襲與模仿關係上，制訂排列先後。例如，模仿《剪燈新話》的《剪燈餘話》、《效顰集》，則置於其後；如此，有助於同類作品的比較與對照，進而明瞭每一部傳奇專集傳承關係。在單篇傳奇小說的部份，因爲每位作家的作品數量不多，所以按元及明代前期、明代中期、明代後期等三個階段，統籌論述。

二、以歷史考證，研究作者

因爲作者的生平際遇，往往關係著作品的寫作時代、創作動機、風格，等等。瞭解作者是深入作品的基本步驟；因此每部小說集，甚至是一篇作品，作者的研究都是必要的。爲了使作家的生平能眞實的呈現，本文將以歷史考證法，體察生平梗概。

有許多作家的生平資料，已難考察；但有些則可以透過詩文集、地方志、筆記、史書中，整理出簡要年表。凡是有較詳細的生平資料可檢索者，並將年表初編輯列在論文的附表中，以供參閱。

三、以目錄版本，探討流傳

歷來小說在中國受到輕視，甚至因寫小說而受到迫害；這在小說戲曲極爲繁榮的明代亦然。因此，書籍的被禁，連帶使相關資料搜尋不易。尤其在追溯小說的流傳上，更是如此。而現存的公私藏書目錄中，所登錄的書目及版本，即成爲一窺元

明傳奇演進的重要線索。所以，在考訂與追溯作品的流傳上，將以海內外公私藏書目錄為重要依據，並參酌現存的小說版本。

四、以小說要素，分析作品

　　為能呈現元明傳奇小說的特點，在分析作品時，本文將以構成小說的八大要素：情節構思（plot）、人物角色（character）、主題思想（theme）、背景（setting）、敘述觀點（point of view）、想像與虛構（imagination and fiction）、對話（dialogue）、結構（construction）等，做為分析的依據。

　　尤其情節構思之合理與曲折、人物性格之鮮明、主題思想之突顯，往往是評斷小說優劣之依據。「情節構思」是小說有別於詩歌、散文等文類之主要技巧。好小說的情節需在情理之中，意料之外；從故事的開端、發展、高潮、結束，情節安排即要事事相關、因果互繫，才能吸引讀者。塑造形象鮮明的「人物角色」，亦是小說引人入勝之關鍵；小說往往以情節安排、人物形象、背景烘托、語言修辭等技巧，呈現人物形象。「主題思想」是一篇小說的靈魂，除了文以載道，小說主題需有益人心之外，在同類型的作品中，主題是否能另闢蹊徑，亦為鑑別創造性的標準之一。

　　此外，「背景」是故事時間與空間的鋪陳，背景的描寫要能呈現特定的場景、烘托氣氛、映襯人物、暗示情節的發展。「敘述觀點」是小說家如何講述故事的手法，透過第一人稱或第三人稱的方式展現，亦有其不同的效果。「想像與虛構」是小說創作的基礎，大多數傳奇作家以真人真事為骨幹，以虛構為血肉；例如虛構人物對話、曲折情節、場景氣氛等。小說家能將小說虛構的很真實，使人信以為真，就是成功的作品。「對話」的安排，是小說中不可或缺的技巧，可以展現人物的個性，暗示情節的發展，強調小說的主題等等。「結構」則是一部小說如何構思情節、刻劃人物、安排對話、表現主題、描寫背景、如何虛構的組織架構。在短篇傳奇小說中的結構，往往比較簡單，不似長篇小說有探討的必要性，才能突顯小說的特色。

五、以題材類型，比較歸納

　　「題材」是小說家在作品中，所反映的生活領域或取材的範圍，是表現故事題旨的主要材料。將元明傳奇小說按題材類型加以歸類，是為了便於分析每位作家的創作傾向，並進而能與唐宋傳奇作比較。

　　元明短篇傳奇小說的題材，總共可分成八類。每種題材類型的界定如下：「志怪類」是述神仙、鬼怪之事者，其中的主角必有一位是「非人」的靈怪、鬼、神、仙。「愛情類」是描寫人世間男女之間的愛情故事。「歷史類」是將歷史事件或人物，加以概括、想像而鋪陳故事者。「宗教類」是以宗教活動為題材，主題在渲染神力或宣

揚教義者。「世情類」是以社會現實中的事件爲題材，以反映當時的社會心態或社會問題。「豪俠類」以俠客或義士爲對象，刻劃他們見義勇爲、不畏強權的事蹟。「公案類」是以犯罪事件爲題材，舖敘兇手作案、官吏破案與審案的經過。「思想類」以闡發義理爲主，而虛構杜撰出來的小說。

　　由於一篇小說往往有跨類的情形出現。所以，本文在分類時，以主要的偏向爲分類標準。例如宗教爲題材的故事，或多或少有渲染神力的描寫。以趙弼《效顰集》卷下〈兩教辨〉、〈繁邑古祠對〉二篇爲例，主角分別遇到有神力的僧人、道人、神人，但主角不是「非人」，所以列入宗教類中，而不置於志怪一類。

甲編　傳奇專集之部

第二章　瞿佑《剪燈新話》

　　瞿佑的《剪燈新話》，是元明傳奇集中最早的一本；也是最重要的一部。不論就明代傳奇小說，或對域外漢文小說的影響上；沒有任何其他元明傳奇集，可以相比擬。有關瞿佑與《新話》（以下皆簡稱此）的研究，不論在國內或日本、韓國，學者們的相關論著，實不勝枚舉。例如，陳益源《剪燈新話與傳奇漫錄之比較研究》，將它與越南阮嶼《傳奇漫錄》，作一比較。〔註1〕又如，徐丙婍《剪燈新話與金鰲新話之比較研究》，將受其影響的韓國傳奇小說比較研究。〔註2〕對受到影響的日本傳奇小說，作一比較者，有林麗容《伽婢子和剪燈新話之比較研究》。〔註3〕將《新話》與李禎《剪燈餘話》、邵景詹《覓燈因話》比較，則有王淑琤《剪燈三種考析》。〔註4〕

　　除了比較研究以外，對瞿佑生平與《新話》的考證，亦有著力甚多者。例如日本秋吉久紀夫，即是用功最深者之一。他在瞿佑生平與作品考訂上，不遺餘力；並領導《剪燈新話》讀書會，作《剪燈新話校訂》。〔註5〕又如，陳慶浩曾據瞿佑《歸田詩話》等其他著作，詳細考證生平事蹟、著作、流傳版本，等等。〔註6〕而對於《新話》藝術內容、主題思想的探討，也不乏論述學者。例如，皮師述民〈明初剪燈二種裡的諷刺與譴責〉，即剖析《新話》與《餘話》的諷刺與譴責，及其對《聊齋

〔註1〕此爲陳益源，中國文化大學中國文學研究所碩士論文，1990年7月，台灣學生書局出版。
〔註2〕此爲徐丙婍，台灣師範大學國文研究所，1981年碩士論文。
〔註3〕針對《剪燈新話》與日文傳奇小說《伽婢子》的研究，爲林麗容於1987年，東吳大學日文研究所碩士論文。
〔註4〕王淑琤，《剪燈三種考析》，台灣大學中國文學研究所碩士論文，1982年。
〔註5〕剪燈新話讀書會，《剪燈新話校訂》，北九州中國文學評論社，1985年出版。
〔註6〕陳慶浩，〈瞿佑與剪燈新話〉（《漢學研究》，第6卷第1期，1988年6月），頁199～211。

誌異》的影響。〔註7〕

　　《新話》與唐代以降的傳奇小說相比，所受的關注，可稱得上是得天獨厚。除了清代蒲松齡《聊齋誌異》以外，其他的傳奇小說，難以冀其項背。由是之故，《新話》在傳奇小說史上的地位，即益形重要。

第一節　瞿佑生平與著作

一、生平大要

　　瞿佑字宗吉，號存齋，又號吟堂、山陽道人，晚年自稱樂全叟。〔註8〕山陽（今江蘇淮安）人，祖居錢塘（今浙江杭州）薦橋街；故現今多稱瞿佑是錢塘人。生逢元末兵荒馬亂之際，即元順帝至正七年七月十四日（1347年8月20日）〔註9〕；隨家人流離於姑蘇、四明等地。

（一）才華洋溢的少年時期

　　瞿佑叔祖瞿士衡、伯父瞿元範、祖姑丈楊弘仲，等等，都是作詩能手。〔註10〕再加上長輩的詩友們，有不少來往於瞿家；如叔祖的朋友凌雲翰（1323～1388）、楊廉夫（維楨）（1296～1370），伯父之友錢思復等文人。〔註11〕在這樣的學習環境下，再加上他自幼聰慧；因此少年時期，即展露作詩才華。十四歲時，鄉人章彥復從福建回杭州，路過四明，拜訪瞿佑的父親。章彥復立即在席上指雞爲題，命佑作詩；佑賦〈詠雞詩〉：「宋宗窗下對談高，五德聲名五彩毛。自是范張情誼重，割烹何必

〔註7〕皮師述民，〈明初剪燈二種的諷刺與譴責〉，收在新加坡國立大學中文系學術論文，1982年，頁1～22。

〔註8〕見陳霆，《渚山堂詞話》卷2（台灣商務印書館，文淵閣四庫全書本，第1494冊），頁538。

〔註9〕關於瞿佑出生的確切生年月日，尤其是西元的推算，參考自同註6，陳慶浩，〈瞿佑與剪燈新話〉，頁201。

〔註10〕見瞿佑，《歸田詩話》，卷下〈香奩八體〉、〈鍾馗圖〉條，說到叔祖瞿士衡曾登浙省鄉榜。收在丁福保輯，《歷代詩話續編》（台北：木鐸出版社，第3冊，頁1275、1278）提及伯父瞿元範的地方，同《歸田詩話》卷上〈先入言爲主〉、卷下〈羅剎江潮〉條，頁1247、1274。提到楊弘仲是他的祖姑丈，見同上《歸田詩話》卷下〈宗陽宮玩月〉條：「楊仲弘以宗陽宮玩月詩得名，……夫人瞿氏，予祖姑也。」（頁1274）

〔註11〕關於與凌雲翰接觸的記載，除了他曾替《新話》寫序之外，尚見於《歸田詩話》卷下〈鍾馗圖〉條（同註10，頁1278）。與楊廉夫交接事蹟，見《歸田詩話》卷下〈香奩八體〉（同註10，頁1275）。與伯父友錢思復的接觸，同見《歸田詩話》卷下〈羅剎江潮〉條，頁1274。

用牛刀。」彥復大加稱賞，題詩贈勉。〔註12〕父親在欣喜之餘，為佑建造了傳桂堂。

瞿佑與叔伯長輩們的交往，在《歸田詩話》中多所記載。除了章彥復一事之外，尚有幼年時倡和錢思復〈竹枝曲〉十章；和凌雲翰〈霜天曉角〉、〈柳梢青〉詞，各百首，與之結為忘年交。瞿佑和楊維楨〈香奩八體〉，維楨向叔祖瞿士衡說道：「此君家千里駒也。」〔註13〕自此聲名大噪。在前輩們的提攜與帶領下，瞿佑的少年時光雖在元末兵燹中度過，依然養成孜孜不倦的創作力，並與友人們在杭州創立詩社。〔註14〕

（二）仕宦讀書時期

明太祖洪武十年（1377），佑寄居在西湖岳父富氏的餘清樓；做〈餘清樓調寄摸魚兒製西湖十景詞〉十闋，一時之間盛傳人口。〔註15〕同年開始了瞿佑的仕宦生涯；獲薦明經，往南京就徵。〔註16〕次年（1378）任仁和縣訓導，掌教誠意齋，與教諭沈驛、訓導卜埜改建仁和縣學，《剪燈新話》就是在仁和訓導任內完成的。後轉任臨安訓導，洪武廿七年（1394）升任河南宜陽教諭。建文二年（1400），從河南齋學印赴禮部交納，並為南京太學助教，兼修國史。建文四年（1402），擢升周定王（朱橚）府右長史，從南京到汴梁（開封）任官。

從三十歲赴任南京開始，至五十六歲任職於右長史，期間雖屢次調職，但在卑微的官職上，一直很平順。在掌理教職之餘，寫作詩文、編輯作品，成了他精神上的最大寄託。除了《剪燈新話》以外，在仁和縣訓導任內，並有《誠意齋課稿》。

（三）流放告老時期

然而這種仕宦讀書寫作的日子，並沒有持續到終老。就在明成祖永樂六年（1408），因詩禍被拘禁在北京錦衣衛，連家人都需要遷往南京武定橋居住。八年之後，永樂十四年（1416），再謫戍保安（河北懷來）。〔註17〕從六十二到七十九歲，

〔註12〕同註10，《歸田詩話》〈折桂枝〉條，頁1281。對於瞿佑與叔伯輩們的往來倡和之事，載於《歸田詩話》中，瞿佑的自述。後來的詩話或筆記中所援引的，皆不出此。例如，徐伯齡《蟫精雋》、郎瑛《七修類稿》、田汝成《西湖遊覽志餘》、錢謙益《列朝詩集小傳》、過庭訓《本朝分省人物考》等等；與《歸田詩話》的差異在：鄉人章彥復，諸書皆作「張彥復」。

〔註13〕皆於見同註10：《歸田詩話》卷下〈羅剎江潮〉、〈鍾馗圖〉、〈香奩八體〉等條，頁1274、1278、1275。

〔註14〕《歸田詩話》卷下〈紀吳亡事〉，記載了當時有社友王元載的事情。同註10，頁1285。

〔註15〕見於丁丙，〈鈔本樂府遺音題識〉（收入館藏善本書室題跋輯錄，載江蘇省立圖書館，第四年刊，1930年），頁28。

〔註16〕見同註8，明陳霆，《渚山堂詞話》卷2，頁538。

〔註17〕許多提及瞿佑因詩禍下獄，與謫居保安的研究者；往往將二個事件，看作是連續發生

長達十八年，即在獲罪與流放獨居中度過；連妻子的最後一面也見不到。〔註18〕禁閉於錦衣衛時，佑的好友胡子昂，也因詩禍被監禁；孫碧雲、蘭古春二人，爲其獄友。〔註19〕

永樂二十年（1422），胡子昂因興和失守而死；這對放逐中的瞿佑而言，有著莫大的感傷。〔註20〕因詩禍被拘禁是他心中永遠的痛楚，在《歸田詩話》中，抒發此感觸的詩不少。例如，卷上〈劉夢得多感慨〉條：「劉夢得初自嶺外召還，賦〈看花詩〉云：『元都觀裡桃千樹，盡是劉郎去後栽。』以是再黜。久之又賦詩云：『種桃道士歸何處，前度劉郎今又來。』譏刺併及君上矣。晚始得還，同輩零落殆盡。」劉夢得到了晚年才被釋回，同輩好友大半凋零殆盡；可稱得上是他自身的寫照。又卷下〈觀燈句〉，提及詩友郁魯珍：「以《題松石軒詩卷》被累，死獄中」〔註21〕雖然，今已無法得知瞿佑因何詩被貶謫；不管詩禍是被貶的主因，或是藉口。因爲詩作而得罪下獄，則是可確定的。

此外，謫放到保安，也與他在周定王朱橚府中任職有關。〔註22〕因爲，當明仁

的。讓人以爲佑監禁於錦衣衛之後，同年即謫居保安。事實上，在胡子昂的〈剪燈新話卷後紀〉中，寫得很清楚：「兩京一見，如平生歡，未幾別去。又八稔，先生謫居保安。」兩京應指北京，二人在永樂六年（1408）獄中相見。歷經八年之後（1416），佑才被貶到保安。另一證據，見明田汝成《西湖遊覽志餘》，卷12〈才情雅致〉：「永樂間，宗吉以詩禍，下錦衣獄。盱江胡子昂亦以詩禍踵至。……已而，宗吉謫戍保安者十年。」（台北：木鐸出版社，1982年6月初版，頁230）從永樂十四年（1416）到洪熙元年（1425）召回，剛好整整是十年。可見謫居保安是在監禁於錦衣衛後八年，而非立即被謫。此外，佑與妻子分居兩地，是他1408被禁於北京，全家被迫遷居南京武定橋時；所以自1425年被召回，兩人共是十八年沒有見面，而非佑謫保安的時間長達十八年。

〔註18〕見《歸田詩話》，卷上〈一日歸行〉：「一日遭難，與內子阻隔十有八年，謫居山後，路遠弗及迎取，不意遂成永別。」同註10，頁1253。

〔註19〕見於《歸田詩話》卷下〈和獄中詩條〉，同註10，頁1291。

〔註20〕參見《歸田詩話》卷下〈竹雪齋〉：「後一年興和失守，子昂死焉，悲夫！」同註10，頁1290。

〔註21〕見於同註10，頁1246、1287。瞿佑論及歷史上的詩禍之事，在《歸田詩話》中，尚有卷上〈詩能解患〉條：「詩雖能致禍，然亦能解患。」又卷上〈因詩見罪〉條，言唐薛令之、王維因詩被斥去之事。卷中〈東坡傲世〉：「韓文公上佛骨表，憲宗怒，遠謫。行次藍關，示姪孫湘云：『一朝奏九重天，夕貶潮陽路八千，欲爲聖明除弊政，肯將衰朽惜殘年……』讀之令人悽然傷感。」頁1238、1239、1255。

〔註22〕周定王朱橚在明惠帝時，曾有異心，欲謀取帝位。後來事發，被竄徙蒙化後，才再度召回京師禁錮。明成祖永樂帝奪得帝位後，雖恢復他的爵位，且加封祿；但以成祖善於猜忌的本性來說，表面上對同母弟疼愛加，實際上卻處處防著他。而處罰他身邊所用的人，是整肅削權的一種手段。瞿佑即是政治角力下的犧牲者，雖然沒有直接且確切的證據，可以證明。但是，直到朱橚過世之後，朝中才有英國公張輔爲他

宗洪熙元年（1425）七月，周定王朱橚（1361～1425）過世，太師英國公張輔（1375～1499）隨即奏請仁宗，將他從保安召回，恢復原職。之後即任內閣辦事，留居西府；主持家塾三年，倍受禮遇。〔註23〕這是瞿佑在官宦生涯中，最受器重的職位；但此時的他，已是年屆八十的老翁。歷經流放顛沛之後，對於名位早已視如草芥。

宣德三年（1428），得經少師吏部尚書蹇義（1363～1435）上奏，宣宗恩賜他釋官返鄉。太師張輔也特地用家艦載他還鄉，到次子瞿達的松江居所。歸田五年之後，即宣德八年（1433）過世，享年八十七歲，墓在錢塘甘溪。〔註24〕瞿佑的詳細生平事蹟，請參見附表五：「瞿佑年表初編」。

佑有四子，長子瞿進，住在南京。次子瞿達（德高），建文四年（1402）曾領河南鄉薦，是佑最引以爲傲的兒子〔註25〕；後來任松江訓導，晚年致仕錢塘。尚有兩子，名字不詳。佑之弟名宗尹，有四子；迪（德啓）、迎（德恭）、暹（德宣）、溯（德潤）。佑死後，這四位侄兒出錢出力，先後刊行《詠物詩》、《樂全詩集》、《歸田詩話》、《重校剪燈新話》等書。〔註26〕

二、多樣多量的著述

瞿佑著述豐碩，一生中不管是清平或被貶時期，創作不倦，即連告老還鄉的途中，也完成了《樂全詩集》。〔註27〕生前他的作品多所散佚，而流存於今日的更少。到底他有多少著作呢？根據瞿佑〈重校剪燈新話後序〉中，即可明瞭他善於著述，

平反，復職釋回。清朱文藻〈歸田詩話跋〉，不認爲明成祖有「刻意防閑罪及輔導之理」（同註10，頁1295～1296 但筆者認爲是有這個可能的。當瞿佑任周府長史職時，周王府中的護衛有"指軍民商旅之舟，裝運王府米麥"的過失。成祖賜書周王，要他「嚴戒長史行事，存大體，毋貽人譏議」《明太宗實錄》卷四四，永樂三年六月可見周王府中有了過錯，長史是必須代受責罰的。而治長史的罪，也有殺雞儆猴的作用。

〔註23〕在西府主持家塾三年，倍受禮遇之說，見木訥〈歸田詩話序〉，同註10，頁1232。
〔註24〕參見明萬曆三十七年，聶心湯修，《錢塘縣志》〈紀制・墓〉：「長史瞿佑，墓在甘溪。」（台北：成文出版社，影印清光緒十九年丁氏校刊本，收在華中地方 192 號），頁306。
〔註25〕參見《歸田詩話》卷下〈莫士安寄問〉條：「次年，予轉擢周府，次子達亦領河南鄉薦。士安寄詩云：『問訊先生復自憐，家風喜得二郎賢；兩經寒暑無書寄，一卷春秋有子傳。』」同註10，頁1280。
〔註26〕瞿佑子、姪的事蹟，參見張益（1395～1449），〈詠物詩序〉：「考其四子，皆克繼美，今（正統九年）（1444）所存者惟德高，以校官致，仕居於杭。德啓、德恭、德宣、德潤者，先生之弟宗尹子也。」劉鉉（1394～1458），〈瞿先生樂全稿序〉：「今先生之猶子曰：迪、迎、暹、溯，共圖鋟梓。」木訥、柯潛，〈歸田詩話序〉：「其姪德恭，暨弟德宣、德潤，共圖鋟梓。」（同註10，頁1232、1333）
〔註27〕參見瞿佑〈樂全詩序〉及集後按語，明抄本，頁21。

手筆不輟的情況：

> 治經則有《春秋貫珠》、《春秋捷音》、《正范掇英》、《誠意齋課稿》。
> 閱史則有《管見摘編》、《集覽鐫誤》。作詩則有《鼓吹續音》、《風木遺音》、
> 《樂府擬題》、《屏山佳趣》、《香臺集》、《采芹稿》。攻文則有《名賢文粹》、
> 《存齋類編》。填詞則有《餘清曲譜》、《天機雲錦》。纂言紀事，則有《遊
> 藝錄》、《剪燈錄》、《大藏搜奇》、《學海遺珠》等集〔註28〕

這篇序文寫於永樂十九年（1421），謫放保安時。可惜的是，自從永樂六年謫戍保安
之後，諸作漸漸散亡零落，大概都沒有保存下來。爾後，在遠謫塞外到晚年時，又
撰有《樂府遺音》、《歸田詩話》、《興觀詩》、《詠物詩》、《順承稿》、《存齋遺稿》、《樂
全稿》、《保安新錄》、《保安雜錄》等書。〔註29〕現存瞿佑的書，除了《剪燈新話》
之外，尚有《香臺集》、《通鑑綱目集覽鐫誤》、《幾府遺音》、《歸田詩話》、《詠物詩》、
《樂全詩集》，等書。〔註30〕

　　此外，尚有題名「瞿祐」所作的《四時宜忌》、《宣和牌譜》、《俗事方》、《居家
宜忌》四種。皆將「瞿佑」名改題為「瞿祐」，而且也未見載於較可信的筆記書中，
如徐伯齡《蟫精雋》、田汝成《西湖遊覽志餘》，都沒有提及瞿佑曾寫過這幾本書。
即連同收錄於《說郛續》的《歸田詩話》，是題名「瞿佑」；而《居家宜忌》、《宣和
牌譜》二書，卻題「瞿祐」。〔註31〕再從內容上來看，無聊的文字遊戲，和迷信避
諱的內容；與他所秉持的風格迴異。所以，應該不是他的作品；而是後人假借他的
盛名，有意託以同音姓名。

第二節　《新話》成書與流傳

　　明都穆《都公譚纂》，曾說瞿佑並非《新話》的作者。然而，從各方面來說，都
已被證實是無稽之談，茲不贅述。〔註32〕《新話》歷經瞿佑二次的寫作與校正，前

〔註28〕收在《剪燈新話句解》（台北：天一出版社，影朝鮮本，1985年出版），頁272～273。

〔註29〕參見徐伯齡，《蟫精雋》卷4〈呂城懷古〉（收在四庫全書珍本二集，頁9），言及瞿
　　　佑著述；在比較〈重校剪燈新話序〉所載書名後，這幾本作品，應是永樂十九年（1421）
　　　以後所撰。

〔註30〕關於其他瞿佑現存著作的考訂，可參見陳慶浩，〈瞿佑和剪燈新話〉一文的考證，對
　　　其創作過程與流傳，和學者們的研究始末，有詳盡敘述。同註6，頁207～208。

〔註31〕《歸田詩話》收錄在陶宗儀等編，《說郛續》卷33，題「錢塘瞿佑」。《居家宜忌》
　　　在卷30，〈宣和牌譜〉在卷38；皆題「錢唐瞿祐」。（上海：古籍出版社，《說郛三種》，
　　　第十冊，頁1579、1465、1790）。

〔註32〕關於《新話》非瞿佑所作的說法，始於明人都穆《都公譚纂》。他認為可能是楊廉夫

後相隔四十二年，是瞿佑的竭力之作，且深受當時人喜愛。

一、寫作動機與成書

瞿佑自小是作詩能手；詩詞歌賦，乃是他的當行本業。為何在眾多論史、詩文寫作中；還提筆致力於演述人物、傳說故事？他的成書動機，在洪武十一年（1378）〈剪燈新話序〉中，揭示的很清楚。大抵有三：

（一）編輯《剪燈錄》的開端

自序中說曾輯合古今怪奇的傳說故事，編成《剪燈錄》一書，總共四十卷。〔註33〕根據瞿佑〈重校剪燈新話後序〉中稱此書是「纂言記事」的作品，所以應當是筆記之類。當時他已是詩名遠播，再加上《剪燈錄》的成書；往往使那些聽過奇聞異事的人，紛紛告知他新奇的故事。不過幾年的時光，寫作素材累積了不少之後，始提筆寫「可喜、可悲、可驚、可怪」之事。

（二）友朋競相索求的推動

撰述之後，佑自以為「涉為語怪，近於誨淫」；因而藏於書箱中，本不想公開。未料，許多雅好此道的朋友，相繼前來索閱；佑無法一一拒絕，終於起了公諸於世，彙集成書的念頭。

（三）「勸善懲惡」的立意

瞿佑雖自認為他所寫的「詞源淺狹，無嵬目鴻耳之論」，無補於世教人心；然而，卻有懲惡勸善的作用。堂而皇之，將它做為「言者無罪，聞者足以戒之」的護符。即使明示懲戒功能，仍無法避免於被查禁的命運；然而，卻是瞿佑敢於示人的理由。

洪武十一年，瞿佑年值三十二歲；在此之前，《新話》大概已完成一段時間了。這年之後，《新話》方流傳開來。洪武十三（1380）的夏天，叔祖輩的好友凌雲翰，在看過此書之後作序。〔註34〕後來又有吳植、桂衡兩位友人，分別在洪武十四、廿

所作，佑掩為己有；但又說明，觀察之後，又不像是楊廉夫的作品。後來郎瑛《七修類稿》，也認為非瞿佑所作。明胡應麟《少室山房筆叢》卷25載，起初他也懷疑，後來則改變看法。趙景深、戴不凡、譚正璧也懷疑過。但今天從瞿佑朋友們寫的序與自序中，可知瞿佑確為《新話》的作者，無庸置疑。

〔註33〕關於《剪燈錄》的記載，尚見於永樂十九年（1421）〈重校剪燈新話序〉：「昔在鄉里編輯《剪燈錄》前後續別四集，由甲至癸，分為十卷。又自為一詩，題於集後。今此集不存。」（收在同註28，《剪燈新話句解》，頁275。）

〔註34〕凌雲翰撰《新話》序的時間，日本翻印本皆署「洪武三十年」；朝鮮尹氏刊本《剪燈新話句解》署：「洪武十三年」。考凌雲翰卒於洪武二十一年（1388）（凌雲翰，〈柘軒集行述〉，台灣商務印書館，文淵閣四庫全書本，1227冊，頁735：「卒於官，時洪武戊辰歲也」所以，應當是洪武十三年作的序文才對。

二年為他寫序。

二、流傳與被禁

（一）流傳不輟與重校《新話》

《新話》在文士間傳閱開來之後，受到許多人的讚賞。有人雖與瞿佑素昧生平，但在閱讀過《新話》之後；卻積極地想與他交往，甚至因見不到瞿佑本人，而引以為憾。例如，胡子昂受到朋友田以和引介《新話》，在閱讀之後，認為所撰「妙冠古今」；對瞿佑以「不獲荊識」為憾。爾後雖以獲罪之身在獄中初次相遇，也感到「如平生歡」。〔註35〕可見《新話》當時是深得許多士林喜愛。

因受到士人們的歡迎，再加上成書時，瞿佑未加以刊刻。故歷經輾轉傳抄之後，出現了許多舛誤錯落的地方。自洪武十一年（1378）瞿佑為書寫序，有心要公諸於世之後；直到成祖永樂十八年（1420），才又重新校正《新話》。此次重校，是瞿佑在謫守保安（河北懷來）時所做。胡子昂曾在四川蒲川得到一甚多錯落的本子，於是從興和（河北張北）攜來，請他校正。同時由唐岳、汪彥齡二人，幫他謄抄。〔註36〕《新話》成書時，正是佑才情洋溢的青年時期；而今他已是歷經牢獄、貶謫的七十五歲老翁了。雖貶於保安，所幸仍有《新話》的流傳，瞿佑才沒有被士林淡忘。四十四年之間，《新話》流傳極廣，不只是聞名於瞿佑的家鄉浙江杭州一帶，甚至及於四川、河北保安等地。

隨著士子們任官所到達之處，就有《新話》流傳的地方；更將創作的影響力推廣至各地。例如，李禎於永樂十七年序《剪燈餘話》：「客有以錢塘瞿氏《剪燈新話》似余者，復愛之，銳欲效響。」〔註37〕當時他正役於房山（河北北京附近），讀了流傳到河北的《新話》，很像他先前仿桂衡〈柔柔傳〉所作的〈賈雲華還魂記〉，而有了創作《剪燈餘話》的構想。

（二）朝廷禁《新話》的影響

《新話》的流傳，一直到瞿佑過世之後，依舊不衰。即連訓練國家精英分子的機構國子監，經生儒士也日夜記憶閱讀，彼此談論。這種風行的情況，不得不使國子監祭酒李時勉上奏，建議中央頒禁書令：

> 明英宗正統七年（1442）三月，……近年有俗儒假托怪異之事，飾以

〔註35〕參見胡子昂，〈剪燈新話卷後紀〉，收在同註28，《剪燈新話句解》，頁267～268。
〔註36〕參見同註28，《剪燈新話句解》，瞿佑〈重校剪燈新話後序〉，頁273。
〔註37〕見董康據日本元和活字版校注，《剪燈餘話》（台北：世界書局，1974年11月），頁3。

無根之言。如《剪燈新話》之類，不惟市井輕浮之徒爭相誦習，至於經生儒士，多舍正學不講，日夜記意，以資談論。若不嚴禁，恐邪說異端，日新月盛，惑亂人心，實非細故。乞敕禮部行文內外衙門，及提調學校僉事御史，并按察司官，巡歷去處。凡遇此等書籍，即令焚毀；有印賣及藏習者，問罪如律。庶俾人知正道，不為邪妄所惑。詔下，禮部議尚書胡濙等，以其言多切理可行。……上是其議。〔註38〕

李時勉對明英宗上此建議，應該沒有牽涉到他與同年友李禎的私人感情。因為李時勉也曾替李禎〈至正妓人行〉，寫過序文；《餘話》自當應算是「如《新話》之類」，這點他不會不知道。〔註39〕而從二人的文集中，也找不出他們因為《剪燈新話》被禁一事交惡的記載。

至於《剪燈新話》之所以被禁，在禁書令上所講的理由是：第一、為了端正國子監生的讀書風氣。第二、恐怕書中的邪說感亂人心。前一個理由應該只是藉口，後者才是真正的主因。這可以從明初在政治上實施中央集權，與明太祖對文人思想的箝制上，找到蛛絲馬跡。明初整個文學創作，無論在詩文、戲曲、還是白話小說上，都處於衰退的狀態；最根本的原因就是明初文網甚密，大家不敢暢所欲言。而傳奇小說的地位本來就不高，所以不受重視。直到英宗正統七年《新話》與《餘話》合刊後，廣為流傳時，才受到注意。而《新話》中對「政治黑暗與吏治腐敗的諷刺」〔註40〕，自然會使那些國子監生感到新奇，令當政者難堪。所以，《新話》會被禁是因明初政治形勢，以及它本身濃厚的現實批判性所致。

到底這條禁令有沒有收到嚇阻的作用，則令人懷疑。因為沒有其他資料記載可證，因為印賣和藏《新話》而獲罪的人。禁令雖下達，但《新話》在七十五年中所發揮的影響力，恐怕已無法連根拔起。這也足以說明，為何在禁令頒布之後，仍有仿《新話》的傳奇小說；例如，趙弼在景泰元年（1450），也就是禁令下達的八年之後，仿作了《效顰集》。爾後又有陶輔在嘉靖二年（1523）仿寫了《花影集》。所以，可證明禁而不絕。

（三）流傳於海外：朝鮮、日本、越南

從現存留傳在日本與韓國的本子，與相關的歷史資料上，可以得知《新話》很早就傳到日、韓；並深深影響了他們在傳奇小說上的創作。但究竟何時傳入外域，

〔註38〕見《明英宗實錄》卷90（台北：中央研究院歷史語言研究所出版），頁1811～1813。
〔註39〕李時勉為李禎〈至正妓人行〉所撰寫的跋文，見於《剪燈餘話》卷4（台北：世界書局出版），頁75～76。
〔註40〕參見同註7，皮師述民，〈明初〈剪燈〉二種的諷刺與譴責〉，頁18。

則無法得知確切年代，但可推論出大致在某個時期。

（1）傳入日本的時代

據澤田瑞穗〈剪燈新話的舶載年代〉考證，日本京都禪僧周麟《翰林葫蘆集》卷三〈讀鑑湖夜泛記〉：「銀河刺上鑑湖舟，月落天孫竊夜遊。又恐虛名滿人口，牛郎今有辟陽侯。」此詩爲讀《新話》卷四〈鑑湖夜泛記〉而作。澤田瑞穗推斷此詩作於文明十四年（1482），恰好文明七年（1487）有遣明的船舶；故應是這批船回國時帶回日本的。〔註41〕後來又有經朝鮮校註本《剪燈新話句解》，傳到日本。《新話》在日本的流傳，影響了日本的小說創作。最明顯的著作，如《奇異雜談集》、與刊行於寬文六年（1666），淺井了意的《伽婢子》，即是《新話》影響下的產物。

（2）《新話》傳到朝鮮的時代

雖無法確切知道，但根據仿作的小說，金時習（1435～1493）《金鰲新話》的成書年代，大約在李朝世祖十年至成宗二年（1465～1471）。〔註42〕可知在此之前，即已傳入朝鮮。後來在燕山君十二年（1505），朝鮮國王燕山君令謝恩使自中國購入《剪燈新話》；也促成它在朝鮮的流傳。〔註43〕在愛好者眾的情況下，於明世宗嘉靖三十八年（1559），朝鮮宋冀排印了《新話》的註解本：《剪燈新話句解》。〔註44〕有了註解以後，使朝鮮人在閱讀《新話》上，方便許多；進而促成流傳更廣。

（3）新話傳入越南

根據明嚴從簡《殊域周咨錄》卷六：「成祖命張輔（1375～1449）進討罪人，既得郡縣，其地置省建官。……儒書則有《資治通鑑》，……《剪燈新話》等書。」〔註45〕張輔在永樂四年到永樂十四年之間（1406～1416），四度平定安南。〔註46〕後來又帶了儒書去置省建官；所以，《剪燈新話》應是平定後不久就傳到越南。另一方面，張輔應該相當喜歡《新話》，才會將它傳入安南；更在洪熙元年上書仁宗，使瞿佑自保安召回，恢復原職。因此最遲在十五世紀中，就已傳入越南了。而模仿《新話》

〔註41〕見澤田瑞穗，〈剪燈新話的舶載年代〉（《中國文學月報》，第35號），頁186～188。

〔註42〕參見鄭炳昱，〈金時習研究〉（《檀大論文集》，第七輯），頁70～174。

〔註43〕見（韓）國史編委會，《朝鮮王朝實錄》（《燕山君日記》卷62，第14冊，東國文化社，檀紀289年8月出版），頁48。

〔註44〕參見垂胡子，〈剪燈新話朝鮮跋〉題：「嘉靖巳未（1559）五月下澣青川垂胡子跋」同註28，《剪燈新話句解》，頁278。

〔註45〕嚴從簡，《殊域周咨錄》，卷6，頁39、45（明萬曆間刊本，藏台北國家圖書館善本書室）。

〔註46〕張輔的生平事蹟，參見清張廷玉等撰，《明史》，卷154，列傳42：「輔凡四次至交阯，前後建置郡邑及增設驛傳遞運，規畫甚備。」（北京：中華書局出版），頁4223。

之作，安南阮嶼《傳奇漫錄》的成書時間，在 1509 年到 1547 年之間﹝註47﹞；在時間上也是吻合的。

三、版本系統

根據現存的藏書目錄中，可考知《新話》有以下幾個系統的版本流傳。

（一）原刊本系統

1、日本慶長活字版本，四卷併附錄一卷：這是董康據以校舊本的本子；收入「誦芬室叢刊」二編，1917 年出版。1957 年周夷又據董校本，加以校注；由古典文學出版社出版。後來台北世界書局，在 1974 年又出版了周夷的校注本。這是現今較爲通行的系統。

（二）註本

1、二卷本：林羅山手校手跋本，題瞿佑撰、朝鮮尹春年訂正、林芑集釋《剪燈新話句解》，共二十一篇，是朝鮮刊本。日本內閣文庫、尊經閣文庫等均有藏本。

2、三卷本：題瞿佑撰、朝鮮尹春年訂正、林芑集釋，《剪燈新話句解》。此爲日本慶長元和間刊古活字本，日本內閣文庫有藏本。

3、四卷本：明瞿佑撰、朝鮮尹春年訂正、林芑集釋，《剪燈新話句解》，日本慶安元年（1648），京林正五郎刊本。日本內閣文庫，與東京大學人文科學研究所，均有藏本。

（三）與《餘話》合刊本

1、《新刊剪燈新餘話四卷續集一卷》：正統七年（1442），黃氏集義精舍新刊，日本天理圖書館有藏本。這是現知最早的合刊本，剛好李時勉上書禁《新話》也在這年的七月。或許因此這個合刊本太暢銷了，國子監生競相購讀，忽略了經世文章，不得不使李時勉上奏禁書。

2、《新增補相剪燈新話大全》四卷附錄一卷：正德六年（1511），楊氏清江堂刊。北京圖書館有藏本。

3、《剪燈新話》四卷：萬曆年間黃正位刊本，北京圖書館有此藏本。

（四）叢話本

萬曆二十年邵景詹《覓燈因話》成書後，《新話》即有與《餘話》《因話》刊行

﹝註47﹞ 參見陳益源，《剪燈新話與傳奇漫錄之比較研究》（台灣：學生書局，1990 年 7 月出版），頁 64。

的「叢話本」。此將《新話》分成二卷二十篇。

> 1、乾隆八年（1743）刊本：本為鄭振鐸舊藏，今藏北京圖書館。〔註48〕
> 2、乾隆五十六年（1791）刊本：日本內閣文庫，與東京大學文化研究所皆有藏本。台北天一出版社，曾據日本內閣文庫所藏影印，收在『明清善本小說叢刊初編』。
> 3、嘉慶間刊巾箱本：即是孫殿起《販書偶記續編》著錄本。〔註49〕
> 4、咸豐元年（1581）刊本：原為鄭振鐸舊藏，今藏北京圖書館。〔註50〕
> 5、同治十年（1871）文盛堂刊本：日本天理圖書館（節山文庫）藏本。

（五）單篇流傳本

《新話》的每一篇小說，幾乎都分別被收入，如《國色天香》、《燕居筆記》、《繡谷春容》，等通俗類書；或是文言小說集，如馮夢龍《情史》中。詳細各篇的收入情況，可參閱大塚秀高〈明代後期文言小說的刊行概況（下）〉中的表列。〔註51〕

第三節　《新話》故事內容

今全本《新話》共四卷附錄一則，二十一篇故事；分述如下。

一、第一卷五篇

1、〈水宮慶會錄〉

元至正時潮洲士人余善文，受邀到廣利王水宮；為剛落成的宮殿題文祝賀。宴會時，又獻水宮慶會詩二十韻。宴會結束後，余善文攜帶珍寶而回；並將珍寶賣給波斯商人。得到錢財之後，棄家修道，遍遊名山。

藉水宮神仙對一位寒儒的敬重，抒發現實社會中，文士不受重視的感慨。因故事情節構思簡單，且寓意明確；所以，文中炫耀才華的詩、詞、曲，幾乎佔了一半。

2、〈三山福地志〉

故事背景在元朝至正末年。元自實被群盜打劫，家計為之一空；三度投靠曾受

〔註48〕見趙萬里，《西諦書目》，卷4，收在《書目類編》，第44冊（台北：成文出版社出版），頁19470。
〔註49〕見孫殿起，《續販書偶記續編》，卷12（台北：洪氏出版社，1982年1月初版），頁179。
〔註50〕同見註48，趙萬里，《西諦書目》，頁19470。
〔註51〕見大塚秀高，〈明代後期文言小說刊行狀況〉（下）（《書目季刊》，19卷3期），頁48。

他救助的繆君，卻是碰了一鼻子的灰。最後繆君承諾在除夕夜送糧來助，不料卻是敷衍他而已。自實憤而想刺殺他，後來又後悔。心中鬱悶不樂，跳入三神山八角井中；誤入三山福地。遇一道士，獲食梨棗數枚，瞭解過去與未來的前後因果。在道士的指引下，帶著妻兒避禍。天下大事與繆君的下場，全部皆如道士所言。

　　以元末戰亂的歷史爲背景，虛構出這篇故事曲折的小說，與純粹描述福地洞天的故事不同。小說中刻劃元自實盼不到繆君送錢米來時的心理反應，是傳奇小說中罕見的心理刻劃。後來被凌濛初改編爲話本小說，收在《二刻拍案驚奇》卷廿四〈庵內看惡鬼善神、井中談前後因果〉。

3、〈華亭逢故人〉

　　元至正末年間投靠張士誠的全、賈兩人；當張氏軍隊潰敗時，兩人都溺水而死。好友石若虛突然遇到他們，賈生、全生。大發議論，以未能全身脫禍爲憾。吟詩之後，隨即不見蹤影，石若虛才知二人過逝已久。

　　小說意在抒發開國功臣無法得到善報的觀感。幫忙打天下的功臣，在君王得到江山之後，往往不會善待他們。如漢朝的田橫，唐朝的李密；都沒有好下場。藉此或許也意在諷刺明太祖濫殺功臣一事。

4、〈金鳳釵記〉

　　崔興哥與吳興娘以金鳳釵爲婚約信物。崔家遊宦，失去音訊；興娘因思念興哥而亡，吳母取金鳳釵同入殮。興哥後因雙親皆亡，前來投靠；興娘託魂於妹興娘，一同私奔到崔家舊僕金榮宅。一年後，二人同回吳家，才知慶娘已臥病年餘，姐附魂於體內。興娘得以續緣一年，慶娘也病癒。興哥賣了金鳳釵，得錢祭拜她；三天後，夢見興娘來道謝，興哥驚醒而死。

　　此篇顯然受到唐陳玄祐〈離魂記〉的啓發，又加以創新。將女主角離魂的情節，換成藉妹妹的軀體以附魂。又以金鳳釵做爲情節發展起伏的關鍵；從婚約、陪葬、到續緣、見證與賣釵祭祀，都圍繞在金鳳釵上。後來被凌濛初改編成通俗小說，收在《初刻拍案驚奇》卷廿三〈大姊魂游完宿願，小妹病起續前緣〉。又清代沈璟〈墜釵記〉、李漁《一種情》，和佚名的〈碧桃花〉、〈人鬼夫妻〉，取材於此篇。

5、〈聯芳樓記〉

　　吳郡薛姓米商，爲女兒蘭英、惠英建造蘭惠聯芳樓。二女詩名遠播，鄭生與她們幽會，互相倡和。薛父察知戀情後，答應他同娶二女，傳爲佳話。

　　屬於才子佳人終成眷屬的愛情故事，情節結構極簡，全文多三人賦詩倡和的詞作，爲明代浪漫愛情傳奇的典型作品。此篇與《南詞敘錄》〈蘭蕙芳樓記〉題材相同。

二、第二卷五篇

1、〈令狐生冥夢錄〉

平日不信鬼神的令狐譔，見鄰翁烏老因家人焚楮幣，死而復生；不平之餘，撰文罵冥間。冥王派人將他抓到陰間，因而夢入地府。令狐生振筆直書，判官認為他言之成理；除罪釋放。並判烏老得重回陰間，受到應有的懲罰。遊歷地府諸獄後，夢醒回陽間。第二天一早，到烏老家去，才知昨夜三更已死，全如夢境所歷。

小說中作憤詩入陰間的情節單元，被趙弼《效顰集》〈續東窗事犯傳〉中，胡迪讀〈秦檜東窗傳〉作憤詩入冥所取法。

2、〈天台訪隱錄〉

徐逸入天台山採藥，遇南宋時避居山中的老者陶上舍，跟他談論宋末史事；一夜暢談，次日出境，再回去找尋隱者，已無蹤影。

情節構思似陶淵明〈桃花源記〉，同遇前朝避亂隱居的前朝人。然而不同的是，一託漢末，一託南宋。而〈桃花源記〉在揭示一理想國度；此文則藉以論南宋史事、忠臣與奸臣。

3、〈滕穆醉遊聚景園〉

滕穆遊於臨安聚景園，遇宋理宗時宮人衛芳華；雖然明知她是鬼，仍跟她相戀。告別後三年，舊地重遊，衛氏以人鬼殊途而離開。滕生無意仕進，入雁蕩山採藥後，不復還。

4、〈牡丹燈記〉

喬生與暮來旦去的符女相戀，鄰翁見髑髏與生並坐，往告喬生。喬生到湖心寺，見符氏靈柩與牡丹燈，知符女非人；得玄妙觀魏法師的幫助，符女不再來。不料，喬生飲醉後，又經過湖心寺，符女執握，一同進入柩中。符氏與生常夜遊作祟，鄉人請鐵冠道人驅除；二人終被押赴九幽之獄審判。

這篇與其他人鬼戀，最後人鬼殊途的小說不同，結局出人意料之外。喬生竟與符女同為鬼物，夜半以雙頭牡丹燈為前導；鄉人遇見輒得重病，若非加以祭拜，則無法痊癒。蒲松齡《聊齋志異》卷十四〈雙燈〉，在女主角出現時也有雙燈前導的情節。據葉德均的考證，〈雙燈〉本於此篇。〔註52〕今對照兩篇敘述此情節的部份，也有些雷同。〈牡丹燈記〉：「一丫鬟挑雙頭牡丹燈前導」；〈雙燈〉則記：「前婢挑雙燈以待」。

〔註52〕見葉德均，《戲曲小說叢考》，卷中〈聊齋志異本事考〉（北京：中華書局，1979 年 5 月一版），頁 594。

5、〈渭塘奇遇記〉

元末王生到松江收租，經過渭塘，遇一酒肆女，彼此傾慕。王生返家後，夜夜夢見與女相會。次年又經酒店，老翁請他入坐，到了女閨房，見壁上題詩和房中景致，都跟夢中一樣。女也說出夢中之事，全部與王生所夢吻合，二人即因此而成婚。

此篇與「孤本元明雜劇」中的〈王文秀渭塘奇遇〉，題材相同。

三、第三卷五篇

1、〈富貴發跡司志〉

元末士人何友仁，到城隍祠告訴富貴發跡司，他困苦不得志的景況。夜半見富貴發跡司預言：「遇日而康，遇月而發，遇雲而衰，遇電而歿。」後來，被傅日英延聘為教師，隨達理沙月任官於元朝，因為雲石不花而黜為雷州錄事，簽署「雷」字，竟成「電」字，之後即亡。

小說有強烈的宿命色彩，不僅個人命運早有安排；即如國家的衰盛，也有定數。故文末論張士誠起兵，被朱元璋所滅事；皆是定數，不可改變。進而認為一般人想要改變命運，只是徒增困擾而已。

2、〈永州野廟記〉

元成宗大德年間，畢應祥經永州野廟，因貧苦無法設奠，反被妖怪捉弄。路過南嶽祠，寫狀子燒給冥間。半夜夢入祠殿，祠吏捉佔廟的妖蟒。醒後見野廟已毀，如夢中所見。回家後又夢入地府，與妖蟒對辯。判妖永不出世，而畢應祥可延壽十二年。

此篇較特別的地方是，安排主角所經歷奇遇，不是在同一個夢境中完成；而是分別夢見兩種連續的場景後，故事才有了結局。

3、〈申陽洞記〉

李德逢善打獵，到桂州投靠朋友不成，以打獵維生。郡中錢翁的女兒失蹤，毫無音訊。李生追獵物迷了路，遇到玃猥，取箭射中，循跡入申陽洞中。李生佯稱自己是醫生，並說有仙藥能度世，將群猴斬殺；找到被猴妖擄來的三女，當中有錢翁女。得虛星老人的幫助，循白鼠的導引出洞；重回郡中，同娶三女，赫然富貴。

這篇顯然承自唐傳奇〈補江總白猿傳〉，以猴妖掠女為主要的故事架構。但此篇在安排男主角救回女主角的過程上，比較合理。〈補江總白猿傳〉歐陽紇最後是靠著洞中被虜人的指引，一步步殺了白猿。而〈申陽洞記〉中的李德逢則是靠自己的智慧，救出三名婦人。

4、〈愛卿傳〉

倡女羅愛愛色藝雙全，與趙生納禮成婚。趙生到河南任官，愛愛侍奉趙母，母因思子而亡。張士誠陷平江，愛愛被劉萬戶所奪，自縊而死。趙生回鄉，方知原委。在銀杏樹下發現愛愛顏色如舊，並自訴將往宋家託生爲男子。趙生隨即到無錫，找到宋家。宋家男嬰出生後，哭鬧不止，見趙生才破啼爲笑。

李悔吾《中國小說史》中，稱〈愛卿傳〉的寫作立意，「與唐人房千里〈楊娼傳〉近似」〔註53〕事實上，〈楊娼傳〉寫楊娟感念帥甲的情意，爲他殉情而死，與本篇不同。

5、〈翠翠傳〉

劉翠翠與同窗金生，結爲夫婦。張士誠起義後，部將李將軍擄翠翠到湖州。金生僞稱是翠翠的哥哥，李將軍延攬他，二人才有機會再見面。二人會面以後，劉生抑鬱而卒；翠翠隨後也死，李將軍將她葬於金生旁。洪武初年，劉家舊僕經湖州，翠翠託僕人傳信給父母。劉父尋來，只見兩座墳而已；夜宿墓旁，半夜夢翠翠與金生來，才知原委。

在《明代文言短篇小說選譯》中，稱此篇「不失爲明代文言小說中的一篇力作」〔註54〕，評價甚高。後被凌濛初改編成話本小說，即《二刻拍案驚奇》卷六〈李將軍錯認舅、劉氏女詭從夫〉。與它相關的戲劇有葉憲祖〈金翠寒衣記〉、清袁聲〈領頭書〉。

四、第四卷五篇

1、〈龍堂靈會錄〉

瞿佑藉此表達對歷史事件的看法。聞人子述見白龍異象後，到龍王廟題古風一章。當他睡臥在船上時，有魚頭鬼身者，邀往水龍王宮。見越范蠡、晉張華、唐陸處士，同來赴宴。宴會之間，伍員忽然跑來，與范蠡爭辯。當晨雞啼叫時，伍員拜別離去，三人隨即離開；子述也回到船上。

2、〈太虛司法傳〉

敘馮大異如何成爲太虛殿司法的經過。大異原本恃才傲物，不信鬼神。到一荒廢的村落，被群鬼追趕，躲進佛殿，又險些被佛像吞食。慌亂中墮入鬼谷，被鬼王與小鬼捉弄。回到人間，容貌似鬼。妻兒不敢認，憤懣而死。上訟天府；判鬼谷陷

〔註53〕見李悔吾，《中國小說史》（台北：洪業事業有限公司，1995年4月初版），頁127。
〔註54〕黃敏譯注、章培垣審閱，《明代文言短篇小說選譯》（四川：巴蜀書社，1991年10月一版），頁18。

爲巨澤，他被任命爲太虛殿司法。

3、〈修文舍人傳〉

此篇也是文人死後任冥職的故事。夏顏爲一貧困書生，客死潤州；擔任冥府修文舍人一職。路遇友人，論冥間用人，視才而定；不像人間，可以賄賂取得。又罵盡現實官吏，升遷不明，賞罰不公。以詩贈友人後，請他刊刻遺文。三年後，並將修文舍人一職讓出，以報答他爲自己出書的恩惠。

小說雖沒有被改編成話本小說，卻影響了李禎《剪燈餘話》的〈泰山御史傳〉，以及清蒲松齡《聊齋志異》卷一〈考城隍〉。〔註55〕

4、〈鑑湖夜泛記〉

這是仙女爲自己傳說翻案的故事。成令言在鑑湖遇織女，跟她談論神仙。對世間詩人歌誦織女牛郎的戀情而不滿；希望能爲她辯白。在贈送錦布二匹後，拜辭離去。成生後來遇到西域商人，鑑定出是織女之布。

5、〈綠衣人傳〉

趙源僑居西湖，遇到宋丞相賈秋壑的侍女綠衣人。她說趙生也曾是丞相家童，兩人相互愛慕；因同輩舉發，賜死在西湖斷橋下。今天來續前緣，以償宿願。三年後，綠衣精氣消散，與他訣別。趙生感於她的深情，不再娶妻，到靈隱寺出家。

這篇從賈似道的傳聞中所衍生出來的小說，後來爲周朝俊〈紅梅記〉所取材。由於文中提及「孰知有漳州木綿庵之厄也」，有學者誤認爲本篇是馮夢龍《喻世明言》卷廿二〈木綿庵鄭虎臣報冤〉的藍本。〔註56〕事實上，二篇小說的情節相差甚遠，〈木綿庵鄭虎臣報冤〉，另本於趙弼的〈東窗事犯傳〉（見本論文第四章）。

五、附錄一篇

〈秋香亭記〉

敍商生與表妹采采的愛情故事。采采的祖母，即商生的祖姑；見二人青梅竹馬，要他們日後成婚。雙方家長，也樂見婚事能成。恰好張士誠起兵，商生隨父親到四明避亂，采采也隨家人遷居金陵。十年後，商生派僕人前來打聽，但采采早已嫁人，商生始終不能忘情。

這篇應是瞿佑自敍戀情的作品。〔註57〕因孔門子弟中有商瞿，故託名商生以暗

〔註55〕見葉德均，〈聊齋志異的本事〉，收在《戲曲小說叢考》（北京：中華書局，1979年5月一版），頁591。

〔註56〕同註53，李悔吾，《中國小說史》，頁127。

〔註57〕認爲〈秋香亭記〉是瞿佑自傳的說法，始於陳霆，《渚山堂詞話》卷3，但卻沒有說

示作者姓氏。瞿佑幼年時曾隨父親到姑蘇；張士誠起兵時，輾轉到會稽、四明避亂。瞿佑祖姑，有一嫁給姓楊的；即楊弘仲〔註58〕；恰好故事中，商生的祖姑丈是弘農楊氏。在時空背景和人物關係上，極為吻合。此外，在《新話》中，沒有其他篇註明與主人翁的關係，只有〈秋香亭記〉，在最後說明：「生之友山陽瞿佑，備述其詳，既以理論之，復製〈滿庭芳〉一闋，以著其事。」又，永樂十八年（1420）彥文甫〈秋香亭記跋〉：「敘令剪燈灰心久」，隱約透露出，佑因對采采的懷念，而作《新話》的訊息。

第四節　承上啓下的藝術構思

　　《新話》二十一篇小說，字數大多在一千餘字左右。最長的是〈龍堂靈會錄〉，有二千多字；最短的是〈華亭逢故人〉，也將近一千字。而在題材傾向上，有十六篇以志怪為題材，另外五篇是愛情故事。插入詩詞等非散文敘述者，共有十四篇。而故事的時空背景以元末明初江浙一帶為多（參見附表一：篇目分析表）。

　　所以，由整部書的寫作風格來看，可以明顯地感受到瞿佑有意識的創作；並非一味模擬唐宋傳奇，或只根據聞見以錄而已。從整個傳奇小說的演進上來說，《新話》不只是明代傳奇最重要的專集，也是小說史上第一部體製嚴謹的傳奇集。唐宋傳奇大多是單篇寫作，即使如唐代牛僧孺《玄怪錄》、李復言《續玄怪錄》，也並非全是傳奇小說，其中有不少是筆記小說。而蒲松齡的《聊齋志異》，也有一半以上是簡短的筆記；沒有像《新話》那樣整齊的體製。因此，在傳奇體例的一致性上，《新話》是首開先例的。若要重估《新話》在傳奇小說史上的重要地位，首先就得釐清它在寫作技巧上，有那些藝術構思是得自於前人與獨創。

一、承自唐宋傳奇的創新

　　《新話》受到唐宋傳奇的影響，早在他的忘年友凌雲翰，於洪武十三年所寫的序中，就提到：「及觀牛僧孺之《幽怪錄》，劉斧之《青瑣集》，則又述奇紀異，其事之有無不論，而其制作之體，則亦工矣。鄉友瞿宗吉著《剪燈新話》，無乃類是乎？」各舉唐宋傳奇一書以論。後來的學者大多追繼魯迅的觀點：「文題意境，並撫唐人。」〔註59〕將它模仿唐人傳奇的部份，做徹底的考證與論述。例如，日人近滕春雄從情

　　　明理由何在。（見註8，頁548）

〔註58〕見瞿佑《歸田詩話》，〈宗陽宮玩月〉「楊仲弘以宗陽宮玩月詩得名。……夫人瞿氏，予祖姑也。」同註10，頁1274。

〔註59〕魯迅，《中國小說史略》，第二十二篇，清之擬晉唐小說及其支流（台北：谷風出版社，

節構想上，證〈金鳳釵記〉、〈申陽洞記〉，分別受到陳玄祐〈離魂記〉、〈補江總白猿傳〉的影響。〔註60〕又有從描寫時事的系統上，或追求情節的新奇上，論述《新話》對唐傳奇的繼承。〔註61〕

另一方面，拙作〈《青瑣高議》對《剪燈新話》的影響〉一文，也從小說中大量運用詩詞曲賦、藉鬼神以抒史見、題材的運用上；論述《新話》與宋人傳奇的關係。〔註62〕或許就是在《新話》中可以個別找到唐宋傳奇的影子，所以才會予人「題材陳舊」的錯覺。〔註63〕

事實上，它卻並非生吞活剝地移植唐宋傳奇的寫作技巧。例如，在題材的因襲上，比較〈金鳳釵記〉與〈離魂記〉，則可見出瞿佑運用金鳳釵暗示情節發展的技巧，和安排妹妹代替姊姊續緣的合理性。比〈離魂記〉中張倩娘自己離魂，後合為一體的情節構思更曲折。又如，在描寫時事的系統上，瞿佑藉身處的元末明初為小說背景，並非以寫時事小說為主。所以，即使有追繼唐宋人的痕跡，但整體而言，小說呈現了濃厚的個人色彩。

而在小說的語言上，以典雅的散文和詩歌描繪背景，頗有散文詩的韻味。例如，〈渭塘奇遇記〉中，對渭塘的描寫，就充滿了詩情畫意，也有晚明小品文的雋永：

> 回舟過渭塘，見一酒肆，青旗出於簷外，朱欄曲檻，縹緲如畫，高柳古槐，黃葉交墜。芙蓉數十株，顏色或深或淺，紅葩綠水，上下相映，白鵝一群，游泳其間。

二、下啟明清傳奇小說

《新話》上承唐宋，有所創新；更影響了許多明代的傳奇作品，甚至及於清蒲松齡《聊齋志異》。

雖然後來的明代傳奇專集各有其特色，但可以從其中找到仿自《新話》的特點，例如，李禎《剪燈餘話》仿其大量插入詩詞；趙弼《效顰集》加強了歷史意識；陶輔《花影集》重在議論；邵景詹《覓燈因話》著重於情節的曲折。

台一版），頁210。

〔註60〕近藤春雄，《剪燈新話和唐代小說》（《說林》23，1974年12月），頁54～64。

〔註61〕參見侯忠義、劉世林，《中國文言小說史稿》（北京：北京大學出版社，1993年2月）一版，頁135。章培垣，《明代文言短篇小說選譯》（台北：錦繡出版社，1992年6月）初版，頁18。

〔註62〕參見拙作，〈青瑣高議對剪燈新話的影響〉（《華岡研究學報》，創刊號，1996年3月），頁陸1～16。

〔註63〕韓秋白、顧青，《中國小說史》，第五章，明代文言小說（台北：文津出版社，1995年6月一版），頁86、87。

對清《聊齋志異》的影響，可以從三方面來說。首先，在寫作上兼取志怪和傳奇之長，加以融和；已開《聊齋志異》「用傳奇法以志怪之先河」。例如，小說中寫煙粉靈怪的篇章，即是展現志怪、傳奇爲一體的端倪。〔註64〕第二，隱含於篇中的諷刺性與譴責，即如皮師述民所言，是《聊齋志異》的先聲。〔註65〕對人世選拔人才的不公，甚或司法不公的譴責，等等，已開《聊齋》譴責傾向之先。第三，有直接對《聊齋》影響的篇章，例如〈牡丹燈記〉、〈修文舍人傳〉，分別影響了《聊齋》卷十四〈雙燈〉和卷一〈城隍〉。

第五節　《新話》的主題思想

一、儒生懷才不遇的悲嘆

瞿佑寫作《新話》時，年方三十二，才剛任官二年而已。在三十歲之前，雖頂著少年詩人的美名，在家鄉結詩社；在詩友間受到肯定，但卻未有眞正賞識他的人。從童年時被譽爲家中的千里駒，到少年時的文名大噪；青年才俊卻無法被任用的苦悶，是可以理解的。因而瞿佑〈書生嘆〉一詩：「書生嗜書被書惱，居不求安食忘飽。微吟朗誦無了期，妻怨兒啼鄰里誚。……從今投筆復棄書，擬學東皋農把鉏，妻復苦諫兒搖手，近來差科重田畝。」〔註66〕又如，〈華亭逢故人〉中，全、賈二生，生不逢時的感歎。所以，在《新話》中，許多主人翁的際遇和感慨，都顯出瞿佑同情貧儒的筆觸。

（一）妻孥賤棄、鄉黨絕交的感慨

卷一〈水宮慶會錄〉中，余善文到廣利王宮後，赤軍公質問他爲何出現在典禮上，隨即被東海廣淵王叱責說：「文士在座，汝烏得多言。」可見在水宮中，文士是如何的被尊重。但相對於人間，在元末兵荒馬亂之際，儒生處境困窘。如卷二〈富貴發跡司志〉中的何友仁，他被貧窶所迫，不能聊生；妻兒都看不起他，朋友們紛紛跟他絕交。

（二）人才晉用，皆由命定以自解

對於儒生懷才不遇的悲嘆，在卷四〈修文舍人傳〉中，夏顏修身謹行，仍不能

〔註64〕《新話》開《聊齋》志怪博奇先河之說，可參見同註63，韓秋白、顧青，《中國小說史》，頁87。又鄭樹平，〈明代傳奇小說的重要收穫——略論新話、餘話、因話〉（《明清小說研究》，1988年第1輯），頁10。

〔註65〕見同註7，皮師述民，〈明初剪燈二種的諷刺與譴責〉，頁22。

〔註66〕此詩收在田汝成，《西湖遊覽志餘》，卷12〈才情雅致〉，同註17，頁234。

改善家中的情況時；他只有自解：

> 顏淵困於陋巷，豈道義之不足也？賈誼屈於長沙，豈文章之不贍也？校尉封拜而李廣不侯，豈智勇之不逮也？侏儒飽死而方朔苦飢，豈才藝之不敏也？蓋有命焉。不可幸而致。吾知順受而已，豈敢非理妄求哉！

用以安慰自己並非沒有才華，只是命中註定不能發揮才能而已。因此，瞿佑在小說中，更表現出對當世人才晉用的不滿：

> 冥司用人，選擇甚精，必當其才，必稱其職；然後官位可居，爵祿可致。非若人可以賄賂而通，可以門第而進，可以外貌而濫充，可以虛名而躐取也。（卷四〈修文舍人傳〉）

（三）樂土之託

　　儒生在那樣的時代環境中，沒有施展長才的機會。小說中作者將希望寄託於未可知的陰間。祇要在人世間修德，雖到極為窮困的地步；死後可得到補償。例如，卷四〈修文舍人傳〉中即說：「修德之士，阨下位而困窮途者，至此必蒙其福。」或是想像一個人間的樂土，如〈天台訪隱錄〉中的理想世界，做為儒士的精神寄託。

二、對戰爭的體驗與觀點

　　瞿佑生逢元末群雄起義，反抗蒙古政權之際，親身遭受到戰爭的流離之苦。尤其故鄉江浙是張士誠盤據的地方；所以，對戰爭帶來的不幸，感受最深。在二十一篇小說中，以張士誠作亂為背景；且影響小說主人公的命運者，共有六篇。

（一）因戰爭而展露才華

　　個人的際遇，往往因時代異動而改變。尤其是在群雄並起，社會資源及角色重新分配時，往往可以趁勢展露頭角。卷一〈三山福地志〉中，背恩忘義的繆君，在亂世中把握住機會，投靠在陳有定的幕下；而能威權隆重，門戶赫奕。又如卷一〈華亭逢故人〉，張氏誠以松江為屬郡，全生、賈生與他往來；可以在他的面前滔滔不絕，旁若無人的樣子，更得以杖策登門，參與張氏的謀議。使得往日的豪門巨族對二人，畢恭畢敬，惟恐承接不及。卷三〈富貴發跡司志〉，何友仁即因張士誠起兵，毛遂自薦獻策於元朝大帥達理沙月；一夕之間，從貧士成為將軍的參謀。

　　若沒有這樣的機緣，即無法享受到這般的待遇。然而，這種風光的日子，隨著樹倒猢猻散，起義軍隊潰敗後，即遭來殺身之禍。如繆君被殺，家產皆被沒收；而賈生與全生亦被淹死，成為道途鬼魂。因此，戰亂之下，英雄的得意，祇是瞬間罷了。從賈生論建國功臣，如韓信被戮；與全生論黃巢兵敗，猶能脫禍。可知隨戰事而起的亂世英雄，際遇多舛。

（二）因戰爭而流離失所

雖然，瞿佑對戰爭場面的描寫，著墨不多；但短短數言，已可見出他對兵禍所招來禍害的惋惜。在卷三〈富貴發跡司志〉中，即寫道：「沿淮諸郡，多被其禍，死于兵戰者，何止三十萬焉。」又如卷三，〈愛卿傳〉描寫戰爭之後的殘破景象：「城郭人民皆非舊矣，投其故宅，荒廢無人居。但見鼠竄於梁，鴉鳴於樹。」

人民流離失所，無可依靠；帶來不安的生活，更造成情人阻隔的悲劇。例如，卷二〈愛卿傳〉、〈翠翠傳〉，男女主角因戰事分隔，致無法結合，或衹能在陰間續前緣。羅愛卿被劉萬戶奪去後，不肯屈從而死；當趙六輾轉回鄉時，衹能與她人鬼永隔。翠翠被張士誠的部將李將軍奪去後，金生千里迢迢，緊隨軍隊而行。一路上餐風露宿，乞討尋妻。見面之後，更因未能相認，鬱悶而亡。兩對原本可白頭偕老的夫妻，即因戰亂而被迫死別。

又如，附錄〈秋香亭記〉，則記敘在戰亂中，活生生被拆散的有情人。商生與采采歷十年兵事擾亂的阻隔，在東奔西竄的情況下；采采迫於情勢，不得不委身他人。所以在寄給商生的詩中，采采即說：「好因緣是惡因緣，只怨干戈不怨天。」

（三）戰爭禍事，皆有定數

生逢戰事的苦楚與無奈，瞿佑所抱持的態度是：一切戰爭禍端，所造成的生靈塗炭，皆是冥冥中註定。在卷一〈三山福地志〉中，元自實在三山福地，道士將未來世運變革，全盤預告。卷三〈富貴發跡司志〉中，論天下之事，小至個人的榮辱，大到國家的興衰治亂，都逃不過天地運行之數。這種冥冥決定的運勢，是無法靠個人的智術權謀而改變的。即使是冥間的官吏，也無法阻止這場災厄。果如其所料，張士誠起兵之後，從黃河以南到長江以北的地方，被屠殺的人民超過三十餘萬人。

三、勸善懲惡的果報觀

瞿佑在〈剪燈新話序〉中，即明白揭示創作立意是：使行善者勸而益勤，為惡者能見此書而知戒。因此，小說中普遍存在著勸善懲惡的果報思想；結合了儒家道德觀，與佛、道天堂地獄之說。

（一）為惡者的下場

在《新話》中，因在人間為惡，死後受到懲罰的人，有歷代誤國之臣、僧尼，與不肯提攜後進者。例如，卷二〈令狐生冥夢錄〉中，議論宋朝秦檜等誤國迷主的臣子，因謀害忠良而入萬劫不復之地。那些在世上不耕而食、不織而衣的僧尼，因不守戒律又貪淫，所以死後化為異類。卷一〈三山福地志〉，論那些為官者，以文學自高，不肯汲引後進；故使之來世變得愚笨，目不識丁。又論前世不肯禮賢下士的

人，今世漂泊無所依憑。作宰相的人，若貪心殘暴，則日後必當受到幽囚之禍。身為地方父母官，若任意殺害良民，當受到割截之殃。又如，卷三〈富貴發跡司志〉，藉判官論鄉中惡霸兼併鄰田，使他化身為牛，托生鄰家，償還前世占田的報應。以上都是為惡者應受懲罰的例子。

瞿佑對於以賂賄的方式，作為逃避因果報應的情況，深感不滿。卷二〈令狐生冥夢錄〉中，即藉令狐譔得知多行不義的烏老，竟因家人焚褚幣而重回人間後；發出不平之鳴：「貧者何緣蒙佛力？富家容易受天恩。」「貧者入獄而受殃，富者轉經而免罪。」平時若見利忘恩，貪財悖義的人；若因多燒幾柱香、多焚幾疊冥紙，就可以免除報應，那麼就沒有真正的正義公理可言。故事的結局，瞿佑仍安排烏老得重回冥間，受到該有的懲罰。

（二）為善者的福報

論及積善行德有好報的思想，在小說中也不少。卷三〈富貴發跡司志〉中，開倉賑民的人，可以延壽三紀。孝順婆婆的媳婦，能夠生下有出息的兒子。卷三〈永州野廟記〉，為地方上除去妖害的人，可以延長十二年的壽命。卷三〈愛卿傳〉，因為生前的貞烈，死後可以再投胎為男子。卷四〈修文舍人傳〉，幫助友人整理遺稿，所以死後可以得到修文舍人一職。

（三）意念層次的果報

這輩子有怎樣的行為，下輩子即會有怎樣的果報；這是小說中描述與議論的不變法則。但在《新話》中，有一個很特別的故事，是當主人公在意念萌生時，果報立即呈現的描寫。卷一〈三山福地志〉，當元自實全家人在除夕夜，苦候繆君送錢米來過年；繆君爽約，自實氣憤不過，手握刀子等待天亮。當自實有殺繆君的念頭時，身旁既有凶鬼跟隨；想到一家大小要靠他維生，寧願隱忍下怨氣時，福神即降臨身旁。

這與單純地敘述肇因，再述所得的報應，是有著極大的不同。會細膩地提昇至內心意念的描寫，這與宋明以來理學發達有關。在理學中討論到人性中的心、性，是一個普遍的命題。瞿佑雖非理學家，但生長在理學風氣盛行的時代，故表現善惡果報的思想內涵時，將層次提昇到此境界，是極為自然的事。在後來的傳奇中，對明代理學中心性的探討，已有愈來愈普遍的趨勢。例如，陶輔《花影集》卷四，〈閑評清會錄〉即是。

四、民間多神信仰的宗教觀

瞿佑在〈剪燈新話序〉中，提及創作小說的素材來源，是別人告訴他的。在他

有意的創作中，小說的主人公，大都是儒生；很少以道士或僧尼爲主。因此，即使呈現儒生如何成神、得道的故事，也非單純以宣揚宗教思想爲目的。再加上中國民間信仰，至明代佛教早被本土道教所吸收；因此，在《新話》所表現的宗教觀，往往體現了當時民間信仰的狀況。

（一）修道延壽的思想

卷一〈水宮慶會錄〉，當余善文從廣利王宮回到人間，賣掉水府寶物後，成爲富翁。立即不求功名，轉而棄家修道。歷經水宮中的和樂之境，與文士被尊重的情境；修道成仙，反而是他追求的目標。卷四〈鑑湖泛夜記〉，成令言在遇見織女之後，修道的功力大增，顏貌紅潤，行動健步如飛。卷三〈永州野廟記〉，當畢應祥幫助地府審妖蟒後，閻王以延長壽命十二年，做爲報酬。因此，小說普遍呈現著，當時一般人祈求長壽、得道的思想。

（二）預知未來以避凶

因爲瞿佑身逢戰亂，隨著家人東奔西走以避禍。因此，小說中也反映了，希望預知禍事來臨的願望；以便做因應避禍的措施。如卷一〈三山福地志〉，元自實遇道士告知天下將有兵事，請他早擇居非戰之地，免遭魚池之殃。即可說明，歷經戰禍者，深知戰爭的殘酷；若有人能預知，則能保全身家性命。又如，卷三〈富貴發跡司志〉中，發跡司判官對何友仁說將有國難，雖何友仁終究無法避免，但也透露出祈求避凶的心願。

（三）尋找理想的樂園

因人間的戰爭與貧苦，使許多人找不到人生的方向；因此，離開人間，到另一和樂的世界生活，成爲亂世之中的普遍理想。自從陶淵明的〈桃花源記〉之後，許多後世的小說主題，即在揭示這樣的理想。例如，卷三〈天台訪隱錄〉，將時代從秦末移到南宋末年。理想樂園的境地，除了隱於山野的世外桃源，還有水宮；如卷一〈水宮慶會錄〉、卷四〈龍堂靈會錄〉。理想境地除提供安適的居住地，還冀望免除人世的不公。包括用人任官的不公平（卷四〈修文舍人傳〉），司法審判的不公（卷四〈太虛司法傳〉）。

五、超越生死的愛情觀
（一）才子佳人終成美眷

才子佳人團圓結局的小說，契合中國人凡事力求圓滿的心態；也可以說是符合讀者們的補償心理。例如卷一〈聯芳樓記〉，鄭生與蘭英、惠英，以詩傳情，二女同

嫁一夫。卷二〈渭塘奇遇記〉，夢中王生女相戀，後來因神契而結合。

（二）死後續情的遐想

表現續情遐想的小說，有以下數篇。卷一〈金鳳釵記〉，興娘死後，借妹妹慶娘的魂，與興哥再續一年的情份。卷三〈愛卿傳〉，愛卿被逼自縊後，顏貌如舊，等趙六回鄉時，除自敘遭遇外，又與他歡會一夜，再作永別。卷三〈翠翠傳〉，金生這一對亂世夫妻，現實環境不許二人唱隨，唯有死後再做夫妻。

（三）超越生死的愛情

人鬼本殊途的思想，是唐宋傳奇中普遍的主題。即使曾經愛過，最後一定要回到各自的世界中。但在《新話》中，卷二〈牡丹燈〉人鬼戀的故事，卻反映了愛情可超越生死、陰陽的界線。喬生與符麗卿相戀後，可以突破道士的阻撓，同作鬼情侶。

小　結

瞿佑借神怪以言志，抒發文士的苦悶和悲哀，「文雖綺靡，意卻超詣悲愴」〔註67〕即使承自唐宋傳奇題材和寫作技巧，卻塑造了他自已的小說風格。即如吳志達《中國文言小說史》所評，對新話「不能以文筆殊弱一、二句話，予以否定。」〔註68〕瞿佑在描寫人物、刻劃背景、追求情節新奇上，使《新話》成為一部有藝術價值與吸引力的小說，進而使許多作家追繼其蹤。如李禎《剪燈餘話》、趙弼《效顰集》、陶輔《花影集》，等等。又如後來的中篇傳奇小說，著意於兒女私情的渲染，也是受到它的影響。〔註69〕並在結合志怪與傳奇，和諷刺現實的立意上，成為《聊齋志異》的先聲。

此外，它的影響力並及於後來的小說命名，例如，丘燧的《剪燈前集》三卷、《剪燈後集》三卷，合稱為《剪燈奇錄》六卷；都是記載鬼神奇怪之事的筆記小說。〔註70〕又如黃虞稷《千頃堂書目》子部小說類中，載陳鍾盛《剪鐙紀訓》、無名氏《剪鐙續錄》，皆是。因此，做為明代傳奇小說的代表，《剪燈新話》實當之無愧。

〔註67〕見石昌渝，《小說》（北京：人民文學出版社，1994 年 7 月一版），頁 113。

〔註68〕吳志達，《中國文言小說史》（山東：齊魯書社，1994 年 9 月初版），頁 690。

〔註69〕見石昌渝，《中國小說源流論》（北京：三聯書局，1994 年 2 月一版），頁 205。

〔註70〕見高儒《百川書志》，卷 7（台北：成文出版社，《書目類編》，27 冊），頁 115：「剪鐙奇錄六卷，皇明邱燧集。凡二十類，前三卷九十四事，續三卷一百三事，俱載鬼神奇怪之事。」

第三章 李禎《剪燈餘話》

追繼瞿佑《剪燈新話》的第一本創作集，就是李禎的《剪燈餘話》。至今，還沒有人專門研究這本書；只有王淑琤的《剪燈三種考析》，將它和《新話》、《因話》一併介紹。〔註1〕事實上，《剪燈餘話》除仿作《新話》之外，還成為陶輔（1442～1532以後）所參考的對象，寫下《花影集》一書。因此，就明代整個傳奇小說史的研究來說，《餘話》（以下《剪燈餘話》簡稱《餘話》）也是重要的一本專集。

第一節 李禎生平與著作

一、生平大要

李禎，字昌祺，號僑菴、白衣山人、運甓居士。因為避明太子朱禎的名字，所以皆以字行。江西廬陵（吉水）人。生於明太祖九年（1376）六月二十六日，卒於代宗景泰三年（1452）三月二十五日，享年七十七歲。〔註2〕

（一）家學淵源

李禎祖先本世居金陵，宋朝南渡時，才遷居江西吉水烏江。元朝時又搬到吉水吉陽門，後遷到他的出生地吉水螺川巷。李禎的父親李伯葵，在當時即以詩聞名，

〔註1〕 見王淑琤，《剪燈三種考析》（台灣大學中國文學研究所，1982年，碩士論文）。

〔註2〕 關於李禎的確切生卒年月日，參考錢習禮，〈河南布政使李公墓碑銘〉，收在明徐紘編，《皇朝明臣琬琰錄》，卷24（「明代傳記叢刊」，第43冊（台北：明文出版社出版），頁807。唯記李禎享年為「七十五歲」；但根據生卒年推算，洪武九年（1375）到景泰三年（1452），應是七十七歲。然而，錢習禮的這篇碑銘，是介紹李禎生平最全的一種；其他提及李禎生平的文章，不外乎刪減此文而成。例如，明過庭訓纂集《本朝分省人物考》卷64。明焦竑編，《國朝獻徵錄》卷92，〈河南布政使司左布政使李公墓碑〉。明王兆雲輯，《皇明詞林人物考》卷2。

尤其善作五言詩，人稱李五言。〔註 3〕李禎因受父親耳濡目染的緣故，再加上天資聰敏；少年時即以屬對賦詩，而語出驚人，名顯於鄉里間。二十歲時，與同鄉才子曾棨（1372～1432）齊名。

（二）政績卓著的仕宦生涯

明成祖永樂二年（1404），當李禎二十九歲時，考中進士。進入翰林院任庶吉士，參與永樂大典的修纂。要閱讀的資料，包括經傳子史、稗官小說，等等，他都能瞭若指掌；再加上精力過人，任內有極好的表現。因此，後來被擢升爲禮部主客司郎中。司郎中的工作，最爲繁重，但他以勤謹治事的表現，反受到剛愎自用尚書呂震的看重。

因爲在職位上的傑出表現，四十三歲，即永樂十六年（1418），被推舉爲廣西布政使。到任之後，即大力整頓廣西的治安，使得獠猺剽掠邊民的事，不再發生。然而任廣西布政使一年之後，即永樂十七年（1419），李禎因某種小過失，而被調職於房山（北京附近）。〔註 4〕直到永樂十九年的春天，才被調回南京。〔註 5〕同年十一月二十九日，因父親過世，服喪守孝回到江西。在房山的三年是他工作負擔較輕，較不得志的時期；所以，藉《剪燈餘話》的創作，「豁懷抱宣鬱悶」（《剪燈餘話》序）。

明仁宗洪熙元年（1425），守父喪期滿。仁宗皇帝看重他的能力，恢復原職，任河南布政使。李禎到任之前，河南連年旱蝗之災，民不聊生。經他整治後，數月之間，政化大行。宣宗宣德四年（1429），因母親過世而離職；但隨後河南的災荒，又再度發生。在大臣們的推薦之下，次年，宣宗即要他帶孝赴任河南。再度回到河南後，與魏源、許廓一起撫恤流民，又使河南恢復平靜。

河南任官期間也結識了周憲王朱有燉（1379～1439），在他的《運甓漫稿》，有許多爲朱有燉題畫的詩作，如卷二〈並題牡丹圖〉即是。

明英宗正統元年（1436），他上書建議三事：第一、將廢弛的社學，延聘教師予以創修。第二、嚴禁僧尼以符水治病的習俗。第三、請將文天祥列于盧陵祠堂。英

〔註 3〕 李伯嚶的生平事蹟，見楊榮，〈故盤洲李處士墓誌銘〉，收在楊榮《文敏公集》卷24（台灣：商務印書館，文淵閣四庫全書本，第 1240 冊），頁 381～383。

〔註 4〕 李禎到房山是因爲犯了小過而調任，參見劉子欽，〈至正妓人行跋〉：「以微眚於役，感遇而賦此」（台北：世界書局，《剪燈餘話》卷 4〈至正妓人行〉，1974 年 11 月出版），頁 77。

〔註 5〕 李禎在房山的時間，《運覽漫稿》卷 5，〈酬曾學士榮見贈復職之作〉：「放逐仍居患難中，三年執役梵王宮」（台灣：商務印書館，「四庫全書」本，第 1242 冊，頁 491。）又《剪燈餘話》卷 4〈至正妓人行〉：「永樂十七年，余自桂林役房山，……明年春，余將還京師。……永樂庚子閏正月朔日，盧陵李禎識。」（同註 4，頁 72～74）此文作於永樂十八年。可見李禎在十九年的春天，就調離開房山，一共在那裏待了三年。

宗皇帝都採納了他的意見。〔註6〕

（三）辭官退隱時期

正統四年（1439），由於李禎平日勤於政事，感染了風疾；辭官回到江西，這一年他才六十四歲。回歸鄉里的生活，就在簡約怡然自得中度過。在朝任官時，全心致力於政事；卸任之後，「兩屐不到侯門遊」〔註7〕，不涉獵公事。但是，若家鄉中的太守，向他請教政事時；他都無所隱瞞，全盤告知。雖在朝為官三十餘年，但歸隱後的生活極為簡樸，以讀書和吟詠自娛。

景泰三年（1452），因病過世；墓在吉水紫雲山招義院之西。李禎的元配艾氏，生有一子；繼室劉氏，生有二子（李宣、李定）二女。〔註8〕歿時有孫五男六女。

李禎死後，因為他曾作《餘話》的緣故；當景泰年間御史韓雍（1421～1470）到江西巡視時，建議將廬陵的先賢祀學官時，他即被排除在外。這件事情記載於都穆《聽雨紀談》、葉盛（1420～1474）《水東日記》中。而祝允明（1461～1527）《九朝野記》卷九：「少睹其所作《剪燈餘話》，雖寓言小說之靡，其間多譏諷，皆有為作也。同時諸老多面交而心惡之，李不屑意也。……及韓公雍按江西，亦以公有此書，不入鄉賢祠。」〔註9〕更進一步指出，因《餘話》中多含譏諷之意，致得罪不少人；使他死後不得入鄉祠。

二、《運甓漫稿》

李禎的作品，除了《餘話》以外；還有詩集《運甓漫稿》七卷。此書為天順三年（1459）吉安教授鄭綱所編；收入李禎的全部詩作，與三十二闋詞作。共有詩四百餘首，各體兼備；五、七言的古體、律詩、絕句，與五言排律皆有。考所作多與友人題贈的詩作，或抒發平生志向；詠物詩、題畫詩也不少。通觀全部詩作，即如清陳田所評：「色新意古，諸體並工」〔註10〕在永樂時期的詩人中，獨樹一格；沒

〔註6〕 見《明實錄》，明英宗實錄卷21，正統元年八月（台北：中央研究院，1996年4月出版）第13冊，頁407～408。

〔註7〕 見《運覽漫稿》，卷2〈湖山佳趣歌〉：「半生甘作隱流者，兩屐不到侯門遊。老去高情付林壑，閒來樂事只漁舟。」同註5，頁429。

〔註8〕 李禎曾有〈哭子〉詩：「余齡及中歲，有子生六年。……書香賴誰傳，嗣續人所重。」（同註5，《運覽漫稿》卷一，頁422）可見李禎曾於中年時喪幼子，但不知是元配或繼室所生。

〔註9〕 又都穆，《都公譚纂》卷上，見《叢書集成新編》（台北：新文豐公司，1985年出版，第87冊），頁600。葉盛，《水東日記》，同上《叢書集成新編》，第89冊，頁131。皆記李禎不得入鄉祠事。

〔註10〕 見陳田，《明詩紀事詩》乙籤卷9。同註2，《明代傳記叢刊》，第13冊，頁163。

－43－

有纖巧的氣息，只有古逸的風味。

由於每首詩僅標示題目，大都沒有可供檢索的年月；所以大部份的作品，皆不知作於何時。也就無法從中考訂李禎的詳細生平，但可據以得知他與友朋往來的情況。

除此之外，李禎還有詩集《容膝軒草》，以及詞曲集《僑菴詩餘》二卷、《僑菴小令》一卷，等作品傳世。

第二節　《餘話》成書與流傳

一、撰作動機與成書

明成祖永樂十年（1412），李禎在禮部主客司郎中任內，於長干寺監督時，曾經看見桂衡所寫的〈柔柔傳〉。有鑑於它的文辭工整，情意婉約，閱讀之餘，仿作了〈賈雲華還魂記〉一篇，開始了他對傳奇小說的喜愛與創作。桂衡是瞿佑的朋友，曾替《剪燈新話》寫過序；祇知他曾任錢塘儒學訓導〔註11〕，其他生平資料不詳。至於〈柔柔傳〉內容為何，則無法考知了。

李禎完成〈還魂記〉後，因官務繁忙；也沒有其他誘因，支持他寫作傳奇，因而暫停。直到他被貶到房山，當時瞿佑也被貶到不遠的保安；恰好有人引介他讀瞿佑《新話》。另一方面，為了抒發懷抱，宣洩心中的鬱悶，激起了創作傳奇小說的念頭。〔註12〕就在永樂十八年（1419），被貶到房山的第二年，將所搜尋到的題材，寫成二十篇傳奇故事，命名為《剪燈餘話》。而將〈還魂記〉附錄於篇末；猶如瞿佑將〈秋香亭記〉置於《新話》之末。

成書之後，隨即在士林間流傳開來，當時在官場上的許多朋友，都為《餘話》寫序。如曾棨、王英（1372～1447）、羅汝敬，等等；受到他們極大的鼓勵，且肯定此書有懲惡勸善的功能。例如同年進士曾棨：「讀之者，莫不為之喜見鬚眉，而欣然不厭也。」可見當時傳奇小說在士林間，可以公開傳閱，與受到喜愛的程度。

二、刊刻與流傳

〔註11〕桂衡的生平資料，見朱竹垞，《靜志居詩話》卷四：「桂衡字孟平，仁和人。洪武中錢塘儒學訓導，遷山東；建文庚辰（1400），授谷府教授奉祀。」同註 2，「明代傳記叢刊」，第 8 冊，頁 433。

〔註12〕李禎，〈剪燈餘話序〉：「矧余兩涉憂患，飽食之日少，且性不好博奕，非藉楮墨吟弄，何則以豁懷抱、宣鬱悶乎？……姑假此以自遣。」可見他寫作《餘話》的因素之一，是為了宣洩被貶到房山的憂悶。

自從永樂十八年完成《餘話》之後，一直都未刊刻；只藏於書箱之中，使許多人只慕其名，而未能一睹此書。當李禎的同年劉子欽，將此書介紹給他的學生張光啓之後；張光啓就在宣德八年（1433）出版了《餘話》。此原刊本共有四卷二十篇，再加上附錄〈賈雲華還魂記〉；與劉子欽要張光啓將〈元白遺音---至正人行并序〉一同收入，總共有二十二篇。〔註13〕此原刊本今已未能目睹，但日後有許多再行刊刻的《餘話》出現。

（一）五卷本

現今較通行的本子是承襲張光啓原刊的五卷本。此本後來有憲宗成化二十三年（1487），余氏雙桂堂本重刊；題「明李禎撰、張光啓校」，今保存在日本內閣文庫中。又，日本另有江戶初刊的活字五卷本，是神村忠貞舊藏本，今也置於內閣文庫中。〔註14〕

日本又有另一仁和活字本，董康曾以此為底本，參校保存在中國的「乾隆本」、「明刊出相本」〔註15〕；收入「誦芬室叢刊」二編，於 1917 年出版。此經董康整理過的五卷本，1931 年上海大通書局，曾據以排印。1935 年鄭振鐸將它收入「世界文庫」，由上海生活書局出版。1957 年周夷又加以校注，由古典文學出版社出版；1981 年上海古籍出版社，又再出版周夷校本。在台灣則由世界書局，於 1974 年出版，是最通行的校注本。

（二）《新話》《餘話》合刻本

因為《新話》與《餘話》性質相近，再加上受到士子們歡迎的緣故；所以，很快就有人想到將二書合刻刊行。根據現藏日本天理圖書館，正統七年（1442），由黃氏集義精舍刊行的「新刊剪燈新餘話」看來〔註16〕；與李時勉上書禁《新話》同一年，就有合刻本的出現。或許也是因為書商們將二書合刻，讓國子監生閱讀更方便；使國子祭酒李時勉不得不警覺到事態嚴重，上書請禁《新話》。李時勉或因和李禎是同年進士、多年好友，他沒有直接說出另有《餘話》一書。

〔註13〕關於張光啓刊刻《剪燈餘話》的始末，參見劉子欽、張光啓二人的〈剪燈餘話序〉，同註4，頁2～3。

〔註14〕見日本內閣文庫，《內閣文庫漢籍目錄》，子部小說家類（進學書局，1970 年 8 月影印初版），頁 290。

〔註15〕關於董康翻刻《新話》與《餘話》的經過，見市成直子，〈關于剪燈新話的版本〉（《上海大學學報》，社科版，1995 年第 3 期，頁 76）。他認為董康不是據日本元和活字本《餘話》重刻，而是另外根據出相上圖下文的舊本，另校元和活字本而刊行。

〔註16〕此版本的介紹，見大塚秀高著、謝碧霞譯，〈明代後期文言小說刊行概況（下）〉，（《書目季刊》，第 19 卷，第 3 期），頁 44、50～51。

1、新刊剪燈餘話四卷續集一卷：此即正統七年（1442），黃氏集義精舍新刊本。日本天理圖書館有藏本。

2、新增補相湖海新奇剪燈餘話大全四卷：正德六年（1511），清江書堂楊氏重校刊行。北京圖書館有藏本。

3、剪燈餘話四卷：明黃正位刊本。北京圖書館有藏本。

4、新刊校正足本剪燈餘話：上海圖書館有此藏本。〔註17〕

（三）叢話坊刻本

在邵景詹《覓燈因話》成書之後，有「三話」合刊的「叢話本」。其中所收的《餘話》只有三卷十四或十五篇。

1、清高宗乾隆八年（1743）坊本：鄭振鐸舊藏，北京圖書館藏本。〔註18〕

2、乾隆五十六年（1791）刊本：日本內閣文庫、東京大學東洋文化研究所、東北大學等等，均有藏本。〔註19〕

3、咸豐元年（1851）刊本：鄭振鐸舊藏，北京圖書館藏本。〔註20〕

4、同治十年文盛堂刊本：日本天理圖書館藏（節山文庫）本。〔註21〕

（四）七卷本

此爲日本元祿五年（1692）京林九兵衛刊本。京都大學人文科學研究所、靜嘉堂文庫兩處均有藏本。〔註22〕

（五）單篇流傳本

除了全本刊行之外，在明代的傳奇小說集、通俗類書中，多收有《餘話》的單篇故事。唯一例外的是，卷一〈何思明遊酆都錄〉、〈兩川都轄院志〉，以及卷三〈幔亭遇仙錄〉、卷四〈泰山御史傳〉、附錄〈至正妓人行〉；這五篇在目前所見類書與傳奇集中，未見收錄。其餘的十六篇，分別單篇收入在，如《萬錦情林》、《燕

〔註17〕周夷校注，《剪燈新話外二種》中，附有此本的書影，但《上海圖書館善本目錄》，則末著錄。

〔註18〕見趙萬里，《西諦書目》，卷四，小說類著錄（台北：成文出版社，書目類編，第44冊），頁19470。

〔註19〕見秋吉久紀夫，〈再論剪燈叢話——萬曆時期文藝思想動向的一斑〉（《文藝與思想》，44期，1980年11月）。

〔註20〕同註18，《西諦書目》，卷4，小說家類著錄，頁19470。

〔註21〕見載同註16，〈明代後期文言小說刊行概況（下）〉，一文中的描述，頁42、50。

〔註22〕見靜嘉堂文庫，《靜嘉堂文庫漢籍分類目錄》，子部小說家類異聞（進學書局，1969年6月，台一版），頁597。又中國哲學史研究會中國文學會編，《京都大學人文科學研究所藏漢籍目錄》（株式會社同朋舍，昭和56年12月出版），頁694。

居筆記》、《綠窗女史》、《情史》、《豔異編》等書中。〔註23〕

第三節　《餘話》故事內容

一、第一卷五篇

1、〈長安夜行錄〉

　　巫馬期仁帶著湯銘之與文原告，同遊長安墓陵群。途中期仁走散，夜遇唐朝賣餅夫婦，妻曾被唐寧王奪去，由於她的貞烈，一個月後即被遣回。因爲後人的詩歌與記載有誤，希望期仁爲他們洗刷清白。在賣餅夫妻各贈一首詩後，請期仁入寢。第二天清早，期仁醒來，發現自己躺在荒草中。

2、〈聽經猿記〉

　　這是敘述猿猴轉世爲人，成爲建寺始祖的故事。後唐時修禪師在龍濟山建清涼寺，秀才袁文順想在寺中修行，禪師應允收留。秀才善歌詠，但行跡卻如猿猴一般。等他端坐而逝後，即化回猿形。禪師預言二百年後，他會再回到寺中；果如其言，南宋末投胎入寺，成爲清涼寺開山始祖。

　　這篇故事與《孤本元明雜劇》卷四，〈龍濟山野猿聽經〉，取材相同。

3、〈月夜談琴記〉

　　烏斯道曾爲宋譚節婦立祠，其子烏緝之曾作〈貞松歎〉，表彰節婦的義行。某夜節婦的侍兒碧桃前來，希望爲她在節婦旁立祠。緝之告訴父親，但父親不相信。等到碧桃以詩與錢印證明後，斯道才在寺中爲她設位。碧爲報答緝之，教授〈廣陵曲〉。

　　譚節婦的事蹟，眞有其事。烏斯道有〈譚節婦祠堂記〉一文，記敘她的生平大略。

4、〈何思明遊酆都錄〉

　　何思明不喜佛老，曾作〈警論〉三篇，詆毀佛道二教。後來得了重病而亡，七天後又復活。期間被抓入酆都審判，且歷閱諸獄各種酷刑，領悟鬼神、果報的眞實性後；從此謹愼行事，並以此告誡弟子。

　　這篇小說最特殊的地方，是何思明入地獄、回到陽間的描寫。一般此類小說是

〔註23〕關於《剪燈餘話》被收在類書與傳奇小說集的篇章，大塚秀高，〈明代後期文言小說刊行概況（下）〉中，已列出詳列篇卷表。總共有十二種書，收入數篇不等的《餘話》故事（同註16，頁48）。

藉由主人翁的作夢、或轉瞬間入冥間；但何思明是被陰間差吏，裝在袋子中，背到陰間去。回魂時由黃巾差吏，將他推入屍中而甦醒。

5、〈兩川都轄院〉

吉復卿幫助趙得失、姜彥益二友，但二人沈溺於妓家，揮霍殆盡而亡。復卿為兩人辦理後事，因此，得到他們的庇蔭。元末安然度過兵災，壽終正寢後，成為兩川都轄院的判官，二友人成為他的部下。

本篇明顯是仿《新話》的〈華亭逢故人〉、〈修文舍人傳〉而成。結局使揮霍而亡的趙、姜，成為判官的手下，顯示出作者選擇性的果報，旨在表現吉復卿的善報。

二、第二卷五篇

1、〈連理樹記〉

上官粹與賈蓬萊之家，本為世交；二人情投意合，欲成婚時，因粹父罷官回鄉，婚事被阻。萊後來嫁給林生，當二人再相遇時，以詩傳情。因林生病亡，粹與萊再結為夫婦。不料，閩城為強盜所據，上官一家被殺，唯有萊存活，將強佔為妻。萊假稱要親手葬夫，自刎而死；強盜使兩塚遙遙相望。後來塚上分別各生一樹相向，枝葉相連糾結，人稱連理塚樹，結局如〈孔雀東南飛〉之安排，借鏡之意甚明。

2、〈田洙遇薛濤聯句記〉

田洙於四川張家作客，在桃花林中遇平康妓薛濤。人鬼相戀，夜來晨去，賦詩唱和。及張伯察知田洙夜不回家，告知田父。逼問之下，才吐實情，答應不再與她往來；薛濤也知冥數已到，贈送唐朝物品而別。後來洙再重回故地，只有桃花林仍存在，以前的房子都不見了，才知所遇是唐妓。

本篇明顯模仿《新話》〈滕穆醉遊聚景園〉中，滕穆遇到宋理宗宮人衛芳華的情節。後來被凌濛初改寫成〈同窗友認假作真、女秀才移花接木〉的入話，收在二刻《拍案驚奇》卷十七。

3、〈青城舞劍錄〉

元末道士真本無、文固虛，在威順王的門下做客。但順王對兩人的規諷毫無所動，反欲將他們治罪；只有衛君美對他們另眼看待。天下大亂後，君美在訪兄途中遇到他們，共論天下事。二人修道練功，誅不義人；派碧線送君美返家，碧線留下金珠而離去。

本篇是《新話》中所無的豪俠故事，其中的女俠名為碧線，顯然受到唐傳奇袁郊《甘澤謠》〈紅線〉的啟發。由於明傳奇小說中的武術故事不多，特別被明隆慶刻

本《劍俠傳》收入附錄中。〔註24〕

4、〈秋夕訪琵琶記〉

這是一篇人鬼遇合的故事。沈韶與陳生、梁生遠遊，至九江時，遇元末陳友諒的宮女鄭婉娥。韶將二人打發先行，獨自與娥往來，賦詩、作詞、論史；並以青羊乳滴目，使娥白日可共遊。等冥數一到，娥送他金條脫、明珠以別。到約定地點時，陳生已死，即與梁生回鄉。後從玄初學法術，爲人驅邪治病。梁生知道韶遇鄭女事，有〈琵琶佳遇詩〉。

5、〈鸞鸞傳〉

趙鸞鸞本來許配給柳穎，但趙母反悔，另聘繆氏，柳亦另娶。及二人皆喪偶，又成夫妻。元末寇亂，鸞鸞被強人擄去，穎不辭辛勞尋獲。周萬戶成全二人，隱於徂徠山。柳穎入城買米時，卻被賊砍殺；鸞鸞親手入殮，投火殉情。

此篇與南戲《柳穎》，取材相同。

三、第三卷五篇

1、〈鳳尾草記〉

敘龍生與練氏的愛情故事。二人互相傾慕，在鳳尾草下約誓。練氏家道中落後，龍家無意合婚；練女受嫂欺負，自縊而死。龍生任官之後，雖然另娶他人，對練氏念念不忘。龍生與張眞人談論起她，知練女得眞人幫助，已再投胎。到練女家，見鳳尾草已枯死數年。

2、〈武平靈怪錄〉

齊仲和是項子堅的門下客；子堅死後，仲和即離開項家。子堅的兒子獲罪後，子堅墓庵被廢；仲和不知，想要訪項家時，夜宿墓庵。遇一老僧及數人，徹夜賦詩暢談，次晨散去。有一老人告知，才曉得庵中所遇，爲筆、硯、銚、甄、被子、木魚、棺材、扇子等精怪。驚嚇後回家即得重病，認爲死生有定，拒服藥而死。

此篇與唐傳奇牛僧孺《玄怪錄》的〈元無有〉，以及《東陽夜怪錄》〈成自虛〉相似：平常用具化成人形，與人夜談。

3、〈瓊奴傳〉

瓊奴被徐苕郎、劉漢老二位看上。養父沈必貴招婿設宴，請族中長老裁判。苕郎因才華而勝，劉氏父子羞愧而逃，卻誣告苕郎，使他赴遼陽受刑。養父死後，瓊

〔註24〕 見劉蔭柏，《中國武俠小說史》（古代部份）（石家莊：花山文藝出版社，1992 年 3 月一版），頁 199。

奴與母流落道旁賣酒。吳指揮想強娶瓊奴，奴以誠信自縊拒絕；救而甦醒後，暫居杜君家中。恰好荅郎來，在驛站成婚。吳指揮公報私怨，殺死荅郎後藏於窟中。瓊奴請監察御史查明，洗刷荅郎的冤曲；並自沈於塚側殉情。

　　小說的情節曲折，刻劃了瓊奴與召郎的真情，是《餘話》中寫得較好的愛情悲劇之一。

4、〈幔亭遇仙錄〉

　　敘述杜撰成偶闖入仙境，與諸仙人論經賦詩。回到現實社會後，即雲遊名山，尸解坐化成仙。

5、〈胡媚娘傳〉

　　黃興見一狐拾髑髏化為人，攜回家中；後賣予進士蕭裕。裕帶往耀州任判官，媚娘賢能有德，深得人贊賞。裕出差，遇道士澹然；澹然稱裕有妖氣，裕不信。回家後日漸消瘦；同僚憶起澹然所說，請他作法。頃刻間，媚娘化為狐，裕立即痊癒。

　　這篇小說特殊之處是，安排了黃興賣狐女給蕭裕，得以發財不必再任驛卒的情節；這與一般男子偶遇娶狐女的小說不同。

四、第四卷六篇

1、〈洞天花燭記〉

　　此篇仿《新話》〈水宮慶會錄〉而作。秀才文信美被華陽丈人邀請入仙境，為他女兒的婚禮作賀詩。在洞天花燭之夜，信美所作詩文，倍受稱譽。宴會結束後，贈禮物送回人間；並因所得，成為富翁。

2、〈泰山御史傳〉

　　此篇的結構與《新話》〈修文舍人傳〉相似。敘述宋珪死後，在地府中任泰山司憲御史。朋友秦軫在數年後遇到他，珪論地府用人與果報的情況；離別之際，又送他八句預言。軫日後的遭遇，果然如珪所料。

　　這篇小說據葉德均的考證，是蒲松齡《聊齋志異》卷一〈城隍考〉的本事之一。〔註25〕同藉陰間請文士擔任冥官一事，寄託作者對人才選用的理想。

3、〈江廟泥神記〉

　　謝生在舅舅家寄學，偶然遇到四位女子，夜夜輪流陪伴。女子們預知謝生需返家成親，贈以鐲、耳鐺等飾物。完婚後，再回舅家，歡聚如昔日。及舅舅發現謝生

〔註25〕　參見葉德均，《戲曲小說叢考》，卷中〈聊齋志異本事考〉（北京：中華書局，1979年5月一版），頁591。

異狀，送謝生回家。因思四女成疾，父與舅尋得四美女泥像，毀於江中，生即病癒。

侯忠義說它「采志怪的形式，而抒發了人間愛情的眞摯，富有唐傳奇的韻味。」〔註26〕事實上，本篇的主旨並不在歌頌人間愛情的眞摯，只在敘述謝生豔遇四女神的奇遇。後來被蒲松齡取爲本事，改寫成爲《聊齋志異》卷十四〈廟鬼〉。〔註27〕

4、〈芙蓉屛記〉

崔英與王氏赴任浙江，遇水盜劫財；王氏被擄，崔英落水。王氏伺機逃走，在一寺院爲尼；巧見崔英所畫的芙蓉屛，並在屛上題字。崔英獲救後，任高家西塾；見到流入高家的芙蓉屛畫。得御史溥化與高公的幫助，破獲水盜的案子，使夫妻團聚。

小說戲曲與此篇相關，或直接受其影響者不少。例如，在話本小說方面，有佚名《啖蔗》乾冊第十三〈芙蓉屛記〉；凌濛初《拍案驚奇》卷廿七，〈顧阿秀喜拾檀那物、崔俊臣巧會芙蓉屛〉。甚至在清代傳奇小說，如蒲松齡《聊齋志異》卷三〈庚娘〉，也與本篇類似；增加了女主角庚娘死而復活的情節。相關的戲曲有張其禮〈合屛記〉、葉憲祖〈芙蓉屛〉雜劇、佚名〈芙蓉屛〉。

5、〈秋千會記〉

這篇故事的取材很特殊，是描述元朝蒙古人的愛情故事。宣徽家慶祝秋千會，拜住經過花園外，見女士們貌美，登門求婚。宣徽因他的詩才，將女兒速里失哥許配給他。當拜住下文獄時，宣徽悔婚，另配一豪門子。婚禮中，速里失哥自縊而死，厚歛在清安僧寺中。拜住前去祭弔，失哥復活；二人帶著陪葬物，相偕到大都。宣徽求館客，拜住前來，才知女兒復活，一家團圓。

此篇被凌濛初改寫成話本小說，見《拍案驚奇》卷九，〈宣徽院仕女鞦韆會、清安寺夫婦笑啼緣〉。謝宗錫〈玉樓春〉也是搬演這個故事。又張時起所撰〈賽花月秋千會記〉雜劇，在題材上也與本篇有淵源。〔註28〕

6、〈至正妓人行〉

這是李禎在戍守房山時所作，以七言詩敘述元末大都遺妓的遭遇。她善於吹簫，歷經元朝的繁華景象後，明朝初年嫁給平民，隨兒孫們就食；處處表現出她對往日的懷念。詩末並附李時勉等人，爲本篇所寫的序。從序文中可見對李禎撰寫此文的

〔註26〕 侯忠義、劉世林，《中國文言小說史稿》（下）（北京：北京大學出版社，1993 年 2 月初版），頁 108。

〔註27〕 參見同註25，葉德均，《戲曲小說叢考》，頁 594。

〔註28〕 見黃敏譯、章培垣審訂，《明代文言短篇小說選譯》（四川：巴蜀書社，1991 年 10 月 一版），頁 113。

觀點，呈現兩種不同的意見。一是極力贊賞，如王英；另外也有表示不苟同者，如李時勉要他「以功名事業自期」，不要將精神花在寫作。

五、第五卷一篇

〈賈雲華還魂記〉：此篇雖是中篇傳奇，約一萬三千餘字，卻是李禎最早寫的傳奇小說。也是中篇傳奇中唯一可確定作者、時代的作品；不像《嬌紅記》作者和時代都沒有定論。因為收在《餘話》中，所以隨文附論。

敘述賈雲華與魏鵬的愛情故事。二人本指腹為婚，但魏鵬家道中落，賈母有意悔婚，令二人拜為兄妹。留居賈家，互慕詩才；買通雲華左右侍女，暗中往來。魏鵬回鄉試高中後，欲再求婚；賈母不願獨生女遠行，只得獨自赴任官職。雲華思鵬而亡，魏鵬誓言不娶。雲華托夢，告知將要借屍還魂。不久，果然借長安宋氏身體而來，回到賈家；賈母主婚，與鵬完婚。

雖然篇幅長達萬餘言，但敘述中列四十九首長詩、二封信、一篇祭文；做為舖陳男女主角感情的刻劃。它長篇化的傾向及對中篇傳奇小說的影響，已有岡崎由美、陳益源二位專門研究。〔註29〕直接相關的小說，有周清原《西湖二集》卷二十七，〈洒雪堂巧結良緣〉。戲曲則有佚名〈賈雲華還魂記〉與〈紅梅閣〉、梅孝己〈洒雪堂〉，等等。

總結二十二篇，除了〈賈雲華還魂記〉之外，都是短篇傳奇小說。全書以愛情、志怪為題材最多；次為述宗教異能者。每篇都有非散文部份，或多或少加入了詩歌、詞曲、書信、祭文、銘文，等等。這與《新話》中，尚有七篇沒有加入任何非敘述成份相較；的確是李禎在寫作上的一大特點。

第四節　對《新話》的模擬與創新

李禎在〈剪燈餘話序〉中，明白表示承襲《新話》而創作的動機。但是在模擬之外，李禎也有與瞿佑不同的語言文字和寫作風格。對《新話》的模擬與創新，可從五方面來說。

一、在書名篇卷上

從書名的制訂，以「剪燈」為題名；就可見明示模擬的作法。在篇章卷數上，

〔註29〕參見岡琦由美，〈賈雲還魂記於文言小說長篇化的指向性〉（早稻田大學苑文學研究科紀要，別冊第 11 集，1984 年），頁 135～144。陳益源，《元明中篇傳奇小說研究》，第二章（中國文化大學，1994 年 112 月，博士論文），頁 59～76。

《新話》共分成四卷二十篇，併附錄一篇。《餘話》也是分成四卷二十篇，併附錄二篇；若捨去〈至正妓人行并序〉一篇，則篇卷完全相符。事實上，〈至正妓人行〉原本不屬於《餘話》，是張光啓在刊刻時，聽從老師劉子欽的建議，收在一起刊刻而已。

此外，在篇名的制訂上，《餘話》有許多模仿《新話》的痕跡。如下表所列，《新話》有〈翠翠傳〉，《餘話》即有〈鸞鸞傳〉。經比對之後，即可發現李禎在篇名的制訂上，亦對照《新話》的制訂而立。

剪　燈　新　話	剪　燈　餘　話
卷一〈金鳳釵記〉	卷三〈鳳尾草記〉
卷三〈富貴發跡司志〉	卷一〈兩川都轄院志〉
卷三〈申陽洞記〉	卷一〈聽經猿記〉
卷三〈愛卿傳〉	卷三〈瓊奴傳〉
卷三〈翠翠傳〉	卷二〈鸞鸞傳〉
卷四〈綠衣人傳〉	卷三〈胡媚娘傳〉

二、在小說結構上

從某些篇章的情節構思上，李禎是有刻意模仿的痕跡。例如，《新話》卷五〈鑑湖夜泛記〉，成令言與織女會面，織女要他為自己翻案。《餘話》卷一〈長安夜行錄〉，則有唐朝賣餅夫妻，請巫馬期仁代為洗刷冤屈。又如，以信物做為故事的見證。《新話》卷一〈金鳳釵記〉中的金鳳釵；《餘話》卷三〈鳳尾草記〉的鳳尾草。又如入冥的情節構思，在《新話》卷二〈令狐生冥夢錄〉，與《餘話》卷一〈何思明遊酆都錄〉，都是因為主人翁不信鬼神，招怒冥王而入陰間。

但在某些情節構思上，亦可見出不同於《新話》的地方。例如，卷三〈胡媚娘傳〉，黃興賣狐女的情節，就是《餘話》所特有的。又如卷二〈鸞鸞傳〉，趙鸞鸞和柳穎歷經母親的反對、喪偶再續情、盜賊阻礙、周萬戶成全、投火殉情，等等。一波波的困阨，構思出曲折的情節變化。所以，李禎在情節構思上，也有他自己的藝術巧思。

三、在故事取材上

比較二書故事取材相類似的有：同樣取材於猿猴的故事，雖然《新話》卷三〈申陽洞記〉，是猴妖搶奪婦女，與《餘話》卷一〈聽經猿記〉述說宗教異人的神蹟。又如，《新話》卷四〈太虛司法傳〉，馮大異死後為冥間官吏。《餘話》卷一〈兩川都轄

院〉，也敘吉復卿爲何在陰間任官的經歷。《新話》卷一〈水宮慶會錄〉，安排余善文入水宮。而《餘話》卷四〈洞天花燭記〉，主角也被邀請到仙人洞天中去。

　　然而李禎也有與《新話》不同取材，例如卷三〈武平靈怪錄〉，仿自唐傳奇牛僧孺〈元無有〉。或取自前代遺聞軼事，如卷一〈月夜談琴記〉，根據烏斯道〈譚節婦祠堂記〉一文，再加以虛構想像而創作。

四、在文字修辭上

　　李禎因爲喜歡桂衡〈柔柔傳〉的意婉詞工，所以寫了〈還魂記〉。當別人把像〈還魂記〉的《新話》拿給他看時，便「銳欲效顰」而仿作《餘話》。所以，《餘話》對《新話》最想模仿的應該就是豔麗的文詞。因此魯迅說：「（新話）粉飾閨情，拈掇豔語，故特爲時流所喜，效者紛起。」〔註30〕

　　李禎類似瞿佑筆法之處，如以刻劃人物爲例，《餘話》卷二〈田洙遇薛濤聯句記〉，說田洙的才情：「洙清雅有標致，書畫琴棋，靡所不曉。」近似於《新話》卷一〈聯芳樓記〉，描寫鄭生風度：「生以青年，氣韻溫和，性質俊雅。」

　　然而，若舉兩書對主角從遊賞中，進入奇境的描寫，卻可以見出李禎與瞿佑在文詞上的不同：

> 七月之望，於麯院賞蓮。因而宿湖，**泊舟雷峰塔下**。是夜，月色如畫，荷香滿身，時聞大魚跳躑於波間，宿鳥飛鳴於岸際。生已大醉，寢不能寐。**披衣而起，遠堤觀望。行至聚景園，信步而入。**（《新話》卷二〈滕穆醉遊聚景園〉）

> 一日仲秋，雨霽，涼風滿襟，撰成沿流臨泛，聽其所之。俄而舟泊巖邊，仰視巖上，則綠蘿翠蔓，丹桂蒼筠，繁陰幽香，芬敷掩苒。因繫船登岸，信步閒行。忽有石門洞開，路逕平坦，撰成知爲異境，欣躍而前。但覺風日暄妍，天氣清淑，眞別一堪輿也。約二里許，入一大城，城中宮闕宏壯，守衛森嚴，金書榜曰「慢亭眞境」，蓋武夷君所治也。又里餘，喬林嘉樹，華屋崇垣，流水飛花，鳴雞吠犬，**遙望高甍一區，俯瞰清池之上**，題曰：「清碧道院」。**撰成及門**，猿鶴擾馴，芝蘭馥郁，柳陰之下，雙童立焉。（《餘話》卷三〈慢亭遇仙錄〉）

瞿佑寫滕穆從泊舟到進入聚景園之前的景物，以四句「月色如畫、荷香滿身、大魚跳躑於波間、宿鳥飛鳴於岸際」，簡單幾筆勾勒出四週的月色、荷香、魚兒和飛鳥。換言之，他以粗陳梗概的方式，交待進入園中的背景；而對進入園中的動作描述，

〔註30〕魯迅，《中國小說史略》，第二十二篇（台北：谷風出版社，台一版），頁210。

由披衣起身後就速寫，寥寥數筆帶過。

　　李禎則是採用層層遞進、細細刻劃的方式。寫杜僎成所見的景物，實在是比瞿佑筆下的月荷魚鳥多，從綠蘿、丹桂、宮闕、嘉樹、到華屋和雞犬。寫入幔亭仙境的過程，彷彿工筆畫一般；由「信步閑行」到「欣躍而前」、「及門」，寓目所見的景物都仔細交待。這種細緻的刻劃筆法，就是李禎模仿《餘話》後，又加以創新的地方，形成自己的藝術風格。因此，除了〈賈雲還魂記〉本身是中篇傳奇之外，其他小說在李禎細緻的筆法下，篇幅比《新話》來的長。每篇都超過一千餘言，超過三千字的有四篇；甚至如〈幔亭遇仙錄〉近七千言。

　　李禎這種善於描寫景色和層層敘寫的手法，應該是得自於他本身對繪畫的喜好；在他的《運甓漫稿》中，就有許多為朱有燉等人所寫的題畫詩，即可證明。所以，在閱讀《餘話》時，應該仔細品嚐李禎在背景烘托、角色刻劃、情節布局上的巧思，才能讀出它的藝術興味來。

五、在抒懷宣鬱上

　　瞿佑在《新話》中表達了他對政治、人情世態的不滿。李禎在《餘話》中，同樣也對現實社會加以批判。衹不過「沒有瞿佑那種抑鬱憤懣之情，卻有粉飾太平垂世立教之意。」〔註31〕舉同樣是敘述才子到冥間任官後，對陽世朋友稱說陰間人才晉用的一段議論，即可見出端倪：

> 冥司用人，選擇甚精，**必當其才，必稱其職**，然後官位可居，爵祿可致。非若人間，**可以賄賂而通，可以門第而進，可以外貌而濫充，可以虛名而躐取也**。試與君論之。今夫人世之上，仕路之間，秉筆中書者，豈盡蕭曹丙魏之徒乎？提兵閫外者，豈盡韓彭衛霍之流乎？館閣摛文者，豈皆班揚董馬之輩乎？郡邑牧民者，豈皆龔黃召杜之儔乎？（《新話》卷四〈修文舍人傳〉）

> **大抵陰道尚嚴，用人不苟**，惟是泰山一府，所統七十二司，三十六獄，臺省部院，監局署曹，與夫廟社壇墠鬼神，大而冢宰，則用忠臣烈士孝子順孫，其次則善人循吏。其至小者，雖社公土地，**必擇忠厚有陰德之民為之**。……**其生前撰述死者銘誌不實**，廣受潤筆之資，多為過情之譽，以真亂贗，以愚為賢，使善惡混淆。冥官最所深惡，往往照依綺語妄言律科罪，付拔舌地獄施行。**此為儒者深戒，雖有他美，莫得而贖焉。**（《餘話》卷四〈泰山御史傳〉）

〔註31〕石昌渝，《小說》（北京：人民文學出版社，199 年 7 月一版），頁 114。

瞿佑用強烈的措辭，對比冥間與人世的任才，抒發對當時取才任官的抗議。從寫陰間的任人是適才適職，到陽世以賄賂、門第、外貌、虛名，等方式得到官位；進而罵盡中央文官、武官、史官，甚至地方上大大小小的官吏。用整齊排比的句勢，宣洩心中的抑鬱和不滿。

而李禎的措辭則緩和多了，只說冥間用人不苟，取任靠人在陽間的德行而定。規勸那些為往生者寫墓誌銘的作家，不要顛倒是非，言過其實。以輕描淡寫的方式，表達冥間任用有德的人；暗喻陽世取才不嚴。因此，即使瞿佑論人才晉用，以表達心中的不滿，李禎也寫了同樣的題材和議論；但指陳勸戒的立意多，激憤譴責的意味少。這與李禎較瞿佑平順的仕宦生涯有關，心中的鬱悶較少，下筆自然不會辭氣激昂。

雖然《餘話》的體製、篇卷、篇題命名，與《新話》相似；但在取材、文字修辭與抒發懷抱上，卻於模擬中呈現自己的藝術風格。例如，在每篇小說中，都運用詩詞、聯句的技巧，做為刻劃情感、表現主角的才情，就是《新話》所沒有的。而在愛情故事方面，安排女主角殉情的結局，是李禎所刻意塑造的悲劇氣氛；與《新話》中的〈聯芳樓記〉、〈渭塘奇遇記〉的大團圓結局不同。因此，他對《新話》有所繼承，也有自己的創發。

小 結

李禎本身的遭遇和文學愛好與特長，造就了《餘話》的藝術風格。雖然，在小說中夾雜太多詩詞的作法，為人所詬病。但就如石昌渝所言：「詩文夾雜符合當時人們的欣賞習慣，小說這樣寫，本身就迎合一般讀者的審美趣味。」〔註32〕所以，作為傳奇小說，《剪燈餘話》的藝術表現手法，更接近於純藝術。李禎以所善長的詩詞，和對繪畫的敏感度，刻劃人物、舖敘情感和塑造背景；進而強化了傳奇小說「文備眾體」的審美特徵。〔註33〕

因此，《餘話》的價值，不僅是仿作《新話》的第一部，或是成為戲曲小說的本事；而是在於它細膩的人物與情境刻劃，和特有的藝術構思。所以，才能成為陶輔《花影集》模仿的對象。

〔註32〕石昌渝，《中國小說源流論》（北京：三聯書局，1994年2月一版），頁206。
〔註33〕參見楊義，《中國歷朝小說與文化》（台北：業強出版社，1993年8月初版），頁252。

第四章 趙弼《效顰集》

第一節 趙弼生平與著作

一、生平大要

　　趙弼字輔之，號雪航，南平人（今四川重慶）。〔註1〕確切生卒年不詳。〔註2〕明太祖洪武八年（1375），曾自四川游學於閩浙，道經武昌。〔註3〕永樂間以明經授翰林儒學教諭，並於永樂末年任漢陽縣教諭（今湖北武漢）。七十歲時致仕，寓居於

〔註1〕趙弼的生平不載於正史，唯《四庫全書總目》〈史部史評類〉存目1：「弼字輔之，南平人，雪航乃其號也。」（台北：藝文印書館，頁1782）又明代另有一趙弼，字廷直，雲南人；明成化辛丑（1481）進士，並非是雪航（見明過庭訓《本朝分省人物考》卷412（台北：明文出版社，「明代傳記叢刊」，第140冊，頁668～669）。又，許多簡介趙弼生平的書中，對趙弼的籍貫，皆誤爲是「福建南平人」。例如，據宣德原刊本排印的小說彙編本《效顰集》，「出版說明」，即誤爲「福建南平人」（台北，河洛出版社，1977年4月影印初版，頁1）。又吳志達《中國文言小說史》，即以福建南平爲籍貫（山東：齊魯書社，1994年9月一版，頁698）。明代「南平」有二處：一在福建，一在四川。據朱衣《漢陽府志》，卷2〈方域志〉：「先生諱弼，巴縣人」；卷7〈宦蹟志〉：載「蜀巴縣人」（台北：新文豐出版社，景印天一閣藏明嘉靖本，第16冊，頁249、338）。可知趙弼應爲四川南平人才是。

〔註2〕趙弼的生卒年，無確切日期可考；但從《雪航膚見》諸序文中，可推見生年。陳儀〈雪航膚見序〉：「宣德壬子（即七年，1432）忝中鄉試，肆任山東平原邑庠，分教九載。乏科左遷於漢陽司征，……幸遇南平趙先生，致仕寓居晴川。」按陳儀至漢陽上任，時爲明英宗正統六年（1441）：趙弼已致仕於晴川講學。又，另一篇〈雪航膚見序〉稱趙弼是「年至古稀致政，寓居晴川」；故正統六年時趙弼已超過七十歲。以此推算，趙弼生年當在明太祖洪武四年（1371）之前。

〔註3〕見《效顰集》卷下〈夢遊番陽彭蠡傳〉：「洪武屠維單閼春季月，余游學於閩浙，道經武昌。」按「屠維單閼」即是乙卯年，洪武八年（1375）。（見《筆記小說大觀》，10編4冊，台北：新興書局出版，頁108）

晴川（即湖北漢陽）；以著述、講學爲娛。〔註4〕精於史學，博識多聞；對於古君臣得失多所品評，甚受漢陽諸生推崇。明宣宗宣德七年（1432），曾爲漢陽府預脩府志；至少在宣德十年（1435）時仍在世。〔註5〕

子趙蕃，爲正統十三戊辰（1448）進士，任漢陽主事。〔註6〕曾孫趙進，字登遠，弘治八年乙卯（1495）舉人，擔任四川西充知縣。〔註7〕又曾孫趙遷，也以舉人任知縣，徒家江夏；著有《木峰史論》、《五經四書問答》等書。遷之子子伯，爲嘉靖時舉人。〔註8〕

二、《雪航膚見》

趙弼流傳至今的創作，除了《效顰集》一書以外，還有《雪航膚見》十卷。此書作於正統十三年（1448）之前，寓居晴川的時候〔註9〕；將史之可議處，羅列抒論，匯集成編。上推伏羲，下至宋朝；以時代先後爲序，例論義烈忠臣、亂臣功過。此書收入《四庫全書總目》史部史評類存目中；今存明成化甲辰（1448）年，書林魏氏仁實堂寫刻本。〔註10〕

趙弼在《膚見》中論史，亦受到另一傳奇《花影集》作者陶輔的注意。在陶輔的《桑榆漫志》中，即說道：「雪航論項羽殺宋義爲是，先儒斷其矯爲非。又論王子嬰屠其宗族，伐其陵墓，焚宮廟、坑降卒爲是。……此雪航之所以立言排論，正是非于既往，扶世教也。」〔註11〕可見二位傳奇作家，都有對史事發表意見的癖好。

他對歷史的愛好與寫作，還可在《漢陽府志》見出端倪。當他於漢陽致仕後，仍受到當地官員們的敬重。於是在明宣宗宣德七年，監察御史王靜菴郡時，囑咐修方志後；趙弼即纂脩郡志。故《漢陽府志》中說道：「今日祖述，皆筆削之功。」〔註

〔註4〕見〈雪航膚見序〉：「南平趙先生稟中正之德，蘊卓越之才，夙以明經修行，舉任師模，屢典名邑之教。年至古稀致政，寓居晴川；安貧守道，以著述爲娛。」（明成化二十年（1484）書林魏氏仁實堂刊本）

〔註5〕參見同註1，朱衣《漢陽府志》，卷6〈宦蹟志〉，頁338。又同見註3，《效顰集》卷一〈愚莊先生傳〉：「宣德乙卯秋，主廣西文衡」（頁29）按乙卯年，即宣德十年（1435）。

〔註6〕同見註1，朱衣《漢陽府志》，卷7〈選舉志〉，頁345。

〔註7〕同見註1，朱衣《漢陽府志》，卷7〈選舉志〉，頁346。

〔註8〕同見註1，朱衣《漢陽府志》，卷7〈宦蹟志〉，頁338。

〔註9〕《四庫全書總目》〈史部史評類存目一〉：「是書（《雪航膚見》）成於正統景泰間」（同註1，頁1782）但從余鐸於明英宗正統十三年（1348），所撰寫的〈雪航膚見序〉可知：《雪航膚見》成於正統十三年之前。

〔註10〕此本今收藏於台北國家圖書館。

〔註11〕見陶輔，《桑榆漫志》，說郛續，号19（上海：古籍出版社，《說郛三種》，第9冊），頁927。

〔註12〕見同註1，朱衣《漢陽府志》，卷6〈宦蹟志〉，頁338。

12〕而從《府志》的序文諸作中，可見得他的貢獻：「南平趙弼脩梓，迺有傳詞若豐。」
〔註13〕今從《府志》中，多引用「趙志云云」等語句；即可見得在方志的脩撰上，
他的確爲後來脩《府志》的人，奠定了基石。尤其是爲郡中名勝古蹟所作的大量詩
作，可見出他的用心程度。

　　今雖無法見到趙弼所脩撰郡志的原貌；但從散見的七十四首詠史蹟、寫景詩中
〔註14〕，可透析出，他是一位作詩能手。例如，漢陽有一地名「禹功磯」，元以前
名「呂公磯」；元世祖時，因當地的傳說，更名爲此。趙弼融和了歷史與傳聞，詩云：
「元祖當時駐六龍，景懷前聖仰高風；綸音勒石傳千古，霄壤無窮讚禹功。」〔註15〕
在爲縣境內名「放生池」的湖題詩時，他寫道：「渺渺芳塘春水平，紫鸒白鳥戲縱橫；
漁舟網罟無休日，謾說池名是放生。」〔註16〕在描述湖水風光時，還隱含了幾許詼
諧諷世的寓意。

第二節　　《效顰集》成書與流傳

一、成書與篇數

　　《效顰集》成書於宣德五年（1428）之前，是趙弼效法洪邁《夷堅志》、瞿佑《剪
燈新話》所撰。所敘述的故事，是他從一些見聞廣博的老人家口中聽來的；或是親
自目睹、經歷過的事件。據序文中所稱，起初只爲閒暇時的遊戲之筆；不料卻在士
林中傳錄開來。故取「效西施之捧心，而不覺自衒其陋」的涵意；題書名爲《效顰
集》。〔註17〕

　　編述《效顰集》的立意，除了追溯洪、瞿二人的遊戲之筆外。最重要的寫作目
的是，藉「忠節道義孝友之傳」、「幽冥鬼神之類」；寓箴規、勸善懲惡之意於其中。
此外，與趙弼的史論著作《雪航膚見》比較；很明顯地，也有與《膚見》互補的作
用。《膚見》論上古到宋朝的史事、忠臣奸臣的行跡；而《效顰》則敘宋末文天祥至
當代，義烈奇人的事蹟。《膚見》藉散文條陳史識；《效顰》藉小說述軼聞傳說，抒

〔註13〕見同註1，朱衣《漢陽府志》，戴金〈漢陽府重脩郡志序〉：「宣德中，郡守新安王公
　　　　靜以監察御史莅郡，簡屬典數事；南平趙弼雪航脩梓，迺有傳詞若豐。」
〔註14〕筆者據天一閣藏，明嘉靖刻本景印本《漢陽府志》；從逐條統計中得出七十四首詩作。
　　　　其中題名「珠林四景」者，共有四首詩，亦作四首計算（同註1，卷2〈方域志〉，
　　　　頁268。
〔註15〕同見註1，《漢陽府志》，卷2〈方域志〉，頁247。
〔註16〕同見註1，《漢陽府志》，卷2〈方域志〉，頁256。
〔註17〕關於趙弼《效顰集》撰作時間、題名、主旨，皆參考〈效顰集後序〉（同註3，頁118）。

發己見。雖然撰作的文體與性質不同；但在闡述對歷史的體會上，與教化的作用上，卻是殊途同歸的。

趙弼自撰〈效顰集後序〉，題曰「宣德戊申乙丑」；即宣德五年（1428），但書中有二處明顯的時序，卻是在宣德五年之後。一是卷上〈張繡衣陰德傳〉：「宣德癸丑秋」。一是卷下〈愚莊先生傳〉：「宣德乙卯秋」。宣德癸丑是宣德八年（1433），宣德乙卯為宣德十年（1435）。究竟是序寫完後，書中的內容與篇章，又加以更動；或者這兩個故事是後人妄加的。文獻不足，不能斷定。但從一些沒有點明時序的篇章中可推知，晚於宣德五年的故事，也有不少。例如，卷上〈覺壽居士傳〉，應為宣德六年以後所撰寫的。〔註18〕因此，在《效顰集》定稿之前，趙弼應有更動篇章才對。

關於《效顰集》的篇數，據〈後序〉稱「編撰傳記二十六篇」；因此，最初趙弼共撰寫了二十六篇，是無庸置疑。但到明代高儒《百川書志》卷六：「效顰集三卷，漢陽教諭南平趙弼撰述，凡二十五篇。」他所看到的篇章，祇存二十五篇。與今天所見的宣德原刊本吻合。大概是趙弼撰序文後，在完梓之前，又加以更動。所以，序中所稱篇數與刊布流傳的不同，更出現作品時間，晚於書序的情況。

二、著錄與流傳

《效顰集》見於目錄書的最早記載，是明代高儒的《百川書志》之中。《百川書志》成書於明嘉靖十九年（1540），在登錄了《新話》與《餘話》之後，列舉此書。其次則見於黃虞稷父子的明人書目，分列如下：

明・高儒《百川書志》卷六〈小史〉：「言寓勸戒，事關名教，有嚴正之風，無淫放之失，更兼諸子所長，文華讓瞿，大意迴高」。〔註19〕

清・黃虞稷《千頃堂書目》卷十二〈子部小說〉：「趙弼效顰集三卷」。〔註20〕

清丁丙《八千卷樓書目》卷十四〈子部小說家類〉：「效顰集三卷：明趙弼撰，明刊本」。〔註21〕

<hr>

〔註18〕《效顰集》卷上〈覺壽居士傳〉：「吾年八袠，……吾至明年則茶毗此身幻矣。永樂乙亥秋，積薪於廣福山。……仍於廣福修行，今九旨焉」（同註3，頁35～37）「乙亥」應為「己亥」之誤寫，永樂己亥為永樂十七年（1419）；十年之後，覺壽居士仍健在。故當趙弼寫作此篇，當是宣德六年（1429）；約與作〈後序〉時相差不久。

〔註19〕見明高儒，《百川書志》，卷6〈小史〉，收在《書目類編》，第27冊（台北：成文出版社，1978年出版），頁114。

〔註20〕見於清黃虞稷，《千頃堂書目》，收在《叢書集成續編》（四）（台北：新文豐公司出版），頁337。

〔註21〕見於清丁丙，《八千卷樓書目》，卷14，收在《書目四編》（台北：廣文書局出版）。

清高宗敕撰《欽定續通考》卷一八〇〈子部小說家〉下：「趙弼效顰集三卷」。〔註22〕

清紀昀《四庫全書總目》〈子部小說家類存目二〉：「是編皆紀報應之事，而詞則近於小說」。〔註23〕

以上皆題「明趙弼撰」，卷數也相同。唯《明史藝文志》卷七五〈別集類藝文四〉存目，載「沈紉蘭效顰集一卷」〔註24〕；應是同名異書，與趙弼所撰的《效顰集》無關。

從許多登錄的目錄書中看來，《效顰集》不僅未列入禁書之列；而且在中國的流傳，持續不斷；更遠傳至日本、朝鮮。故於《朝鮮王實錄》《燕山君日記》卷六十二：「（燕山君 12 年（1505）年 4 月壬戌）傳曰：剪燈新話、剪燈餘話、效顰集、嬌紅記、西廂記等，令謝恩使貿來。……傳曰：剪燈新話、餘話等書，印進。」〔註25〕所以，在十六世紀初已與《新話》、《餘話》等，一同傳入韓國。

三、版本系統

從各目錄書的著錄，與現存篇目來看，《效顰集》應至少有三大系統流傳。

第一、明宣德原刻本三卷。此本今藏於上海市文物保管委員會；1957 年上海古典文學出版社，據此排印。台北河洛圖書公司《小說彙編》，收有《效顰集》一冊；即是影印古典文學出版社排印本。〔註26〕又台北新興書局《筆記小說大觀》十編第四冊，所收《效顰集》三卷，也是影印此排印本。

第二、文化戊辰鈔本三卷。今現存日本內閣文庫，乃日本光格文化戊辰（1808）的抄本；1985 年台北天一出版社，影印回台灣。篇數與宣德原刻本相同，共二十五篇。雖然孫楷第在《日本東京所見小說書目》中，稱內閣文庫抄本：「完全無缺，文二十六篇」。〔註27〕但細數所列諸篇，實只二十五篇而已。他所稱二十六篇，大概只依趙弼序文的記載，而沒有真正去核對它。唯有卷上的〈覺壽居士傳〉，被抄置在〈張繡衣陰德傳〉與〈孫鴻臚傳〉之間，順序不同；但目錄所列與原刻本的次序卻無異。

因古典文學出版社據原刊本的排印，有多處漏字不清楚的地方。雖然舊鈔本與排印本，有幾則故事在文字有些出入；但大抵說來，舊鈔本可補足排印本的缺漏。

〔註22〕見於清高宗敕撰，《欽定續通考》（台北：新興書局，1963 年 10 月一版），頁 4227。
〔註23〕見於《四庫全書總目》，同註 1，頁 2839。
〔註24〕見於《明史藝文志》（台北：鼎文書局出版），頁 2493。
〔註25〕見（韓）國史編委會，《朝鮮王朝實錄》，第 14 冊（東國文化社，檀紀 289 年 8 月出版），頁 48。
〔註26〕同見註 1，小說彙編本《效顰集》。
〔註27〕見孫楷第，《日本東京所見小說書目》，卷 6（台北：鳳凰出版社，1974 年 10 月初版），頁 114。

舊鈔本與原刻本的差別，參見附表六：（一）、《效顰集》「宣德原刻本」與「舊鈔本」差異對照表。

　　第三、單篇節錄本。今可見陶宗儀（1316～1403 以後）《說郛》卷九七，錄〈文文山傳〉一篇。據昌彼得《說郛考》，應為後人所收，非陶宗儀所纂。〔註28〕此與筆記小說大觀本、舊鈔本相比較，除了標題省略「續丞相」等字以外，十義士所撰的祭文也被刪去。

　　又，卷中〈續東窗事犯傳〉一篇，收錄在萬曆刊本《國色天香》卷十上層，與何大掄本《重刻增補燕居筆記》卷八下層。唯《國色天香》本與何本《燕居筆記》，都不題撰人姓氏。二本與宣德原刊本、舊鈔本相比較，大抵可以看出：第一、二本應據舊鈔本同一祖本鈔錄；凡是原刻本與舊鈔本有極大出入處，二本皆同於舊鈔本。第二、《國色天香》本的錯落處，比之何本《燕居筆記》更多。第三、《國色天香》所收錄的，是出於《效顰集》的舊抄本；因此，二者為傳承關係，不能並列看待。尤其在研究與秦檜、岳飛有關的故事時，更應辨析清楚。〔註29〕四種版本的差別，請參閱附表六：（二）、〈續東窗事犯傳〉四版本差異表。

第三節　《效顰集》故事內容

　　大體而言，上卷十一篇，為歷史或當代人物的小說；中卷六篇、下卷八篇，乃述幽冥神鬼、陰德果報故事。

一、卷上十一篇

1、〈續宋丞相文文山傳〉

　　此篇屬於歷史傳奇小說。敘文天祥不接受元世祖的招降，世祖聽麥朮丁杜絕禍根的言論，詔殺天祥。天祥死後連日陰晦，張真人聲稱因殺天祥召天怒所致。世祖也感到後悔，故欲贈封祭祀；反而使暴風遽起，改名「宋之官云云」，天氣才放晴。文末並附十義士收殯的祭文。

〔註28〕見昌彼得，《說郛考》（台北：文史哲出版社，1979 年 12 月初版），頁 388。

〔註29〕在舊鈔本《效顰集》，沒有與《國色天香》本中的〈續東窗事犯傳〉比較之前：易誤以為《效顰集》祇是收錄了同一篇故事，而並非是〈續東窗事犯傳〉的原寫者。例如，張火慶，〈說岳全傳中以報應與地獄為主題的四段情節〉：「《效顰集》與《國色天香》皆為明代文人所編，二書收錄胡迪入冥的故事。《說岳》第 72 回〈胡夢蝶醉後吟詩遊地獄〉，大抵從《國色天香》的〈續傳〉承抄而來。」（台北：聯經出版社，《小說戲曲研究第一集》，1988 年 5 月初版），頁 287。

雖為歷史人物續傳，卻有「死猶不受元朝諡號」的神蹟。本篇融合了《宋史》〈文天祥列傳〉，再加上流傳於民間的傳說故事，撰作而成。文中非情節敘述部分，包括了古風一首、七言律詩二首、和祭文一篇。

2、〈宋進士袁鏞忠義傳〉

屬歷史傳奇小說。袁鏞的生平資料在《宋史翼》、《宋季忠義傳》中皆有記載。〔註30〕此傳敘述袁鏞與謝昌元、趙孟傳等人，誓死報國。但元兵來襲時，孟傳召鏞抵抗元兵；鏞被執不降而死，孟傳竟降元兵。鏞子澤民為義僕沈、朱二人所救，保住命脈。至四世孫柳莊官拜太常寺丞，一家顯榮。忠臣烈婦，孝子義僕，集於一門。

這篇是趙弼為補蔣伯尚、林公輔作〈袁鏞傳〉而撰述。本篇的主旨在表彰袁鏞的義行，通篇虛構的成份較少；但按寫作形式來說，仍可稱得上是歷史傳奇。

3、〈蜀三忠傳〉

歷史傳奇小說。朗革歹、完者都、趙資，等三人的生平事蹟，皆見於史書。〔註31〕敘元末時明玉珍攻蜀，三人為四川守將，皆被俘擄。朗革歹妻抱金銀自沈於江；完者都妻與趙資妻，被明玉珍脅迫以降，趙資殺妻以抗。三人被執，只求一死，戮於大街。趙廷璋作詩挽弔，趙弼作論，以褒揚他們的節義。雖無超自然的神蹟，但趙資為保節義，不惜殺妻棄子的描寫，頗富戲劇張力。

4、〈何忠節傳〉

屬歷史傳奇小說。何忠節即是何廷臣，為永樂時進士。〔註32〕敘述他在任日南知州事時，黎利反抗明朝，圍攻交阯城。何廷臣與張知縣突圍被執，寧死不屈，罵敵而亡。末附趙弼嘉其節義，設酒饌而祭拜他的祭文；並收何廷臣七律一首。

5、〈玉峰趙先生傳〉

屬歷史傳奇小說。敘趙善瑛（廷璋）的善行義舉。趙廷璋在歷史上真有其人，生平見《元書》等。〔註33〕玉峰行醫救人無數，並拒絕戴仲章妹，願以身相許報恩

〔註30〕袁鏞生平事蹟載於：萬斯同，《宋季忠義錄》，卷8。陸心源，《宋史翼》，卷32。

〔註31〕完者都生平事蹟載於：柯紹忞《新元史》卷233、邵遠平《元史類編》卷40、曾廉《元書》卷25。朗革歹的生平事蹟載於：《新元史》卷233、《元史類編》卷40、《元書》卷25、吳廷燮《元行省丞相平章政事年表》卷32。趙資生平事蹟載於《新元史》卷235、《元史類編》40、《元書》卷25。

〔註32〕何廷臣生平事蹟見載於：焦竑《國朝獻徵錄》卷92、凌迪知《國朝名世類苑》卷1與卷16、童時明《昭代明良錄》卷19、何出光《蘭臺法鑒錄》卷4、過庭訓《本朝分省人物考》、尹守衡《明史竊》卷83、傅維鱗《明書》卷106。萬斯同《明史》卷202、張廷玉《明史》卷154、王鴻緒《明史稿》卷136、

〔註33〕趙善瑛生平見於：曾廉《元書》卷95、席世臣《元詩選》癸集卷下、錢謙益《列朝

的請求，反而將她嫁給鮑彥忠。又述余志宗寄金，爾後如數奉還的事件。全篇皆在彰顯趙的德義，和以誠心使暴風止息，與端坐而死的異象。

6、〈張繡衣陰德傳〉

張繡衣即張純，字志中；事蹟並見載於其他史書中。〔註34〕本篇敘述他擔任監察御史時，正值荊湖饑荒；感召了其他官吏，共同救助百姓的故事。趙弼撰作此傳的用意，是爲了等待修史者採錄。全篇爲記實之作，無虛構成分與情節舖陳；因此，嚴格來說，稱不上是好的傳奇小說。

7、〈孫鴻臚傳〉

孫鴻臚即孫剛，字伯堅；生平事蹟也見於各史書中。〔註35〕敘孫剛曾畫符爲戲，卻被何生當做把柄；欲告官府。孫爲何生擺宴，並囓履以平息事端。後來何生遭罪，流落到四川；當時孫擢升爲四川參政，不記前嫌，善待他的家人。

8、〈趙氏伯仲友義傳〉

敘述趙銘子孟開、與養子孟明，二人互讓襲蔭之事。他們分別謙讓之後，各自藏匿在四川和湖南；以詩互通訊息。等到孟開死後，孟明仍退讓給孟開的兒子孟顯。趙弼以此文稱贊趙家兄弟的友義。

9、〈愚莊先生傳〉

敘述潘文奎在歷任四朝官後，可以功成身退名遂。並且因生前的光明磊落，死後成神得道。本篇只有在敘述潘之奎死後乘白馬行走於郡中，有一點小說虛構的意味。在人物刻劃和佈局上，小說的虛構性較少。

10、〈新繁胡大尹傳〉

敘述縣尹胡壽安克盡職責，清約儉樸，以百姓的事情爲優先考量。上任時不攜家帶眷，連兒子殺雞來吃，都怒罵痛責。因他的節行，感動了陳獸醫，堅持治療胡的馬瘠癒後，才奔妻喪。小說所刻劃的行爲是當時道學家眼中，所敬佩的行徑；但以今日的道德標準來看，胡大尹的一舉一動，倒有些迂腐。

11、〈覺壽居士傳〉

這是典型異人修道的故事。袁覺壽自小就有學佛傾向；長大後有濟貧的慈悲心，與祈雨應驗的神蹟，能看出別人的生命將盡，與自己的死期。較特別的是，在將要

詩集小傳》甲前。

〔註34〕張純生平事蹟見於：明焦竑《國朝獻徵錄》卷42、明雷禮《國朝列卿記》卷49、明過庭訓《本朝分省人物考》卷79。

〔註35〕孫剛事蹟見於：明焦竑《國朝獻徵錄》卷77、明佚名《明人小傳》卷8。

往生時，竟聽從鄉民的勸告，再留在世上，度化他人十餘年。

　　大抵卷一所敘述的事蹟，主角皆眞有其人。爲忠臣、高僧、良吏、孝友立傳；從宋元歷史人物到明初當代人，皆成爲他筆下的主角。十一篇共同的傾向是，意在補史，待後世修史者採錄。而在情節構思上，虛構的成份較少；大多直敘流傳的神蹟奇聞。平舖直敘之中，使得每篇小說的故事性較弱。但仍運用了傳奇小說的表現形態，例如：詩歌的穿插、議論的加強、與歷史觀點的發揮，等等。

　　卷中、下則與卷上強調歷史眞實性，有所不同。虛構和想像的成分增加，故事的情節構思亦較曲折；在描寫與人物刻劃上，也較爲細膩，與卷上的粗具梗蓋，大相逕庭。因此，中、下卷的篇章較常被討論，在小說史上的影響力也較大些。

二、卷中六篇

1、〈三賢傳〉

　　敘孔允經商途中，遇一老人。在老叟房中見三賢：司馬相如、揚雄、王褒三人。圍坐暢談時，見揚雄與司馬相如論戰。雄責相如娶文君事，相如亦以雄降王莽事相譏。後來揚雄拂袖而去，二人到清晨告辭。孔允回家後，返回原地，只見荊棘遍地而已。

　　藉商人迷路，夜遇古人魂；以假托的情節構思，呈現作者的歷史觀點：「苟失忠孝之道，萬事瓦解，雖有文章之美，烏足論哉！」對漢代三位賦家作一番評論；並對揚雄向王莽示好一事，表達不滿。

2、〈鍾離叟嫗傳〉

　　敘王安石致仕後，要往金陵定居；微服順江而行，僕人江居等同行，休憩於鍾離（今湖北漢川）。至扶筇老叟宅中，見諷刺自己的律詩二首；又聞叟痛罵新法之害，匆匆離去。到另一村落，見一老嫗在屋內批評青苗法害民；與老嫗餵食雞豬，說道：「王安石來食！」。第二天，倉促啓程。到了郵亭，見壁間三首詩；又從驛卒口中得知，天下人對他恨之入骨。驚駭中回到金陵，嘔血而死。

　　因本篇與《京本通俗小說》卷十四〈拗相公〉、馮夢龍《警世通言》卷四〈拗相公飲恨半山堂〉二篇，在故事情節與描寫上相似。所以，較受關注；至於它與話本小說的關係，見下節詳論。

3、〈酆都報應錄〉

　　敘渝州士人李文勝，爲祈母病癒；遙祭酆都大帝，而得親見酆都大帝判案的經過。見到漢代征和二年，晁錯被袁盎誣致死案，以及漢四戚與王莽等奸臣。諸案判定後，諸神人不知所往；文勝因此棄家爲道士。用因果報應的觀點，透過虛構的故

事；重審歷史上的奸臣孽子，以抒發作者的史觀。

4、〈續東窗事犯傳〉

此篇與《新話》〈令狐生冥夢錄〉，入冥的情節單元相類似，皆因批評閻王而入地府。又與《餘話》〈何思明遊酆都錄〉，見地獄嚴懲奸人的情節相類。敘士人胡迪酒醉後偶讀〈秦檜東窗傳〉，為岳飛打抱不平，痛罵秦檜。睡夢中被強引到閻王殿中，為自己論辯謗神的緣由。因言之成理，無罪而釋；並得以歷覽地府中的各種報應之獄。爾後又上仙殿，見忠臣義士得以享天恩的情形。展臂當中醒來，重回陽世。

此篇與馮夢龍《喻世明言》卷三二，〈游酆都胡母迪吟詩〉相似，應是馮夢龍據此篇，改編成為話本小說。又，此篇在明代通俗類書中，廣為流傳；收入《國色天香》卷十上層、《重刻增補燕居筆記》卷八下層中，是所有《效顰集》的故事中，流傳最廣的一篇。

5、〈鐵面先生傳〉

此亦敘歷史上奸臣的報應故事。士人韓德原見群牛被雷震死，做弔牛文以哀悼；焚祭文時，雷光刻字於祠壁上，牛頭並寫唐朝許敬宗等二十八人的姓名。

6、〈蓬萊先生傳〉

林孟章以豪俠自任，病酒而卒。臨終前聲稱妻邢氏必將改嫁。卒後月餘，邢氏病，蔣允思來醫治。日久生情，蔣亦喪妻，結為夫婦。孟章在陰間，心有不甘，託夢給友人文友誠；譴責蔣生奪友之妻，已訴冥司。翌日，蔣允思果於五更死。

這是《效顰集》中唯一提及家庭婚姻的故事，但只以男子的觀點，安排女主角邢氏的命運。反映了作者對女子改嫁的觀點，即使朋友死後，也不能娶朋友妻；否則，即是背棄了人倫之道。同時也呈現了，明代對女子貞節觀念的嚴守。

三、卷下八篇

1、〈青城隱者記〉

李有遊於青城山，一隱者引他入仙境；全村皆是宋兵亂中隱居在此，他們不知元、明二朝。李與隱者論宋初政治情勢與宮中軼事；並述蜀後主與張太花之事。次日，李有告歸，回家再尋找舊路，已不可得。追思世事，有所感慨，棄家入道。

在小說的佈局上，與陶淵明的〈桃花源記〉很類似，都是進一處異境後，遇見因避戰亂而隱居的人。祇不過隱居者所屬的朝代不同，一是秦朝人，本篇假託的是五代末的人。出了異地之後，同樣無法再尋得。但在立意上，則有很大的不同，〈桃花源記〉是藉以構築一個和樂的理想世界；〈青城隱者記〉則藉以論蜀後主的史事。

2、〈兩教辨〉

　　元士人韋正理到潼川，夜晚，忽聽一道一僧辨論。論畢，眾人皆化清風而去。次日，訪於鄰翁，才知昨夜所處為古剎遺址；祭拜後離去。藉一虛擬情景，抒發作者對佛道二教的看法。

3、〈丹景報應錄〉

　　劉海瞻道士到蜀郡遊，遇真君下凡判案；並見到故友閑閑宗師。觀李斯、趙高、蒙恬、扶蘇，等舊案重審。聽杜甫、韓愈、蘇東坡、黃庭堅等人賦詩。藉歷史名人的重聚，發揚因果報的觀點；趙弼刻意虛構的痕跡，極為明顯。

4、〈木綿庵記〉

　　這也是一篇備受爭議的作品。在宋元筆記中，記載賈似道的傳說，即有宋周密的《齊東野語》卷十九，賈似道夢見金紫人一事。到了元蔣子正《山房隨筆》，已有賈似道被殺於木綿庵的敘述。〔註36〕又，徐渭《南詞敘錄》中，記載〈賈似道木綿庵記〉戲文；可見在趙弼寫作此篇之前，即流傳著搬演賈似道故事的戲曲。而在《效顰集》之後，馮夢龍的《喻世明言》卷二十二〈木綿庵鄭虎臣報冤〉，故事後半部的情節發展，跟此篇類似。又有相關的戲曲〈別有天〉、〈小天台〉、〈醉西湖〉、〈雙鴛珮〉，等等。

　　故事從賈似道的身世寫起。其母胡海棠因與賈涉和奴僕似兒、道兒，等三人有染。賈涉妻楊氏欲羞辱胡氏，故取名為賈似道。似道在罪行被揭發後，由鄭虎臣任監押官，押到泉州九泉山時，忽然見到亡父與胡氏、楊氏，怒罵他誤國害民的罪狀，自知不久於人世。爾後，到了漳州木綿庵，虎臣就將他剖目割鼻，埋進廁所。

5、〈繁邑古祠對〉

　　繁邑人喜祭古祠西嶽神，士人東郭生認為極為迂腐；以言語諷刺，使廟祝無言以對。當晚，即夢古祠神來對談；自感不敬，悚然而醒。

6、〈泉蛟傳〉

　　這篇是述果報的志怪傳奇。農民聲銘不聽父老的勸告，堅持砍殺觀音泉巨鱔，烹煮後吃掉。當晚，夢黃衣老叟，自稱是被殺的蛟龍，前來索命。半夜，聲銘口冒血而死。

7、〈疥鬼對〉

　　這是人與病魔對抗的志怪傳奇。敘成都守拙生得重病，久不癒；寫文章遣疥鬼。

〔註36〕有關賈似道的記載，見蔣子正《山房隨筆》中的幾則（《四庫筆記小說叢書》，上海：古籍出版社，1991年12月初版），頁340～342。

疥鬼以病能激勵回答，守拙生拒絕他的好意，疥鬼即離去；而病果痊癒。

8、〈夢遊番陽彭蠡傳〉

此為趙弼自敘奇遇的故事。他遊學閩浙時，經過武昌，見王全真道士，出示懷仙詩卅三首，弼和其詩。十年之後，王全真尸解；弼與他同遊彭蠡湖，論學仙求道之事。湖中突然風浪大作，弼即駭然而醒。

宋欣曾論《效顰集》：「實則寫志怪多效洪邁《夷堅志》，以辭章入小說又宗法瞿佑《剪燈新話》」〔註37〕從卷中、下的作品中，確可看出趙弼寫作仿洪邁、瞿佑的手法。但在模仿中，又可看出他喜用歷史的愛好；處處顯出他的歷史意識。這是趙弼與他們最不相同的地方。正因為趙弼是一個講求歷史事實和道義，充滿道學味的人；所以在二十五篇小說中，找不出一篇純粹描寫男女愛情故事的作品。這與《新話》、《餘話》中，愛情小說佔極大部分也不同。

第四節　《鍾離叟嫗傳》諸篇是否為趙弼所作

由於《效顰集》諸篇中，卷上全是教忠教孝的短篇故事；再加上它不像《剪燈新話》一樣，對異邦的小說產生顯著的影響力。故當《新話》、《餘話》，甚至是時代較晚的邵景詹《覓燈因話》，每每被溯源為明代話本小說的源流時；《效顰集》中與明代話本小說同一題材的作品，則沒有如此幸運了。

卷中〈鍾離叟嫗傳〉、〈續東窗事犯傳〉，卷下〈木綿庵記〉；與馮夢龍《警世通言》卷四〈拗相飲恨半山堂〉，《喻世明言》卷三二〈遊酆都胡母迪吟詩〉、卷二二〈木綿庵虎臣報冤〉，題材相同。再加上繆荃蓀刊《京本通俗小說》中〈拗相公〉，也與〈拗相公飲恨半山堂〉幾乎一致。因此，認定《京本通俗小說》是宋元話本小說的學者，則質疑此三篇並非趙弼所作。

例如，孫楷第則以繆氏刊《京本通俗小說》的真實性：認為〈鍾離叟嫗傳〉、〈木棉庵記〉，「二篇之組織及作風，顯然與他篇不同。他篇為弼所自撰者，皆情節甚簡而文筆極拙。如〈鍾離叟嫗傳〉之結構筆墨，以他篇律之，斷非弼之文也。」〔註38〕

又，胡士瑩《話本小說概論》：「趙弼的才情，似不能寫出情節曲折的傳奇文，

〔註37〕見《中國古代小說百科全書》（北京：中國大百科全書出版社，1993年4月一版），頁609。

〔註38〕同見註27，孫楷第，《日本東京所見小說書目》卷，頁115：「然以余考查結果，則此〈鍾離叟嫗〉、〈木棉庵〉二篇，與其認為弼自作，毋寧認為與話本出於同一底本。因此二篇之組織及作風，顯與他篇不同。其他篇為弼所自撰者，皆情節簡單而文筆極拙。如〈鍾離叟嫗〉之結構筆墨，以他篇律之，斷斷乎非弼之文也。」

證以《效顰集》中其他各篇的筆調就可明白。所以，這三篇傳奇文當是直接采取宋元故事情節增刪移易而成的。」〔註39〕

隨著《京本通俗小說》經馬幼垣、胡萬川、蘇興等幾位學者，證明是偽書之後〔註40〕；我們勢必得重新檢視《效顰集》諸作。到底趙弼是直接採取宋元話本移易而成？或是他的才情不夠，無法寫出這三篇作品？抑是三篇的組織風格與他篇不同？以下將從與另三篇話本小說相較，以及《效顰集》其他諸作風格上，和趙弼的其他作品上，由外證與內證二方面論述。

一、與話本諸作比較

1、從故事情節構思上

姑不論話本與諸篇時代的先後，從三個故事的對比表中，可以發現敘王安石與胡迪入冥事，大致相同；唯〈木綿庵記〉與同題材話本不同。話本增加賈似道禍國殃民的描寫；直到故事最後三分之二的地方，鄭虎臣才出現，稍微偏差了標題的重點。而趙弼所敘述的賈涉事，則著重賈涉被虎臣收押的途中，亡父詬罵、亡母捶毆，與虎臣剖殺他的情節。

情節構思差異對照表

《效顰集》	話本小說	差異處
〈鍾離叟嫗傳〉 出遊─遇叟─遇嫗─郵亭─至金陵─嘔歿	〈拗相公飲恨半山堂〉 入話─出遊─道人─遇叟─遇嫗─邸亭─金陵─嘔歿	話本增入話、道人、下場詩
〈續東窗事犯傳〉 題詩─入冥─遊獄─上仙府─回陽間	〈遊酆都胡母迪吟詩〉 秦檜事─題詩─入冥─遊獄─仙府─回陽間	1. 話本主角由胡迪改名胡母迪，增入話、下場詩 2. 話本無胡迪的辯文、判文
〈木綿庵記〉 婢出─獲罪─至杭─亡父辱─殺之	〈木綿庵鄭虎臣報冤〉 庶出─奔姐─入宮─訪母─枉行─害鄭父─母喪─被劾─獲罪─至泉州─殺之	1. 賈涉的出身不同 2. 話本增奔姐、入宮、訪姐、任官作爲、害鄭父,等等 3. 話本無亡父母詬罵

〔註39〕見於胡士瑩，《話本小說概論》，第十一章第七節，〈明代的傳奇文和通俗類書〉（北京：中華書局，1980 年 5 月一版），頁 409。

〔註40〕關於繆荃蓀偽造《京本通俗小說》的看法，參見馬幼垣，〈京本通俗小說之各篇的年代及其真偽問題〉（收在《中國小說史集稿》，台北：聯經出版社，1983 年 5 月再版，頁 19～44）。胡萬川，〈京本通俗小說的新發現〉（《中華文化復興月刊》，10 卷 10 期，1977 年 10 月，頁 37～43）。蘇興，〈京本通俗小說辨疑〉（《文物》，1978 年 3 期，頁 71～74）。張兵，《話本小說史話》，〈京本通俗小說是一部偽書〉（遼寧：遼寧教育出版社，1992 年 10 月一版，頁 76～79）。

因此，若趙弼是由話本故事上抄錄的，爲何賈似道的其他傳聞未被提及？僅述鄭虎臣怒殺似道一事；卻增加賈父與二母責備的情節。可見趙弼在寫作之前，是未見話本小說的。

2、從所錄的詩歌上

〈鍾離叟嫗傳〉中的題詩，全可在話本中找到，但出現的順序不同。若趙弼是自話本上抄錄下來，則何必大費周章，重新將它們排列組合？祗要抄錄即可。但若反推回去，則可以看出話本將題於壁間二律、窗上二律、壁間三絕，各拆一首在王安石到鍾離前的描述。又〈續東窗事犯傳〉中的詩歌，亦保留了一首在話本中；若是趙弼抄錄話本，則未免捨棄太多不錄。無論如何，從詩歌的登錄中，難以尋出趙弼是截取自話本小說的。

3、與話本相關的筆記、戲劇上

從王安石、秦檜、賈似道所記載的正史、雜史、筆記中；亦可見出《效顰集》在諸說中的獨特性。例如：以王安石的軼事來說，馬幼垣認爲〈拗相公〉的本事，大抵據王安石事蹟與盧多被謫嶺南事。今考察所引諸筆記、雜史，實與趙弼〈鍾離叟嫗傳〉相去甚遠。

（一）有關王安石的事跡

1、劉延世《孫公談圃》卷上：夢小蛇注經；卷中載鼠辨。〔註41〕

2、方勺《泊宅編》卷上：王安石見子雱死後受罪；卷中葉濤見安石入地獄。〔註42〕

3、邵伯溫《邵氏聞見錄》：卷九、十二、十九多敘述王安石時的政局，只有卷十一提到王雱的事情。〔註43〕

4、岳珂《桯史》：卷九〈金陵無名詩〉，安石見金陵無名氏題詩之事。〔註44〕

（二）盧多遜被謫嶺南事

1、宋王闢之《澠水燕談錄》卷十：盧憩山店、嫗說盧的惡行、促去。〔註45〕

2、邵博《邵氏聞見後錄》卷二三：只論王安石的功過。〔註46〕

〔註41〕參見劉延世，《孫公談圃》，收在《筆記小說大觀》，8編，第1冊（台北：新興書局出版），頁539。

〔註42〕參見方勺，《泊宅編》，收在《筆記小說大觀》，3編，第2冊（台北：新興書局出版），頁1321、1335。

〔註43〕參見邵伯溫，《邵氏聞見錄》，收在《筆記小說大觀》，15編，第1冊（台北：新興書局出版）。

〔註44〕參見岳珂，《桯史》，收在《筆記小說大觀》，28編，第3冊（台北：新興書局出版），頁1373。

〔註45〕參見宋王闢之，《澠水燕談錄》，《四庫全書》本（台北：商務印書館出版）。

　　以上記載與話本故事情節，確無直接關係；只提及王安石不同的傳聞軼事而已。反觀〈鍾離叟嫗傳〉，它應該是話本小說的直接來源才是；這也印證了韓南對〈拗相公飲恨半山堂〉來源的推論。〔註47〕宋元戲文中雖有〈東窗事犯〉劇，搬演秦檜夫妻計殺岳飛一事；主角都是秦檜與岳飛，與胡迪辱檜遊地獄是兩種不同的故事。因此，也不能說在趙弼之前，就有搬演胡迪之戲；或是敘述此事的話本小說，可供趙弼參考刪節。

　　因此，從三篇與話本小說的對比當中，我們可以看出沒有任何證據顯示，趙弼是根據古話本節錄而作。在他之前，不論是筆記或戲文的資料來看；《效顰集》中有關王安石等人的故事，皆以它為最早。

二、與《效顰集》諸作的風格比較

　　另一方面，將三篇與集中的他作相較，也能看出確為趙弼的創作小說。

1、在相類題材上：

　　《效顰集》中的題材類型可分為歷史、宗教、志怪三類。這三篇分別是，卷中-2、卷中-4、卷下-4，它們的題材類型均不出這三類。在故事的取材上，無特出於他篇之處；且與趙弼雅好論史的癖好相符。

題材類型	卷　數──篇　次	總　計
歷史	上-1.2.3.4.5.6.7.8.9.10.中-2,下-1	12
宗教	上-11,下-2.5	3
志　怪	果報─中-3.4.5.6.下-4.6 論史─中～1，下-7. 論教─下-7.8.	10

2、從每篇故事所撰寫的字數上來看

　　《效顰集》每篇的字數，大抵不超過三千字以上；這三篇也無超出他作的篇幅。這與趙弼喜作短制的習慣符合。

〔註46〕參見邵博，《邵氏聞見後錄》，收在《筆記小說大觀》，15 編，第 2 冊（台北：新興書局），頁 1121～1162。

〔註47〕見韓南，〈「古今小說」中某些故事的作者問題〉，收在《中國古典小說論集》（台北：聯經出版社，1979 年 9 月初版），頁 63：「借助於古今小說卷 21、卷 22、卷 32、和卷 39 來源的探討，目前看來，效顰集顯得極可能是警世通言卷 4 的直接來源。」所指《通言》卷 4，即是〈拗相公飲恨半山堂〉。

字數範圍	卷　數──篇　次	總　計
1000 字以內	上-6.7.9.；下-7	4
1000～2000	上-1.2.3.4.5.8.10.11；中-5；下-4.5.6	12
2000～3000	中-1.2.3.4.6；下～1.2.3.8.	10

3、從故事中所描述的背景而言

《效顰集》諸作，根據事件所描述的人物、事件的背景地點；以四川、閩浙、湖北三地，佔極大數，唯有〈何忠節傳〉的背景在安南。這是因為趙弼是南平人（即今四川），又曾遊學閩，且在湖北任官與養老；將這三地流傳的故事，改寫成小說是極其自然的事。。

故事背景	卷　數──篇　次	總　計
四　　川	上-3.5.7.8.10.11；中-1.3.4.5.6.； 下～1.2.3.5.6.7.	17
閩　　浙	上-1.2.；下-4	3
湖　　北	上-6.9.；中-2；下-8.	4
安　　南	上-4	1

〈鍾離叟嫗傳〉的發生地鍾離，在今湖北漢川東五里墩。〈續東窗事犯傳〉的地理背景在錦城，即今四川。〈木綿庵記〉的木綿庵位在漳州，即今福建。皆不出川、湖、閩三地，與他篇無異。

4、在寫作素材上

從趙弼《雪航膚見》中，可找到他創作這三篇的蛛絲馬跡：

（1）論王安石：《膚見》卷十〈理宗本末〉：「自神宗用王安石為相，引進奸回小人，釀成靖康之禍，以致中原板蕩，宗社不守，良田變易，祖宗成憲而致也。」又卷八〈王安石〉：「安石初知鄞縣時，李承之以其眼多白，甚似王敦謂人曰。」對王安石的諸多改革，不以為然，多負面評論。因此寫王安石在鍾離遇老嫗的傳說，是極為可能的。

（2）論秦檜：《膚見》卷十《總論歷代姦回之報》：「南宋未亡，秦檜削奪官爵，平其墳墓。」又卷九〈岳穆武王〉：「近世秦檜殺岳鄂忠武王，……近世士大夫言其姦者，無不切齒恨之，欲剚其心而食其肉。」對秦檜殺害岳飛，陷害忠臣一事，趙弼深感憤慨，所以在許多地方都提到此事。

（3）論賈似道：對宋宰相賈似道的禍國殃民，和鄭虎臣殺害他的事件，也多有記載。《膚見》卷十〈理宗本末〉：「是時（理宗）奸臣賈似道當，……，似道大兵皆

潰，京師大震，王爌劾似道專權誤國之罪。始至貶竄，至漳州宿于木綿庵，鄭虎臣誅之。」

　　因此，趙弼對三人的歷史功過，體會深刻；所以，在前人傳聞的基礎上，加上自己的史見，完成了傳奇小說。與〈續東窗事犯傳〉同述果報的篇章，如卷中〈酆都報應錄〉、卷下〈丹景報應錄〉，皆述歷代奸臣的遭遇；也可在《膚見》卷十〈總論歷代姦回之報〉中找到。

　　因此，從內證與外證中，可見三篇確是出自趙弼之手，並非截自現成的話本小說。而且，三篇的風格與寫作手法，亦與《效顰》各篇一致；絕無超出趙弼的能力所及。再加上趙弼另一著作《雪航膚見》輔證，則非趙弼所作說，即不攻自破了。

　　從〈鍾離叟嫗傳〉為趙弼所撰的確立，也能為《京本通俗小說》〈拗相公〉的偽作，增一佐證。更為馮夢龍寫作〈拗相公飲恨半山堂〉，尋得直接來源。又，明萬曆年間，建陽書坊主人熊大木（1522～1566）編《大宋中興通俗演義》，其中卷八〈效顰集東窗事犯傳〉與〈冥司中報應秦檜〉，即直接從〈續東窗事犯傳〉中抄錄下來。又清初錢彩、金豐增訂《精忠演義說本岳王全傳》，七二回〈胡夢蝶醉後吟詩遊地獄〉，也承抄自舊抄本〈續東窗事犯傳〉。

第五節　《效顰集》的主題思想與寫作技巧

　　趙弼在〈效顰集後序〉中說，他是效法宋朝洪邁和瞿佑而作。但從書中所呈現的風格，實與洪邁《夷堅志》、瞿佑《剪燈新話》相差甚遠。小說中到處充滿了歷史味、道德說教味、和果報意味。全書沒有一篇是歌頌男女愛情的小說，也和其他的傳奇小說大不相同。即使是含有志怪成份的小說，其目的也不在傳述奇聞異事，而在於談論歷史人物、事件的功過。那麼趙弼究竟在何處仿效洪、瞿？從《效顰集》所呈現的主題與藝術技巧中，仍可以尋得蛛絲馬跡。

一、褒揚忠臣烈士

　　在二十五篇中，正面歌頌人物的節操與事蹟者，總共有十一篇，幾乎快佔了一半的份量。〈續宋丞相文文山傳〉是讚揚文天祥的節義。〈宋進士袁鏞傳〉稱讚袁鏞一家集忠臣烈婦孝子於一家。〈蜀三忠博〉頌揚元朝末年忠於國家的蒙古臣子，朗革夕、完者都、趙資三人。〈何忠節傳〉則是述罵賊而亡的何廷臣。將視死如歸，為國家守節的烈大丈夫置於書首，可看出趙弼對這些人的推崇。

趙弼爲這些人作傳，最大的目的在表揚忠孝，激勵節義，闡明他忠於國家的思想。進而「使後之爲忠者知所以勸，而不忠者知所以愧。」(〈何忠節傳〉)即使連非漢族的元臣完者都、朗革歹，也不例外，以其所處的身份若忠君者，就爲他們立傳。所持的理念是，「在朝者死官，守土者死於土，治軍旅者死於行陣，奉使宣命者死於道途，皆其所也。」(〈蜀三忠傳〉)

其次是那些積德行善的人。例如，包括救孤存寡的〈玉峰趙先生傳〉、救活人無數的〈張繡衣陰德傳〉、不計前嫌幫助仇人的〈孫鴻臚傳〉、兄友弟恭謙讓襲位的〈趙氏伯仲友義傳〉。甚至包括，〈愚莊先生傳〉中，能甄拔眞才的潘文奎；〈新繁胡大尹傳〉中，能夠精衣糲食，捐俸助民的胡大尹；〈覺壽居士傳〉中，爲人祈福的袁覺壽。他們都成爲趙弼筆下的傳奇人物。

或許以小說的情節來看，虛構的成份少，紀實的敘述多，稱不上是好的傳奇小說。但卻可以顯示出傳奇小說的發展中，在紀實和虛構中擺盪的現象。唐代傳奇小說，從歷史傳記中發展起來，加入了幻想和虛構，逐漸脫離史的範疇；到了趙弼的手中，卻又拉回到歷史書，向人物傳記靠攏。這種現象不論是在唐宋元明清的傳奇中，都是存在的。只不過沒有像趙弼那樣有計畫的撰寫，而且安排在專集的開端，做爲所要表達的主題思想。即使在偏好議論的宋人傳奇小說中，也沒有這麼明顯的道德意識。

二、以地獄果報譴責奸者

在〈效顰集〉中的第二大類，是以地獄世界的描述，反映歷史奸臣們、不義之人、變節者報應和下場。例如，〈酆都報應錄〉批判漢代不以正道輔君的佞臣袁盎。〈續東窗事犯傳〉大加撻伐的是宋朝秦檜。〈鐵面先生傳〉中，借韓德原的眼，見唐朝二十八奸臣化爲牛。〈丹景報應錄〉重判秦李斯、趙高的刑罰。〈木綿庵記〉中，宋相賈似道因害民誤國，被鄭虎臣誅殺。趙弼幾乎把歷史上有名的奸臣給寫盡了。藉小說虛構故事情節的手法，透過入冥、做夢的情節，痛痛快快地教訓那些禍國殃民的奸孽。但在這些所論的奸臣中，趙弼都沒有提到明代的惡臣。他不敢明寫、甚至影射當時的奸臣，可以從明初嚴格的思想箝制中，找到答案。只好託歷史一抒心中的不滿了。

而一般百姓受到報應的故事，也有兩篇。〈蓬萊先生傳〉中，蔣允思因違背寄子託妻之義，娶朋友妻後，必須入鬼門關中受罪。〈蛟泉傳〉則是農民因傷害靈物蛟泉，半夜即倒地而死。

三、藉小說論辨歷史

第三類是藉小說，以論辯歷史事件、歷史人物、和佛道二教的故事。在議論歷史事件、人物上，例如，〈三賢傳〉論揚雄爲王莽作賦的不當，並認爲揚雄「苟失忠孝之道，萬事瓦解。雖有文章之美，烏足道哉。」〈鍾離叟嫗傳〉借老嫗之口，論王安石行變法的遭致民怨。〈青城隱者記〉藉著李若無與老叟對談，論孟蜀與寵妃張太華遊宴，使國家招致滅亡一事。

其次是闡明他的宗教觀、鬼神觀，甚至是理學觀。例如，〈兩教辯〉假託韋正理在一古禪刹中，見一僧一道議論，以顯現他的宗教觀：「若論正道，釋教爲正，道教爲邪」；「若論正理，道教爲正，釋教爲邪。」而〈繁邑古祠對〉則藉東郭生和西嶽之神的對話，以示須對鬼神心存敬意。又從〈疥鬼對〉中，藉守拙生與疥鬼論心：衹要心靜，就能安志、安體、樂性情，進而遠離病魔。

在這些歌頌忠孝節義的故事，以及貶責歷史奸邪、論辯思想的立意下；《效顰集》的小說意味自然較淡，故事情節也很簡平。

四、對洪邁和瞿佑的繼承

《效顰集》的整體風格，是文字質樸，故事情節極簡，議論很多；有些幾乎連篇議論。所以，與其他傳奇相比，顯然是個異類。沒有愛情故事，也甚少對小說情節做藝術加工。即使如此，我們仍可以找出仿效二書的痕跡。

對洪邁《夷堅志》的承襲，是在小說的虛構性上。運用怪異的鬼神世界，以虛構故事情節。在文字語言上的簡樸，也是承自洪邁的筆法；而在某些小說情節安排上，也可找到蛛絲馬跡。例如〈鍾離叟嫗傳〉中，王安石見到題詩的刻劃，類似洪邁《夷堅支丁》卷一〈韓莊敏食驢〉，寫宋朝韓莊敏見到題詩，批評他食驢後，隨後改換食驢的習慣。

對瞿佑《剪燈新話》的繼承，則表現在借地獄果報以論歷史人物上。

> 此即宋朝秦檜也，謀害忠良，迷誤其主，故受重罪，其餘亦皆歷代誤國之臣。每一朝革命，即驅之出，令毒虺噬其肉，飢鷹啄其髓，骨肉糜爛至盡，復以神水洒之，業風吹之，仍復本形。此輩雖歷億萬劫，不可出世矣。（《新話》卷二〈令狐生冥夢錄〉）

> 此婦人即檜之妻王氏也，其他數人乃章惇蔡京父子。……驅檜等至風雷之獄，縛於銅柱。一卒以鞭扣其環，即有風刀亂至，遠刺其身，檜等體如篩底。良久，震雷一聲，擊其身如蘿粉，血流凝地。少焉惡風盤旋，吹其骨肉，復爲人形。（《效顰集》卷中〈續東窗事犯傳〉）

對秦檜在地獄受刑的描寫，幾乎如出一轍；趙弼只是更進一步寫到相關群臣，遭受報應的狀況。因此，可說趙弼是有意仿效瞿佑的。另一個相類的故事，是〈青城隱者記〉，近似《新話》卷二〈天台訪隱錄〉。

> 噫，吾止知有宋，不知有元，**安知今日爲大明之世也**。願客爲我略陳三代興亡之故，使得聞之。（《新話》卷二〈天台訪隱錄〉）

> 宋祚已終，元自世祖至順宗，天命歸於聖朝，國號大明。四海混同，萬方一軌，**今臨洪武庚戌萬年之歲也**。（《效顰集》卷下〈青城隱者記〉）

從而可知，趙弼雖模仿兩書的某些佈局，但是《效顰集》所呈現的風格，濃烈的道德意味和歷史意識，仍然與他們大不相同。

小　結

趙弼與李禎是同時期寫作傳奇小說的人，且不約而同地追繼瞿佑《剪燈新話》；但是《效顰集》和《新話》的風格相差甚遠。《效顰集》以讚揚忠孝節義爲主，歷史批判爲輔。沒有《新話》那樣動人的愛情故事，也沒有《餘話》中細膩的情思；只有歷史紀實味與道德說教味，和簡樸的敘述語言。

但是，《效顰集》仍有存在的意義與價值。首先，在明代短篇傳奇小說史上，它是追繼《新話》之作，可以與其他仿作小說，如《餘話》相比。第二，偏於人物傳記的傾向，受到後來傳奇作家的重視，甚至模仿。例如，陶輔《花影集》就是受它影響很深的專集。第三，本身的篇章對小說與戲曲的影響。例如〈木綿庵記〉、〈續東窗事犯傳〉、〈鍾離叟嫗傳〉三篇即是。第四，有助於考察通俗類書中的傳承關係。例如〈續東窗事犯傳〉即是。

第五章　陶輔《花影集》

第一節　陶輔生平與著作

一、生平大要

　　陶輔字廷弼，鳳陽（今安徽鳳陽）人；號夕川老人、夕川居士，又號安理齋、海萍道人。生於明英宗正統六年（1441），卒於明世宗嘉靖二年（1523）之後，年逾八十三歲。〔註1〕自小生在官宦之家，他的祖先對明朝開國有功，封爲「大同伯」。〔註2〕但陶輔不愛作官，喜寄情於山水、經史翰墨之間。即使在承襲了應天（今江蘇南京）親衛昭勇的爵位後，因不苟合於時；隨即乞致仕，辭去指揮事一職。〔註3〕晚年就在田園中與詩酒爲伴，安度餘生。〔註4〕

二、其他著作

1、《桑榆漫志》一卷

　　今存「今獻彙言」本、「續說郛本」，〔註5〕皆爲一卷本，但只剩十一則。已

〔註1〕關於陶輔的生平與字號，見張孟敬〈花影集序〉。生卒年代，以陶輔自撰的〈花影集引〉，題嘉靖二年「夕川老人八十三歲翁書」推論，應該生於明英宗正統六年（1441）。又《花影集》卷四〈晚趣西園記〉稱，明孝宗弘治十四年（1501），時年逾六十；也符合生於明英宗正統六年的推斷。

〔註2〕據張孟敬，〈花影集引〉：「蓋公之先人，以大功烈擢大同伯，公以貴遊子，薄武藝而不事，專志於經史翰墨間。」

〔註3〕參見高儒，《百川書志》：「花影集四卷，致仕應天衛指揮事，夕川老人，陶輔廷弼著，凡二十篇。」（台北：成文出版社，《書目類編》，第27冊），頁89。

〔註4〕參見《花影集》卷四，〈晚趣西園記〉：「每以種蔬自取給，日以詩酒徜徉於其間。」

〔註5〕《桑榆漫志》分收在《續說郛》号十九（上海：古籍出版社，《說郛三種》，第9冊，

沒有如高儒《百川書志》所記載：「凡五十二則」的全本。此書是陶輔在明武宗正德十五年（1520），八十歲時所完成的。〔註6〕按今天留下來的文章看來，都是陶輔讀史所感，與寓目所見的記載。書中提及趙弼《雪航膚見》，與丘濬撰寫《鍾情麗集》一事；常被研究小說者所引用。此書另見《千頃堂書目》、《明志》的著錄。〔註7〕

2、《四端通俗詩詞》一卷

見錄於高儒《百川書志》：「凡十六目，詩詞四十八首。以解勤儉、富貴、驕奢、貧賤之四端，並陳圖說」。〔註8〕

3、《夕川愚特》二卷

此書著錄於《百川書志》卷九〈子志〉三：「皇明夕川居士鳳陽陶輔著，集一百二十事。實俗而易知，直而易解，不待講論之語也。」

4、《蚓窮清娛》二卷

同載於《百川書志》卷十八〈集志七〉：「皇明應天衛指揮陶輔著。隱樂二令，二百二十闋，餘皆雜詠，」可知陶輔是作詞能手。

5、《閭檐□笑》一卷

《百川書志》卷十八〈集志七〉：「夕川老人陶輔著，十二首專詠世俗之事。」

6、《夕川詠物詩》一卷

《百川書志》卷二十〈集志九〉：「皇明夕川人陶輔著，目前事務吟詠殆盡，不文不俗。凡三百首，末附盆梅賦。」瞿佑也有《詠物詩》集，不知是否有意仿瞿佑詩集而作，或陶輔本來即喜歡作詠物詩。

雖然高儒對陶輔作品的評價不高，但可見陶輔能詩能詞，喜歡集事而論。創作風格應趨近於平實；才有「直而易解」與「不文不俗」的評論。作為一個能歌善賦的作家，在創作文備眾體的傳奇小說時，自然能在文字上驅遣自如。

　　　頁 927～930）；《今獻彙言》（台北：新文豐出版社，《叢書集成新編》，第 89 冊，1985年初版，頁 113～115）

〔註6〕據高儒，《百川書志》卷七：「《桑榆漫志》，皇明夕川老人陶輔八十時所著，凡五十二則。」（台北：成文出版社，1978 年出版，《書目類編》，第 27 冊），頁 114。

〔註7〕見黃虞稷，《千頃堂書目》，卷十二，子部小說類，題「陶輔桑榆漫筆一卷」（台北：廣文書局，《書目四編》），頁 337。

〔註8〕同見註6，《百川書志》，卷七，子部小說類，頁 119。

第二節 《花影集》成書與流傳

一、成書——「較三家得失之端」

據陶輔〈花影集引〉記載，他寫作《花影集》的動機，是因壯年時曾看過瞿佑《剪燈新話》、李昌祺《剪燈餘話》、趙弼《效顰集》三書。再仔細檢閱與比較之後，看出三者的長處，認為：「一則信筆美文，一則精巧競前，一則持正去誕。」並客觀評論，三書雖「造理不同」，卻「各有所見」。在三家的激盪與啟蒙之下，引發了他的創作興趣；歷經「較三家得失之端，約繁補略」後，開始寫作。一口氣寫下二十篇，訂書名為《花影集》；而他也自認為是得意的作品。

但歷經數年的求學生涯後，他卻認為《花影集》不夠好；將它棄置在書篋中。直到嘉靖二年（1523），他已是八十三歲高齡，兒子在為他整理稿件時翻出來；陶輔才重新寫序，並在眾人的鼓勵下，裝輯成書，刊刻流傳後世。《花影集》從成書到發表，歷時了三、四十年的時間。

而《花影集》存在的意義，也顯示出明代傳奇小說集的創作，源源不斷，貫穿整個明朝。同時《剪燈餘話》、《效顰集》二書，也與《剪燈新話》一樣，對後來傳奇小說的作者，有其影響力。因此，若僅只標舉《花影集》仿作《剪燈新話》；則是以偏蓋全。〔註9〕反而，在比對四本書之後，它受到《效顰集》的影響，卻是最大（見本章第四節）。

二、著錄與流傳

明代著錄《花影集》的目錄書有三：

> 高儒《百川書志》卷六，史部小史類：「花影集四卷，致仕應天衛指揮事，夕川老人，陶輔廷弼著，凡二十篇。」〔註10〕
>
> 明趙琦美《脈望館書目》子類八小說：「花影集話」〔註11〕
>
> 黃虞稷《千頃堂書目》卷十二，子部小說類：「花影集四卷，號夕川老人，應天衛指揮僉事」〔註12〕

記載的書目不少，但在國內卻早無全本的蹤影。今天可看到的完整孤本，現存於日本早稻田大學；為一明代寫刻本。

〔註 9〕 例如，張季皋，《明清小說辭典》（花山文藝出版社，1992 年 8 月一版），頁 1107：「（花影集）是仿擬《剪燈新話》之作。」

〔註10〕 同見註 6，頁 114。

〔註11〕 趙琦美，《脈望館書目》（收在台北：新文豐出版社，《叢書集成初編》，第 4 冊，頁 40）。應是《花影集》的誤記。

〔註12〕 同見註 7，頁 337。

　　《花影集》流傳到朝鮮、日本之後，被保留到今日，可見它同《新話》、《餘話》、《效顰》諸書一樣，傳播於海外。雖然中國看不見全本，但在《繡谷春容》、《燕居筆記》、《情史類略》中，卻收入了《花影集》的某些篇章。

三、版本系統

　　現存《花影集》的版本，可分成全本、單篇流傳本二個系統。

　　第一、朝鮮寫刻本。即日本早稻田大學藏本。據崔岦在萬曆十四年（1586）所寫的〈花影集跋〉稱：尹斯文溪在明宗元年，即嘉靖二十五年（1546），出使中國時購得《花影集》。到了他的孫子尹斯君會再重新刊刻，並將重刊本寄給崔岦。因此，在此書刊行的二十三年之後，就已經隨著使節流傳到朝鮮；並且在朝鮮再度出版。

　　對於這個本子，《中國古代小說大百科全書》稱之為「明代寫刻本」〔註13〕但從跋文中，卻可很清楚的看到，以此稱呼並不洽當。此外，胡士瑩《話本小說概論》，聲稱曾見過「高麗刊本」的《花影集》〔註14〕；應該與此重刊本同一系統。

　　此藏本由台北天一出版社，1990 年影印回國，收在『明清善本小說叢刊續編』。又大陸學者程毅中，曾據此本點校；1995 年由吉林大學出版社出版。

　　第二、單篇流傳者。分別見於以下各書中：何大掄《重刻增補燕居筆記》卷七下層，收有〈心堅金石傳〉、〈節義雙全傳〉（即節義傳）、〈劉方三義傳〉等三篇。馮夢龍《增補批點圖像燕居筆記》卷九傳類，收〈劉方三義傳〉；《情史類略》卷二情緣類收〈劉奇〉一篇。起北齋赤心子編《繡谷春容》卷八下層，收〈心堅金石傳〉。

第三節　《花影集》故事內容

一、第一卷五篇

1、〈退逸子傳〉

　　敘鮑道為人剛直，好議論。因衣裾垢弊、家室貧穢，招來許多壁蝨、蚊子、虱子、飛蠅、跳蚤。作詩驅趕，稱五蟲可比無仁、義、禮、智、信者。詩成後，醉而臥；夢五蟲化為人，前來責他無五常。鮑醒來後，寫下此事以自我警惕。

　　頗像趙弼《效顰集》中的〈疥鬼對〉，夢到使自己生病的害蟲。但最後的結局不同，〈疥鬼對〉中的守拙生，趕跑了疥鬼。此篇則是鮑道被五蟲教訓一番，羞愧萬分。

〔註13〕見《中國古代小說百科全書》（北京：大百科全書出版社，1993 年 4 月出版），頁 178。
〔註14〕見胡士瑩，《話本小說概論》（北京：中華書局，1980 年 5 月一版），頁 561。

2、〈劉方三義傳〉

敘一劉姓酒店老夫婦，救了投宿的方姓父子；方父死後，方生為報恩，拜劉為父母，更名為劉方。後有劉奇攜妻搭船，奇之妻溺死；奇住在劉宅療傷，並教劉方識字讀書。奇痊癒後，回鄉再來，老夫婦納為義子，與方互稱兄弟。老夫婦死後，二人勤儉持家，富甲一鄉。劉方拒人說親，奇見所提詩作，才知方是女扮男裝，於是二人昭告親鄰而成婚。

劉奇的故事，在明盧純學《明詩正聲》、明徐應秋《玉芝堂會錄》卷十〈女子男飾〉、清褚人獲《堅瓠續集》卷四〈劉方燕巢〉、《古今閨媛逸事》卷四〈兄弟夫妻〉、《古今情海》卷十二〈雄兮將躍胡不知〉等等，都有相關的記載。〔註15〕但是以陶輔的這篇傳奇小說，敘述最曲折，故事最完整。而此篇也是《花影集》的篇章中，流傳最廣的，並見載於通俗類書《燕居筆記》、《情史類略》、《繡谷春容》之中。

〈節義傳〉也影響了話本小說和戲劇。例如，馮夢龍《醒世恒言》卷十，〈劉小官雌雄兄弟〉〔註16〕，即是據此為本事。又如，明葉憲祖《三義成姻》〔註17〕、范文若〈雌雄旦〉〔註18〕、明王元壽〈題燕記〉、明黃中正〈雙燕詩〉。〔註19〕都是在這篇故事的基礎上，加以改編的。

3、〈華山採藥記〉

這是否定神仙思想的故事，與一般隱逸修道的宗教傳奇不同。敘述吳見理因累科不第，無意仕進；鄰宅有道觀，住持劉古實常教他學仙道的方法。吳生醉心於此，家業漸蕭條。待劉古實死，吳生以為仙去。後與二方士入太華山採藥，深入無人之處；吳生困弊而寢。甦醒後，衣糧被二方士盜去；幸遇一老叟，引至叟宅。吳生述其始末，叟說不可學神仙，死生非人力可控制。第二天，吳生追悔前非，由叟引出華山，重復舊業。

〔註15〕明盧純學，《明詩正聲》，明萬曆十九年廣陵江氏刊本。明徐應秋《玉芝堂會錄》，收在《筆記小說大觀》，第23編，1～2冊，頁455～458。清褚人獲《堅瓠續集》，收在《筆記小說大觀》，第23編，9冊，頁5710。

〔註16〕譚正璧、譚尋，《話本與古劇》，〈三言二拍本事考〉，論及《醒世恒言》卷十，〈劉小官雌雄兄弟〉的本事時：只提及《情史》、《明詩正聲》、《堅瓠續集》、《玉芝堂會錄》等記載（上海：古籍出版社，1985年4月一版，頁137）。沒有提到最早的《花影集》〈劉方三義記〉。而胡士瑩的《話本小說概論》，則有指出此點（同註14，頁561）。

〔註17〕據明祁彪佳，《遠山堂劇品》，見《中國古典戲曲論著集成》，第六集（中國戲劇出版社，1959年7月出版），頁97。

〔註18〕據明沈自晉編，《南詞新譜》，收在《善本戲曲叢刊》，第3輯（台灣：學生書局，1984年出版），頁29～30。

〔註19〕據明祁彪佳，《遠山堂劇品》，同註17，頁98。

這是一篇饒富趣味的諷刺小說,尤其當作者寫到吳見理驚醒後,財物被劫,還不敢稱他們為盜,以為是「神仙顯化、登雲駕鶴而去」。極明顯地,陶輔藉「桃花源叟」的形象,斥責違反自然規律、求長生的神仙思想;進而諷刺那些醉心於仙道的人。

4、〈潦倒子傳〉

本篇借岳飛為秦檜所害的歷史,認為互相報怨是不明智的;與趙弼〈續東窗事犯傳〉的果報論不同。可見二人對岳飛冤死的看法不同。

小說敘述祝理讀〈岳鄂王傳〉後,憤恨不平,與同儕作文祭岳飛。當晚,祝理忽得重病;朋友為他請女巫問神。神自稱是秦檜的後代,教訓祝理無故為岳飛復恨,因此讓他得重病。當祝理漸漸痊癒後,即典賣家產,聲稱要到杭州秦檜墓前謝罪,事實上是要去伐秦檜墓。數日後即回,並說高郵遇一樵一漁,經二老開導後;認為岳飛能保其始終,是秦檜成就了岳飛的美名。因此,替岳飛報仇是不明事理的。

5、〈夢夢翁錄〉

夢夢翁本號華胥國人,有一天夢到自稱是「心」童子的人,引導他到童子師處。童子師幻旅前來迎接,請華胥為他講道。又在宴客處遇見:蕭然散人、清虛海客、益元道人、無邪真隱、蒙山長老、映形先生、扶衰住持、驅炎揮使。席中分別吟詩助興。當童子做鴉鳴聲時,華胥即醒。因感慨處世若夢,改號為夢夢翁。

直到故事結束,所謂「座中人客,皆吾平生相須之物」,是那八種東西,並無說明。讓讀者由所作詩謎去猜,與一般說破的「寓言」傳奇不同。陶輔以虛幻手法,表現幻中有幻的哲理,極富創意。

二、第二卷五篇

1、〈節義傳〉

這是明宣宗宣德年間所發生的故事,陶輔輾轉從朋友周彥博口中聽來。陳安與妻郝氏年近三十而無子,陳病重時;恐怕妻殺身以成貞節,父母無人照應。但郝氏卻認為,若殉夫保節,則鄰人、官府必助父母。一個月後,陳安託王生照顧郝氏,以銀釵為信物,隨即過世。王生帶一客來弔喪,要將郝氏托付給他。郝氏伴稱答應,並要回銀釵;在陳安靈柩遷入墳中之際,郝氏自刎而死,與陳安同葬。王生隨即移家到陳宅,供養陳安的雙親。

陶輔撰作此文的原因,是為了表彰王生的節義。從故事中可看出明朝對女子守節的態度,已到無以復加的地步。即使是婦女本身,對貞操的觀念,也重於生命。郝氏對病重的先生說:「君止慮其一而已。妾若從死,則親鄰恤而有資,官府旌而有

稟。妾若不死，則舅姑懷憂恤之心，親鄰啓猶豫之論。」在舅姑、親鄰、官府三重壓力下，走上絕路似乎是寡婦唯一的選擇。郝氏死後，親鄰「上狀郝氏之節於官，致蒙旌表其門，其父母月給廩米二石。」反映出當時的社會，對守節觀念的扭曲。

2、〈賈生代判錄〉

這是人代神判案的故事。賈譬之與友人遊泰山時，飲醉中到了天齊宮，在貨殖司面前，戲稱自己是司貨判官。眾人責罵他瀆慢神明，離他而去。半夜賈酒醒，鬼列左右；而廟門已關。因判官酒醉不醒，有錢、米二精爭執的案子，急於裁決；賈生穿判袍代為升堂審案。判官酒醒，謝了賈生，又暢飲一番。天亮時，賈生即離去。幾天之後，賈才醉醒。

小說藉賈生代貨殖司判案，抒發作者對穀物（農）、金錢（商）的看法：民以穀食為賴，財可通交易；但錢財往往是罪惡的開端，多少官員武將為它貪贓枉法。更藉神間以批判人世：「吾之冥間與陽世不同，若忠實君子，雖貧賤亦尊；若浮偽詭誕之士，貴為公卿亦不禮也。」對當時浮偽詭誕的風氣，陶輔予以批評。

3、〈東丘侯傳〉

敘述明代開國英雄花雲的故事。花雲生平見於張廷玉《明史》卷二八九、萬斯同《明史稿》卷三七六、王鴻緒《明史稿》卷二七〇，等等。〔註20〕雖然以歷史人物事蹟為主軸，卻含有小說的虛構與鋪敘成分。

花雲三歲時，父親被惡紳劉三擊斃。母親為洗冤存子，改嫁張氏。十年後母亡，但雲不忘報殺父之仇。十八歲時，夢到神人授鐵簡以食而得神力。劉三殺縣官奪城，雲與繼父投靠朱元璋。花雲獨自擒住劉三，剖心祭父。後來隨明太祖東征西討，官至安遠大將軍。攻打陳友諒一役，因糧盡援絕，且被流箭傷及要害而喪命。花雲之子，被妾保護，假計賣給漁家；又得雷老父的幫助，得以存活，並受明太祖賞賜。文末附有宋濂為花雲所作銘文一篇。

與其他記載花雲的事蹟相比，最大差別在於：花雲報殺父之仇，與吃鐵簡得神力。作者對花雲奮力抗敵，突破重圍的描寫著墨甚多；是小說最精彩的地方。邵景詹《覓燈因話》卷一〈孫恭人傳〉，就是敘述花雲之子由孫氏保護逃亡的經過。清東

〔註20〕花雲的生平傳略，見於：明袁袞，《皇明實錄》卷4（項篤壽《今獻備遺》卷4、沈應魁《皇朝名臣言行錄》卷27，都依據《皇明實錄》，再加以刪節花雲生平）。明焦竑，《國朝獻徵錄》，卷8。明李贄，《續藏書》，卷4，〈開國功臣〉。明尹守衡，《明史竊》，卷28。明黃金，《皇明開國明臣錄》，卷6。明過庭訓，《本朝分省人物考》，卷15。明朱國楨，《開國臣傳》卷4。明劉夢雷，《聖朝名世考》，卷5，〈忠義傳〉。童時明，《昭代明良錄》，卷19。清傅維鱗，《明書》卷94。

魯古狂生《醉醒石》卷五〈矢熱血世勛報國、全孤祀烈婦捐軀〉中的入話，即敘花雲與孫氏保孤的事蹟。

4、〈廣陵觀燈記〉

余論到天寧寺賞元宵燈會，見僧人與諸父女雜處，憤而作書于瓦上。閻王見憤詩，命二鬼緝拿余生。他到陰間，作文論辯；無罪而釋，增壽一紀。見到地獄果報的景象，大笑而醒；才想起昨夜醉歸，有忿在心而作異夢。

與趙弼〈續東窗事犯傳〉中，主角作憤詩而入冥的情節構思相似。

5、〈管鑑錄〉

王屠本性狂暴，不信鬼神；死後復活，說出在地獄受刑，身痛而醒的經歷。但回到陽世時全身潰爛，聽從于公的勸，痛改前非，行善而癒，享年九十。別人作因果詩十首詠紀此事。縣學生管鑑見了因果詩，並另賦詩作示人。友人張生誦於樵者，被樵者痛罵一番後； 並將樵者的話告訴管生。管生往訪樵者，樵者認爲人的善惡，乃因氣通理合。管生爾後閉門讀書，十年遂成名儒。

雖言果報，但直指果報的源頭是氣、理；進一步觸及明代理學家所論。此與唐宋傳奇中單純論是非之理不同；從宋朝發端的理學，至明代已深入儒心。所以，此篇充滿道學味的小說，是當代學術風氣影響下的產物。

三、第三卷五篇

1、〈刊亭宵會錄〉

劉生有奇術，能縛箕爲鸞，批字斷禍福。在刊亭飲宴時，劉生焚香作術，首先請到的仙人，自稱是鄭元和；眾人大笑時，箕忽然急震批論並翻落。劉生再祝，覆箕又批，自稱是貫雲石；評論先前鄭的意見，又批五言古詩。當眾人乞求詩作時，箕就翻覆了。

作者借降鸞術，以抒己論。這與瞿佑、李昌祺、趙弼託言鬼神、歷史魂不同。議論雖多，但描寫此術；在傳奇小說中則是少有的題材。文中所敘二仙批詩，當中言及許多唐宋傳奇小說的人物。例如，司馬相如與卓文君、李靖與紅拂女、韓翊、崔張、蘇卿與雙漸，等等。可見陶輔對唐宋傳奇小說熟悉且愛好的程度。

2、〈郵亭午夢〉

這是一篇以戰爭爲題材的傳奇故事；其中描述戰爭的場面，與用元人口語寫作，是前三本傳奇小說集所沒有的。但同用了「作憤詩入異界」、「與夢符合」的情節單元。

故事梗概：李炯然到邊境送糧，婆羅堡指揮使高翔來迎接。高翔說起許靖虜破敵事：以一千五百騎退敵軍二十四萬；當時翔父高風、孫鉞參與此役。孫鉞為孛兒忽虜走，許靖虜得天時地利之便，使敵軍潰散。炯然聽到許靖虜沒被封賞，作憤詩後，夢到山靈、河伯訴苦：因憤氣沖天，遊察使者責二仙，善惡失報。仙人回答戰時已升煙以助，日後並會加賜三子；要他莫再作詩瀆鬼神。他大笑而醒，並要高翔錄下此夢，日後果如二仙所言。

3、〈心堅金石傳〉

此敘松江庠生李彥直與歌妓張麗容的愛情故事。彥直與友人登會景樓賦詩，投詩於隔牆妓家，恰被麗容撿到。麗容也賦詩投回，二人隔樓傳情，私訂終身。李父起初不允婚，一年後，彥直相思成疾，才以六禮聘婚。這時候參政阿魯台要獻美女給丞相伯顏，選中麗容；即使李多方奔走，終難挽回。彥直隨船而走，傷心至死，麗容也自縊。阿魯台怒而焚燒麗容，燒出一小人貌如彥直；又挖彥直棺墓焚燒，也燒出麗容的石像。阿魯台將石像送給伯顏，伯顏開匣只見一灘敗血，一怒之下處死阿魯台。

焚屍後現出心上人的石像，與一般才子佳人小說不同；並影響了後來小說的情節佈局。例如，天然痴叟《石頭點》卷四〈瞿鳳奴情愆死蓋〉，敘述孫謹燒出鳳奴像，鳳奴燒出孫謹小人像，以及二像化為白水的情節，與此篇相似。

故事情節曲折，雖以才子賦詩談情而起，結局頗出人意料，評者都認為是傳奇小說中的佳作。〔註21〕但若因為女主角對參政阿魯台的不屈服，就稱它是一篇「抗暴愛情小說」〔註22〕，則有些言過其實了。小說只顯示了二人的情愛超乎尋常，如石之堅定；男女主角並無所謂的「抗暴」的行動。

錢塘散人安遇時編集《包龍圖百家公案》卷五〈辨心如金石之冤〉，將〈心堅金石傳〉的故事收入，祇在故事的結尾加入「右丞相怒，訴諸包公，包為二人伸冤，參政問死，子充軍，王丞相罷職。」又不題撰人的《霞箋記》四卷十二回，將這個故事改編成為大團圓結局。〔註23〕

4、〈四塊玉傳〉

繆以文與賈生、鄒生等二人，到陝右作生意。白馬寺住持和光上人，邀三人過中秋節。賦詩後，以文推說不能飲酒，隨即離去。大家尋找一夜，都無所獲。

〔註21〕見同註13，《中國古代小說百科全書》，黃霖評，頁178。

〔註22〕見侯忠義，《中國文言小說史稿》（下），（北京：北京大學出版社，1993年2月一版），頁118。

〔註23〕不題撰人，《霞箋記》，今藏北京圖書館。

一年後，鄒與賈將回鄉，到白馬寺道別；途中見以文與女子共坐沙洲上，二生追上前去，女子立即投河。三人到白馬寺後，以文說昨夜獨自渡船，遇一侍女李紅牙；為他迎見商人賀郎之妻巴玉玉，號四塊玉。以文與四塊玉彈唱之後，天明就與大家相聚。到所指的地方，卻是荒塚。發墓得一石函、七寶粧等；並有琵琶頌一章，敘述唐天寶某年事。後來以文將石函等古物，賣給胡商，所得捐給白馬寺以祈福。

全篇小說較特殊者，是發古墓，並賣墓中陪葬物；人鬼聚一夜，等於人間一年。

5、〈龐觀老翁〉

此為明傳奇中極為罕見的社會公案小說，描述商人與儒生之間，相互算計、爾虞我詐的故事。故事發生的背景在元至正時的江陵。劉醑翁因好飲酒，且喜歡聽好話；與張捨命、王十萬成為好友。當地有一名妓號四水和，張捨命雖喜歡她，因缺錢，引誘王十萬同遊。王十萬卻別有居心，以金銖贏得四和的心。張因此恨王，挑撥劉、王的友誼；假計測驗劉是否為真君子，送劉到四和家。劉沒有侵犯她，但王不信，與四和絕交。王再與四和復交後，常向人說要殺劉。張暗中計畫殺劉以嫁禍王，並且脅迫四和參與。四和不從，與客人李頂缸潛逃。四和家人尋她不著，到官府控告三人。龐觀翁審理此案，在市集中查出李頂缸與四和的行跡，捕二人到案；五人供出始末，分別杖責後放回。

在《新話》、《餘話》、《效顰》三個專集中，都沒有如此曲折的公案小說。有供詞、判詞，且對案情的經過描述詳實。

四、第四卷五篇

1、〈丐叟詩歌〉

李自然從小被任道士撫養，但為了一歌妓，盜光資產，氣死任道士。後來與一妓成親，靠賣餅維生，辛苦累財，數年後成巨富。生一子李當，為他擇豪門女，卻縱酒放蕩。自然續絃妻弟劉某，邀李當往兩淮賣鹽營生；兩老與新婦寄居親戚家。二年之後，只知劉某已故，李當在異地胡作非為。李自然在妻子與媳婦死後，淪為乞丐；以歌乞食，述半生經歷。某日行乞時遇道人述萬物命定之理；道人被茶叟叱責，另述一番人事道理。第二天，茶叟已不知去向。

本篇的前半段故事很曲折，描寫一個小人物的坷坎遭遇。但以茶叟述人事之理作結，則顯得很做作；尤其是茶叟突然失蹤的安排，在小說中沒有多大的意義。

2、〈翟吉翟善歌〉

此篇撰作立意在「賢者知警，愚者之少戒也」。是陶輔於成化十年（1475）與友

論翟吉、翟善二人後，有所感發而撰作。以「婚喪宅葬爲擇吉」，「瞽樂僧尼巫媼奴婢爲擇善」；議論與歌詠交替。此文非小說，無虛構的情節構思可言；祇是針對當時的社會俗弊，抒發己見而已。

　　文中批判的社會弊端有：不求人德，而求財利的婚姻。在喪親人時省棺衾費用，以作佛事；並且對著靈柩歌舞開筵。對住宅祇信陰陽方位，不盡自己的本分。爲尋得好風水，對親人暴柩停棺。走唱的人不習讀稗官小說，演唱古今；專學管弦，唱淫放歌曲。僧尼中男女混會，而穩婆牙姥，則是往來人家，誘內通外。那些養奴婢的主人，動輒對奴婢箠撻虐待。

3、〈雲溪樵子記〉

　　藉巧遇隱者以論道。敘宋末遺民雲溪，入蔣山採薪，迷路時遇深衣老人。老者邀他返家，論氣數、命定、陰陽與宋代君主傳位之事。第二天，雲樵拜別，欣喜而返。數年之後，無疾而終。

4、〈閑評清會錄〉

　　閑評與友人論鬼神後，忿而作長詩。詩完成時，有人自燈下躍起；與他論天地陰陽、一元之本、理氣等。自稱是閑評的分形，說完即消失。閑評自夢中醒來，隨即寫下此事以自警惕。

　　藉儒生分形，以論理學；並非藉鬼神或離魂來論述。藉另一個「他我」來點化自身。這樣的虛幻故事，在傳奇小說中是極爲特殊的，也可見陶輔有意藉小說以論理。

5、〈晚趣西園記〉

　　這是作者的自作傳記，並非傳奇小說。文末並附「西園行樂詩二十律」，共三十一首詩。每首詩皆以「行樂西園裏」爲開端；詩作按「東、冬、江、支、微……」韻排列；其中有兩首已不全。應該不是作記時一氣呵成，有些詩作是後來才加上去的。從文中可知，此文當作於陶輔六十餘歲時；「壽逾六紀而不知己之老」。所收詩作，有至七十歲時所作者，如詩言「桑榆七十齡」、「七旬身且健」。主要內容是敘述弘治辛酉（1501）徒宅於城南隅，在西園中愜意的園藝詩酒生活。

　　總觀《花影集》中二十篇作品，除了〈晚趣西園記〉、〈翟吉翟善歌〉二篇，不是傳奇小說以外，其餘十八篇皆是。在十八篇當中有志怪、愛情、公案、世情、思想、歷史、宗教，等類型小說。題材內容之豐富超越了《剪燈新話》、《剪燈餘話》、《效顰集》。這也就是陶輔「較三家得失之端」的表現，不專門寫志怪或愛情，而兼及於各種題材類型。

第四節　對《新話》《餘話》《效顰》的承襲與創新

　　雖然，《花影集》是追繼《新話》《餘話》《效顰》的集子，但在藝術風格上，依然有著自己的特點。而要歸納它的藝術風格，首先須分辨它在那些方面，是承自於三書的藝術技巧；那些地方是它的獨創性。陶輔曾對瞿佑、李禎、趙弼的作品，做過一番評價後，認為三人的特色，分別是「信筆弄文」、「精巧競前」、「持正去誕」，加以「約繁補略」後，才寫作《花影集》。至於在那些方面「約繁補略」？〈花影集引〉中，則沒有進一步的說明。因此，為了探究他「約略補繁」所指為何，以及說明它與三書的關係。以下按書名篇卷、題材類型、情節構思、表現技巧，等等；分別論述它承襲與創發之處。

一、在書名篇卷上

　　《花影集》的書名，沿襲《效顰集》以「集」命名；而不採用"某燈某話"的形式，沿為書名。顯然地追繼《效顰》的意味，大於"剪燈"系列；這也可以從小說的內容上偏於說理，得到印證。

　　在卷篇的安排上，全書分四卷，每卷五篇；與《新話》、《餘話》在體例上相同。但全書的最後一篇〈晚趣西園記〉，有陶輔自傳意味，羅列詩作三十一首；與《效顰集》末篇〈夢遊番陽彭蠡湖〉，有趙弼詩作三十三首，自傳的用意相似。祇不過趙弼的虛構性較濃，而陶輔則完全是屬於紀實的自傳記敘。

二、在題材類型上

　　《花影集》十八篇傳奇小說中，可以分成六種題材；題材之多樣，超出前面三書的類型。在題材類型上與三書的比較，見下表：【《花影集》與《新話》《餘話》《效顰》題材類型對照表】，即可一目瞭然。前三書中最多的志怪與一類，在《花影集》中只佔了四篇；餘如愛情、宗教、歷史類，也有所承襲。而思想類與公案類，可說是陶輔的創發之處；尤其是五篇以理學思想為題材，藉虛構人物，探討天地陰陽、一元之本、理氣、心性等課題，更是三書中少見的。卷三〈龐觀老錄〉，以社會公案為題材，敘述一干人犯案過程，與官吏查案的經過。不帶神怪色彩的公案故事，是公案傳奇中少有的。只有豪俠類小說，在《花影集》中找不到而已。

《新話》《餘話》《效顰》《花影》題材類型對照表

類　型	新　話	餘　話	效　顰	《花影集》總　計：卷　數～篇　次
志　怪	16	11	10	4：1～1、2～2、3～1、3～4
愛　情	5	7	0	2：1～2、3～3
宗　教	0	2	3	2：1～3、2～4
思　想	0	0	0	5：1～4、1～5、2～5、4～3、4～4
公　案	0	0	0	1：3～5
歷　史	0	0	12	2：2～3、3～2
世　情	0	1	0	2：2～1、4～1
豪　俠	0	1	0	

三、在小說佈局上

　　《花影集》中的某些情節安排，顯然有模擬三書的痕跡。例如，卷三〈心堅金石傳〉中，張麗容爲李彥直自縊殉情的安排；與李禎《餘話》中，卷二〈連理理樹記〉、〈鸞鸞傳〉、卷三〈瓊奴傳〉，安排女主角殉情的情節構思相似。又卷二〈節義傳〉，陳安以銀釵爲託妻的信物；郝氏向王官人要回銀釵後自刎殉夫。銀釵爲信物的作用，猶如《新話》〈金鳳釵〉中的金鳳釵一樣；具有暗示小說情節發展的作用。

　　又如卷一〈退逸子傳〉，鮑道作詩驅趕虱、蚊、蠅、跳蚤五害蟲；五蟲化成人形入夢中論辨的情節。類似趙弼《效顰集》〈疥鬼對〉中，守拙生撰文遣疥鬼；疥鬼前來論說的情節。此外，以秦檜岳飛事而虛構的〈潦倒子傳〉，應是由《效顰集》〈續東窗事犯傳〉所引發的靈應；即使此篇不持果報觀點，純粹爲歷史翻案的立意。

　　而《花影集》在情節構思的創發上，以代冥官判案與主角分形的安排，是其他三書所沒有的。《新話》中有〈太虛司法傳〉、〈修文舍人傳〉；馮大異死後任陰間太虛殿的司法，與夏顏成爲修文舍人的情節。但在《花影集》〈賈生代判錄〉中，作者安排賈生代替酒醉判官斷案；卻是較新奇的情節構思。而卷一〈夢夢翁錄〉中，夢夢翁與本心中的童子對話，也是極富創意。

四、在藝術風格上

　　陶輔在〈花影集引〉中歸納三家的特點，認爲《新話》是「信筆美文」、《餘話》是「精巧競前」、《效顰集》是「持正去誕」。以宋朝趙彥衛的「詩歌、史筆、議論」來說，恰好是瞿佑表現出史筆，李禎善於以詩歌舖敘，趙弼則偏好藉史議論。這三

書的特點，陶輔均在不同程度上，有所承襲；並發揮自己的理學心得。十八篇傳奇小說中，只有〈劉方三義記〉、〈郵亭午夢〉、〈心堅金石傳〉、〈四塊玉傳〉、〈龐觀老錄〉等五篇，沒有通篇議論；其餘十三篇皆以議論說理爲主。因此，《花影集》總括而言，在風格上較貼近於趙弼的《效顰集》。

但是，趙弼重在論史，而陶輔重在論理：

> 又一吏引十餘人至前啓曰：「此王商、王章、馮野王、鄭崇、王嘉、翟義，**皆漢之良臣也**。被賊臣王鳳、王莽等圖陷，或搒死獄中，或嘔血而斃。惟莽弒平帝，謀簒漢室，其罪至重。又若杜欽、谷永、張禹、孔光、劉歆、董賢等，**皆漢廷大臣**。爲天子所重，而反阿諛苟容，釀成王莽簒位之事，其罪亦非輕也。」（《效顰集》卷中〈鄄都報應錄〉）

> （深衣者曰）予師所謂宋祚之終者，乃推類較宜，配常探理之道也。大而天地之循環，小則一身之榮粹，皆可推而得也。……**又論有宋累代之臣**，曰：某而忠，某而介，某而節，某而義，某而奸，某而佞，某而貪，某而穢。嘈嘈瑣瑣，經夜亡寢。（卷四〈雲溪樵子記〉）

趙弼藉史議論，會不厭其煩的將良臣、廷臣、奸臣，等一一列舉，引史論史。但陶輔援引歷史是在論理，藉以探討天地循環之理。他認爲把握歷史消長的原則，才是根源；去論述那些臣子們的忠介或奸貪，是很瑣碎微不足道的事情。因此，《效顰集》中充滿歷史說教的味道，而《花影集》則到處充斥辨明哲理的意味。又如〈龐觀老錄〉，主要是敘述一件公案，偏偏要說人犯劉醋翁是個常論男女之道的人。

> （劉醋翁）又常因人論及男女之道，則曰：「夫婦者，天地也，乃人倫之本，萬物之源，五常之所宗，三綱之所主。聖人刪《詩》，獨取〈關雎〉冠之經首，所以正男女重人倫也。」（〈龐觀老錄〉）

陶輔對《餘話》的精巧競前，也有所承襲。在敘述上雖比《餘話》簡略，但比《效顰集》詳細。每篇都有非敘述文字的插入，例如，運用詩、祭文、判文、供詞、頌、銘歌等等，做爲刻劃人物、舖敘情感之用。而且在運用時，較《餘話》節制，沒有集前人詩句的情形。

《花影集》對《新話》的「信筆」，以近當代時事爲寫作素材，也有所模仿。瞿佑的故事大多是元末明初的事件，以小說美文記載了當時的歷史。陶輔也是，例如，〈節義傳〉敘明宣德年間事，〈東丘侯傳〉敘明初開國英雄花雲的事蹟；〈心堅金石傳〉的背景，則在元至元年間。但不同的是，瞿佑往往針對政治的黑暗、人才選拔的不公、戰爭帶人民的苦難；陶輔卻喜歡對一般社會民情與風俗。例如，〈翟吉翟善歌〉即是，針對社會不良的風俗而寫。又如在許多篇章中提到當時的

社會風氣：

> 何期今之淺俗，或敗家之子，或游手之徒，不知義禮，恣意妄爲，輕則傷財敗德，重則殺身亡家，愚莫此甚，眞可哀也。(〈龐觀老錄〉)

> 至正之六載，天下尚寧一，**風俗侈靡**，……敗壞綱常啓異端，妖形怪誕百千般，莊嚴像偶渾金碧，糜費生民盡腦肝。**良婦遭欺精舍暗**，愚夫受戒布衣單，**諸僧惡重金無報**，始信蒼蒼易得瞞。(〈廣陵觀燈記〉)

書中許多地方都有類似的議論，陶輔關心的是社會風氣的敗壞現象，而不在意人才的拔取，或是政治的黑暗等課題。這與他出身世襲的伯爵之家，和個性使然。他喜歡自然樸實的生活、喜歡論理，不喜政治與作官，當然不會去諷刺政治現象。也可從他筆下的人物，都是一些小市民上，得到佐證。

小　結

　　雖然陶輔《花影集》的十八篇作品，大部份有著藉以論理學的傾向，但是，它仍有許多影響深遠，寫得很好的小說。例如，卷一〈劉方三義記〉、卷二〈節義傳〉、卷三〈心堅金石傳〉，等等。而且最重要的是，它的存在說明了明代傳奇小說專集的創作，不因爲明英宗正統七年的一道禁令，就從此消聲匿跡。

　　《花影集》不僅總結明初瞿佑《剪燈新話》、李禎《剪燈餘話》、趙弼《效顰集》三書，足以作爲明代中期傳奇專集的代表；作者陶輔更是研究明代傳奇專集的先驅者。由於掌握了前三書的特點，所以能寫出類型多樣的傳奇小說。此外，不僅擺脫傳奇小說中，描寫文人生活與願望的框架；更因此走入市井小民的世界中，使它的傳奇小說充滿了社會性。例如，〈龐觀老翁〉中，三個爲風塵女子爭風吃醋的男子；〈四塊玉傳〉中的商人奇遇；〈丐叟歌詩〉中行乞的李自然，都是陶輔筆下的主角。沒有溫文儒雅的書生，只有現實社會中的小人物。所以，《花影集》可說是明代後期社會寫實傳奇的先聲。

第六章 《鴛渚志餘雪窗談異》與《覓燈因話》

　　《鴛渚志餘雪窗談異》（以下簡稱《志餘談異》）是萬曆十年（1582）左右出版的小說；《覓燈因話》（以下簡稱《因話》）則是萬曆二十年（1592）所完成的。它們都屬於明代後期的傳奇小說專集，承繼明中期《花影集》的風格，小說更偏向於社會人情世態的反映，勸世的意味濃厚。這種趨向於通俗性的轉變，也與明代後期通俗小說的蓬勃發展有關。

第一節　釣鴛湖客與《志餘談異》

　　因為《志餘談異》的重刊與公布，是近幾年的事；所以，有些小說的研究者，沒有看見這個本子。並且認為「明代中後期，……除了萬曆年間邵景詹《覓燈因話》之外，再也沒有個人的小說專集了。」〔註1〕而《志餘談異》的存在，則可以說明不祇是有《覓燈因話》而已。然而也有些較新撰寫的中國小說史中，已經提到它的存在，例如李悔吾的《中國小說史》即是；為研究明代傳奇小說，提供了重要的詢息。〔註2〕

一、作者簡述

　　《志餘談異》的作者真實姓名不詳，唯一的線索，是他自稱釣鴛湖客。從集中

〔註1〕石昌渝，《小說》（人民文學出版社，1994年7月初版），頁117。
〔註2〕例如，李悔吾，《中國小說史》，第四章，〈文言短篇小說的延續與發展〉（台北：洪業出版社，1995年4月初版一印），頁128。又韓白、顧青《中國小說史》，第五章，〈明代文言小說〉（台北：文津出版社，1995年6月一版），頁89。

的每篇小說,都以嘉興爲故事背景;大概可推測出,他是浙江嘉興府嘉興縣鴛鴦湖畔的讀書人。書名中的「鴛湖」,即是指嘉興南湖;「雪窗」是位於嘉興城北的一處風景建築。從他在每篇小說中,對嘉興地緣的熟悉程度,他可能對地方志的撰寫有著極大的興趣。例如,在上帙〈東坡三過記〉中,論述東坡館、三過堂的興建與毀壞,建議地方官應該重修。〔註3〕

鴛湖釣客的活動時間,應當是在嘉靖、萬曆年間。完成這本書的時間,也在萬曆五年(1577)以後。因爲在《志餘談異》下帙〈海變錄〉中,提到這是萬曆五年所發生的事情。且在萬曆十五年(1587)年以前,應該是刊行流傳了一段時間。因爲在通俗類書《國色天香》中,已收入了本書的七篇故事(見「《志餘談異》單篇流傳對照表」)。根據謝友可所撰〈刻公餘覽勝國色天香序〉,署「萬曆丁亥夏九」,丁亥年即萬曆十五年。〔註4〕由於《志餘談異》公諸於世的關係,相對也使《國色天香》的成書年限,界定在萬曆四年下半年(1576)至萬曆十五年(1587)之間。〔註5〕

二、《志餘談異》的流傳與版本

《志餘談異》不見載於明清藏書目錄中,甚至於在嘉興府的地方志書中,也沒有提及。《嘉興府志》中只有《鴛湖百家談異錄》八卷,與《志餘談異》是不同的二本小說。〔註6〕今天《志餘談異》可見到本子,只剩一影油印本;與保存在通俗類書中的一些篇章。

(一)影刻油印本:現藏吉林大學圖書館,是僅存孤本,約刊於明末清初。目錄頁首上題「校鐫志餘談異」,卷首上題「校鐫鴛渚志餘雪窗談異」,下并列題「釣鴛湖客評述,臥雲居士批句,奇奇狂叟賞閱」。臥雲居士有可能是明人汪桂,但汪桂的生平事蹟不詳,而奇奇狂叟則不知是何人。

此孤本中,分爲上、下二帙;上帙十六篇,下帙十四篇。其中的下帙〈天符殿舉錄〉與〈燈妖夜話錄〉僅存其目,內容已佚;所以今見孤本只剩下二十八篇而已。此孤本現今有由徐野校點,用《國色天香》、《豔異編》等書參校的本子;並在1995

〔註3〕 見釣鴛湖客撰、徐野點校,《鴛渚志餘雪窗談異》(吉林大學出版社,1995年11月,第一版),頁3。

〔註4〕 見吳敬所編,《國色天香》(台北:天一出版社,影印萬曆二十五年,周氏萬卷樓原刊本),頁4。

〔註5〕 見何長江,〈國色天香的成書年限〉(收在《南京明清小說研究》,1993年第2期),頁250~251。

〔註6〕 見清許瑤光修、吳仰賢等撰,《嘉興府志》,卷81〈經籍2〉(台北:成文出版社,第53號,影印光緒4年刊本),頁2486:「不撰人名氏《鴛湖百家談異錄》八卷。」是據黃虞稷,《千頃堂書目》所登錄。

年由吉林大學出版社出版。

（二）單篇流傳本：收錄在《國色天香》等書中的篇章，共有二十二篇，見下表〔註7〕；篇名相同則不列出篇名。

《志餘談異》單篇流傳對照表

篇名／書名	國色天香	萬錦情林	繡谷春容	續豔異編	馮本燕居筆記	林本燕居筆記	情　史	古今清談萬選
東坡三過記		卷3			卷7	卷5下		
天王冥會錄								卷1張生冥會
弊帚惑僧傳	卷7上帚精記			卷9搴絨志	卷9			卷3邪動少僧
甘節樓記		卷3			卷7	卷5下		
妖柳傳				卷19			卷20柳妖	卷4會稽妖柳
賣婦化蛇記	卷7上賣妻果報錄	卷3			卷7	卷5下		
招提琴精記	卷7上琴精記			招提嘉遇記	卷8		卷20琴精	卷3窗前精怪
西子泛雪傳								卷1倪生雪夜
龍潭聯詠錄	卷7上聯詠錄							卷1曹異龍神
羞墓亭記	卷7上買臣記	卷3			卷7	卷5下		
酒孽迷人傳	卷7上酒蘗迷人傳		卷7麴蘗生傳		卷9			
王翠珠傳	卷7上翠珠傳		卷9解嬝論					
秋居仙訪錄						卷9下		卷1吳生僊語
名閨貞烈傳					卷9	卷9下		
俠客傳						卷10下刺客		
朱氏遇仙傳				卷19海月樓記	卷9	卷9下		
大士誅邪記				卷12大士誅邪記				
硤山遇故錄								卷1貝瓊遇舊
醒迷餘錄	卷7上醒迷錄		卷9醒迷論					
佞人傳			卷8佞人論		卷9			
燈妖夜話錄								卷3燈神夜話

〔註7〕收錄《志餘談異》的類書版本，見本文參考書籍所列，茲不贅寫。

　　從這些收錄的集子當中，又發現孤本中內容不存的〈燈妖夜話錄〉，竟然可以在《古今清談萬選》尋得。卷三物彙精凝上〈燈神夜話〉，應該就是〈燈妖夜話錄〉。〔註8〕首先，小說的主角張翼是嘉興人，這與《志餘談異》以嘉興爲背景吻合；也與小說中喜歡假託嘉興名人爲主角一致。例如，卷上〈龍潭聯詠錄〉託主角爲曹睿，卷下〈硤山遇故錄〉託貝瓊。他們與張翼都是嘉興人，而且可在地方志中見到他們的詩文。而張翼在《秀水縣志》卷八藝文中，收有他遊景德寺分韻詩一首。〔註9〕

　　第二，在文字上，〈燈妖夜話〉的敘述方式，與《志餘談異》的某些篇章描述相似。例如：

《志餘談異》中的篇章	《古今清談萬選》〈燈妖夜話〉
嘉興姜儒之女，幼聰敏，長恭勤。〈甘節樓記〉	嘉興張翼者，字南翔，簞瓢晏如，博學好古。
此室，傳言三代祖定化之處，……（弊帚）蓋已數十年外物也。〈弊帚惑僧錄〉	張因悟曰：此燈祖父所傳，幾二百年物，久能化，固如此夫。

　　第三，《古今清談萬選》所選入的篇章，都將小說標題改換成四字，如〈天王冥會錄〉，改成〈張生冥會〉；〈妖柳傳〉改成〈會稽妖柳〉。因此也將〈燈妖夜話錄〉改成〈燈神夜話〉。而且，從故事的內容上來看，與張翼談論功名無用的女子，是燈妖而非燈神。所以，〈燈神夜話〉可確定是錄自〈燈妖夜話錄〉，再加以刪節改題。

　　所以，除了唯一孤本中，可以見到的二十八篇內容，與二篇標目外；又可以在《古今清談萬選》中，找到單篇流傳〈燈妖夜話錄〉的內容。使得《志餘談異》的現存篇章，有了二十九篇。

第二節　《志餘談異》故事內容

　　《志餘談異》上下兩帙，共三十篇小說，從現存的二十九篇故事中，可分爲前代傳說和明代故事兩類。前代傳說有十四篇，明代故事有十五篇。

一、帙上十六篇

1、〈東坡三過記〉

　　相傳蘇東坡曾三訪本覺寺文長老，作者於是根據傳說與流傳的詩作，舖敘三

〔註8〕《古今清談萬選》，全名《新鐫全像評釋古今清談萬選》，原題金陵周近泉繡梓（台北：天一出版社，影印明萬曆間大有堂刊本）卷3〈燈神夜話〉，頁286～293。

〔註9〕見明李培等修、黃洪憲等纂，《秀水縣志》（台北：成文出版社，據民國十四年鉛字重刊本影印，收在《華中地方志叢書》，第57號），頁452。

訪的經歷。第一次在東坡守杭州時，路經本覺寺，與文長老暢談賦詩。六年後，再訪文長老時，他已臥病在床。十年後東坡再回杭州任官，半路文長老來迎後，隨即失去蹤影。當東坡踏入本覺寺中，才知文長老已在五年前脫化了。

小說最後寫到，嘉興人因景仰東坡與文長老的風範，建造「東坡館」、「三過堂」。在作者完成這篇故事時，館、堂已毀壞，不見有人修復。根據《嘉興府志》的記載，三過堂在萬曆十二年（1584）時，由知府龔勉重修，並立蘇東坡的肖像讓人祭拜憑弔。〔註10〕那麼寫作這篇的時間，必定在萬曆十二年之前。

2、〈天王冥會錄〉

這是一篇諷刺信仰邪教的小說。張處士看不慣有人藉佛教之名，行色情勾當。他的想法被毗沙門天王知道了，於是要他寫詩昭告世人；使人分清楚真正的宗教，不要相信偽教。等到張處士把詩完成後，即被送回家中。

3、〈弊帚惑僧錄〉

敘述洪武初年發生在本覺寺帚精惑人的故事。少年僧湛然被一美女迷惑，每夜與她歡會。湛然愈來愈枯瘦，在老僧的逼問下，才說出實情。老僧要湛然隨她回到住處，但女不許；後來悄悄在她頭上插絨花，並打暗號給眾僧追蹤。大家追到一個小房間中，女卻不見蹤影；只見牆邊擺著一枝竹帚，而絨花在帚柄上，閃閃發光。僧人砍斷竹節，見每節中都有精水，才知道他是被帚精迷惑。

小說中的精怪，以破帚化為美女，是傳奇小說中較罕見的。所以被《國色天香》、《續豔異編》、《古今清談萬選》等三書收入。

4、〈甘節樓記〉

這是表彰嘉興姜氏替丈夫守節的故事。姜氏在丈夫死後，在房中自縊不成。被親人救醒後，送回娘家中。十幾年不吃食物，祗喝水，卻安然無恙。地方官吏沒有上書表揚她，只有黃訓稱她所守節的樓房，是「甘節」之樓。

5、〈妖柳傳〉

此篇是取章台柳的故事，加以發揮想像出來的；藉柳精以論汲求功名的不智。陶希侃與父親到秀州任官，途經會稽山下，遇一女子，侃將她藏在船上。到了秀州，希侃得了重病，剛好元淨法師經過秀州，家人急請她作法。柳妖現身，與希侃作詩道別。小說敘陶生與柳妖談論富貴功名的對話，佔去三分之二的篇幅，使得全篇看似很長；實際上情節構思很簡單。

6、〈德政感禽錄〉

〔註10〕見清許瑤光修，《嘉興府志》卷14，古蹟1，〈三過堂〉條，同註4，頁365。

旨在表彰楊繼宗對嘉興的仁政，即連飛禽都深受感動。他禮敬儒師，爲嘉興除去惡霸張四凶，對於貪官污吏和隨意殺人的官員，絕不縱容。在京師做官時得罪汪直。嘉興鬧饑荒，繼宗主張開官倉賑災；汪直趁機與張敏合謀，派韓某人要陷害他。韓某到嘉興後，隨即有蒼鷹盤集，將公文撕毀；正要籌集弓箭手射鷹時，有隻老鷹卻揭去韓的紗冠。自此，那些政敵再也不敢有陷害繼宗的念頭。

據《明史》卷一五九列傳所載，楊繼宗在成化初（1465）任嘉興知府，長達九年的時間，剛好是成化九年（1473）；〔註11〕與本篇末評曰：「自楊侯至今，僅百年耳」，距萬曆初年（1573），恰好是百年。列傳有繼宗在朝中得罪汪直、張敏、張慶等人；但沒有合謀陷害繼宗一事。倉鷹助繼宗，應該是作者據傳說加以想像鋪敘的。

7、〈賣婦化蛇記〉

這是一篇薄倖郎賣妻，反受報應的故事。張鑑將妻子賣給江南人，載到別地。張妻急中生智，僞稱有錢放在娘家；江南人貪財，將她載回娘家取錢。張妻向鄉人求救，江南人被抓到官府，張鑑卻逃跑了。江南人又用錢把張妻贖回，百般虐待後才賣到娼家。她絕食而死，並有巨蛇從口中躍出。醫人將蛇帶回嘉興，準備作爲藥材；到了白蓮寺前，巨蛇化爲白蛇將張鑑絞死。

8、〈招提琴精記〉

書生金鶴雲在一富家任教職，半夜聽到隔壁招提寺有歌聲，窺見妙齡女歌唱。相見後夜夜歡會，半年後女子稱即將離開；第二天清晨，大雨後古牆倒塌，金生就離開富家。二年後，富家在牆下挖到古琴，送給在金陵任官的金生。金生遠望是那個女子，但撫抱時卻依然是琴，才曉得女子原是琴精；並在重病時，要家人用琴陪葬。

9、〈觀燈錄〉

敘述嘉興禁止元宵放燈的原因。有一鄉民鄒翁，在春節時行經宣公橋，聽到橋下有人談論命定之事。正當疑懼時，早鐘響起，那些人都散入水中。回家後，他默坐不出。到了元宵節晚上，大家聚集到東門看燈景，忽然有一美人，把好色男子們引到宣公橋上。美人忽然失去蹤影，有一神人揮弄斧頭，眾人擠成一堆，死傷無數。後來嘉興放燈的習俗，因此被禁。

10、〈鬻柑老人錄〉

宋末時有一老人住在嘉興旅店中，以賣柑橘維生。店主見老人用香爐種柑橘，

〔註11〕楊繼宗的生平資料，尚見於：明凌迪知，《國朝名世類苑》，卷2、9、10、26、28、30、34、45。明項篤壽，《今獻備遺》卷22。徐開江，《明名臣言行錄》卷34。雷禮，《國朝列卿記》，卷115、117，等書中。

希望得到這項法術。老人知道他心有貪念，隨即離開。次年，有人到店家投宿，說曾看到老人在盧州賣枇杷。

老人以法術種柑橘的傳說，在《秀水縣志》中有記載〔註12〕；大抵與此書類似，但描述較簡。

11、〈西子泛雪傳〉

在嘉興西南金明殿中，有范蠡湖與其塑像。倪生寄住在金明殿寺，雪夜中，見到范蠡與西施在城上散步。第二天大家見到雪中有巨人足跡和弓鞋小印；倪生說出昨夜所見，並提議修復范蠡的彩色雕像。

作者感慨當時人對建佛寺、佛像的熱衷贊助；但對歷史英雄人物的雕塑與遺跡，卻不願修復維護。

12、〈龍潭聯詠錄〉

元至正年間，曹睿等人到景德禪寺龍潭遊玩。忽然有位老人警告他們，若是到錢塘江時，見黑雲不要過江。果如所說，那些執意要過江的人，紛紛葬身江中。他們回到景德禪寺中，找不到老人，才知道他是龍王。為感念救命之恩，出錢為禪寺建新殿。

13、〈羞墓亭記〉

朱買臣妻嫌他窮，憤而離家。家中雞犬都有挽留她的意思，但她執意要嫁給杉青吏。買臣受到刺激後，到長安上書漢武帝，並受嚴助的幫助，拜為中大夫。立下戰功，升為丞相長史。當他經過杉青閘下時，妻卻希望與他再續前緣；買臣痛罵她雞犬不如。不久，她即投河而死；買臣將她葬在亭灣，題名羞墓。

文末記載後人抒寫此事的作品，及另一種傳說：買臣發達後將妻帶回，養在園中，妻羞愧地上吊於樹。根據《嘉興府志》的記載，嘉興有羞墓亭，在城東四里處；又有朱買宅的故宅、墓冢，等遺跡。〔註13〕

14、〈酒孽迷人傳〉

姜應兆趁鄰翁醉酒，偷走他要救兒子的贖金。當天晚上姜的學生，夢見米香夫與門神談判，要入姜家。第二天清晨，姜忽然向家人索酒；此後即沈迷在酒中，半年後將偷來的銀子買酒花光了。三年之後，學生們都走掉了，家人引以為羞。當要勾搭酒店的女兒時，正好良心發現，心生悔意。半夜即夢到酒神，因為他的善念，不再以酒迷他。

〔註12〕見同註9，《秀水縣志》〈僊釋〉，頁657。
〔註13〕見同註6，《嘉興府志》，卷17古蹟，頁435；卷15古蹟，頁388。

15、〈王翠珠傳〉

這是一篇妓女負心的故事。潘生迷戀王翠珠，因花費盡空，又應試不中，被翠珠甩掉。見她與富商親暱，於是作〈戒嫖篇〉以懺悔。重到京城考試時，遇到被翠珠拋棄的富商，連旅費都沒有。當潘生高中時，翠珠又與老鴇想再攀附他，被他拒絕了。後來翠珠與鴇母雙亡，剛好潘家養了二條小狗，叫翠珠與鴇母名時，牠們會搖尾巴回應。

16、〈景德幽瀾傳〉

嘉善景德寺中，夜晚常有一女子出現，寺僧頗感困擾，請胡僧降伏此女。半夜女來，胡僧追趕她，以鐵錫丟中她的肩膀後，隨即竄入地下。僧人命大家開挖後，只得一泉水，並無女子蹤影。

這個故事的結局頗耐人尋味，並沒有說出女子是水化成的，只說：「噫！不可知也！」讓讀者去想像。

二、帙下十三篇

1、〈秋居訪仙錄〉

吳子隱居在南湖的幽村中，遇到真虛君與了然道人。吳子和兩人以「晚秋村樂」為題，共吟詩二十章。兩人忽然失去蹤影，只見兩隻鶴在空中盤旋。吳子以為遇到仙人，於是自我修煉而得道，活到一百十九歲。

2、〈名閨貞烈墓〉

此篇反映當時對女子守節教育的成功，使未出嫁的女子堅殉未婚夫。項氏與周應祈自幼有婚約，應祈病重，家人想要娶項氏以沖喜，應祈不答應，不久即死。項氏聽說應祈死，也自縊守節，周家並將她與應祈合葬。

3、〈海變錄〉

鹽官當地有巨鳥翔空，人人都以為是祥瑞的徵兆；只有一位老人表示大禍將臨。第二年，發生海嘯，死傷慘重；幸好江西李公處理得宜，才不致鬧饑荒。

4、〈高尚處士記〉

嘉興東南隱真道院劉道士，所題的字可以為人治病。因劉道士已成為人膜拜、信仰的對象，王綺想將他的畫像掛在家中卻遭拒絕。宋徽宗徵召他，也不理會。秦檜想收買他，同樣落空。作者藉以抒發，對當時依附高門，以求官者的不滿。

5、〈俠客傳〉

這是一篇宋朝軼事。建炎年間苗傅、劉正彥作亂，張忠獻約集韓世忠等人平亂。

忠獻在半夜獨坐，忽有位壯漢跪問：什麼是天下最危險的事？忠獻以爲是刺客，卻是來警告他的俠士。

6、〈三異傳〉

戴君實以唆訟爲業，與女婿孔揚名奪人錢財，是地方上的惡霸，曾見柳樹轟轟作響。孔的朋友趙初心，一樣爲惡，柏樹也警告他；於是到孔家問如何消災。孔鄰趙君舉是屠夫，認爲妖災起自心理作用；戴、孔的病好了之後，四個人更加爲非做歹。後來苗傳作亂，四個人都沒有好下場。

7、〈朱氏遇仙傳〉

朱氏被二女童請到仙境，與蓬萊仙女相會。朱氏想家，希望暮去朝來，仙女不許。二天後送錦軸詩十絕句，送他回家。朱父見錦軸後，才相信朱氏遇仙一事。

這篇小說很值得探討，在一般男子遇合鬼或神仙的故事中，大多鬼女或神女自由地暮來朝去；而本篇卻是男子要求暮去朝來，不被允許。

8、〈錄事化犬記〉

秀州錄事陳生，搜刮民脂民膏，中飽私囊；突然暴斃。陳之子夢見父因生前罪過，罰爲湖州歐山寺犬。陳子到寺中，果然見到腹下垂瘤的狗，露出羞郝的樣子。

9、〈大士誅邪記〉

這是民間信仰中，關於觀士音菩薩除妖的故事。鹽官會骸山，有一老魅，作道人裝扮，醉後在石壁上書風花雪月四詞。距山不遠處，仇大姓老而無子，祈求觀音大士後，生下女兒夜珠。當女兒十九歲時，老魅要來娶親，被大姓趕走。夜珠因捕捉大蝶，被蝶載到妖怪所藏的洞中，見到人面猴形的妖怪與被抓來的婦女。大姓每日在大士前祝禱，終於感動大士，將群妖斬殺，使夜珠回家。老魅所題的詞，同時也不見了。

這篇後來被凌濛初改寫成〈鹽官邑老魔魅色、會骸山大士誅邪〉，收在初刻《拍案驚奇》卷二四中。話本中增加了，劉德遠使仇大姓知道夜珠被救；並與夜珠成爲美眷一事。

10、〈硤山遇故錄〉

貝瓊與談經是多年好友，談生感慨人世而亡，貝生則遷居硤石紫微山麓。在登山途中遇到談生，而他已被上帝任命爲督巡都統使君。談生稱冥間司法公正，並預測他將有禍事，應遷居別處。貝生回家後，隨即遷下山去。不久，傳言亂石崩塌，舊屋子已被黃泥覆蓋。

貝瓊是元末住在嘉興的隱者，貝瓊的詩作、故居，在《嘉興府志》中，多所記載。

11、〈醒迷余錄〉

告忠被胡應奎、陸一奇誘賭，致傾家蕩產。二人遭受報應，告忠又在得金後，使家道殷富。文中並錄告忠拾得的〈醒迷余論〉，佔去全文的十分之八；故事情節極簡略。

12、〈佞人傳〉

施八耆是個專愛搬弄是非，顛倒黑白的人。當一道人前來乞討時，八耆叱喝不理會；僕人請道人入坐、喝茶。道人離開時送僕人能冒出米的瓢子。八耆前去觀看，身體動彈不得，家中房舍器具都被無名火燒掉，只留下僕人的房間。

13、〈天符殿舉錄〉

只存其目，內容不詳。

14、〈燈妖夜話錄〉

根據《古今清談萬選》所收《志餘談異》諸篇來看，大抵據原本以錄；只刪去「評曰」一段文字。故事敘述嘉興書生張翼，一心苦讀求功名。某夜因燈滅而賦詩三首，詩畢，忽然有一女子現身，告訴他汲於功名之不智。張翼怒斬女子，隨即燈滅；當燈被斬為二截時，才悟出女子是燈妖；燈是祖父傳下來的，已有二百多年了，所以能化成精。

第三節　《志餘談異》主題與風格

一、以嘉興軼事傳聞為題材

《志餘談異》全部以嘉興的歷史軼聞、傳說故事為題材，在傳奇小說的演進上，可以說是一大特色。沒有一部傳奇集的作者，如釣鴛湖客在一地搜集傳說、故事、軼聞，再加以改寫。所集題材大抵可以分成三類。

第一，取材於歷代名人軼聞者。例如，〈西子泛雪記〉改寫自西施與范蠡的傳說。〈羞墓亭記〉敘漢代朱買臣與妻子的故事。〈東坡三過記〉寫蘇東坡和文長老的軼事。〈德政感禽錄〉說宋朝時嘉興知府楊繼宗的德政奇聞。〈高尚處世記〉寫宋代劉道人，不願干祿仕進的故事。〈俠客傳〉寫宋朝張忠獻遇俠客一事。〈龍潭聯詠錄〉記鮑恂、曹睿等人。〈硤山遇故錄〉寫貝瓊。又如，寫當地貞烈女子事蹟的〈甘節樓記〉、〈名閨貞烈傳〉，等等，這些都是發生在嘉興的名人故事。

第二，取材於奇聞傳說者。例如，〈弊帚惑僧錄〉寫掃帚惑人、〈妖柳傳〉寫柳化成女子、〈招提琴精記〉寫人與琴精談戀愛、〈景德幽瀾傳〉敘水精化成女子、〈燈

妖夜話錄〉記人與燈談戀愛。又如〈賣婦蛇化記〉、〈錄事化犬記〉,分別敘述人化成蛇與犬。又有傳說遇仙、遇冥王之事的〈秋居訪仙錄〉、〈朱氏遇仙傳〉、〈天王冥會錄〉等,都是軼聞傳說。這類故事由於題材較新,比較能吸引人。

第三,取自當地發生的事件社會,以做爲殷鑑者。例如,〈觀燈錄〉記元宵觀燈時,懲罰一群好色男子落水而死。〈三異傳〉寫地方上作惡多端的戴君實等三人,終不得善終的經過。〈佞人傳〉記施八耆的鄙吝,遭致財產華宅付之一炬。〈王翠珠傳〉、〈酒麰迷人傳〉、〈醒迷余錄〉表現出當時人喜歡美色、嗜酒、好賭的現象。

二、以勸世爲主旨

現存二十九篇中,因〈燈妖夜話錄〉已非全貌,不確定是否有刪去「評曰」;其餘的二十八篇中,只有〈東坡三過記〉、〈鬻柑老人錄〉無「評曰」。從評論的觀點與故事立意相同,以及行文的口氣來看,應該就是釣鴛湖客自己的評論。甚至在〈賣婦化蛇記〉的「評曰」說:「甚哉!今有放利多怨者,慎忽爲極冤所積也,愚因述此事而並及也。」顯然地,論說的口吻就是作者的語氣。

從小說本身的題旨,與作者明示的「評曰」來看,全書的主題,可歸納爲勸世、議論時弊、論說理學中的心性課題、純粹志奇聞,等四種。

主題類型	卷: 篇 次		
諷世教化	以當政者爲對象:上1、上5、上11、下3、下6、下8		
	以特定者爲對象:上7、上11、上13、下4、下7、下9、下12		
	以一般人爲對象:上2、上3、上4、上10、下2、下5		
議論時弊	上9、下11		
說　理	上14、上15、下1、下2、下10		
純粹志奇	上8、上16		

(一)勸世教化者:在書中所規勸的對象,包括了那些當時的官吏、社會中特定的人、與一般人世人。例如,卷上〈東坡三過記〉,希望當政者可以修好東坡館與三過堂。又卷下〈德政感禽錄〉:「楊侯且不能容于昔人,又焉能行于今乎?是人心反不鷹鳥若矣。司世道者,能不慨乎?」又如,針對社會中特定的人,提出規勸:

今有放利多怨者,慎忽爲極冤所積也。(卷上第七〈賣婦化蛇記〉)

今有僧尼巫道,指佛爲名。(卷上第十一〈西子泛雪記〉)

今有干榮乞進之徒,荐趙、投吳、依張、托李,甚至同姓年高者拜爲

父叔：異鄉位大者，請為門生。(卷下第四〈高尚處世記〉)

又如卷上〈賣柑老人錄〉，藉諷旅店老闆，以勸人不要貪心。諸如此類，共有十九篇之多。

（二）論時弊、論理學、純記怪：例如，卷下〈醒迷余錄〉，特別針對當時的賭風，虛構故事以論。又如，卷下〈秋居訪仙錄〉主旨在論述求仙不必外求，仙在自己心中：「仙不在天，亦不在地，仙在吾心。吳子能仙於心，所以仙於道者遂至。孰謂感通之為虛茫耶？」也有如卷上〈招提琴精記〉、〈景德幽瀾傳〉，純為稱道靈異，記異述奇而已。

即使也有純粹述奇和議論理學為主的篇章，但整體說來，《志餘談異》的勸世意味甚濃，不論是歷史軼聞或志怪故事，以助世教為最重要的主題。

三、《志餘談異》的藝術風格

二十九篇小說，大部分是志怪類，共有十六篇；宗教類三篇，歷史類三篇，世情類二篇，節義類三篇，俠義類一篇。每篇小說的文字篇幅約在一千字上下，相當嚴整；可以看出作者是有意識的創作，有計劃的寫作。

《志餘談異》的藝術風格，可以在《剪燈新話》、《剪燈餘話》、《效顰集》、《花影集》的發展脈絡中，尋得承襲與創作的傾向。

例如，在題材與情節上，有許多相似的地方。〈大士誅邪記〉以猿魅為題材，類似《新話》中的〈申陽洞記〉。〈硤山遇故錄〉中，貝瓊遇到死後好友談經；與〈修文舍人傳〉中的情節類似。又如〈天王冥會錄〉與〈水宮慶會錄〉、〈洞天花燭記〉，

《志餘談異》與四專集題材對照表

剪燈新話	剪燈餘話	效顰集	花影集	志餘談異	相似處
水宮慶會錄	洞天花燭記			天王冥會錄	被請去作文章
			節義傳	甘節樓記、名閨貞烈傳	褒揚貞烈女子
		張繡衣陰德傳		德政感禽錄	歌頌好官員
			廣陵觀燈錄	觀燈錄	以觀燈為背景
		疥鬼對	退逸子傳	酒漿迷人傳	與致病物擬人法
華亭逢故人	兩川都轄院			硤山遇故錄	遇死去的友人
申陽洞記				大士誅邪記	猴妖擄人

都被邀請到異境做文章，並受到稱許。〈德政感禽錄〉似趙弼〈張繡衣陰德傳〉，歌頌好的官吏。而〈甘節樓記〉、〈名閨貞烈傳〉，則類似陶輔爲節烈女子作傳的立意。

　　除此之外，《志餘談異》中沒有純粹的愛情故事，也與趙弼《效顰集》的風格類似；而偏向於針對世情的勸戒寓意，也與《花影集》相類。因此，若僅憑著題材相類，或故事情節相似；就斷定此書直接模仿自《剪燈新話》，恐怕有失公允。〔註14〕

　　再者，本書的藝術風格，在文字上呈現簡樸的特色。每篇故事集中表現它的題旨，不會摻雜許多不必要的敘述。即使插入如「戒嫖論」(〈王翠珠傳〉)、「醒迷余論」(〈醒迷余錄〉)的文字，也是爲了小說的題旨需要。所以，它的故事情節大多不甚曲折，以一個事件爲主。在文字上也少藻飾，沒有如《餘話》中那樣濃烈的氣氛烘托。它以精怪爲主的故事，如寫掃帚精、柳妖、水精、燈妖、琴精，等等，除了寫來饒富趣味之外，更可看出「用傳奇法以志怪」的技巧。

　　由於《鴛渚志餘雪窗談異》的公布較晚，使得它在明代傳奇小說史上的地位，遲遲未受肯定。然而如前所論，它對研究明代後期通俗類書的流源與傳承上，有其重要的地位。在明代傳奇專集的演進上，更可見出承續《新話》、《餘話》、《效顰集》、《花影集》，等書中某些情節與題材的痕跡。在風格和主題上，接近趙弼的樸實，與陶輔多以社會民情爲題材的傾向。在剪燈系列中，它更是承接前四本傳奇集，下啓邵景詹《覓燈因話》的橋樑。

第四節　邵景詹與《覓燈因話》

一、邵景詹與《因話》的成書

　　《覓燈因話》的作者邵景詹，號自好子，有齋名遙青閣；其餘生平事蹟不詳。〔註15〕從他的〈覓燈因話小引〉署「萬曆二十年」，可見他是萬曆年間的人。

　　根據邵景詹〈覓燈因話小引〉中的記載，此書作於萬曆二十年(1592 他與朋友一同閱讀《剪燈新話》之後，朋友說了許多幽冥果報、奇聞異事。因對某些「逸史」無補於正道，只逞文字辭藻，感到不滿。〔註16〕於是在《新話》的啓發下，記錄朋

〔註14〕見《中國古代小說百科全書》(中國大百科書出版社，1993年4月初版)，頁714：「(《志餘談異》)有些作品直接模仿《剪燈新話》，如〈大士誅邪記〉仿〈申陽洞記〉，……〈佞人傳〉局部仿〈綠衣人傳〉等。」

〔註15〕邵景詹的姓名資料，僅見於《覓燈因話》的〈覓燈因話小引〉(台北：天一出版社，1985年4月影印清刊本)。

〔註16〕邵景詹，〈覓燈因話小引〉，同見註15，頁1：「視他異史，述遇合之奇而無補于正，逞文字之藻而不免于誣，抑亦遠矣。自好子深有動於其衷，呼童舉火與客擇而錄之。

友所說的故事；並在篇末加入了自己的意見。後來朋友說：「是編可續《新話》矣！」於是將書名取爲《覓燈因話》。意指「蓋燈已滅而復舉，閱《新話》而因及」。一共寫了二卷，但沒有說共是幾篇；今本所見，共有八篇。唯有橋川時雄《續修四庫全書》，據「坊刊巾箱本」，稱有九篇；不知與今天流傳的有何不同。〔註17〕

二、《因話》的流傳與版本

　　根據現存萬曆二十一年「剪燈叢話」本，可知在《因話》完成後的第二年，就將它與《新話》二卷、《餘話》三卷合刻，稱爲「剪燈叢話」。在《剪燈叢話》本中，又有虞淳熙在萬曆二十一年（1593）所撰〈題辭〉，稱《剪燈叢話》的編者是自好子。〔註18〕依據大塚秀高的推論，邵景詹是爲了刊行《覓燈因話》，於是想出刊行「剪燈叢話」的妙法。〔註19〕

　　所以，最早登錄《因話》的書目，趙用賢（1535～1596）《趙定宇書目》中記：「剪燈餘話、剪燈新話、因話一卷」。〔註20〕趙用賢卒於萬曆二十四年（1596），也就是說《因話》成書後的四年之內，「剪燈叢話」本已流傳開來了。

　　又，徐𤨏（1570～1642）《紅雨樓書目》，卷三子部小說類，題二卷八篇。〔註21〕《紅雨樓書目》大約成書於萬曆三十年（1602），即距《因話》成書後十年；而他所登錄的篇數，與今本所見吻合。此後又見載於黃虞稷《千頃堂書目》，子部小說類〔註22〕；丁丙《八千卷樓書目》卷十四，子部小說家，雜事之屬。〔註23〕

　　今天可得知的《因話》版本，都是隨二話刊行的『剪燈叢話』本：

凡二卷，各以己意附贊於末。」

〔註17〕見橋川時雄，《續修四庫全書提要》，子部（台北：商務印書館，1972 年出版），頁1722。

〔註18〕虞淳熙，〈剪燈新話題辭〉：「自好子因於瞿史所損益。唯鄉有祀崔史薦入，自好子從此配林哉！萬曆癸巳中冬，金牛湖蘆人虞淳熙題。」見（台北：天一書局，影印清乾隆五十六年刊本），頁2～3。

〔註19〕見大塚秀高著、謝碧霞譯，〈明代後期文言小說刊行概況〉下（《書目季刊》，19 卷 3 期），頁44。

〔註20〕趙用賢，《趙定宇書目》，〈稗統續編〉，收在《書目類編》（台北：成文出版社，第29 冊），頁192。

〔註21〕徐𤨏，《紅雨樓書目》，子部小說類，《書目類編》，第 28 冊（台北：成文出版社），頁310。

〔註22〕見黃虞稷，《千頃堂書目》，卷 12，子部小說類，收在《書目叢編》（台北：廣文書局，1967 年 7 月初版），頁820。

〔註23〕見丁丙，《八千卷樓書目》，卷 14，子部小說類。收在《書目四編》（台北：廣文書局出版）。

1、萬曆二十一年刻本：日本高知縣立圖書館，山內文庫中有藏本。〔註24〕
2、乾隆八年刊本：即鄭振鐸舊藏，北京圖書館善本部有藏本。〔註25〕
3、乾隆五十六年刊本：日本東京內閣文庫、東京大學東洋文化研究所、東北大學等處，皆有藏本。台北天一出版社，曾於 1985 年據內閣文庫藏本，影印《因話》。
4、咸豐元年刊本：北京圖書館善本部有藏本。〔註26〕
5、同治十年文盛堂刊本：日本天理圖書館有藏本。
6、同治間刊本：即周夷所見，上海古典文學出版社，於 1957 年出版《剪燈新話》時，附《因話》此刊本。

第五節　《因話》故事內容

　　八篇之中，除了卷一〈唐義士傳〉沒有任何評論之外；每一篇都有題名「自好子」、「夢覺生」、「思玄子」、「子卿墨客氏」等，不同題名的品評。「自好子」是邵景詹本人，而「思玄子」應該就是撰寫〈剪燈叢話後序〉的王道得。〔註27〕其餘的二個題名，無從考知。

一、卷一共五篇

1、〈桂遷感夢錄〉

　　這是忘恩負義的人，幡然改過的故事。施濟在虎丘度假時，遇到經商失敗的桂遷。幫他還債，又讓田耕種。桂遷在田中掘出黃金，因一時貪心，占為己有，並在別處暗購田產。十年後施君過世，施家孤兒寡母三餐不繼；前往求助，反遭白眼。乞還二十錠金，僅得二錠；施妻因此一病不起。桂遷因劉生拐走數千金，心懷怨恨。本要伺機刺殺劉生，卻夢見施君前來責備，又見妻與子都化成犬形。驚醒後悔改，找尋施子，並將施濟夫婦厚葬，將女兒嫁給施子。

　　桂遷想要刺殺劉生的情節，頗似《剪燈新話》中元自實想要報復繆君無義的描寫。

〔註24〕同註 19，大塚秀高著、謝碧霞譯，〈明代後期文言小說刊行概況〉下，頁 43～44。
〔註25〕見趙萬里，《西諦書目》，卷 4，收在《書目類編》（台北：成文出版社出版，第 44 冊），頁 19470。
〔註26〕同見註 25，趙萬里，《西諦書目》，頁 19470。
〔註27〕見萬曆二十一年刻本《剪燈叢話》，〈剪燈叢話後序〉，題「仁和後學思玄散人王道得」，他自稱是邵景詹的朋友。所以在《因話》中的「思玄子」，應該就是王道得。

2、〈姚公子傳〉

姚公子本富家子，因結交小人，家產散盡。在狐群狗黨的慫惥下，無棲身之所；窮困到賣妻的地步。妻子被丈人暗中接回，並派人買下姚生爲長工。姚生不能吃苦，淪爲乞丐。丈人暗中收留他在妻子的別室中，直到老死，都不知道妻子沒有改嫁。

《明代文言短篇小說選譯》稱，〈姚公子傳〉中的敗家子：「實是《儒林外史》中杜少卿的先聲」。〔註28〕本篇後來被凌濛初改編成話本小說〈痴公子狠使噪脾錢、賢丈人巧賺回頭婿〉，收在《二刻拍案驚奇》卷二二；將故事改成爲大團圓收場：老丈人教訓他一頓後，使夫妻團圓、有家業，溫飽而終。又有同題材的戲曲，以此爲本事。例如，〈錦蒲團〉、清傅青眉〈賢翁激婿〉雜劇。

3、〈孫恭人傳〉

孫氏十三歲時被收養在郜家，郜氏嫁給花雲，她也陪嫁。花雲被陳友諒軍隊殺死，郜氏殉夫，托孤給她。孫氏斷髮毀容，逃到九江，被漁翁救起；漁翁無子，想奪下孤兒，她抱孤投江。沈浮七日以後，被雷老救起。巧遇明太祖，追封花雲爲東丘侯；封孫氏爲恭人，終身享俸。

陶輔《花影集》卷二，〈東丘侯傳〉，敘述東丘侯花雲的事蹟；當中也提及妾孫氏獨立護孤一事，但對孫氏的刻劃不多。本篇則是完全刻劃孫恭人的節義。

4、〈貞烈墓記〉

郭氏是旗卒的妻子，被衛長李奇百般騷擾。旗卒忿而持刀要砍李奇，被奇告官，捕入獄中。獄卒葉生喜歡郭氏，假意對旗卒好。旗卒因而要妻子在他死後嫁給葉生。郭氏以爲夫將死，賣了兒子後，投仙人溪自盡。縣官在郭氏懷中得一紙狀，才知李奇誣告郭氏夫一事。朝廷賜郭氏爲貞烈，夫被釋回。

5、〈翠娥語錄〉

李翠娥是淮揚名娼，陸宅爲揚州總督時，相當欣賞她的才氣，讓她除去妓籍，回到故鄉。後來翠娥在洞眞觀中修道。

二、卷二共三篇

1、〈唐義士傳〉

唐玨遇舊識福聞；聞是宋朝魏王墓的守僧，正爲楊璉盜墓而苦惱。玨自換姓名、腔調，扮成乞丐，撿拾牛馬骨頭，丟到墓地。與看守陵墓的羅銳合力偷換魏王骨，

〔註28〕黃敏譯注、章培垣審閱，《明代文言短篇小說選譯》，前言（四川：巴蜀書社，1991年10月一版），頁101。

另葬別處。事後，唐珏夢見神人預言，他將有子有田。後來在袁俊齋家中任教，感於他的義行，為他娶妻；所有遭遇，果如神人所示。

周清源《西湖二集》，卷二六〈會稽道中義士〉；就是根據此篇加以改寫的。

2、〈臥法師入定錄〉

鋠生的妻子狄氏，以貌美著稱，但他卻喜歡胡綏的妻子。為了接近胡妻，與胡綏往來；不料狄氏愛上胡綏，鋠生卻蒙在鼓裡。病中撞見胡綏到家中，卻以為看到鬼，因而病愈重。請臥法師作法祈福，法師入定後，在陰間遇到鋠生的先祖繡衣公。衣公已知陽間孫子受辱之事，於是與二緋綠衣論果報；法師醒後轉告所見。後來胡綏病死，鋠生日漸痊癒。

3、〈丁縣丞傳〉

丁縣丞遇到同鄉僧人，一同渡船到都下。行船間，丞見僧有二百金，心生歹念，將他推入河中。隨即後悔，在夢中常見僧人；因而日益病重。縣丞之子知道事情原委後，到武安王祠中許願，希望代父受過。幾天後，僧人乞食到武安王祠中，夢見神人說丁子的祈願；於是到丁家，說明仍健在。縣丞奉還百金後，病情即轉好。

雖然，邵景詹自稱受到《新話》的啟發，而撰寫《因話》；但是，從現存的八篇的小說來看，卻與《新話》的風格不同。以反面人物為主角，如〈桂遷夢感錄〉、〈丁縣丞傳〉、〈姚公子傳〉，皆是。或寫平凡人物的感人事蹟，如〈孫恭人傳〉、〈貞烈墓記〉、〈翠娥語錄〉、〈唐義士傳〉，皆是。單純敘述神怪和愛情故事者，幾乎沒有。所穿插的詩歌或議論，皆寓含人生哲理。

它的藝術風格，近於陶輔《花影集》與釣鴛湖客《鴛渚志餘雪窗談異》，多取材自社會世態。相類似的有，〈翠娥語錄〉似《花影集》卷四〈丐叟歌詩〉，藉小人以論世情。〈孫恭人傳〉似《花影集》卷二〈東丘侯傳〉，都以花雲的事蹟為題材。〈貞烈墓記〉近似《志餘談異》卷下〈名閨貞烈傳〉；同為守節的女子作傳。而在文末有「自好子曰」、「思玄子曰」的評論，也與《志餘談異》類似。

第六節　周禮與雷燮之傳奇集

除了以上六種傳奇集之外，另外有周禮與雷燮的傳奇集；因尚未親眼目睹，所以暫列此節，簡略介紹。

一、周禮與《秉燭清談》、《湖海奇聞》

周禮，字德恭，號靜軒，人稱靜軒先生。明孝宗弘治前後，浙江餘杭（今杭州、

臨安之間）人。因累試不第，隱居於南京護國山；專心讀書著述。弘治十一年（1498），
將《通鑑外紀論斷》、《綱目發明》等書，進呈禮部，刊行天下。又有《訓蒙史論》、
《通鑑筆記》、《警心叢說》、《讀史詩集》、《北游詩稿》等書。〔註29〕

周禮的傳奇集，首見於高儒《百川書志》卷六小史，列在《新話》、《餘話》、《效
顰》、《花影集》之後：

　　《秉燭清談》五卷，餘杭周禮德恭著，凡二十七篇。

　　《湖海奇聞》五卷，餘杭周禮德恭著，聚人品、脂粉、禽獸、木石、

　器皿、五類靈怪七十二事。

《秉燭清談》今未見傳本。《千頃堂書目》著錄司馬泰《廣說郛》卷四三中，收有〈綺
窗聯句記〉一篇；可能采自《秉燭清談》。又胡應麟評論明人傳奇時，將它與《新話》
並舉。《少室山房筆叢》卷二五：「自《玄怪》、《樹萱》之流也，而極於《剪燈》《秉
燭》。」又卷四一，評述《新話》、《餘話》之後：「效二書而益下者，有《秉燭清談》
等，言之則玷牙頰。而撰人周禮嘗著《綱目發明》，楊用修（楊慎）喜道之。」〔註30〕

《湖海奇聞》今有六卷本，除了五卷正文之外，有附錄一卷。孫楷第曾在大連
圖書館見到弘治九年（1496）的刊本，為一殘本；但現今似已不存。據薛洪勣稱：「全
書實為六卷，前五卷為正文，末一卷為附錄。……第六卷為傳奇小說〈伏氏靈應傳〉、
〈碧玉簪記〉」。〔註31〕但不知此本今藏何地。

此外，在《杭州藝文志》子部小說類、《餘杭縣志》卷二七儒學傳中，都著錄
有周禮《篝燈餘話》五卷。書名與李禎《剪燈餘話》近似，因為已經散佚，不知
內容為何。

二、雷燮與《奇見異聞筆坡叢脞》

雷燮，建安（今福建建甌）人，確切生卒年不詳。正德末以貢生任平樂縣知縣；
任內正值猺獠群起，騷擾民家。他下令招撫後，使一般百姓復業，並免除稅賦，和
供給牛種畜養。〔註32〕

《奇見異聞筆坡叢脞》，首見於高儒《百川書志》卷六。今存書林梅軒刻本，書

〔註29〕周禮的生平著作參見，清張吉安等修、朱文藻等纂，《餘杭縣志》，卷27，儒學傳；
　　　　卷34，經籍1史部，台北：成文出版社，華中地方志，第56號影本，頁390、501。
〔註30〕見胡應麟，《少室山房筆叢》卷25（台灣：商務印書館，《文淵閣四庫全書》，第886冊），
　　　　頁449、450。
〔註31〕見同註14，《中國古代小說百科全書》，《湖海奇聞》條，薛洪勣撰，頁176。
〔註32〕雷燮生平參見，詹宜猷等修、蔡振堅等纂，《建甌縣志》（台北：成文出版社，95號
　　　　影印本，卷12藝文，卷26列傳，頁208、307）。

末有弘治甲子（1504）的牌記；應該是雷燮任知縣之前的作品。此本目前藏在北京圖書館善本書室。共有〈按察使祠志〉等二十四篇，篇末有「南谷曰」的評語。「書中故事多以元末明初為背景；插入很多詩詞，近似《剪燈新話》、《效顰集》。」〔註33〕

周禮與雷燮都是明代中期的作家，因此，不僅明初有《剪燈新話》等傳奇集，即使在明朝中葉，傳奇小說的創作一樣盛行。祗是傳下來的集子不多而已。所以，傳奇作家結集作品成書的風氣，一直持續到明朝後期。

傳奇專集總結

明代的短篇傳奇專集不少，相互之間都有承襲的關係，然而每部也都有自己的藝術特色。瞿佑《剪燈新話》是開創傳奇專集，體製嚴謹的第一部。以元末明初的故事為題材，敘述才子佳人的愛情故事；通過志怪的筆法，藉陰諷陽，批判政治的黑暗與選拔人才的不公，與戰爭帶給人民的痛苦，等等。李禎《剪燈新話》雖直接倣效《新話》，卻有細膩的文字刻劃，與豐富優美的辭藻。趙弼《效顰集》則是模仿《新話》的志怪筆法，藉以抒發史觀。然而它極力讚揚忠孝節義，為有德者立傳的筆法，又與《新話》不同。集前三家之大成的《花影集》，則是各種題材類型兼俱；進而表現陶輔的理學觀。萬曆年間的《鴛渚志餘雪窗談異》、《覓燈因話》，一個是集嘉興地方的傳說軼聞而寫成，一個則是有意模仿《新話》的小說。但在風格上卻繼《花影集》之後，漸趨於通俗化；表現社會風俗民情與世態。

再加上，周禮《秉燭清談》、雷燮《奇見異聞筆坡叢脞》，等等，這一系列的傳奇小說專集，從明初一直沿續到明末，不僅可以證明代傳奇小說的寫作從未間斷。也顯示了明代傳奇專集，即使是承續《新話》的一系列作品，在藝術風格上也都各有特色。從傳奇小說的發展來看，這一系列作者有意識的寫作，而且算是相當嚴整的傳奇集；可算是空前絕後的。即使到了清代蒲松齡《聊齋志異》，全書至少一半以上只是筆記，並非傳奇小說。所以，明代傳奇小說專集的價值，並非做為通俗小說與戲曲的本事而已；還有他們本身在傳奇小說演變史上的重要性。

〔註33〕見同註14，《中國古代小說百科全書》，程毅中先生評語，頁385。

乙編　單篇傳奇之部

第七章　元及明前期單篇傳奇

　　本章論述的範圍，包括宋亡之後的元朝，從元世祖至元十七年（1280）到元亡（1368）；與主要活動時間在明朝前期的作家，從洪武、建元、永樂、到天順四年（1460）。元朝是雜劇盛行的時代，所以傳奇小說的寫作，免不了受到劇作的影響；最明顯的例子是宋遠的〈嬌紅記〉。因〈嬌紅記〉是中篇傳奇，不屬於短篇的範疇；又有陳益源《元明中篇傳奇小說研究》的專論，茲不贅述。然而元代在短篇傳奇小說的創作上，也還有宋本〈工獄〉、鄭禧〈春夢錄〉。

　　明初是傳奇集的盛行期，有瞿佑、李禎、趙弼等人的作品產生；相形之下，明初的單篇傳奇數量很少。本章所舉的朱元璋《周顛僊人傳》，雖然不是寫的很好，又有特殊的政治立意；因爲它是宋代宗教異人傳奇影響下的作品，作者又是開國君王，所以對明代的宗教傳奇影響頗深。

第一節　宋本〈工獄〉

一、生平大要

　　宋本字誠夫，號江漢□傖、垂綸亭主人。至元十八年（1281），生於大都爲美坊；卒於元統二年（1334），年五十四歲。三歲時隨著父親的任官，離開大都；因爲父親到江陵任平準，所以能在二十二歲事師王奎文。延祐七年（1320），高中大都鄉試榜首；至治元年（1321），四十一歲考中進士第一。歷任翰林院編修、監察御使、禮部尙書等職。〔註1〕

〔註1〕宋本的生平資料，參見元宋褧，〈故集賢直學士大中大夫經筵官兼國子祭酒宋公行狀〉，收在《燕石集》（台北：商務印書館，影印文淵閣四庫全書本，第 1212 冊），頁 509～516。明宋濂等，《元史》，卷 182，〈宋本傳〉（北京：中華書局出版），頁

由於宋本生性高亢孤介，敢於直言，即使面對權貴，也一樣辭氣激奮地加以批評。曾在泰定三年（1326）中書左司都事任內，對朝政失綱不滿，自稱有疾罷官不出。又曾多次代百姓向權貴討回公道，例如，《元史》本傳記載，他為李甲妻女向蒙古千戶和旭滅傑，據理力爭。

他在文學上與弟弟宋褧齊名，人稱「二宋」。宋本擅於古文，人稱風格峻浩嚴厲，著有《至治集》四十卷。筆者未見全本《至治集》，只見收在《宋元詩會》卷七五，羅列詩作十四篇。

二、故事概述與析探

〈工獄〉曾收在司馬泰《廣說郛》卷四三。[註2] 今所見〈工獄〉，參考自李格非、吳志達《元明清小說選》。[註3]

這一篇公案傳奇，情節構思曲折；稱得上是篇好的小說。京師木工長與小工們，向來處的不好；為了解開雙方的宿怨，擺了酒宴款待小工們。宴會結束後，工長的妻子串通情夫謀殺他；並藏於榻下。第二天，妻子再向官府報案，嫁禍給小工們。官府逮捕可疑的木工，在嚴刑逼供下，被迫認罪。但是仵作找不到屍體，只用一位老翁替代，於是木工喪了命。然而老翁家人卻找到殺害老翁的真凶，凶手又病死獄中；工長案還是沒有屍體可結案。有一天，小偷到工長家中，聽到工長妻與私通者的談話；找來了木工們挖出屍體，才使案情大白。工長妻與合謀人最後伏法，而仵作因瀆職而被判刑。

《元明清小說選》評這篇小說：「頗得古文家韓愈、柳宗元作傳奇的風致。」[註4] 不僅似唐古文家的傳奇，更似宋人公案傳奇的風格，和宋沈俶的〈我來也〉、〈陳淑〉，同樣是語言質樸，重視情節的曲折性；以情節取勝，不重視人物刻劃。也因此范煙橋《中國小說史》評：「自具曲折，未加藻飾，似反小說精神。」[註5]

雖然沒有藻飾的語言，但卻可用短短數言，將故事情節的發展，交待清楚，使人對案情的發展一目了然。例如，寫小工與工長和解的過程，與小工妻與私通者趁機殺害他，分屍埋藏的經過，就寫得很暢達：

4203〜4206。清陳焯，《宋元詩會》，卷75（台北：商務印書館，影印文淵閣四庫全書本，第1464冊），頁389〜390。

〔註2〕見黃虞稷，《千頃堂書目》，卷15，子部，《書目叢編》（台北：廣文出版社），頁1140。

〔註3〕李格非、吳志達選注，《元明清小說選》（河南：中州古籍出版社，1984年8月一版），頁18〜23。

〔註4〕同註3，李格非、吳志達選注，《元明清小說選》，頁23。

〔註5〕范煙橋，《中國小說史》（台北：漢京文化事業公司，1983年9月初版），頁104。

> 「半歲，眾工謂：『口語非大嫌。』釀酒肉，強工造長居；和解之，
> 乃謹如初，暮醉散去。工婦素淫，與所私者謀戕良人，不得間，是日以其
> 醉於儷而返也，殺之。……迺啓楊磚，真屍空中，空篋，割為四五，始容
> 焉，復磚故所。」

每一句話都非常精簡，沒有出現贅字。一句「暮散醉去」，即交待了木工們傍晚時離去，而小工也喝醉酒離去。因此，文字雖簡，對情節的來攏去脈，描述生動。同時本篇也反映出元朝的獄政，和隨意找人頂替的辦案過程。

第二節　鄭禧〈春夢錄〉

一、生平大要

　　鄭禧字宗魯，號天趣，溫州（今浙江）人，確切的生卒年不詳。但從方志與友人的文集資料，可知他是元至治三年（1323）舉人，泰定元年甲子（1324）進士[註6]；授承事鄭台州路同知黃巖事。在至元元年（1335）時，曾為林景熙（1242～1310）《霽山文集》作序[註7]；但在至正三年（1343），張天英為朱右《白雲稿》作序時，提到鄭禧已過世了。[註8]

　　鄭禧生前喜歡遊歷各地，與提攜後進。從現存紀錄可知，國子助教李曄（1314～1381），是他的學生與女婿。[註9]與朱右、李希光（1297～1348）、張天英等人，交誼深厚。特別值得一提的是，鄭禧相當推崇朱晞顏（1221～1279）的二篇傳文，〈麴生傳〉與〈花中隱逸傳〉[註10]；雖然這二篇文章，稱不上是傳奇小說，只具傳記形式。但可以看出鄭禧對傳文的愛好，也就能理解他寫作〈春夢錄〉的原因了。

　　鄭禧的作品，除了〈春夢錄〉外，今天只剩在《全金元詞》中，所收的〈鄭

〔註6〕見明湯日昭等修，《溫州府志》，卷10，〈選舉〉（明萬曆32年刊本，藏台北國家圖書館善本書室），頁30。

〔註7〕見元林景熙，《霽山文集》，鄭禧序文（收在《四庫全書珍本》，5集），頁6：題「至元元年乙亥（1335）。」

〔註8〕見元朱右，《白雲稿》，張天英序文，收在《四庫全書珍本》，2集，頁2：「余始居吳，見伯賢（朱右，1314～1376）鄭宗魯所。……鄭君死，季和（李孝光，1297～1348）歸其家，吾亦將隱矣。……尚章（癸）協洽（未）歲（至正3年，1343）孟夏，清河張天英序。」

〔註9〕見明徐一夔，《始豐稿》，卷12，〈國子助教李君墓誌銘〉，收在《四庫全書珍本》，10集，頁30：「（李曄）從永嘉鄭公禧學，鄭公登泰定甲子（1324）進士第。……初娶鄭氏同知黃巖州事儁之女，儁君所嘗從學者。」

〔註10〕見鄭禧，〈瓢泉吟稿序〉：「〈麴生〉、〈菊隱〉二傳，尤為奇贍幽蔚，又不獨於詩而已。」收在台北：商務印書館，《四庫全書珍本》，初集，朱希顏，《瓢泉吟稿》，頁3。

禧詞〉一卷；與為朱晞顏《瓢泉吟稿》、林景熙《霽山文集》所寫的序文。至於在朱晞顏《瓢泉吟稿》，卷三〈渡江雲〉下，提及的鄭禧《三湘集》〔註11〕，則已經散佚了。

二、撰作與版本

根據〈春夢錄〉前序，題「延祐戊午永嘉鄭禧天趣」；因此，在延祐五年（1318）中進士之前，就完成了這篇小說。因為鄭禧的《三湘集》已失傳，所以〈春夢錄〉一直被收在叢書之中；最早見於陶宗儀《說郛》卷四二；後來又被收在《說郛續》弓一一五。二種版本最大的差別，是原本《說郛》中的"予"，到了《說郛續》中，都被改成了"余"。又「嘉子述後序」改成為「真子述後序」，「王君清和黃汪韻」改成「沈君清和黃汪韻」；其他部份幾乎完全一致。

後來〈春夢錄〉又收於王世貞《豔異編》卷十八，題名為〈鄭吳情詩〉；只錄到黃侑敏的詩作，去掉後面的部份。也收在馮夢龍《情史》卷十二，題名為〈吳氏女〉；只簡錄故事情節，刪去序文與其他人的詩作。此外，又有《綠窗女史》卷四，〈緣偶上・慕戀〉，與《雪窗談異》卷三收入；題名皆不換。這些較後收錄的版本，都依照《說郛續》收錄之文。因此，以下引用〈春夢錄〉原文時，也以較通行的《說郛續》本為主。

三、故事概述

〈春夢錄〉全文約五千五百字；包括前面的序文一千餘字，和後序五百餘字。由於穿插許多詩文的緣故，所以比一般短篇傳奇小說的字數多。

內容自敘鄭禧與吳女的愛情故事。鄭禧在洪府作客時，友人洪仲明要為他作媒，但堅稱自己有妻室，不願娶妾。媒人曾把他的詩交給吳女，吳女欣賞他的才華，表示甘願做小妾，要他前來提親。鄭生請山長吳槐坡說媒，吳母不答應。剛好無賴漢周舍看上吳氏，吳母在重金誘惑下，為女兒訂下親事。吳女拒絕婚事，被母親痛打一頓而得重病。即使是吳母退婚，也無法挽回她的生命；交待了希望情書隨棺入葬後，隨即過世了。

鄭生知道後，除了為她作祭文、悼亡詩；又召箕仙問卜，知道吳氏魂仍想念著他。鄭生甚至還感覺到她在身旁。失去愛女的吳母，不久也傷心地過世了。

除了鄭生與吳氏的愛情故事，還附了他的朋友黃侑敏、汪庭材、徐文天、沈清等人的詩作。在「真子述後序」部分，應該是〈春夢錄〉流傳開來後，當時不滿鄭

〔註11〕見同註10，朱晞顏，《瓢泉吟稿》，卷3，〈渡江雲〉，頁12，題「鄭天趣《三湘集》。」

禧的人所寫的。因爲文中充滿了對鄭禧的批評，認爲他是貪財、貪色之徒，平民百姓應該以「一夫一婦爲職責」。

四、〈春夢錄〉與宋傳奇的關係

這篇小說很明顯地受到當代戲劇，與前代傳奇小說的影響。例如，稱吳女的丫環爲「青衣」；全篇的敘事模式，除了自序的引述用散文外，幾乎全以詩詞和駢文敘事。而運用書信和日記體的形式，則是受到宋代傳奇小說的影響。

受到宋傳奇的影響還反映在情節安排，與敘述語句上。例如，吳女在生前寫信給鄭禧：「雖後死幼玉，也尋柳氏。」就是用宋傳奇柳師尹〈王幼玉記〉的愛情故事；王幼玉死後，魂魄仍追尋柳富的事。〈春夢錄〉也安排了吳氏死後，鄭禧時時覺得她在身旁的情節。

第三節　朱元璋〈周顛僊人傳〉

一、朱元璋與周顛

朱元璋，字國瑞、濠之；鍾離東鄉（安徽鳳陽）人。生於元泰定五年（1328），至正四年（1944）十七歲時，因父母相繼過世，入皇覺寺爲僧；開始與僧人結緣。當他二十五歲時（1352），用占卜決定投靠郭子興；開始了統一天下的歷程。經過十六年的爭戰，至正二十八年（1368）改國號爲明，稱帝爲明太祖。到洪武三十一年卒，年七十一歲。〔註12〕除了〈周顛僊人傳〉以外，還有《御製詩集》五卷。

周顛是朱元璋攻下南昌時，所遇到的異人；名字不詳，因爲說話瘋顛，因此稱他爲「周顛」。記載周顛事蹟的史書，大多以朱元璋〈周顛僊人傳〉爲根據，加以刪節而已。其中包括了清張廷玉等撰寫的《明史》在內〔註13〕；並且清楚的記載：「洪武中，帝親撰〈周顛僊傳〉，紀其事。」（《明史》〈周顛傳〉）所以，朱元璋撰寫〈周顛僊人傳〉是可信的。唯有清錢謙益在《列朝詩集小傳》中，對於朱元璋撰寫小說

〔註12〕 朱元璋的生平資料，參考清張廷玉，《明史》，〈本紀〉（北京：中華書局出版）。朱竹垞，《靜志居詩話》，卷1（收在台北：明文書局，《明代傳記叢刊》，第8冊，頁179）錢謙益，《列朝詩集小傳》，乾集上（收在同上，《明代傳記叢刊》，第11冊，頁41）。

〔註13〕 周顛的生平資料，參見鄧球，《皇明泳化類編》，〈仙釋〉卷131（收在同註12，《明代傳記叢刊》，第81冊，頁775～778）清張廷玉，《明史》，列傳卷187，方伎（同註12，頁7639）。王鴻緒，《明史稿》，列傳卷176（收在同註12，《明代傳記叢刊》，第97冊），頁552～553。清查繼佐，《罪惟錄》，列傳卷26（收在同註12，《明代傳記叢刊》，第86冊），頁618～619。

一事，產生質疑：「太祖高皇帝御製文集共五卷，……其他稗官小說，委巷流傳，及掇拾亂眞者，皆削而弗敢載者焉。」〔註14〕其中所指的「稗官小說」，應該就是〈周顚仙人傳〉；因爲朱元璋並沒有其他類似的作品。錢文並沒有說明理由，對他的看法，只好持保留態度。

二、流傳版本

由於〈周顚僊人傳〉是單篇流傳，所以現今可見較通行的版本，多收錄以下四種合集當中：

（一）、明嘉靖間吳郡袁氏嘉趣堂《金聲玉振集》本：是現存較早、最完整的本子；藏在台北國家圖書館善本書室，題名爲〈周顚仙傳〉。有小說正文，與〈天眼尊者詩〉、〈周顚僊人詩〉、〈御製祭天尊者周顚仙人徐道人赤腳僧文〉、〈御製群仙詩〉、〈御製赤腳僧詩〉。除了錄詩，並標明寫作日期；這是與其他版本最不同的地方。由〈御製仙人詩〉題「洪武二十六年歲次癸酉九月，從事郎中書舍人臣詹希原奉敕書丹并篆額」可知，〈周顚僊人傳〉大約完成於洪武二十六年（1393）時。

（二）、《紀錄彙編》本：據台北國家圖書館所藏，明萬曆四十五年（1617）江西巡按陳于庭刊本，收在卷六，題爲〈御製周顚僊人傳〉。正文與附詩大致與《金聲玉振集》本相同，唯沒有寫作年月；但是，傳文的敘述卻比較完整。而叢書集成即是據《紀錄彙編》本翻印。〔註15〕所以，可以《紀錄彙編》本的正文爲主，再參考《金聲玉振集》本的日期附記。

（三）、《說郛續》本：收在弓四二，只有正文，沒有附詩；內容全同《紀錄彙編》本。

（四）、《五朝小說皇明百家小說》本：收在卷一○六，據明末刊本來看，只有正文，而且錯誤很多，是最不可以參考的版本。

三、故事概述與寫作技巧

正文約二千字，敘述周顚的神蹟，與對朱元璋一統天下的預言。當陳友諒在南昌時，周顚不發一語；而朱元璋到了南昌後，周顚立即暗示天下即將太平。因天天纏著太祖說太平，所以太祖用酒灌他。因言語瘋顚，又將他放在缸中燒煮三次，卻一點事也沒有。只好送他到蔣山寺，半月、一個月不吃東西，人也無恙。

當朱元璋要攻打九江時，把他帶在身邊，隨時問他的意見，他卻說水怪出現了，

〔註14〕見錢謙益，《列朝詩集小傳》，〈乾集〉上（收在同註12，《明代傳記叢刊》，第11冊），頁41。

〔註15〕見《叢書集成新編》（台北：新興書局，1985年出版，第102冊），頁616～617。

將有損兵。朱元璋一怒之下，把他扔到江中，隨即就爬上岸來。不久，就悄悄地離開了。當朱元璋統一天下後，周顛曾派赤腳僧來，為朱元璋送治療熱病的藥；而周顛一直都沒有露面，只留下三首詩而已。

　　文中引用周顛的口語很多，與宋傳奇中的宗教異人故事相似。例如，「山東只好立一個省」、「你打破個桶，做一個桶」、「世上甚麼動得人心」，諸如此類。

　　這篇小說後來被改寫成話本，收在陸人龍《型世言》卷三十四，〈奇顛清俗累、仙術動朝廷〉；小說情節構思按原作，沒有多大的異動。而郭英《大明英烈傳》中的周顛，在小說中是一個重要角色；他是指點劉基的高人，並將張三丰等異人引介給朱元璋。舖寫周顛的特殊言行，大抵與《周顛僊人傳》的描述相同；因此，也受了它的影響。〔註16〕

四、顯示的意義

　　（一）、從作者的寫作立意上來說：朱元璋寫〈周顛僊人傳〉的目的，不是單純為異人立傳；而在宣揚他統一天下，是上天早已安排的。他是真命天子，所以當周顛見到他，就知道天下要太平了。而且不管朱元璋用酒灌、以火燒，或餓他一個月、丟到江水中；周顛並不因此而懷恨，或改口稱他不是天子。甚至當朱元璋得了熱病之後，還派赤腳僧來送藥；以周顛的忠心、預知的異能，強調朱元璋有與生俱來的皇帝命。所以，最後引用周顛的「國之休咎，存亡之道已決矣！」以此向天下人立威。

　　（二）、從朱元璋對待功臣上來說：明太祖深性猜忌，對於幫助他打天下的功臣更是處處提防。所以在故事中，朱元璋一方面要利用他打敗敵軍，洞察天機。另一方面，又怕他鼓惑軍心，時時考驗他，甚至到置他於死的地步。最明顯的是，當他天天煩著朱元璋時，馬上被放到缸中試燒；從一束半的木材，增加到二束、二束半的份量。雖然是要用以突顯周顛的異能，但卻可以看出朱元璋對待功臣毫不留情。

　　（三）、得天下與治天不同：朱元璋為了要取得天下，藉周顛塑造真命天子的形象，號召天下英雄。但是取得天下之後，卻與周顛劃清界線，免得留給百姓看笑話，不使天下瀰漫著妖妄虛幻的預言。因此，當周顛派赤腳僧來時，朱元璋故意不見不答。更可以看出朱元璋能夠統一天下，也決非沒有智謀。

〔註16〕周顛的敘述，在郭英《大明英烈傳》中，分別是第 17、31、38、59、70、71 回（台北：三民書局，1989 年 9 月出版）。

小　結

　　元朝由於有宋遠的〈嬌紅記〉，相形之下，鄭禧的〈春夢錄〉就顯得黯然失色。但是全篇以詩詞和書信呈現的故事的方式，對後來明代的愛情傳奇小說，有很深遠的影響。例如，明萬曆四十年戔戔居士所作的〈小青傳〉，就是採用詩詞和書信的技巧，舖敘小青的哀怨和深情。宋本的〈工獄〉和朱元璋的〈周顛僊人傳〉，皆可看出受到宋人傳奇影響的痕跡。因此，在傳奇小說的演進上亦有其價值。

第八章　明代中期單篇傳奇（上）

　　明朝中期的範圍，是明天順五年到嘉靖 29 年（1457～1566）。期間有陶輔《花影集》、周禮《秉燭清談》、雷燮《奇見異聞筆坡叢脞》，等傳奇專集；更出現了許多單篇傳奇的作家。例如，馬中錫、蔡羽、楊儀、陸粲、陸采、周復俊、胡汝嘉，等等。由於人數眾多，將分別在本章與下章論述。

第一節　馬中錫〈中山狼傳〉

　　由於〈中山狼傳〉明顯的寓意，和擬人化的寫法；使它也被列入寓言小說一類。例如，鄭振鐸認為它是寓言小說的復興之作〔註1〕；陳浦清列入《中國古代寓言史》〔註2〕。但與一般簡潔的寓言故事相比，它宏偉的篇幅、細膩的刻劃、完整的情節構思；又不是一般寓言小說的抒寫方式。因此，筆者認為也適合將它列入寓言傳奇的範疇。

一、生平大要

　　馬中錫（1446～1512），字天祿，號東田，河間故城（今河北省）人。〔註3〕從小聰慧，三歲可以識字；幼年就顯露勇於直言的個性。當父親馬偉任唐府長史時，因為直言勸諫，全家被捕下獄；唯有中錫因為年幼，可以不必獲罪。而他卻能說出

〔註1〕 見鄭振鐸，《中國文學研究》，第 5 卷，中國文學雜論，〈寓言的復興〉（台北：明倫出版社出版），頁 1207～1208。

〔註2〕 見陳浦清，《中國古代寓言史》，第 28 節，〈中山狼傳及明中葉寓言〉（湖南：教育出版社，1983 年 11 月一版），頁 236～238。

〔註3〕 馬中錫的生平，以雷禮，《國朝列卿記》，卷 73，記載最詳。（收在台北：明文出版社，《明代傳記叢刊》，第 37 冊（頁 523～532。又見於清張廷玉，《明史》，卷 187。焦竑，《國朝獻徵錄》卷 54。明過庭訓，《本朝分省人物考》，卷 6；等史料中。

一番道理來,使唐王釋放了他全家。

中錫在成化十年(1474)舉試第一,次年廿九歲中進士;官拜刑部給事中。然而敢於直言的個性,使他在仕途上波折不斷。成化十二年(1476),任官不到一年,就彈劾萬貴妃之弟萬通與汪直;因為過於直切,幾度被廷杖,險些喪命。成化二十年(1484),任期屆滿,表面上升官,實際是被貶到雲南擔任按察司僉事。〔註4〕

孝宗弘治是中錫仕宦較順遂的時期;雖然其間曾因病辭官在家七年,但又被重新任用為遼東巡撫。到了明武宗正德皇帝時,因為反對太監劉瑾,被捕下獄。當劉瑾伏誅後,他又出任巡撫。正德六年(1511),他以右都御史的身份鎮壓民亂;建議以招撫的手段誘降,卻換得縱賊的罪名,冤死獄中。

馬中錫死之後,作品散佚,罪名也沒有立即洗刷;直到正德十一年(1516),才在巡按御史盧雍的追訟下,回復名位。他的作品除了收〈中山狼傳〉的《東田文集詩集》六卷之外,還有《東田漫稿》六卷、《東田罪言》一卷。

二、版本與作者異說

〈中山狼傳〉原出於《東田詩集文集》,也收錄在以下各書中:

1、陸楫編輯《古今說海》:〈說淵〉卷二九〈中山狼傳〉,題「宋謝良」作。

2、吳敬所編輯《國色天香》:卷九〈東郭集〉。

3、司馬泰《廣說郛》:卷五〈中山狼傳〉。〔註5〕

4、冰華居士輯《合刻三志》:卷七志寓類〈中山狼傳〉,題「唐姚合」作。

5、不題撰人《刪補文苑楂橘》:卷二〈東郭先生〉。

對於《古今說海》、《合刻三志》本中,二個不同的作者,范志新〈關於中山狼傳的兩個問題〉中〔註6〕,已辨析不能成立的理由,此不贅述。而馬中錫寫作此篇的證據,除了合刊在《東田文集》以外,還有其他證據可以說明。首先,在《東田文集》卷三雜記,有一篇〈里婦寓言〉,當中的主角也是東郭生。〔註7〕其

〔註4〕據同註3,雷禮,《國朝列卿記》,卷73,頁524:「既滿考,僅陞雲南按察司僉事」但是,馬中錫,《東田漫稿》,明嘉靖十七年(1518)開州知州文三畏刊本,藏於台北國家圖書館善本書室,卷5,〈改南京工侍〉:「成化乙巳,予以言謫於滇。」很明顯地,調任雲南是被貶官。

〔註5〕司馬泰《廣說郛》80卷,已經亡佚。見黃虞稷,《千頃堂書目》卷15,子部,收在《書目叢編》(台北:廣文書局出版),頁1133。

〔註6〕范志新,〈關於中山狼傳的兩個問題〉(收在《明清小說研究》,1988年4輯),頁65～70。

〔註7〕見馬中錫,《東田文集》卷3(收在台北:新文豐出版社,《叢書集成新編》,第68冊),頁101～102。

次，《東田漫稿》卷一，有〈憶東郭別墅〉一詩；可見東郭是他曾居住過的地方。〔註8〕第三，在《東田皋言》中，中錫喜歡假託先秦人物以說理：「得士者昌，失士者亡。魏有一士曰孟子，有一士曰樂毅；得樂毅可霸，得孟可王。」〔註9〕這與〈中山狼傳〉中，假託趙簡子打獵於中山類似。第四，在中錫之後，才造成一股「中山狼」劇作的風潮；而劇作者當中，康海（1475～1540）是他的學生。因此，馬中錫是〈中山狼傳〉的作者無疑。

三、故事內容與寫作技巧

全文長約二千餘字，首尾結構完整。雖然忘恩獸的故事，本來自於民間〔註10〕，但是經馬中錫加以改寫後，成為一篇結構嚴謹，層次井然的作品。在人物刻劃成功，細節描寫妥切；情節安排饒富趣味，使它成為一篇極好的傳奇小說。

故事大要：中山狼在被趙簡子追捕時，向東郭先生求助；東郭將狼藏在書箱，騙過趙簡子的逼問。等趙簡子一離開，狼從書箱中鑽出來，就要吃東郭先生。迫於狼的狡詐，東郭和狼約定以三人來評斷是非。第一個遇到的是杏樹，它說自己為主人結果子，年老時卻被要被砍掉；應該把忘恩的人類吃掉。第二個遇到的是牛，年輕時為人耕田、拉車，老了卻要被人宰殺，於是也說人該被吃。當東郭先生感到無助時，最後遇到杖藜老人。老人要狼重回書箱，讓東郭先生把狼殺了，解決了東郭生的危機。

歷來對馬中錫作〈中山狼傳〉的動機，認為以此諷刺與打抱不平的，總共有三組不同的說法：

（一）、李夢陽負康海：見何良俊《四友齋叢說》卷十五、李詡《戒庵漫筆》卷八、徐樹丕《識小錄》，等人的看法。

（二）、李夢陽負林見素：見黃佐（1490～1566）〈讀見素救空同奏疏詩〉、朱彝尊《敬志居詩話》。

（三）、劉瑾負李夢陽：范志新〈關於中山狼傳的兩個問題〉。

以上三種看法，筆者認為都不太可能。除了沒有直接的證據之外，按照馬中錫坦率的個性，是不會用小說攻訐他人，或為他人打抱不平。李夢陽是他的學生，若果真對康海或林見素忘恩；他不會隱忍不說，要大費周章地寫故事隱喻。而且在〈中

〔註8〕見同註4，馬中錫，《東田漫稿》，卷1。

〔註9〕見馬中錫，《東田皋言》，收在《說郛三種》，《說郛續》，号4，上海古籍出版社出版，第9冊，頁163。

〔註10〕關於忘恩獸的故事在各地的演變，參閱鄭振鐸，〈中山狼故事之變異〉，同註1，《中國文學研究》，頁1123～1124。

山狼傳〉中，也沒有影射他們恩怨的敘述。即使劉瑾是武宗的寵臣，中錫也毫不畏懼。甚至因為得罪他，而被捕入獄，直到劉瑾死後才恢復官職。一連串因劉瑾的關係，所受到的迫害；更足以說明他根本不怕劉瑾，沒必要寫小說暗示劉瑾辜負李夢陽一事。

此外，若將〈中山狼傳〉的立意，一直執著在它是攻訐別人的作品，那麼就失去它原有的藝術美與成就。世上不僅如中山狼那樣忘恩的人頗多，就連東郭先生那樣迂腐的人也不少；不必去推究他筆下的中山狼到底是誰。因此，筆者認為要正確評價〈中山狼傳〉，就得放棄它是諷刺某人的觀點。而從小說本身來看，它的確是篇佳作，既寫了狼的狡猾，也刻劃了東郭先生的善良，烘托出杖藜老人的機智。

這篇小說最精彩的地方在對話。即如陳炳熙《古典短篇小說藝術新探》中稱：「對話有先秦古風，即使出自狼口，亦復邏輯嚴密，辯才俊然。」〔註11〕借用刻劃狼的凶殘與狡辯以諷刺。又如，老杏與老牛的語言，都符合他們的形象；以它們的遭遇出發，人類似乎真該被吃掉。此外，情節安排絲絲入扣，絕無冷場；直到最後杖藜老人替東郭先生解圍，才令讀者鬆了一口氣。故事首尾一氣呵成，雖然在對話中間插入老杏與老牛的不幸與怨言，但不會給人歧出的感覺；反而使人為東郭先生捏了把冷汗。

對〈中山狼傳〉的評價，陳炳熙認為是明代文言小說的杰出之作〔註12〕，並非過譽。由於〈中山狼傳〉在人物形象塑造上，與佈局的成功；以致於有四位劇作家，先後寫了中山狼劇。康海的一折〈中山狼雜劇〉、王九思（1468～1551）〈中山狼院本〉，與稍後的陳與郊（1574進士）、汪廷訥（1596前後）都有。

第二節　蔡羽〈遼陽海神傳〉

在馬中錫死後的二十四年間，沒有什麼影響較大的傳奇小說出現，直到嘉靖十五年（1536），才有流傳較廣的蔡羽〈遼陽海神傳〉。而在蔡羽之後，他的朋友楊儀、陸粲和陸采兄弟，都是傳奇小說作者；也可以說明中前傳奇小說的興起，是自蔡羽之後才開始的。

〔註11〕陳炳熙，《古典短篇小說藝術新探》（上海：華東師範大學出版社，1991年9月一版），頁101。
〔註12〕同註11，陳炳熙，《古典短篇小說藝術新探》，頁143。

一、生平大要

　　蔡羽，字九逵，自號林屋山人，又號左虛子。吳縣（今江蘇蘇州）人。大約生於成化六年（1471）以前，卒於嘉靖二十年（1541）；年約七十餘歲〔註13〕，有子蔡學禮與女兒一人〔註14〕。

　　蔡羽的父親蔡澇，人稱滿州處士；蔡羽年幼時即過世，所以他由母親吳氏扶養長大。弘治五年（1482）中舉之後，到嘉靖十年（1531）；總共考了十四次試，歷經四十年考進士的生涯。直到嘉靖十三年，才特別以程試第二，授給南京翰林院孔目一職。由於年事已高，任官不到三年的時間，即在嘉靖十五年（1536）辭官回鄉。

　　在準備科考的四十年中，他一直都隱居在南京的林屋山中，過著隱居與教授弟子的生活。例如，王寵、王守兄弟，就是他的學生。而在蔡羽眾多的友人中，最重要的有文徵明、湯珍等文人；並與楊儀、陸粲和陸采兄弟，等傳奇小說作家往來。他們交往的記載，皆收在《南館集》、《林屋集》中。〔註15〕

　　蔡羽對自己的文章自視甚高，認為韓柳不足以稱道。在詩歌方面，求出於魏晉之上，不屑與李賀同列。他的作品很多，在〈林屋山人自序〉中稱，有詩賦八百首，文二百首。今流傳的作品，除了〈遼陽海神傳〉之外，尚有以下幾種：

1、《林屋集》二十卷：是蔡羽在林屋山中的作品集，書前有嘉靖八年（1529）的序；此原刊本，今藏台北國家圖書館善本書室。

2、《南館集》十卷：在南京翰林院都孔目任內的作品集，今台北國家圖書館有明嘉靖原刊本，與鈔本二種。〔註16〕

〔註13〕蔡羽的生平事蹟，參見文徵明，〈南京翰林院孔目蔡先生羽墓誌〉，收在焦竑，《國朝獻徵錄》卷23（台北：明文出版社，《明代傳記叢刊》，110冊，頁128）。王世貞，《弇州山人續稿碑傳》，卷148（同上《明代傳記叢刊》，154冊，頁699～700）。李廷幾纂，《詞林人物考》，卷7（同上《明代傳記叢刊》，17冊，頁211～212）。陳田，《明詩紀事》，丁籤卷12（同上《明代傳記叢刊》，13冊，頁760～761）。清張廷玉，《明史》，卷287，〈文苑傳〉3（北京：中華書局出版，頁7363）。此外，又可參考蔡羽《林屋集》、《南館集》（明嘉靖八年（1529）刊本，藏在台北國家圖書館善本書室）。

〔註14〕關於蔡羽兒女的紀載，見同註13，《林屋集》卷18，〈先考滿洲府君先妣吳孺人行狀〉。但是，同註13，王世貞《弇州山人續稿》，卷184、明李廷幾《詞林人物考》，卷7，卻稱他沒有孩子，不知道根據什麼書籍所稱。

〔註15〕蔡羽和楊儀、陸粲、陸采的交往詩文，參見同註13，《南館集》卷2〈陪貞山陸諫議過雞鳴詩〉、卷5〈聞陸浚明袁永之應召〉，《林屋集》卷4〈送楊儀部入南峰〉、卷8〈再送楊夢羽〉，等等。

〔註16〕關於蔡羽《南館集》的卷數，《明史藝文志》，卷4集部，刊載為13卷（台北：世界書局出版），頁105～106。

3、《太藪外史》一卷：歸田致仕以後的作品，完成於嘉靖十九年（1540）；內容是紀夢與學易心得的文章，收在明嘉靖間吳郡袁氏嘉趣堂刊「金聲玉振集」本，藏台北國家圖書館善本書室。

二、創作與版本流傳

嘉靖七年（1528）的夏天，蔡羽第一次聽到程士賢遇海神的事；直到嘉靖十五年擔任南京都孔目任內，邀請主角現身說明經過後，才完成了這篇作品。雖然這篇故事並沒有收錄在他的詩文集中，但從小說的內容與蔡羽的思想與創作傾向上來看，這的確是他的創作無疑。

首先，故事中程士賢與海神論陰陽感通的對答，確實與蔡羽精通易經吻合。此外，在《林屋集》卷十八〈天樂翁傳〉中，也描述了主角吳惠在往占城的航行中，遇到颶風，用祭祀海妃女神的方法，使風浪止息。蔡羽也曾模仿韓愈〈毛穎傳〉，作了一篇擬人化的〈四客贊〉：硯、墨、筆、紙。所以，他有撰寫小說的傾向，而寫作〈遼陽海神傳〉，是極為自然的事。

由於本篇小說是單篇流傳的，所以曾被收錄在以下書中：

1、陸楫輯《古今說海》本：說淵部別傳卷十六，題「林屋山人蔡羽述」。明嘉靖二十三年（1544）雲間陸氏儼山書院刊本，是距蔡羽死後三年所刊刻，也是〈遼陽海神傳〉最早的本子。

2、王世貞編《豔異編》本：正編卷二，水神部，〈遼陽海神傳〉不題撰人。與《古今說海》本比較，只有幾個異體字不同而已。

3、馮夢龍輯《情史類略》本：卷十九情疑類，題〈遼陽海神〉。刪去海神講述因果輪迴、陰陽感通的部份。

4、司馬泰編《文獻彙編》本：卷三八，題〈海神傳〉「蔡羽撰」。〔註17〕

除上述四種，還被收入在《香豔叢書》十一集，卷三；《叢書集成新編》之中。〔註18〕

三、故事內容及寫作技巧

全文長約三千七百餘言，是一篇與海神遇合的志怪小說。故事從程士賢在遼陽經商失敗說起，他和哥哥覺得沒臉回鄉，所以受僱於其他商人。有一天，美麗的海神，悄悄地降臨房內；在侍女們的簇擁下，歡度一夜。他誓守秘密之後，海神夜來晨去，並能滿足他的慕想，而睡在隔壁的哥哥卻一點也沒有發覺。在海神能預知未

〔註17〕見黃虞稷，《千頃堂書目》，卷15，子部，書目叢編（台北：廣文書局），頁1118。
〔註18〕見張廷華，《香豔叢書》（台北：古亭書屋，1969年4月，據清宣統元年本影印）。
又見《叢書集成新編》，82冊（台北：新文豐圖書公司，1985年出版），頁697～699。

來的助力下，他買賣藥材、布匹獲利。而女神所預料的政變、宸濠之亂都一一應驗了；又向他講析陰陽感通、因果報應的思想。

七年之後，他想返回家鄉，海神臨別警示他將遇到三大災難。此時，他才將這段奇緣告訴哥哥。在回鄉的路上，靠著海神的幫助安然渡過在大同、居庸關的危機。當他在高郵湖碰到難關時，海神竟然現身相救；而這也是他最後一次見到海神。

雖然蔡羽安排了海神與程士賢的對話中，探討了天下大勢、陰陽變化，等非情節推展的敘述。但是整體而言，它是一篇情節曲折、描寫細膩的作品。例如，寫程士賢「假詐入地，以見地毯」，細膩地刻劃他初次對海神的降臨，充滿好奇與畏懼。又如，在面對陌生初來的神女們時，他隔著一道牆，大聲向哥哥求救；得不到回應後，只好面壁而睡的動作，十分傳神。此外，又有罕見的心理描寫：

> 程私計：「此物靈變若斯，非仙則鬼，果欲禍我，雖臥不起，其可逭乎？且彼既有鳳緣語，亦或無害。」遂推枕下榻，匍匐而拜。曰：「下界愚夫，不知真仙降臨，有失虔迓，誠合萬死，伏氣哀憐。」

將程士賢見到海神時的心理變化，和驚怖之狀，刻劃的淋漓盡致。心中即使懷疑她「非仙即鬼」，也要強打起精神來奉承她是「真仙」。這也是用傳奇形式反映明代商業活動的成熟之作。反映出明代商人的貿易活動與賺錢的願望。

蔡羽的傳奇小說，雖只有這篇題材奇特、描寫細緻的故事，但流傳很廣。後來更被凌濛初改編成話本，〈疊居奇程客得助，三救厄海神顯靈〉，收在《二刻拍案驚奇》卷三十七。

第三節　楊儀〈金姬小傳〉等四篇

楊儀是蔡羽的朋友，年紀稍小十餘歲。他有專門的傳奇筆記集《高坡異纂》，與單篇創作的〈金姬小傳〉和〈保孤記〉；是明代中期寫作傳奇較多的人。

一、生平大要

（一）、早熟的少年詩人

楊儀，字夢羽，號五川公、五川舫子、七檜山人；江蘇常熟人。〔註19〕生於明

〔註19〕楊儀的生平，以他所著的《南宮小集》、《七檜山人詞》中，資料最多；台北國家圖書館善本室藏，舊鈔本。又參見，明馮復京，《明常熟先賢事略》，卷13（收在台北：明文書局，《明代傳記叢刊》，第150冊），頁150～153。清鄭鍾祥等修，《常昭合志稿》，卷32人物，藏書家（台北：成文出版社，《中國方志華中地方》，第153號影印本），頁2213～2214。

孝宗弘治元年（1488），卒於明世宗嘉靖四三年（1564），年七十七歲。〔註20〕十四歲時作〈聞鴈〉詩，十九歲時爲唐伯虎畫折枝，題〈長相思〉一闋；弱冠時先人命題命韻，立即作〈尤村秋興〉。〔註21〕少年時代雖已展露詩才，但正德五年（1501）二十三歲時，卻鄉薦不第，初嘗敗績；直到二十九歲才考上舉人。歷經十年努力，嘉靖五年（1526），三十九歲中進士第。〔註22〕

（二）、仕宦與辭官著述

三十九歲授工部主事，轉禮、兵二部郎中；累官至山東按察副使，等等。因病辭官歸家後，以著述爲娛。喜歡收藏古書，書室稱爲七檜山房；另外建造萬卷樓，用以積聚宋元本與書法名畫鼎彝古器。由於楊儀生性恃才高亢，得罪了當地的御史錢籍。當錢家奴僕做賊犯案時，楊儀也無所隱瞞，全盤托出；錢籍懷恨在心，誣賴楊儀的兒子殺人。兒子被逼供致死，楊儀也含恨而卒。等到楊儀的外孫莫是龍時，才將這件冤案平反。

二、其他著作

楊儀著述甚多，除了傳奇小說〈金姬小傳〉、與〈保孤記〉之外，今可考知的，尚有以下數種：

（一）《高坡異纂》三卷：共有筆記五十四則，收在陸詒孫編，《煙霞小說》中，今有明嘉靖間陸氏原刊本，藏在台北國家圖書館善本室中。根據嘉靖壬辰（1532）仲秋六日所寫的序文記載，原本不信鬼神的他，因邑中發生兩件怪事，才開始認爲未必都是虛假的。進而將別人所講述的軼聞異事，輯撰成書。當時居住在北京城的高坡胡同中，所以取書名爲《高坡異纂》；書中多記神、仙、方術之事。其中〈唐文〉與〈木生〉二篇，是傳奇小說；〈木生〉就是單行本所稱的〈娟娟傳〉。

此外，《高坡異纂》的序文，有一段與《雪窗談異》的題辭近似：

予少日讀書，凡編簡中所載神仙詭怪之說，心竊厭之，一見即棄去。

雖讀之，亦多不能終其辭。正德嘉靖間，兩見邑中怪事，始歎古人紀載，

〔註20〕楊儀生卒年之推算，見同註19，《七檜山人詞》〈長相思〉：「是歲正德丙寅（元年，1506），予年十又九年矣」因此，當生於明孝宗弘治元年（1488）。又李如一，〈楊儀保孤記跋〉，收在「藏說小萃」，明萬曆三十四年（1606）原刊本，藏台北國家圖書館善本室：「公沒於嘉靖甲子（1564）正月。」

〔註21〕見同註19，楊儀，《南宮小集》，〈尤村秋興〉下題。

〔註22〕楊儀科考歷程，見同註19，楊儀，《南宮小集》，〈題李烈士祠〉：「庚午（正德五年）歲，鄉薦不第」。〈奉和松溪翰林喜雪〉：「予與張學士皆公丙子（正德十一年）門生也。」此年中舉人。又，中進士載於〈送鄧德邵司訓武進〉：「丙午（嘉靖五年）春，同試春官，……予雖偶得一第。」

未必皆妄。…及居京師，文字交游，殆遍天下，皆世之大賢君子也。(《高
坡異纂》序)

　　余正德嘉靖間，數見邑中怪事，始嘆古人紀載未必皆妄。……邇居燕
邸，文字交游多名流佳士，歲暮積雪，往往相過。勞苦所舉，皆足擴人胸
懷，益知造物之難測，局方之為鄙也。錄成以代掃雪，一矜僵臥人耳。吳
郡楊儀夢羽士題。(《雪窗談異》題辭)〔註23〕

由此可知，楊儀與《雪窗談異》之輯者楊循吉（1456～1544）同是小說的愛好者，
故為此書撰題辭。

　　（二）《明良記》四卷：收在李如一，《藏說小萃》中，今存明萬曆三十四年
（1606）原刊本，藏台北國家圖書館善本室中。這是李如一得自於萬卷樓的殘帙，
並將它與《高坡異纂》重複的刪去，再重新刊刻。〔註24〕

　　（三）《螭頭密語》一卷：《四庫全書總目》稱：「其書雜記明代時事，僅二十餘
條，而語多不經」。〔註25〕

　　（四）《隴起雜事》一卷：收在《廣百川學海》甲集之一，與《說郛續》卷五之
一。

　　（五）、《南宮小集》三卷、《七檜山人詞》一卷：台北國家圖書館善本室，有舊
鈔本。在李如一〈明良記小引〉中，聲稱楊儀有十卷《南宮詩文集》，但他只曾見到
六卷本；後來連六卷也散佚了。〔註26〕

　　（六）、《驪珠隨錄》五卷、《古虞文錄》二卷、《文章表錄》一卷：三本書都是
楊儀採錄古人著作，編輯而成；皆見《四庫全書總目》，集部存目二。

三、〈金姬傳〉與〈保孤記〉

（一）、〈金姬傳〉

　　〈金姬傳〉又名〈金姬小傳〉、〈李姬傳〉；是敘述元末張士誠帳下侍女金姬的故
事。從楊儀〈金姬傳跋〉中可知，他是在嘉靖二十四年（1545）的夏天，寫完〈慶
安鎮平寇記〉之後，聽到太倉盜賊隨意殺人，有感而作〈金姬傳〉。〔註27〕

〔註23〕見題楊循吉輯，宗文、吳岩、若遠點校，《雪窗談異》引（山西：人民出版社，1992
　　　　年5月一版），頁1。
〔註24〕見同註20，李如一，《藏說小萃》，〈明良記小引〉。
〔註25〕見清紀昀等撰，《四庫全書總目提要》，卷143，子部小說類存目（台北：藝文印書
　　　　館出版），頁2822。
〔註26〕見同註20，李如一，《藏說小萃》，〈明良記小引〉。
〔註27〕見楊儀，〈金姬傳跋〉：「嘉靖乙巳（1545）夏，予譔慶安鎮平寇記方成，適聞太倉江

1、版　本

　　楊儀完成了〈金姬傳〉之後，自己就曾刊行過〔註28〕；但原刊本今已不可見。這個故事流傳很廣，主要的版本有四種。

　　（1）明潘之恒《亙史》本：除了傳文，還包括楊儀序跋，別記六則，吳伯起傳奇編目，潘之恒跋，附錄二則，等等。〔註29〕這是所有版本中，年代最早，相關資料最齊全的。

　　（2）清黃廷鑑藏抄本：見《借月山房匯鈔》、《澤古齋重抄》；也包括楊儀序跋、別記六則、黃廷鑑跋。

　　（3）清黃丕烈藏抄本：見《香豔叢書》、《說庫》；只題無名氏序，別記四則、附記。

　　（4）手抄本：藏台北國家圖書館。除了傳文，唯有別記四則，沒有楊儀序跋。

2、故事概要

　　從金姬的出身開始寫起。宋末章丘李嘉謨替劉豫做事，因爲對人有德，劉豫失敗後，沒受到牽連。宋亡後，嘉謨的孫子在大都遇到南宋宮人金德淑；二人生下一子，從母姓，名叫金都生。都生娶大都女子，生下女兒名金氏；後有章丘李素，娶金氏爲妻，生一女即是金姬。

　　因姬父曾從張明遠學卜卦之術，金姬也善占卜。有一天李素見金氏肘下有黑子，才知二人是同祖父之親。姬知道後剪髮以贖恥；李素也與金氏兄妹相稱，各處一室。元末張士誠在至正十四年稱周誠王，李素一家被俘，金姬去侍候士誠母曹氏。曹氏知道金姬善占卜，要她爲高郵之役測吉凶。在金兒的預測下，大敗元軍；從此稱金姬爲姑姑。

　　江陰大盜朱英被江宗三打敗，前來求援，金姬認爲可以合作。於是結合朱英力量，使張士德攻下蘇州；但士德大肆掠奪財物。金姬於是利用面見士誠的機會，勸他要以德守成。姬父母問士誠國祚，她預料十二年後有眞命天子來取代。福山之役後，知道無法避免士誠的強娶，在拜見曹氏與父親後，長跪閉目而死。

　　士誠妻劉氏曾夢金姬，預告士誠將失敗，但會代爲庇廕二位兒子。果然，第二年士誠敗亡，姬母金氏護衛二子，改爲姓李；後來士誠子孫都自稱是章丘李。

　　寇竊發殺戮守帥，因有所感，而述爲此篇。」收在潘之恒，《亙史》外紀，卷42，方部，明天啓六年（1626），藏台北國家圖書館善本室。

〔註28〕見同註20，李如一，《藏說小萃》，〈明良記小引〉：「其稗官諸著〈金姬傳〉，公所自刻。」

〔註29〕見同註27，潘之恒，《亙史》外紀，卷42。

3、簡　評

本傳奇共六千多字，雖然敘述金姬的出身與歷史背景，佔去不少篇幅；但主旨仍在讚揚金姬的德操與識見。除了會占卜之外，又能詳察軍情；勸導張士誠要以德服人，不要侵擾百姓。早已看出士誠不是真命天子，但為保全父母性命，不得不虛應士誠。即使士誠對她很好，但仍不願嫁給他，只求一死以保全節。

此外，別記部份六則與〈金姬傳〉相關者：〈李嘉謨不拜偽齊官〉、〈嘉謨孫遇宋宮人〉、〈金姬題旅舍詩〉、〈張士德用蘇昌齡計下蘇州〉、〈楊椿死節靈異〉、〈縣誌字訛〉。又有吳伯起撰李嘉謨不拜偽齊官的傳奇編目，共二十九齣。可見在明代中期，李嘉謨與金姬的事流傳甚廣。另外毛晉《虞鄉雜記》，又載傳說金姬會奇術，所以得道成仙，死後僅留下尸骸。〔註30〕

到了清朝的錢謙益，更將本傳奇故事〔註31〕，加以考證；認為楊儀杜撰的成份居多，不是歷史的真實面貌。對歷史來說，添加了杜撰虛構的成份，是遠離歷史真相；但對小說而言，虛構性卻是它的必備條件。所以清黃廷鑑認為，〈金姬傳〉雖非實錄，但它「華贍奇麗」的文辭，可與唐傳奇中的〈虯髯客傳〉媲美。〔註32〕

（二）、〈保孤記〉

1、撰作與流傳

據李如一〈保孤記跋〉記載，〈保孤記〉是他所藏楊儀未刊行的文稿；因此，收入《藏說小萃》中刊刻。除了正文以外，有楊儀的跋文；周宗正〈桂翁老先生遺孤還宗序〉，與〈吳學愚祭夏少洲書〉。從記文中可知，楊儀在嘉靖四十二年（1536）祭拜夏言後，知道事情始末後才完成的。

2、故事概述

這是一篇發生在嘉靖年間，縫衣工為夏言保全遺孤的故事；全文約二千八百餘言。嘉靖二十七年（1548）夏言獲罪，沒幾個月就死了；當時妾崔氏已有孕。崔氏知縫衣工趙金五有節操，害怕生男會遭十幾位的妾忌妒；先前交付他代購田產，以備將來育子所需。趙五金暗地委託叔叔趙七二、趙四二管理。後來生下男孩，妾馬氏、張氏將幼兒棄置池中；金五佯稱兒已死，三日後，交給叔叔們，再請程念七妻董氏哺育。

〔註30〕見毛晉撰，《虞鄉雜記》，《百部叢書集成》48，《借月山房彙鈔》本。
〔註31〕見清李銘皖等修、馮桂芬等撰，《蘇州府志》，卷146（台北：成文出社，《華中地方》，5號影印本），頁3446～3447。
〔註32〕見黃廷鑑，〈金姬傳跋〉，收在《借月山房彙鈔》本，史地類，傳記之部，婦女別傳，〈金姬傳〉：「其文之華贍奇麗，實堪與紅拂等篇並傳矣。」

六個月後卻被忌妒者察覺，脅迫金五殺兒。金五與叔叔、程氏夫都不忍心加害；於是，再交給徐念八夫婦撫養。金五宣稱兒已死，田產也已奪回；妒忌的妾們深信不疑。幾年後，念八死，妻子改嫁；將孤兒送入清涼寺中。嘉靖四十年（1561）夏言妻弟吳春回鄉，從金五口中得知孤子仍在。第二年，召家族長老與地方官員，一同辨認孤兒；人人都說孤兒像極了夏言與崔氏。當時孤子已十五歲了，仍沒有命名；以郡中人所夢，為他取名。

夏言在《明史》中有傳，嘉靖二十七年（1548）被嚴嵩所讒，慘遭斬首。但關於遺腹子一事，則與〈保孤記〉有所不同：夏言死後，有孕的妾被迫改嫁，生下一子。後來，這個孩子得到官職後，不久就死了，夏言便沒有後代。〔註33〕今從楊儀與吳春、周宗正的文章中，可見趙金五等人保遺孤一事為實有。

由於小說中的人物眾多，事件的始末複雜；所以，在精簡的文言筆法中，較少人物心理刻劃。但對趙五金在保孤的過程中，數度與夏言妾們交涉，和執意保孤的描述是很生動的。

二、〈娟娟傳〉與〈唐文〉

（一）、〈娟娟傳〉

原出於楊儀，《高坡異纂》卷中。又收入馮夢龍《情史》卷九〈情幻類〉，題〈娟娟傳〉；與原本對照，刪去龔司諫提拔木生的經過，和與曹旦同遊一事。

敘述木元經與娟娟的愛情故事。木生受到龔謹的賞識，推薦他當官；但木生以人各有時而婉拒，隨即遨遊名山。在登泰山時，曾夢見一女子遺落詩扇。後來在上京途中，拾扇如夢中所見，並題詩於樹。龔謹辭官後，推薦木生擔任營建工曹，曹長師旦常邀他遊園。有一天，木生得一老鄰翁接待；揮扇遊園，鄰翁認出扇子是娟娟所遺落的。在宣稱是樹上題詩人後，娟娟來見。第二天鄰翁說娟娟母許婚，木生占卜後，便與娟娟成親。木生有事南行，不久，娟娟病重不起；當木生再來時，只見到娟娟的畫像而已。

這篇奇遇式的愛情故事，寫來迷離恍忽；後來清人佚名〈因緣夢〉一劇，就是根據楊儀〈娟娟傳〉鋪演。〔註34〕

〔註33〕見清張廷玉等撰，《明史》，卷196（北京：中華書局），頁5199：「言始無子，妾有身，妻忌而嫁之，生一子。言死，重逆之歸，貌其類言：且得官矣，忽病死，言竟無後。」

〔註34〕見不題撰人，《傳奇彙考》，卷5，〈因緣夢〉（北京：書目文獻出版社，1994年3月，第一版），頁434～435。

（二）、〈唐文〉

　　見楊儀《高坡異纂》卷中，故事雖然流傳不廣，但題材很特殊。假借神仙之言，以闡明人的智慧是天生註定的。

　　故事內容：唐文是獨生子，但不能記誦；父親特地請章敬教他。章敬嫌他笨，假借參加科考，到定林寺溫習功課；唐父卻要他把唐文帶走。唐文在寺中遇一女子，自稱是唐文妻；並告訴他本是文曲星，因有罪被下謫人間，日後自然智慧開悟。又說曾戲狎牛郎與織女，牛郎因此受傷而謫人間；說完，隨即消失。

　　唐文後來果然開悟中進士，娶張氏；也就是寺中所遇到的神女。到吳地任官時，途中遇逃亡的胡朝賣身；於是買下他，改名爲壽安。當壽安要回鄉時，唐文爲他引介縣尹武之功。張氏爲唐文娶一妾玉英，玉英卻是胡朝未婚妻。胡朝回鄉解決公款一事，當年縣尹爲免除玉英連坐受累，已判定她別嫁，所以反將胡朝定罪流放。後來唐文知玉英原有婚約，請媒人說親，正好嫁回給胡朝。胡朝左頰有傷，是逃竄時父親所傷；玉英正好早生一年，與唐文有緣，二人就是被謫的牛郎織女下凡。

　　藉由牛郎織女的傳說，使小說的情節安排，比一般神仙故事有創意。但處理牛郎織女是胡朝與玉英的前身，與胡朝回鄉處理公款一事上，敘述的不是很圓融。可見楊儀有意虛構故事，使小說情節更加曲折的用心。

　　總結楊儀的傳奇小說，〈金姬傳〉與〈保孤記〉是根據歷史和時事軼聞，加以改寫；而〈唐文〉和〈娟娟傳〉則是根據民間傳說，想像加以虛構的小說。四篇的共同特色是，情節曲折、人物眾多。因爲不厭其煩地，詳述事件首末；所以，在某些地方則顯得瑣碎，例如，〈金姬傳〉中，關於金姬的出身。〈唐文〉中，補述胡朝和玉英是牛郎織女的前身。

第九章　明代中期單篇傳奇（下）

在明代中期，還有蔡羽的朋友陸粲、陸采，與周復俊、胡汝嘉等人，所寫的單篇傳奇小說。

第一節　陸粲〈洞簫記〉等四篇

一、生平大要

陸粲，字子餘，又字浚明。[註1]因讀書於貞山，所以人稱貞山先生；又稱爲胥屏先生。[註2]長洲（江蘇吳縣）人。生於明孝宗弘治七年（1494），六歲能論漢高祖殺功臣不仁德；與馬中錫一樣是個剛正不阿的人。在鄉黨中，和哥哥陸煥、弟弟陸采被稱爲「長洲三鳳」；所以，自小的表現就很傑出。[註3]嘉靖四年（1525），考中鄉薦第四；隔年又考中會試第三，進入翰林院。

嘉靖六年的冬天改任工科給事中，走馬上任不到三天，就寫篇疏議請修寧夏邊牆。第二年又連續彈劾太監馬閹洪，御史熊浹等人；由於言語直切，被關入錦衣獄

〔註1〕陸粲的生平資料，參見明黃佐，〈貞山先生給事中陸公粲墓表〉，收在《明代傳記叢刊》，焦竑《國朝獻徵錄》，卷80（台北：明文出版社出版，112冊，頁897～900）。明過庭訓，《本朝分省人物考》，卷33（收在同上，131冊，139～142）。明文震孟，《姑蘇名賢小記》，卷下，〈給諫貞山先生陸公〉（同上，148冊，頁89～92）。清徐開任，《明臣言行錄》，卷56，〈給事陸公粲〉（收在同上，53冊，頁37～41）。清王鴻緒，《明史稿》，列傳卷85（收在同上，96冊，頁262～263）。清傅維麟，《明書》，卷180（收在同上，87冊，頁510～511）。陸粲，《陸子餘集》（收在《四庫全書》，集部別集類，台灣：商務印書館出版，1274冊），頁577～701。

〔註2〕見陸粲的外甥王禹聲，〈說聽跋〉：「右說聽二卷，舅氏胥屏先生所撰。」（收在《筆記小說大觀》，第16編，台北：新興書局出版，頁2703）。

〔註3〕見同註1，明黃佐，〈貞山先生給事中陸公粲墓表〉，頁897。

達一個月。出獄後又上疏，使張璁、桂萼等權貴丟官。不久，世宗反悔，召回張璁；陸粲反而被貶到貴州任都鎮驛丞。

直到嘉靖十一年（1532），才從貴州遷任江西永新縣知縣。雖然在江西除暴安良，頗有政績，受到侍御李循義的表彰。但是，第二年以母親年老爲由，辭官回鄉。短短七年的仕宦生涯中，他歷經了廷杖、下獄與貶謫。

回鄉之後，一直過著歸隱的生活，專心讀書著述。其間陸續有人薦舉他，達三十多次；他絲毫不爲所動。嘉靖二十八年（1549）母親過世，陸粲因悲傷過度而大病一場；二年之後（1551）的十二月二十五日，因此病逝，年五十八歲。

二、《庚己篇》、《說聽》

陸粲的著述很多，範圍及於經學、詩文、筆記，等等。今天流傳下來的，在經學方面有《左氏春秋雋及附注》；《胡傳辨疑》（即《春秋胡氏傳辨疑》），今有明嘉靖間刊本，藏於故宮善本書室。詩文多收在《陸子餘集》中，此集除了四庫全書本以外，又有明嘉靖四十三年刊本；並編輯《嘉靖七年浙江鄉試錄》，有明嘉靖七年刊本，皆藏於台北國家圖書館善本書室。今天未見到的著作，有當時藏於家的《煙霞山房書尺》；與未成書的《禮史二記注釋》、《見聞隨筆》、《鉤玄抉秘》，等等。〔註4〕

陸粲從小就很喜歡看稗官小說，常和兄弟們一起閱讀；並且說給姊姊聽。〔註5〕對於小說的重視，甚至認爲是修史的重要依據：「先廣開獻書之路，求諸野史、小說、雜傳記；詳覈其異同之。」〔註6〕所以每次聽到奇事，就隨筆記錄下來，成爲《庚己篇》與《說聽》成書的雛形。

1、《庚己篇》

有十卷本與四卷本二種。如黃虞稷《千頃堂書目》、張廷玉《明史藝文志》都著錄爲十卷；而焦竑《國史經籍志》則錄爲四卷。十卷本今有《紀錄彙編》本，在卷一六四～一七三〔註7〕；四卷本則有筆記小說大觀本。〔註8〕本論文所參考的《庚己篇》都據四卷本。全書總共有一七一則故事，大抵是陸粲所見所聞的筆記；是他較早完成的筆記集。其中卷一〈洞簫記〉、卷四的〈尤弘遠〉、〈唐圯〉與〈張御史神政〉；故事首尾完整，篇幅較長，可算是傳奇之作。

〔註4〕關於陸粲的著作資料，以同註1，〈貞山先生給事中陸公粲墓表〉，記載最詳，頁900。
〔註5〕見陸粲，〈陸義姑姊傳〉：「姊嘗學問，顧自少時喜從諸弟說史傳、故實，及覽稗官小說。」同註1，《陸子餘集》，卷2，頁598。
〔註6〕見同註1，陸粲，《陸子餘集》，卷6，〈與華修撰論修史書〉，頁660。
〔註7〕收在王雲五主編，《宋元明善本叢書十種》，台灣：商務書局，影印本。
〔註8〕收在《筆記小說大觀》，第16編（台北：新興書局出版），頁2545～2656。

在其他簡短的奇聞異事中，也有比較特殊的。例如，卷一〈袁珙〉，寫一位善於看相的異人；曾被凌濛初改編成〈袁尚寶相術動名卿、鄭舍人陰功叩世爵〉的部份情節，收在《初刻拍案驚奇》卷二一。卷三〈人妖公案〉，題材新穎，能反應社會世情，可惜沒有舖衍成傳奇小說。

2、《說聽》

這是陸粲較後的作品，由外甥王禹聲在萬曆十九年（1591）才輯合刊刻。分成上、下二卷，共有一〇九則；多是記奇聞異事的短章，沒有首尾完整的故事。但有些卻成為後來話本小說改寫的參考。例如，卷下〈太倉州吏〉，被凌濛初改寫成〈韓侍郎婢作夫人、顧提控掾居郎署〉，收在《二刻拍案驚奇》卷十五。

三、〈洞簫記〉內容與影響

〈洞簫記〉是陸粲的傳奇代表作。不僅見於《庚己篇》卷一，也被其他文言小說專集收入。如王世貞《豔異編》卷二，水神部，不題撰人，標題同。馮夢龍《情史》據《豔異編》本，收入情累類，題〈洞簫美人〉。又《雪窗談異》卷二、《綠窗女史》卷四、《說郛續》弓四三、《五朝小說——皇明百家小說》卷一〇四，等等。對照所有單篇流傳本與《庚己篇》本，只有《情史》本的相異處最多；已被馮夢龍修改過文辭，但情節仍然相同。

故事概要：本篇敘述徐鏊與神女遇合的故事。徐鏊善於吹簫，在七夕時把神女引來了。在大犬的前導下，首次見面，神女摸遍鏊的身體後，就離開了；只留下滿室芳香。第二度來訪時，神女邀他一道飲酒吹簫。到第三次來，更進一步與他夜宿。從此以後，只要鏊想到她，神女就會出現。神女要他謹守祕密，但鏊的口風不緊；使許多人知道這件事，甚至有人來偷窺神女的舉動。最後事情傳到徐鏊母親的耳中，要把他召回，為他娶親。神女知道後，從此再也不因鏊的想念而現身。不久，鏊夢到自己被土地神帶到神女殿，被神女大罵杖擊後，再也沒有見到神女了。

本篇與蔡羽的〈遼陽海神傳〉，有許多相似處。首先，二篇都是以人神遇合為題材。其次，二位神女都可以盡量滿足對方的願望。程士賢想要吃鮮荔枝，海神就為他準備了帶葉荔枝；徐鏊想嚐柑橘，神女則可奉上數十顆。第三，二位神女都具有超能力。例如，海神可以為程士宰預測未來的困境，洞簫女神則能替徐鏊報仇。

然而蔡羽筆下的海神，遇到守口如瓶，重守承諾的程士宰，則表現出溫柔多情，能幫程士宰解厄的嫻淑形象。而陸粲筆下的女神，遇到徐鏊隨意向別人炫耀，不珍惜神女對他的眷顧時；則幾乎要致他於死地，愛恨憎惡的態度，在小說中的形象判若兩人。所以，即使是同以神女遇合為題材，所呈現的人物形象卻是不同。

由於蔡羽與陸粲兩人是朋友，〈遼陽海神傳〉作於嘉靖十五年（1536），是他晚年的作品。而陸粲〈洞簫記〉則是作於少年時期；確切的撰作時間雖無法考知，但可判斷出〈洞簫記〉先於〈遼陽海神傳〉。因此，或多或少，〈洞簫記〉也影響了蔡羽寫作〈遼陽海神傳〉的筆法。這篇小說後來被周清源改寫成〈吹鳳簫女誘東牆〉的入話，收在《西湖二集》卷十二。

四、〈尤弘遠〉等三篇

（一）、〈尤弘遠〉

見於《庚己篇》卷四。文詞簡樸，故事雖曲折，但只用了八百餘字而已。敘述尤弘遠娶了妾之後，妻不僅對她凌虐，又用巫術致她於死。後來尤妻病重，請里中一位婦人照顧。婦人半夜見到妾前來辱罵她，並說她會腰痛而死；說完就消失了。第二天，果如妾所說，婦人並將所見告訴弘遠。弘遠想為妾超渡，但礙於妻子生前的嫉妒與詛咒；於是誦經補過。後來弘遠也得重病，並在昏迷中到了地府；見到妻子誣指他一同謀害妾。當妾為他洗冤之後，弘遠在關公、王靈官的答應下，回到陽間。途中遇到六位僧人，要他回家找僧人誦法華經，才消除罪孽。

小說體現了當時的民間信仰、佛道混合的現象、超渡補過的心理、與娶妾的風尚。尤弘遠妻子對妾善妒的刻劃，可與戔戔居士〈小青傳〉（見十一章），做一對比。二篇都是明人納妾風氣下的產物。

（二）、〈唐玨〉

見《庚己篇》卷四。敘述唐玨在昏睡中，夢見兩位皂衣人引他到崑城妖神前，要他出掌文書一職。但玨極度不願意，即使在嚴刑拷打下，一樣堅決。崑城神只好另外找人來，那人卻欣然同意。唐玨被送回時，已在棺中，待了四十七天；家人救起他之後，請全真道士作法才救活。

小說中刻劃唐玨寧願挨打，也不願擔任官職的精神；與現實中陸粲辭官後，堅決不做官的態度是一樣的。當有人薦舉他時，他就向朋友說：「吾不幸，乃為匪人所污。」〔註9〕

（三）、〈張御史神政〉

見《庚己篇》卷四，也收在馮夢龍《智囊補》卷七〈張昺〉。這是敘述張昺治理鉛山縣時，為鄉民除害的事蹟。縣中有位賣薪人，吃了妻子煮的鱔魚後暴斃。鄰居以為妻子謀害親夫，送往官府審訊；苦無證據，無法結案。當張昺夢到土地神的告

〔註9〕見同註1，黃佐，〈貞山先生給事中陸公粲墓表〉，頁899。

白後，才知道並非是妻子謀殺，而是中了鱔毒，洗刷了她的冤屈。

又有一件奇案：剛出嫁的新娘，花轎到夫家後，人卻不見；告到官府，無法做出判決。直到張昺到田中視察，看到遮廕的大樹使地無法耕種；不管三位樹神的請求，執意砍樹。當樹被連續砍了三天後，有三位婦人從樹上掉下來；她們都是被樹神抓來的人，其中即有走失的新娘。除此之外，張昺也爲鄉民除去拐騙女子的道士，和吃人的老虎。

四篇傳奇小說都有超自然的想像成份，〈洞簫記〉的人神遇合，〈唐圯〉死而復生，〈尤弘遠〉入冥間受審，〈張御史神政〉靠土地爺的指點辦案。足以說明陸粲寫作小說上偏好志怪的傾向。

陸粲的弟弟陸采（1497～1537）〔註10〕，也有一部筆記集《冶城客論》二卷。篇末有一篇〈鴛鴦記〉，敘述施氏婦幽會的故事。〔註11〕陸采也輯合唐人傳奇，成爲《虞初志》八卷。〔註12〕因此兩兄弟雖然沒有太多的傳奇作品，但們對傳奇的喜好，卻可見一般。

第二節　周復俊〈唐寅〉

周復俊是陸粲的朋友，有文言小說集《涇林雜記》；其中的傳奇小說〈唐寅〉與〈赫應祥〉，影響較廣。

一、生平大要

周復俊，字子籲，自號木涇子；原名復辰，字子樞。〔註13〕崑山人（今上海松

〔註10〕陸采初名灼，字子玄，號天池山人。他生平事蹟，參見陸粲，〈陸子玄墓誌銘〉，同註1，《陸子餘集》卷3，頁609～611。錢謙益，《列朝詩集小傳》，丁上（《明代傳記叢刊》，第11冊，頁436）。民國吳秀之等修，《吳縣志》，卷57，藝文3（台北：成文出版社，《華中地方志》18號影印本，頁955）。陸采的作品有：《史餘》、《天池聲隽》、《冶城客論》，及戲曲〈明珠記〉、〈懷香記〉、〈南西廂〉、〈椒觴記〉、〈分鞋記〉等五種。

〔註11〕關於陸采《冶城客論》〈鴛鴦記〉的評論，參見紀昀，《四庫全書總目提要》，卷144，子部，小說家存目2（台北：藝文印書館出版），頁2841。

〔註12〕陸采輯合前代小說成《虞初志》的證據，見書中《續齊諧記》跋語：「惟外舅都公家藏有之，命令鋟版梓焉」見（同註11，《四庫全書總目提要》，頁2839）。程毅中、薛洪勣也認爲是陸采所輯。見（《中國古代小說百科全書》，北京中國大百科全書出版社，1993年4月一版，頁705）。

〔註13〕見清吳金瀾等修，《崑新兩縣續修合志》，卷23（成文出版社，《中國方志》，華中地方，19號影印本），頁386。

江縣西北）。生於弘治九年（1496），年少時與王同祖、顧鳳圭並稱爲「崑山三傑」。嘉靖四年（1525）中舉人，直到嘉靖十一年（1532）會試第七；第二年派任工部給事。爾後從員外郎、郎中，再擢升爲四川按察副使、雲南左布政使、南京太常寺卿，等等。卒於萬曆二年（1574），年七十九歲。〔註14〕

做官三十年，大都在四川、雲南兩地；在雲南時曾平定土獠的叛亂，祇因沒有賄賂嚴嵩父子，就被派任到四川任按察使。但他自有一套應對被貶的做法；就是將心力投注於寫作。例如，在四川時修《全蜀藝文志》、撰寫《霸州志》；或在雲南時與楊愼唱和詩文。

二、《涇林雜記》

周復俊的著作很多，包括地方志、藝文志、詩文集、雜記、筆記小說，等等。除了《霸州志》，收在天一閣藏明代方志叢刊以外；另有十種見於《崑新兩縣續修合志》：

(一)《全蜀藝文志》六四卷：今存《四庫全書》本，與台北國家圖書館藏藍格舊鈔本。

(二)《東吳名賢記》二卷：見《四庫全書總目》，傳記存目二。

(三)《玉峰詩纂》六卷：集西晉到明代崑山詩作。台北國家圖書館，藏明隆慶十六年崑山孟詔校刊本。

(四)《涇林集》八卷：包括詩三卷，文五卷；每首詩並附楊愼在雲南時，爲周復俊所寫的評語。台北國家圖書館，藏有明嘉靖間張文柱校刊本。

(五)《太僕集》（又名《六梅館集》）十六卷：今存一卷本，收在盛明百家詩後編。

(六)《元史弼違》：收在《叢書集成續編》，史地類。

另有《涇林雜記》、《涇林詩集》十卷、《太倉文略》、《馬鞍山志》，今未見傳本。〔註15〕《涇林雜記》的全貌，已不可見，只留下三篇在馮夢龍《情史》中，分別是〈唐寅〉、〈赫應祥〉、〈南都妓〉。由於《情史》所收傳奇，馮夢龍習慣上都會稍加修改；但不會影響故事情節的完整性，還是可以目睹小說大致的原貌。此外，據黃虞

〔註14〕周復俊的生平資料，參見于愼行，〈南京太僕寺卿周公復俊墓志〉，收在焦竑，《國朝獻徵錄》，卷72（台北：明文書局，《明代傳記叢刊》，112冊），頁605。明張萱，《西園聞錄》，卷2（同上《明代傳記叢刊》，116冊），頁175。清朱竹坨，《靜志居詩話》，卷12（同上《明代傳記叢刊》，頁185）。與周復俊，《涇林集》八卷，明嘉靖間張文柱校刊本，藏於台北國家圖書館善本書室。

〔註15〕同註13，清吳金瀾等修，《崑新兩縣續修合志》，卷49，著述目上，頁896。

稷《千頃堂書目》，子部小說類的登錄，周復俊還有《涇林類記》一書。

此外，復俊的孫子周玄暐，有一本《涇林續記》；從書名上來看，應該是追繼《涇林雜記》之作。當中有一篇傳奇小說〈張蓋〉，保存在《情史》卷十八，列置於後。

三、〈唐寅〉與〈赫應祥〉

（一）、〈唐寅〉

收在馮夢龍《情史》卷五，情豪類。〔註16〕

敘述明孝宗時江南才子唐伯虎，追求華虹山家中奴婢的故事。唐寅在進香途中，見到華學士府中的丫環貌美而動心，向同伴謊稱天神要他途步朝山，於是離船上岸獨行。到了華府，偽稱要投館，賜名華安；進而知道她叫桂華。在書館中因文才好，被派去掌管文房。為了要讓他擔任典禮主持人，華學士為他娶親；並任由他選女僕一人。娶了桂華後，不久就偷偷帶著她潛回蘇州。

一年後，華學士到蘇州，見有人像華安，問了旁人才知他是唐寅，但不敢確認是華安。登門拜訪後，見到歧出的指頭；向唐寅說他像僕人華安。唐寅默不做聲，直接帶他看桂華。華學士知道事情的原委後，送來嫁妝，成全唐寅的姻緣。

在傳奇小說中，刻劃文人甘願充當奴僕去追求愛情，是很罕見的。小說將唐寅如何娶到桂華的經過，仔細刻劃；不僅寫唐寅的機智，還寫出他的幽默。例如，當唐寅要脫隊獨行時，他用裝神弄鬼的方式，使隨行者不疑心。而當華學士一再逼問他，是否就是華安時，只帶他到新娘面前說：「公言華似不佞，不識桂華似此女否？」

這篇才子智取美嬌娘的小說，很受文人們的喜愛。後來被改寫成〈唐伯虎傳〉，收在不題撰人《啖蔗》乾冊第六。〔註17〕爾後馮夢龍再加以改作成〈唐解元一笑姻緣〉，收在《警世通言》卷二六。又被改編成戲曲，例如孟稱舜作〈花前一笑〉（有《柳枝集》本卓人月）〈花舫緣〉（有《盛明雜劇初集》），史槃〈蘇台奇遘〉（見《遠山堂劇品》）朱舜臣有〈文星觀〉。清人更有〈笑中緣〉、〈三笑姻緣〉等彈詞。

明王同軌《耳談》（1590）中，另有記載陳玄超娶官宦家婢女秋香一事，但與〈唐寅〉的故事情節相差甚多。清王士禎《古夫于亭雜錄》中，指出娶華學士家婢女的，不是唐寅而是江陰吉道人。〔註18〕唐寅（1470～1523）是當時文人中，善於詩詞書

〔註16〕據馮夢龍，《情史》，收在《馮夢龍四大異書》（遼寧：長春出版社，1995年6月，1版2印），頁961～963。

〔註17〕見陳妙如，《啖蔗研究》（中國文化大學中文研究所，1988年12月，博士論文），頁169～174。

〔註18〕清王士禎，《古夫于亭雜錄》，卷4（《四庫全書珍本》，12集，台灣商務印書館出版），頁23。

畫的才子；曾受程敏政的賞識，但也因爲他被牽連下獄。後來爲了擺脫寧王辰濠的徵聘，故意酗酒，行爲狂放。〔註19〕或許周復俊因唐寅的疏狂，而虛構這篇風流韻事。

（二）、〈赫應祥〉

收在《情史》卷十八，情累類。這是一篇社會世情小說。監生赫應祥循著磬聲，走到姑尼庵中；見到空照女尼，赫假藉城門已關，於是留在庵中與空照同睡。第二天隔鄰女尼靜眞來訪，也看上赫生，邀他回自已庵中。女尼們怕他走掉，對他甚爲殷勤；就在兩座尼姑庵中往返，樂不思蜀。不久病死，家人也以爲他被謀害了。後來，赫家要翻修，有位木匠腰上繫著赫生的紫絲帶。報官查案後，才知赫生在尼姑庵中的事；女尼被杖責後還俗。

小說後來被馮夢龍改寫成〈赫大卿遺恨鴛鴦絛〉，收在《醒世恒言》卷十五。戲曲〈玉蜻蜓〉即搬演此事。

周復俊另有一篇〈南都妓〉，收在《情史》卷六，情愛類。故事不長，但突顯出嘉靖年間士子們考試作弊，和院妓們以求贖身的景況。故事描述：張生在南京應試時，與一位院妓情投意合，約定若中舉，就會替她贖身。安徽富家子，賄賂買了試題後，酒醉時遺忘在她房裡。她偷偷藏起來，悄悄送給張生。張生高中後，果然依約娶她爲妾。

四、孫周玄暐〈張蓋〉

（一）周玄暐生平大要

周復俊的孫子玄暐，字叔懋；號緘吾，又號天南逸史。〔註20〕萬曆十三（1585）舉人，十四年進士；歷任廣東電白、河南清豐知縣，官至雲南道御史。辭官回家後，撰成《涇林續記》。由於仇家張氏在書中增加了宮掖一、二事，被誣逮入刑部，病死獄中。〔註21〕

《涇林續記》一書，今存《叢書集成初編》本、涵芬樓秘本〔註22〕；應該都不

〔註19〕唐寅的生平參見，清張廷玉，《明史》，卷286。王鴻緒，《明史稿》，卷267。焦竑，《國朝獻徵錄》，卷115。曹溶，《明人小傳》，卷2。過庭訓，《本朝分省人物考》，卷22。等等。

〔註20〕周玄暐的生平，參見明談孺木，《棗林雜俎》，聖集，藝寶，周玄暐條，筆記小說大觀，22編，第六冊（台北：新興書局），頁3617。又同註13，清吳金瀾等修，《崑新兩縣續修合志》卷23，頁386。由於這是清朝所修的地方志，所以周玄暐的"玄"避康熙玄燁的諱，將「玄暐」改成「元暐」。

〔註21〕見同註20，明談孺木，《棗林雜俎》，頁3617。

〔註22〕《涇林續記》收在「功順堂叢書」中，見百部叢書集成之69，書末並有清潘祖蔭，〈涇林續集跋〉，據清光緒潘祖蔭輯刊本影印。

是全本，因為收在《情史》中的〈張藎〉，並沒有出現在這兩種版本中。

據清潘祖蔭〈涇林續集跋〉，引《涇林續記》〈嚴世蕃〉條：「嚴世蕃竊柄貪淫不法狀，詳載於祖記中。」他認為「祖記」是「涇林祖記」一書。事實上，「祖記」應該是指祖父周復俊的《涇林雜記》，玄暐並沒有所謂的「涇林祖記」一書。

（二）、〈張藎〉內容與影響

這是一篇社會公案傳奇。張藎喜歡一位女子，撿了她的紅鞋，找尋認識她的人。最後委託陸嫗向她表白；並約定晚上時以咳嗽、紅繡鞋為暗號，要陸嫗代為轉告。陸嫗回到家中，幫當屠夫的兒子綁豬時，紅鞋掉出，並說出原委。屠夫將鞋子藏起來，要母親別管閒事。陸嫗也不敢對張藎說實話，只要他慢慢等。當天晚上屠夫竟冒充張藎，與她幽會；半年後被女之雙親發覺，她希望屠夫不要再來。屠夫一怒之下，半夜將她雙親殺了。第二天被鄰人發現報官府，卻將張藎抓來，嚴刑拷打下認罪。行刑前張藎買通獄卒，讓他與她會面，才說出陸嫗拿鞋一事。循線抓到真兇屠夫，張藎才得以脫罪。

故事的情節曲折，以證物——紅繡鞋做為破案的關鍵。這與〈唐寅〉中的歧出指頭、〈赫應祥〉的鴛鴦條、〈南都妓〉的試卷字眼，一樣重要；是舖展情節發展，關繫結局的物品。這與一般志怪借助神力使情節推展、或安排人物命運的技巧不同。

這篇小說後來被改編成〈陸五漢硬留五色鞋〉，收在馮夢龍《醒世恒言》卷十六。女主角名為潘壽兒，屠夫名為陸五漢，並將結局改為張藎脫罪後，潘壽兒羞愧撞死。又黃岩柏《中國公案小說史》認為，陳洪謨《治世餘聞錄》中的李興條，也是〈陸五漢硬留合色鞋〉的文本之一。〔註23〕事實上，李興所審的殺人案件，只有兇手是屠夫、屠夫冒充他人與女夜宿、犯案後嫁禍冒名者，等三點與話本相似。不同的是：沒有合鞋一事、被殺之人是投宿女家的客人、殺人動機是懷疑女子不貞、男主角名為楊二官人。因此，話本應該是據〈張藎〉才是。

第三節　胡汝嘉〈韋十一娘傳〉

一、生平大要

胡汝嘉字懋禮，號秋宇，又稱沁南先生；南京鷹陽衛人。生卒年不詳；約於明世宗嘉靖中前後在世。嘉靖八年（1529）進士，嘉靖三十二年（1553）庶吉士，授

〔註23〕見黃岩柏，《中國公案小說史》（遼寧：遼寧教育出版社，1995 年 5 月一版），頁 181。
　　　又陳洪謨，《治世餘聞錄》，紀錄彙編本，卷 87。

編修。在翰林中議論忤政府，貶爲山西參議；後來官至副使。〔註24〕

他是個多才多藝的人，能寫書法、畫畫，也能作詞曲與雜劇。據顧起元《客座贅語》稱，胡汝嘉的〈紅線〉雜劇，大勝梁辰魚所撰寫的；家中藏書豐富，並著有《蒨園集》、《沁南稿》等詩文集。〔註25〕可惜這二種文集，今未能見到。

二、版本流傳

關於胡汝嘉寫作傳奇的資料，以顧起元《客座贅語》記載最詳：「所著小說數種，多奇豔，間亦有閨閣之靡，人所不忍言。如蘭芽等傳者，今皆秘本不傳。所著女俠〈韋十一娘傳〉，記程德瑜云云，託以詬當事者也。」〔註26〕但是今天祇剩〈韋十一娘傳〉一篇，如〈蘭芽傳〉等篇，到明萬曆年間顧起元時，已不傳了。〈韋十一娘傳〉今天所見的版本，有二種：

1、潘之恒《亙史》本

收在外紀卷三；刊於明天啓六年（1626），今藏台北國家圖書館善本書室。這是〈韋十一娘傳〉最早刊刻的本子〔註27〕；也是保留在國內罕見的單篇流傳本。因此，非如朴在淵先生稱：〈韋十一娘傳〉中國已失傳。〔註28〕或如劉輝稱：〈韋十一娘傳〉僅見於《刪補文苑楂橘》。〔註29〕

據潘之恒的跋文稱，所錄〈韋十一娘傳〉是據「沈氏鄴校齋較錄」。〔註30〕然而正當潘之恒收入此篇時，有許多書商都將〈韋十一娘傳〉節錄成百字，他對此深感不滿：「賈人多鄙，數顧問其裝，余甚恥之，爲節百餘字，非於文有所加損也。」

〔註24〕胡汝嘉的生平資料，參見清陳田，《明詩紀事》，己籤卷 11（上海：古籍出版社出版），頁 2055～2056。徐沁，《明畫錄》，卷 3（《明代傳記叢刊》，台北：明文書局，72 冊），頁 61。錢謙益，《列朝詩集小傳》，卷丁上（同上《明代傳記叢刊》，11 冊），頁 496。周暉，《金陵瑣事》，卷 2，〈佳句〉，明萬曆三十八年（1610）原刊本，藏台北國家圖書館善本書室。

〔註25〕見明顧起元，《客座贅語》，卷 7〈先賢著述〉，卷 8〈藏書〉、〈秋宇先生著述〉、〈南都詞林〉，卷 10〈畫畫〉，等等，五段文字的描述。據明萬曆 46 年（1618）原刊本，藏台北國家圖書館善本書室。

〔註26〕同見註25，明顧起元，《客座贅語》，卷 8，〈秋宇先生著述〉，頁 17～18。

〔註27〕見潘之恒，《亙史》，外紀卷 3，明天啓六年天都潘家刊本，藏台北國家圖書館善本書室。

〔註28〕見朝鮮人選編、朴在淵校注，《刪補文苑楂橘》，〈韋十一娘〉校注 1（韓國成和大學中文系，1994 年 2 月出版），頁 17。

〔註29〕見劉輝，〈中國古代小說的研究方法〉（《中國小說研究會報》，第 16 號，1993 年 11月）出版，頁 75。

〔註30〕見同註27，潘之恒，《亙史》，外紀卷 3，頁 26。

〔註31〕但可見出當時這篇小說流傳的盛況。

2、朝鮮人選編《刪補文苑楂橘》本

〈韋十一娘傳〉收在卷一，此據潘之恒《亙史》本選錄；對照二種本子，只有一處漏字、一處筆誤：

亙史本	刪 補 文 苑 楂 橘 本
自黃帝受兵符於玄女	自黃帝受符於玄女
有少婦從士人行，數目程	有少婦從士人行，數日程

此外，《刪補文苑楂橘》選錄自《亙史》的證據，還有一篇宋楙澄的〈負情儂傳〉最明顯。見於《亙史》內紀卷十一，與《刪補文苑楂橘》卷一。因為潘之恒是新安（安徽歙縣）人，所以在後面跋文中稱，不願與故事中的新安人同鄉，所以凡是寫到「新安人」，都改成「少年」〔註32〕，而《刪補文苑楂橘》本也全都改成「少年」一詞。

三、故事內容與影響

這篇述俠女的傳奇小說，在明代眾多傳奇中，是相當特殊的。不僅敘述韋十一娘的行為，藉一書生程德瑜的旁觀來烘托；更將歷來劍俠、道俠做一番評論。

故事大要：程德瑜在飯店為韋十一娘解困後，被強盜騙到樹林中，洗劫財物。十一娘派弟子青霞前來引導，帶往山上住宿。夜論自古以來的劍術發展，並讓弟子青霞表演劍砍飛物。第二天，派兩位弟子下山打獵，而不用神術取食物；十一娘並說出投靠趙道姑，習得劍術的經過。中午送程下山，並贈藥丸；而被劫的僕馬財貨，已被十一娘取回。當德瑜要送侍女錢財時，侍女不敢接受，因為十一娘都知道她們的一舉一動。十幾年後，在蜀棧道中，德瑜遇已嫁士人的青霞，得知韋仍然收徒教藝。青霞因有公事，很快就道別了。幾天後，聽說有一貪官忽然死去，德瑜懷疑是青霞所為。

潘之恒對這篇小說推崇備至：「此秣陵胡太史筆，如唐小說家文，乃論劍術則精矣。」〔註33〕雖以撰寫歷史的角度稱讚，但〈韋十一娘傳〉的確是一篇好作品。胡汝嘉在小說中，抒發他對劍俠的歷史演變和見解：贊揚俠女路見不平，拔刀相助，反對以劍術報私仇。因此，劉蔭柏《中國武俠小說史》中論本篇：「贊頌劍客行俠仗

〔註31〕同見註27，潘之恒，《亙史》，外紀卷3，頁26。
〔註32〕見同註27，潘之恒，《亙史》，外紀卷11，頁29。
〔註33〕見同註27，潘之恒，《亙史》，外紀卷3，頁26。

義，懲除官吏，成爲後世武俠小說的創作宗旨。」〔註34〕所以，文康《兒女英雄傳》中的十三妹，梁羽生《江湖三女俠》中的呂四娘，都有韋十一娘的影子。

凌濛初將它改寫成話本，〈程元玉店肆代償錢，十一娘雲縱譚俠〉，收在初刻《拍案驚奇》卷四。

小　結

明代中期雖然較有名的傳奇專集，只有陶輔《花影集》；但是卻有許多寫作單篇傳奇的作家。每位作家的傳奇數量雖不多，卻說明此期間傳奇寫作仍不間斷。

六位作家雖只列出十四篇作品，但有幾篇是頗具特色的傳奇小說。例如，馬中錫〈中山狼傳〉，以善於運用對話刻劃人物，製造緊張的氣氛，成爲一篇傳奇佳作。蔡羽〈遼陽海神傳〉，以細膩筆法，烘托氣氛，製造懸念。又如，周復俊〈唐寅〉、周玄暐〈張蓋〉、胡汝嘉〈韋十一娘〉，都是影響甚遠的作品；並且也是明代愛情、公案、豪俠傳奇中的佳作。

〔註34〕劉蔭柏，《中國武俠小說史——古代部分》（花山文藝出版社，1992 年 3 月一版），頁 191。

第十章　明代後期單篇傳奇

　　明代後期的範圍，是指作家主要活動時間在嘉靖二十九年（1551）以後，到明崇禎十七年（1644）爲止；包含了隆慶、萬曆、泰昌、天啓，等時期。

　　魯迅論明代後期的傳奇寫作：「蓋傳奇風韻，明末實彌漫天下。」〔註1〕事實上，雖然明代後期的小說出版興盛，又有小說的評點風氣，可以給傳奇一個發展的環境；但是眞正屬於明代的作家，或是好的作品，實在不多。魯迅會如此論明末的傳奇寫作，大概是受了清張潮《虞初新志》收明末清初傳奇一四四篇的影響。然而如王猷定（1598～1662）、魏禧（1624～1681）、黃星同（1611～1680）等人的作品，應該列入清代才是。眞正屬於明代後期的傳奇小說，沒有幾個人。

　　因此，明代後期只引論馮時可、陳繼儒、宋楙澄、潘之恒，等四位作家的傳奇小說。

第一節　馮時可〈張少華傳〉

一、生平大要

　　馮時可字敏卿，又字元成、文所；號天池山人。松江華亭（今上海）人，確切生卒年不詳。隆慶五年（1571）進士，歷任刑部主事、兵部主事，與任員外郎，曾任貴州提督副使、四川提學副使；又調任廣西湖廣參政，等職。父親馮恩是王陽明的學生，哥哥馮行可曾爲父親刺臂得血書，使父親得免一死。〔註2〕

〔註1〕魯迅，《中國小說史略》，第二十二篇，清之擬晉唐小說及其支流（台北：谷風出版社，台一版），頁210。

〔註2〕馮時可的生平資料，參見馮時可，《陳元敏集》等十六種（台北：國家圖書館，善本書室藏，明萬曆間刊本）。朱竹坨，《靜志居詩話》，卷15（收在《明代傳記叢刊》，台北：明文書局出版，第9冊），頁419～422。陳田，《明詩紀事》，庚籤卷10（上

他的著作相當多，收在《程元敏集》中的就有：《雨航吟稿》、《黔中程式》、《黔中語淥》、《金閶稿》、《石湖稿》、《馮文所詩稿》、《梂木遊記》、《天池集》、《巖棲集》、《四征集》、《左氏釋》、《左氏討》、《左氏論》、《詩意》、《□茹稿》、《易說》，等十六種之多。內容涵蓋了當時異聞軼事、雜錄、詩文、經學、談史、談藝，等等。除此之外，又有《上池雜記》，收在《學海類編》集中；與收在《說郛續》的《茶錄》、《林間社約》、《滇行紀略》、《蓬窗續錄》等四種。〔註3〕《明詩紀事》的作者陳田，評論馮時可是個博綜的人，「下筆千言，娓娓不能自休，……唯詩不能成家。」〔註4〕

二、撰作考述

嘉靖三十二年（1552）開始，由於海盜汪直與徐海等人，勾結日本海盜作亂，使江蘇、浙江沿海一帶，備受侵擾。〔註5〕生在江浙一帶的文人，便有以倭寇之亂中的人物爲對象，撰寫了相關的傳奇小說。馮時可的〈張少華傳〉，就是一例；又如不題撰人〈王翠翹〉、潘之恒〈蘇麻子傳〉，都以這個歷史事件爲背景。

馮時可對倭寇之亂的感受，除了表現在這篇傳奇小說之外，在《巖棲稿》卷上〈日本人〉一文中，對倭寇的作亂與平定，有詳細的記述。〔註6〕但是祇提到徐海的兩個侍妾翠翹、綠珠，與翠翹投水死一事；不見有汪直寵妾張少華的記載。馮時可有爲張少華立傳的想法，是受到王翠翹一事的啓發，與聽到艾將軍講述始末。所以，他在傳末說：「我向者聞王翠翹，娼也。誘徐海歸國，卒殲諸賊。……茲得艾將軍所稱張少華，與翠翹事相類。」

在馮時可的著作中，並未收錄〈張少華傳〉一文。現今所見，據巴蜀書社《明代文言短篇小說選譯》的點校本。〔註7〕

三、故事述評

這是一篇描寫妓女任人驅使的故事。張少華本是妓院齊氏的人，因齊氏欠債相

海：古籍出版社），頁 1423～1424。清張廷玉，《明史》，卷 209，列傳 97（北京：中華書局），頁 5518～5522。

〔註3〕馮時可的著作，參見《馮元敏集》，見同註2。《學海類編》，集餘六藝能，清道光辛卯六年晁氏活字本。《說郛續》，卷 17、19、26、29、37。

〔註4〕見同註2，陳田，《明詩紀事》，庚籤卷10，頁2423。

〔註5〕海盜汪直與徐海勾結倭寇，侵擾江浙東南沿海的記載，參閱清張廷玉，《明史》，卷十八，〈世宗本紀〉2：「嘉靖三十二年，閏三月，海賊汪直糾倭寇瀕海諸郡，至六月始去。」（北京：中華書局出版，頁241）

〔註6〕馮時可，《巖棲稿》，收在同註2，《馮元敏集》。

〔註7〕黃敏譯注、章培垣選譯，《明代文言短篇小說選譯》，〈張少華傳〉（四川：巴蜀書社，1991 年 10 月一版），頁 180～199。

當多；老鴇齊氏反倒改姓張，跟著少華。當少華與汪姓商人遊虎丘時，見到周生善唱歌；於是告別商人，投入周生的懷抱。少華向周生學唱曲，二人即以唱曲維生，供養老鴇。徐生仰慕他們的歌藝，請他們到家唱曲。

一年後，徐生趁周生酒醉，向少華示愛，卻被拒絕。徐生便找沈郎勾搭少華；並派人毀了周生的容貌。當沈郎與少華幽會時，徐生派人揭發私情；沈郎當眾勸少華嫁給徐生。少華終成為徐生的侍妾，因終日愁容滿面，被徐生休棄，再度淪為娼妓。周生又來找少華時，少華不理，周生即吊死在門外。

少華離家後，半路被抓去獻給海盜汪直。沈郎同時也在島上做苦工；和少華相認後，二人成為汪直最寵愛的人。少華希望汪直失敗，於是趁胡宗憲派人來勸降時，趁機勸他受招降。當汪直親自到督門，只派養子王溦留守，少華偽造書信，和沈郎一起脫逃；途中投宿旅店，店主毒死沈郎，又逼少華改嫁。少華自覺不能再受辱，自殺而死。招降後的汪直，也被斬首。

這篇小說的情節曲折，人物眾多。而對張少華形象的塑造與刻劃，則是忠於她的身份與行為。當她是一個娼妓時，為了追求更好的生活，她可以拋棄汪某、周仕，而跟著沈郎和徐郎。但是當她決計說服汪直投降，要逃離海盜窩，隨著沈郎終老一生時，她又相當地堅決。所以，當沈郎在旅舍中被殺，要逼迫她嫁給兇手時；她不再像從前一樣，人盡可夫，而選擇結束生命。作者並沒有因為她被英俊的少年所迷惑，就加以譴責；而是忠實地呈現一個娼妓的形象。從純藝術的角度來看，〈張少華傳〉是寫得極好的一篇傳奇小說。

故事的後半部，符合汪直被胡宗憲設計招降的事。在《借月山房彙鈔》的〈汪直傳〉；則沒有提及張少華勸降一事，只說他「虜掠婦女財帛，以數萬計」。〔註8〕

第二節　陳繼儒〈李公子傳〉等二篇

一、生平大要

陳繼儒，字仲醇，號眉公，又號麋公。松江華亭人（今上海）。生於明世宗嘉靖三十七年（1558），卒於明思宗崇禎十二年（1639），年八十二歲。〔註9〕

〔註8〕　見《百部叢書集成》，《借月山房彙鈔》，第五函，史地類，傳記之部，梟雄別傳，〈汪直傳〉。

〔註9〕　陳繼儒生平，參見清張廷玉，《明史》，卷298（同註2，頁，7631～7632）。清陳田，《明詩紀事》，庚籤卷七下（同註2，頁2349～2351）。清王鴻緒，《明史稿》，列傳卷174（收在《明代傳記叢刊》，台北：明文書局出版，97冊，頁537）。清鄒漪《啟禎野乘》，卷14，〈陳徵君傳〉（同上，《明代傳記叢刊》，127冊，頁516～517）。清

少年時即能文章，長大後與董其昌齊名。二十八歲就焚棄儒生的衣帽，與徐益孫結伴隱居在小崑山。〔註10〕由於只想以著述爲職志，所以當顧憲成邀約他到東林講學時，他也不去。又如侍郎沈演等人，推薦他做官，也不爲所動。

由於他喜歡結交朋友，獎掖後輩；因此，很得當時人的敬重。朋友中有不少是傳奇作家，如宋林澄即是他的朋友之一。而清鄒漪更說：「當天啓崇禎間，婦人豎子無不知有眉公先生。」〔註11〕

陳繼儒的著作繁多，即以「眉公雜著」爲例，就有十五種之多：、《妮古錄》、《香案牘》、《偃曝餘談》、《筆記》、《見聞錄》、《狂夫之言》、《讀書鏡》、《太平清話》、《邵碎錄》、《枕譚》、《珍珠船》、《巖棲幽事》、《書焦》、《書畫史》、《長者言》，等等。〔註12〕此外，又有「眉公藏書十種」，包括《晚香堂集》、《白石橋眞稿》、《眉公詩鈔》、《眉公先生晚香堂小品》、《白石樵尺牘》，等等。〔註13〕

除此之外，又有文言小說選集《閑情野史風流十種》，收〈鍾情麗集〉等八篇中篇傳奇小說；今可見萬曆四十八年（1620）顧廷龍序刻本。

二、〈李公子傳〉

陳繼儒兩篇傳奇小說，都收在《續說郛》号四十三；並不見於他的文集中。〈李公子傳〉與〈楊幽妍別傳〉，篇幅都不長，約千餘字而已。

這是描述一位富家公子的故事。李公子有才華，但不願作官，終日飲酒作樂。他的妻子清明君，也任由他娶妾；而每位妾都有才德。當他遊蘇州時，剛好遇上一群新進士在選名妓，看不起穿著輕裝的李公子，嘲弄他一番。當李公子的大船經過時，被邀請到大船上的進士們，羞愧萬分；並紛紛撿拾他的詩句收藏。不久，忽然有人對他說，前世是於陵陳仲子。於是將家財散盡，和清明君到洞庭石公山修道。

這篇小說的故事性不強，情節構思也不完整。顯然陳眉公寫作這篇的用意，是在諷刺進士們的醜態；只會招妓遊玩，連作詩都不會。同時，也呈現了晚明文人招妓納妾的風氣。

錢謙益，《列朝詩集小傳》，丁下（同上，《明代傳記叢刊》，11 冊，頁 677～678）。
清楊開第修、姚光發等纂，《重修華亭縣志》卷 13（台北：成文出版社，《中國方志叢書》，華中地方第 45 號，據清光緒 4 年刊本影印，頁 941），等等。

〔註10〕陳繼儒決心隱居，撕裂衣冠一事，據同註 9，清鄒漪《啓禎野乘》，頁 516，記載是二十八歲。而同註 9，王鴻緒《明史稿》，頁 537，則稱是二十九歲。又錢謙益《列朝詩集》，同註 9，頁 677，則說是「年未三十」。今據鄒漪的說法。

〔註11〕見同註 9，清鄒漪，《啓禎野乘》，頁 517。

〔註12〕陳繼儒，《眉公雜著》（台北：偉文圖書公司，1977 年 8 月影印出版）。

〔註13〕《眉公十種藏書》，收在《中國文學珍本叢書》，第 1 輯中。

三、〈楊幽妍別傳〉

這是一篇娼妓的故事。當楊幽妍遇到士人張聖清，兩人情投意合；不久聖清赴考，幽妍相思成疾。當聖清回來找幽妍時，受到老嫗董四娘的阻撓；經俠客徐內史的幫助，得以娶到她。沒有多久，幽妍病死；聖清始終對她念念不忘。

這篇傳奇比較特殊的是，作者陳繼儒也出現在小說中，除了文末的評論之外；還在敘述中，穿插了他的朋友王修對幽妍相思成疾的看法。所以，嚴格地說，這篇傳奇並非成功的作品。

大抵陳繼儒的傳奇，在他眾多作品之中，祇可算是聊備一格；數量不多，也沒有太大的影響力。但卻可以顯示明朝後期，文人們對傳奇小說寫作的喜好。

第三節　宋楙澄〈負情儂傳〉等四篇

宋楙澄在中國文言小說史上的地位，已經有學者指出：是唐傳奇到《聊齋誌異》間，突出的過渡性作品。〔註 14〕他的〈負情儂傳〉、〈珠衫〉，都被改寫成話本之後；成為明話本小說的代表作之一。此外，從他的生平交友當中，也可以知道同時代的小說家們，齊聚一堂，交換寫作心得的概況。例如，他與陳繼儒、錢希言的往來密切。因此，在明代後期的傳奇作家中，宋楙澄的地位與影響是很大的。

一、生平大要

（一）家世背景

宋楙澄（又作懋澄）字幼清，一作自源、叔意；號雅源、九籥生、廢人、其蝸旅人。〔註 15〕八歲時因父親覺得澄與楙不合義，改名為尚新；後來因兄弟排名的關

〔註 14〕見包紹明，〈論宋懋澄在中國文言小說史上的地位〉，（《明清小說研究》，1988 年 2
　　　　輯），頁 183。

〔註 15〕宋楙澄的生平傳略，除了《九籥前集》、《九籥集》中的詩文所紀甚詳外，又參見：
　　　　明陳子龍，〈宋幼清先生傳〉，收在陳子龍，《安雅堂稿》，卷 13（明末刊本，藏台北
　　　　故宮博物院善本部，頁 13～16）。明姚希孟，〈書宋幼清事〉，收在姚希孟，《姚孟長
　　　　全集》，《松癭集》卷 2（明崇禎間蘇州張叔籟刊本，藏國家圖書館善本室）。清吳偉
　　　　業，〈宋幼清墓誌銘〉，見《梅村家藏稿》卷 47，收在「歷代畫家詩文集」（台灣：
　　　　學生書局，1975 年出版，頁 826～829）。王士禎〈書宋孝廉事〉，見《帶經堂集》卷
　　　　81。宋如林等修、孫星衍等纂，《松江府志》卷 55，〈古今人物傳七〉（台北：成文
　　　　出版社，《中國方志叢書》，華中地方第 10 號，據嘉慶 22 年刊本影印，頁 1229～1230）。
　　　　清楊開第修、姚光發等纂，《重修華亭縣志》卷 15、卷 24（同註 9，頁 1141、1857
　　　　～1859）。

係，才又改回原名。〔註16〕先祖是宋朝趙氏後裔，北宋末南渡入杭，宋亡後以國爲姓，再遷至松江。〔註17〕因此是松江華亭（今上海）人，故鄉在華亭春申浦以南九里處。〔註18〕

生於明穆宗隆慶三年（1569）〔註19〕，卒於明熹宗天啓二年（1622），年五十四歲。〔註20〕八歲時，父親宋堯俞（林府）死於北京途中，此後由母親張氏獨立撫養他。〔註21〕雖然，父親與叔叔們都是舉人出身。〔註22〕但是，他喜歡散財結客，仰慕古烈士的風範；並到處出遊，「凡秦、楚、燕、齊、汴宋、吳越之區，無所不至。」〔註23〕直到二十二歲才投身科考，折節爲儒。〔註24〕

（二）科考不順

二十二歲（1590）以前過的是極爲平樂的生活，而二十二歲之後，卻是歷經喪妻、

〔註16〕見《九籥集》文卷6〈先府君本傳〉：「少兄弟行名楙澄，澄與懋不合義，八歲（父親）將抵京，復命名尚新。曰：庶而思孿乎！尋孿於昆仲，復名楙澄。」又，潘之恒，《亙史》外紀卷4，〈劉東山遇俠事〉：「宋叔意云：曾見瑯琊王司馬，親述此事。……宋叔意諱新。」可見他也以宋新之名行世。

〔註17〕見《九籥集》文卷6傳，〈總敍宋氏世系〉。

〔註18〕見《九籥集》文卷2，〈霺蕪館手錄序〉：「華亭春申浦之南九里，爲余故鄉。」

〔註19〕關於宋楙澄的生年，見《九籥集》文卷9，〈燕中祭先府君文〉：「昔吾父來燕中也，澄甫八齡耳。」又，集卷9〈祭先考方林府君及先妣張太孺人文〉：「丙子之冬，暨於今日越三十有二年矣。」丙子是萬曆四年（1576），他父親在前往北京途中過世，而那時楙澄才八歲；換言之，他應生於隆慶三年（1569）。對於他的生年，各家的看法一致，毫無異議。

〔註20〕由於《九籥前集》與《九籥集》是宋楙澄生前所刊刻的，所以在刊刻後的生平資料極少；唯能引用的是後人撰寫的傳略。大抵有三種說法：一、卒於萬曆47年（1619）。據同註15，陳子龍，〈宋幼清先生傳〉，卷13，頁15：從「年五十有一」推算可得。二、卒於萬曆48年（1620）。見吳志達，《中國文言小說史》（齊魯書社1994年9月，1版，頁709）；同樣也據陳子龍所寫的傳記。三、卒於天啓二年。據同註15，清吳偉業，〈宋幼清墓誌銘〉：「：崇禎十三年（1640）吾友雲間宋轅生轅文兄弟，葬其先君幼清，偕配楊孺人施孺人於黃歇浦之鶴涇，而屬余以書曰：子固習知我公者也，不可以無銘。嗚呼，公之亡距今十八年矣。」楙澄子之友吳偉業所撰的墓誌銘，應該是較可信的。

〔註21〕《九籥集》文卷9，〈燕中祭先府君文〉：「昔吾父來燕中也，澄甫八齡耳。」又同卷9，〈祭先考方林府君及先妣張太孺人文〉：「丙子之冬（1576），暨於今日越三十有二年矣。」

〔註22〕宋楙澄家族的仕途經歷，見《九籥集》文卷6，〈先府君本傳〉。

〔註23〕見同註15，陳子龍，〈宋幼清先生傳〉。

〔註24〕同註15，《重修華亭縣志》，卷15，頁1229，稱楙澄「年三十餘始折節爲儒，北游京師，爲太學生。」又較後的《松江府志》，仍沿襲《重修華亭縣志》所載，同註15，頁1141）。事實上，據《九籥集》中的詩文，可證早在二十二歲時，就折節爲儒，北游京師。

喪母、喪子之痛；再加上屢試不第，與北京、華亭間奔波，使他「備嘗艱險」。〔註25〕

萬曆二十五年（1598），二十九歲在北京考試失利，心灰意冷；重拾信心之後，二十七年又帶著繼室施氏到北京，準備應考；第二年又下第不中。〔註26〕當時光宗與福王同時出閣講學，沒有尊卑之分。於是他上書給大宗伯羅萬化，論述皇長子與次長子等威不定，必使臣民產生疑惑。〔註27〕雖然羅萬化心中贊同他的意見，但為免遭人猜忌，枺澄反倒要深居簡出以避禍。〔註28〕

萬曆三十五年（1607），春天參加科考又失利；夏天帶著家眷回華亭，在旅途中完成了〈負情儂傳〉。這年他三十九歲，已在外飄流了近二十年，卻一事無成。科考不第與失去親人的痛苦，直到萬曆四十年（1612），四十四歲在南京中了舉人；才有小小的改變。〔註29〕但日後三次考進士，一樣名落孫山外。〔註30〕

（三）興趣與交誼

由於家學淵源，再加上科考不遂，轉而喜歡藏書。與王圻、施大經、俞汝楫等，並稱為萬曆年間華亭四大藏書家；最多秘本與名人手鈔舊搨碑刻。〔註31〕人稱他詩文奇矯，以尺牘書信及稗官家言寫的最好。

因為枺澄喜歡廣交朋友、散財結客，與生性具俠氣的緣故；所以，和許多有名的文學家往來。最重要的小說家，包括編著許多筆記的陳繼儒、編《國色天香》的謝友可、《獪園》的作者錢希言；文學家譚元春、俞安期，等等。〔註32〕

宋枺澄所留下來的作品，今可見《九籥前集》、《九籥集》。在詩文中所提到的《南雲小言》、《蘼蕪館手錄》、《積雪館手錄》，則只見序文，內容無法考知。

二、《九籥前集》與《九籥集》

〔註25〕《前集》文卷10，〈與張大〉：「我二十前好名貪得，庚寅（1590）已後，備嘗艱險。」
〔註26〕《九籥集》文卷2，〈積雪館手錄序〉：「已亥之秋，為明年文戰計，時未有兒，遂攜婦北上。」又，集文卷1，〈白毫光記〉：「至有燕京之役，庚子下第，留燕。」集文卷7，〈先姚張太孺人乞言狀〉：「庚子復下第。」
〔註27〕見《九籥前集》文卷7，〈上羅大宗伯暨左右宗伯書〉。
〔註28〕《九籥集》文卷2，〈積雪館手錄序〉：「迨庚子文弗式，斥於當時。」應是指上書羅萬化，卻遭人猜忌，不得不消聲匿跡。
〔註29〕《九籥集》文卷8，〈將遷居金陵〉：「矧丁未南還，是以壬子之役，義不復渡江……壬子借一于南都，不捷。……余年踰四十，而猶冀五十之畏。」
〔註30〕見同註15，吳偉業，〈宋幼清墓誌銘〉：「已歸舉於鄉，凡三上不第。」
〔註31〕見同註15，《重修華亭縣志》卷24，〈雜志〉，頁1859。
〔註32〕枺澄與陳繼儒的交往甚密，除了參校《九籥前集》詩文卷1，尚在《前集》文卷4、詩卷4，等多處提及。又另一好友錢希言，則參與校勘《九籥集》文卷4，也在集詩卷3，等詩中提到同遊唱和的情況。

　　萬曆四十年刊刻的《九籥前集》與《九籥集》，就是一般目錄書中所統稱的「九籥集」；現藏於台北國家圖書館善本書室中。書前有二篇序文，分別是錢希言撰於萬曆三十六年，與謝友可撰於萬曆四十年七月十五日。版式為：半葉十行，每行十九字。每卷首下題「華亭宋楙澄幼清甫著」；與每卷所校刊者的姓名。內容為《九籥前集》詩六卷、文十一卷，《九籥集》詩四卷、文十卷；共三一卷。

　　另在孫殿起，《清代禁書知見錄》中，記載《九籥文集》十卷，並有另一部作二十四卷；並稱無刻書年月，約崇禎間刊。〔註33〕應該是指《九籥集》文十卷本，在崇禎末又被翻印成二十四卷本。那麼崇禎末年，《九籥集》的詩文，就已經被單刻出版了。又，在清吳慰祖《四庫各省採進書目》中，記載有三十九卷本《九籥集》。〔註34〕因所記簡略，不知它與原三十一卷本的關係為何。

　　清初吳偉業所輯《九籥別集》，大部份是從《九籥前集》、《九籥集》中所輯錄出來的。由於原刊本中的〈吳中孝子〉、〈珠衫〉、〈耿三郎〉，僅存標目，內容已缺；因此，只能參照《九籥別集》中所收。

三、〈負情儂傳〉與〈珠衫〉

　　宋楙澄對小說的愛好，不僅《九籥前集》文卷十一、《九籥集》文卷十中，專闢稗類；還將稗官書籍，與經史百家之書，相提並論。〔註35〕宋楙澄所撰寫的傳奇小說，影響最大的即是〈負情儂傳〉與〈珠衫〉。

（一）〈負情儂傳〉

1、撰作與流傳

　　萬曆二十八年（1600）的秋天，第一次科考不第後，楙澄聽到杜十娘的故事；由於好打抱不平，又與杜十娘剛烈的性情相似。〔註36〕因此，這年冬天著手寫〈負情儂傳〉。不料卻夢見杜十娘不願世人知此事，阻止他寫；並稱若執意要寫，則會使楙澄生病。果然，次日病發，也就不敢再撰寫未完成的部分。

　　直到萬曆三十五年（1607），第三次考試失利後，帶著家眷回華亭。在旅途中，

〔註33〕見孫殿起，《清代禁書知見錄》（收在台北：成文出版社，《書目類編》，第15冊），頁16。

〔註34〕見吳慰祖，《四庫各省採進書目》（收在台北：成文出版社，《書目類編》，第13冊，頁5774），附錄--《江蘇省採輯遺書目錄簡目》。

〔註35〕見《九籥集》文卷8，〈將遷居金陵議〉：「惟讀書一事，來往於懷，……窮群經諸史之奧，及國朝典故與百家言。」

〔註36〕同註15，吳偉業，〈宋幼清墓誌銘〉，頁828～829：「歲晏從豪家貸百金以餉賓客，發之非精鏐，大怒投水中：『此何以餉人』。」

又想到還沒寫完的〈負情儂傳〉。於是很謹慎地在七月二日祭告杜十娘，希望她不要阻撓；隨後即續成拖延七年之久的〈負情儂傳〉。極巧合地，在七月初五渡衛河（今河南輝縣市西北），女奴露桃竟溺水死；也為〈負情儂傳〉的完成，增添幾許神祕色彩。〔註37〕

〈負情儂傳〉除見於《九籥集》集卷五、《九籥別集》卷四中，還收在潘之恒《亙史》〈內紀〉卷十一、宋存標《情種》卷四、馮夢龍《情史》卷十、不題撰人《刪補文苑楂橘》卷一。甚至流傳到韓國、日本等國，日本作家賀庭仲所寫的〈江上妓女憤薄情、怒沉百寶赴水亡〉，也是襲用杜十娘故事。〔註38〕

2、故事概述與影響

故事敘述杜十娘與李生的愛情悲劇。李生雖為十娘耗盡家財，但十娘計劃要隨李生遠走他鄉，和杜母約定三百金贖身。李生四處借貸一月不成，十娘才給他一百五十金；之後再四處籌湊百金，十娘又聲稱從姐妹中借五十金。贖身後，十娘又拿了旅費，和幾箱姐妹們送的東西離開妓院。到了瓜州，有一新安人慫恿李生，以千金賣十娘，可榮歸故里。李生心有所動，但又捨不得失去她；半夜向十娘哭訴此事，十娘允諾。第二天，新安人前來，十娘沈珠寶數箱，抱著明珠沈入江中。目擊者都憤慨不平，要毆打李生、新安人，二人趕緊逃去。

故事情節構思曲折，結局出人意表；杜十娘的智慧與豪氣，更為人激賞。所以不僅被馮夢龍改寫成〈杜十娘怒沈百寶箱〉，收在《警世通言》卷三二中；也被改編成戲劇。例如，已佚的明彥深〈百寶箱〉，清夏秉衡〈八寶箱〉，梅窗主人（黃國玶）的〈百寶箱〉，皆搬演此事。

（二）、〈珠衫〉

故事概要：楚地某商人到廣東做生意，他的妻子貌美獨居；被新安人看上了，新安人請賣珠老婦撮合。老婦假意賣她手飾，漸漸與她熟識。半年之後，挑逗她與新安人歡會。不久，新安人將回鄉，她贈以商人家傳珍珠衫。第二年新安人到廣東，遇見楚商人，告訴他與某商人妻事，並出示珍珠衫。商人知道妻子紅杏出牆；回家佯稱岳母生病，休妻送回娘家。岳父前來理論，僅說拿回珍衫，即接她回家。

一年後，有一進士娶她為妾，到廣東上任；前夫將她的珠寶送回當嫁妝。又過

〔註37〕　集文卷5，〈負情儂傳〉：「余自庚子秋聞其事，……丁未捉筆足之。……七月二日作文寄語……，不數日，女奴露桃死。」又，集文卷9，〈祭女奴墮水文〉：「萬曆三十五年七月初五日，主父華亭宋楙澄，自燕京攜家南歸。」又，同卷9，〈黃河祭亡奴文〉：「孤淹息在外，幾二十年矣。」

〔註38〕　見同註14，包紹明，〈論宋楙澄在中國文言小說史上的地位〉，頁183。

了一年，商人又到廣東做生意，誤推一位老人致死。恰好進士審案，她知道是前夫犯案，向官人僞稱是她的舅舅，請求搭救。官人以將刷骨驗屍爲由，使家屬不再追究。官人見倆人相擁而泣，才知原來是夫妻；使他們再續夫婦之緣。

　　故事結東後，作者又寫出另一種說法：新安人病危之前，召妻子來廣東；而楚商人後來所納的妾，正是新安人的妻子。故事情節構思曲折，敘述簡潔而傳神。例如，楚商人妻，如何一步步走賣珠婦的圈套中。

　　這篇小說後來被改寫成〈珍珠衫記〉，收在不題撰人《啖蔗》乾冊第八。馮夢龍〈蔣興哥重會珍珠衫〉，收在《古今小說》卷一；即是根據佚名〈珍珠衫記〉改寫成的。〔註39〕因爲《情史類略》卷十六，〈珍珠衫〉末記：「小說有珍珠衫記，姓名俱未的。」所改編成戲曲者有，清袁于令〈珍珠衫記〉、閒閒子〈遠帆樓〉、葉憲祖〈會香衫〉、柳氏〈珍珠衫〉，等等。

四、〈劉東山〉與〈李福達〉

（一）、〈劉東山〉

　　這篇豪俠傳奇，原見於宋楙澄《九籥前集》文卷十稗類，後來被潘之恒收在《亘史》外紀卷四，題〈劉東山遇俠事〉；他極力贊賞這篇：「此文高手，非水滸能彷彿也」。也因爲這篇小說，使潘之恒認爲宋楙澄是「當代小說家第一手也」。〔註40〕

　　故事概要：劉東山是北京附近的捉盜人，對自己的箭術相當自豪，號稱「連珠箭」。因想轉業，到京師賣牲畜；回程中遇一親戚，誇言捕盜二十餘年，不怕被搶。到了艮鄉，遇到一位背箭少年同行；劉東山拉不開他背的弓箭，而心生畏懼。第二天，少年向他要錢，他自知不敵，全部奉上，逃回家後與妻子賣酒維生。三年後，少年與一群人來到酒店，送還他一千兩銀子；並說當日聽到他向親戚所說的話，只是教訓他一下而已。東山乖乖地接回銀子，又看到同行的勇猛俠士第十八，也不知他們這一群人是做什麼的。

　　小說刻劃俠士一山還比一山高，出沒無常的形象，相當成功。尤其是簡單勾勒幾筆的第十八，能引起讀者的好奇心與想像空間。凌濛初將它改編爲〈劉東山誇技順城門，十八兒奇蹤村酒肆〉；收在《初刻拍案驚奇》卷三。清張潮《虞初新志》卷五〈秦淮健兒〉與此相類似。又清蒲松齡《聊齋志異》卷三〈老饕〉：「此與劉東山

〔註39〕據金師榮華在論文口試時，告知研究結果：馮夢龍〈蔣興哥重會珍珠衫〉，是根據不題撰人《啖蔗》〈珍珠衫記〉改寫。

〔註40〕見潘之恒，《亘史》，外紀卷 4（明天啓六年（1626）天都潘家刊本，藏台北國家圖書館善本室）。

事，蓋彷彿焉。」可見也影響了《聊齋》的寫作。

（二）、〈李福達〉

見於《九籥集》文卷十稗類，是一篇異人小說。

故事梗概：李達福有超能力，可使楊七郎家中屏風上的美人，現身跳舞；使偷黃囊的人，自動繳回袋子；使月亮清現，小孩捉巨蛟。最神奇的是當王文恪請客時，他每吃一道菜，就丟一樣用具入水底；所有器物又可在所撈的魚肚子中找回，一樣也不差。對於背叛他的奴隸，頓時可使頭顱消失無蹤。

除了〈李福達〉之外，在《九籥集》卷五的〈陶眞人〉、卷十〈呂翁事〉九則；同樣是屬於道家異人小說。

另外，又有《九籥前集》文卷十一的〈吳中孝子〉，是一篇較爲新奇的孝子故事。敘述姑蘇一位賣酒人，到別的地方作客，其妻卻將寡母賣給別人作妻子。騙婆婆說第三個小姑要接她去小住，到了主人家才知受騙。在主人的勸阻下，才沒自殺而住了下來；反倒因擺脫惡媳婦，日子過得比以前好。賣酒人偶然到武康道中作客，遇見母親才知事情原委。回家不動聲色，騙妻子說去常熟燒香，乘船到了武康；向主人稱要以少換老，賣了妻子接回母親。

這篇〈吳中孝子〉，後來被改寫話本小說〈悍婦計去孀姑、孝子生還老母〉，收在陸人龍《型世言》卷三。〔註41〕

第四節　潘之恒〈蘇麻子傳〉等四篇

一、生平大要

潘之恒，字景升；號天都冰華生。〔註42〕安徽歙縣人。生於嘉靖三十五年（1556），卒於天啓六年（1626）以前，年近七十歲。〔註43〕他在科考上一直不順遂，好友江盈科說他：「四十不得意」。〔註44〕但在紀昀《四庫全書總目提要》中，

〔註41〕參見金師榮華，〈型世言考略補述〉（《華岡文科學報》，1994年7月，第20期），頁143～144。

〔註42〕潘之恒的號，在他所著的《亘史》中，題「天都冰華生」。

〔註43〕潘之恒的生年，見《亘史》內篇卷9，哀悳，〈殤兒弼基狀〉：「余泊室吳俱生丙辰年」丙辰即嘉靖三十五年（1556 卒年則參考他的四子弼亮所寫的《亘史》重刊序文，題「天啓丙寅（六年）重陽日不肖男弼亮百拜謹識」；可知他在天啓六年之前即已過世。

〔註44〕明江盈科，《涉江集》序，收在台北國家圖書館善本書室藏，明萬曆間原刊本，《鸑嘯集》之中。

則稱他在嘉靖間官中書舍人，不知據何種資料；而譚正璧《中國文學家大辭典》，又加以援引。〔註45〕因爲從他的詩文集中，找不到擔任中書舍人的記載；況且按他的生年推算，即使到嘉靖末年（1566），他也才只有十歲而已。錢謙益《列朝詩集小傳》中，稱他爲「潘太學之恒」〔註46〕；因此，應該只當過太學生而已。

　　由於生性豪爽，喜歡旅遊與聽戲曲，結交了不少亦師亦友的人。例如，早年在鄉中加入白榆詩社，事師王世貞、汪道昆。不久，又加入涉江詩社，與袁宏道、李贄、屠隆、虞淳熙、丘長孺、袁中道，等人交往。〔註47〕中年又與湯顯祖、張鳳翼等人往來。

　　潘之恒的著作不少，今存《鸞嘯集》十六卷中，就收有《蒹葭館詩》、《白榆社詩》、《東游詩》、等八種。〔註48〕收在《說郛續》中的《曲豔品》、《金陵妓品》、《劇評》、《秦淮劇品》，等十六種。他在文言小說史上，默默無聞，但對研究明代戲曲者，則不陌生；在《亙史》、《鸞嘯集》、與其他著作中，保存了許多明代的戲曲史料。〔註49〕又有《黃海》六十卷，採錄經傳中有關黃帝的記載。〔註50〕此外，也選輯了釋法果的《雪山草》。〔註51〕

二、《亙史》成書與版本

　　《亙史》是潘之恒晚年所輯錄的。據顧起元所撰序文，題「萬曆壬子秋」；應該成書於萬曆四十二年（1612）。清紀昀《四庫全書總目》卷一三八，記載四庫館臣只見收有內篇內紀的《亙史鈔》，不見全本；今台北國家圖書館藏有天啓六年的潘弼亮重刊本，是一全本。總共分成十二部，九十三卷：內紀分孝、貞二部十二卷；內篇分貞、懿、閨、壽、忠五部二十三卷；外紀俠、寵、豔三部四十五卷；外篇方部二卷、雜紀生部五卷、雜篇文部六卷。是一部綜合創作與輯錄的集子。

　　書中保存了不少明人傳奇，其中當然包括與其他類書互見的篇章；但最重要的

〔註45〕明潘之恒官中書舍人的記載，見紀昀，《四庫全書總目》，史部地理類存目五，卷76，
　　　　（台北：藝文印書館出版，頁11556）。又，譚正璧，《中國文學家大辭典》（上海書
　　　　店出版，頁1157）。

〔註46〕清錢謙益，《列朝詩集小傳》，丁集下（台北：明文書局，《明代傳記叢刊》，第11冊，
　　　　頁671）。

〔註47〕見同註44，《鸞嘯集》所收，潘之恒，《涉江詩》，選閱社江詩社友姓名。

〔註48〕同註44，潘之恒，《鸞嘯集》。

〔註49〕有關潘之恒對戲曲的評論，已有大陸學者汪效倚加以輯注，撰成《潘之恒曲話》一書，
　　　　收在「中國古典戲曲論著譯注叢書」（中國戲劇出版社，1988年8月出版）。

〔註50〕同註45，紀昀，《四庫全書總目》，卷76，史部地理類，頁1556。

〔註51〕見明釋法果撰、潘之恒選，《雪山草》（明萬曆庚戌昭陽李思睿校刊本，今藏台北故宮
　　　　博物院善本室）。

是，有許多篇章卻不見於其他類書中。例如，胡汝嘉的〈韋十一娘傳〉，即收在《亘史》外紀卷三俠部中。

三、〈蘇麻子傳〉等四篇

1、〈蘇麻子傳〉

見《亘史》外紀俠部卷六。由於潘之恒的好朋友梁辰魚曾入胡宗憲幕中，當胡宗憲被捕之後，梁辰魚寄居金陵與他飲酒狎妓；因此，透過梁辰魚知道了胡宗憲剿伐徐海、汪直的經過，才有了寫作〈蘇麻子傳〉的素材。

故事敘述蘇麻子少年時是重信義的人，曾得一歌伎的賞識，誠心款待他。幾年之後，遇到歌伎的先生，見到了奄奄一息的她；用二十金買走她。當船夫不願搭載時，他不惜以買船爲條件。到了歌伎家，她的父母都不願收留，蘇麻子以宣稱是金子的錫塊，使她安心養病。當她病痊癒時，蘇麻子就將賣身契燒毀離開了。

後來蘇麻子與父親因官絹一案入獄，麻子懇求審案的唐公讓他去籌錢賠償；唐公曉得他的義氣，偷偷地放他走。他向胡宗憲毛遂自薦，單獨面見徐海，以計退走圍桐鄉的兵馬。又進一步煽動徐海綁麻葉獻宗憲，使徐海與麻葉反目成仇。蘇麻子的計謀使徐海等賊不攻自破，宗憲大喜，賞給他五千金，並要封他官職。但他只拿了錢還給唐公，以償還官絹的損失。

小說刻劃出蘇麻子重義氣、信守承諾，又有智謀與膽識的俠士形象，是一篇情節曲折的俠義傳奇。

2、〈王六〉

見外紀豔部卷二三。敘述王六伎與盧生的愛情故事。王姬與丁生、盧生、張生等人交往，但對盧生情有獨鍾。在老嫗要將她嫁給商人時，她機智的虛與蛇委。藉豪強來訪時，主動教盧生離開。在仙郎的引介下，讓何俠君使老嫗成全二人。不久，父母催促他回家娶親；因新婚妻子賢淑，又因爲自己病倒，向王六告別。王六最後則不知歸於何處。

故事中的盧生，在何俠君的幫助下，才能與王六在一起；然而他卻隨意拋棄王六。比唐傳奇中蔣防〈霍小玉傳〉中的李益，更加軟弱。

3、〈李昭〉

見外紀豔部卷三。這是敘述士人與歌伎間往來的故事。丘長孺、翰史、薛公儀，爲范仲凝貸三百金，使李昭脫籍。丘又幫助他們還債，使李昭隨仲凝回家。而李昭竟可以與仲凝妻和睦相處，使長孺覺得很驚呀。

〈王六〉與〈李昭〉反映了晚明文人狎妓的風氣，和文人們之間互相幫助娶歌

妓的情形。但文人與歌妓能以喜劇收場，實在是太少了。因此，作者在〈李昭〉末稱：「余有情痴聞情事，輒屢夜不寐。然情每中阻，徒令人扼腕短氣，未有若此相成之偶也。」

4、〈胡白苧〉

見外紀豔部卷三六。作者寫這篇小說動機，是在洪茂才的請求下；與有感於白苧的豪氣而作。小說道出歌妓隨人買賣的悲哀。

白苧十歲時繼母將她訂親給某子，十三歲某子死，被賣到妓院。本想藉兩位豪客脫離風塵，但他們卻漸疏遠她。後來被幾位少年帶到西湖，計賣給吳嫗。又有丁三載她到湖莊，快樂地過了幾天的日子。吳嫗卻將她賣給包荷，本認爲已找到歸宿，沒想到三年後包荷散去姬妾，她自己贖身獨居。吳嫗又將她介紹給謝公，在謝公家認識小旦楊四，楊四帶了她一起逃走；二人歌名大噪後，她卻苦於楊四好賭。白苧因爲佔了三百金，被帶到金陵，遇到眞正愛她的汪遺民。但不久，她又跟著程生走了；傷心的汪遺民，祇有作斷腸詩以寄情。最後，白苧成爲洪茂才的繼室，但汪仍對她念念不忘。

潘之恒的這四篇傳奇小說，多取材自現實社會中的事件。因此，小說表現了很強的現實性。例如，寫重意氣與承諾的〈蘇麻子傳〉，就是結合了嘉靖年間胡宗憲剿伐徐海的事件，刻劃出蘇麻子是個義勇雙全的漢子。又如〈胡白苧傳〉則是取材自朋友的故事，以同情的筆觸，寫出當時歌妓曲折的遭遇。每篇小說都沒有穿插多餘的詩詞，主要以情節敘述爲主；所以很少有細膩的心理刻劃或氣氛烘托。但是小說中的人物眾多，情節曲折，故事性強，堪稱是好的傳奇小說。

相當可惜地，在以往的中國小說史中，幾乎都沒有提到潘之恒的這些作品；甚至忽略了在《亙史》中，還存有其他罕見的傳奇小說，如胡汝嘉的〈韋十一娘傳〉。

小　結

以上所舉明代後期的單篇傳奇小說家中，唯有宋楙澄的〈珠衫〉、〈負情儂傳〉、〈劉東山〉等篇，早經小說史家的肯定。然而如馮時可〈張少華小傳〉、潘之恒〈蘇麻子傳〉與〈胡白苧〉，情節曲折，小說人物眾多，故事性強的小說，則極少得到眷顧。因此，這些篇章的存在，不僅顯示了明代後期編輯傳奇的風氣很盛，同時也有作家在寫傳奇小說。只是和明代中期相比，在數量上沒有那麼多而已。此外，在這十一篇小說中，沒有在敘述中穿插詩詞等，或長篇書信；這與邵景詹《覓燈因話》的風格相同。更可以說明了，明代後期的傳奇小說以情節敘述爲主的傾向。

第十一章　不題撰人單篇傳奇

　　自從明代談愷在嘉靖四十五年（1566），據鈔本重刻《太平廣記》之後，不僅《太平廣記》流傳較廣；同時也影響了許多傳奇小說的編纂。〔註1〕例如，王世貞（1526～1590）的《豔異編》。湯顯祖（1550～1617）點校、袁宏道參評、屠隆（1542～1605）點閱的《虞初志》；湯顯祖編纂《續虞初志》。三書都以收唐宋傳奇為主；其中《虞初志》並有李贄等名家的評語。

　　往後，甚至有許多收錄兼及元明傳奇的專集出現。例如吳大震的《廣豔異編》、馮夢龍（1574～1646）《情史》，等等。除此之外，在許多通俗類書中，也保存了某些傳奇小說。例如，謝友可輯《國色天香》；何大掄輯《燕居筆記》，等等。這些合集在保存元明傳奇小說上，有一定的價值。但是，由於編輯者通常不註明原作者、出處的情況下；往往無法得知作品的時代。在可確定是元明傳奇小說的作品中，有些篇章我們可以找到原作者，但有些則無法考知作者是誰。

第一節　吳大震《廣豔異編》十八篇傳奇

一、生平大要

　　吳大震，字東宇，號長孺，又號市隱生；自稱東宇山人、印月主人、延陵生。〔註2〕安徽歙縣人，生卒年不詳，只知他兒子吳之俊是萬曆四十一年（1613）進士，官任南京刑部主事，他因此而蔭封贈為知縣。〔註3〕除了選集《廣豔異編》之外，

〔註1〕參見李昉等編，《太平廣記》，點校說明（台北：文史哲出版社，1987年5月再版），頁2。

〔註2〕吳大震的字號，見《廣豔異編》，自序，「東宇山人吳大震書於印月軒」；章二有「長孺氏」，每卷首題「印月軒主人」。又凡例寫「延陵生曰」。

〔註3〕吳大震的生平資料，參閱《中國古代小說大百科全書》（中國大百科全書出版社，1993

又有戲曲傳奇〈練囊記〉、〈龍劍記〉二種；其中〈龍劍記〉成於萬曆三十三年（1605），可惜都已經失傳了。〔註4〕

二、《廣豔異編》與《續豔異編》

《廣豔異編》是效仿王世貞《豔異編》所作。收入的傳奇小說，除了多數是唐人的作品以外，最重要的是保存了元明傳奇小說。它的成書刊行時間，據〈龍劍記〉成於萬曆三十三年推算；大約是在萬曆中後期就已刊行。〔註5〕日本內閣文庫藏有明刊本：分成三十五卷中，有神、僊、鴻象、宮掖等二十五類，共五百二十多篇作品。台北天一出版社，曾據此藏本影印，收入明清善本小說叢刊第二輯。

後來，又有《新鐫玉茗堂批選續豔異編》十九卷，簡稱《續豔異編》；是《廣豔異編》的精選修訂本；由於有少部份的更動刪削，所以學者認爲它的價值遠不如原書。〔註6〕但經過筆者以本論文中所引介的元明傳奇爲例，比對同一篇作品的結果，有些作品出入很小，甚至沒有刪改；但有些則刪去一些議論文字。參見：「廣豔異編與續豔編版本比較示例」。因此，《續豔異編》雖然只檢輯其中的四分之一，一百六十三篇作品；但卻收入了大部份的元明傳奇小說，並且與《新鐫玉茗堂批選王弇州先生豔異編》一起刊行。〔註7〕因此，《續豔異編》的存在，也顯示了湯顯祖在批選王世貞《豔異編》的同時，也注意到了吳大震的《廣豔異編》。而要研究湯顯祖在評選文言小說方面的成就，《續豔異編》則是一本不可忽視的集子。

年4月一版），頁131。

〔註4〕見王國維，《曲錄》，卷4（台北：藝文印書館，1950年出版），頁228。

〔註5〕謝碧霞，在〈豔異編研究〉一文中，指出日本內閣文庫藏本《廣豔異編》，是萬曆卅三年刊行（《古典文學》，第8集，台北：學生書局出版，頁307），不知她的根據爲何，因爲在吳大震的自序中找不出時間紀錄。而《日本內閣文庫漢籍目錄》（頁290），登錄在類書類中的《廣豔異編》，也只題「明刊本」而已。

〔註6〕見薛洪勣對《廣豔異編》評論，見同註3，《中國古代小說百科全書》，頁131。

〔註7〕見《豔異編》（台北：天一出版社，1986年影印，明刊本，第4冊，《新鐫玉茗堂選續豔異編》）。

《廣豔異編》與《續豔異編》版本比較示例

篇　目	廣豔異編本	續豔異編本
金釧記	（文字全同）	
綵舟記	年十七有七歲	年十有七
	善詩賦，人咸稱之。	善詩賦
	不爲他人婦也，生曰：第恐大齊之非偶，而爲春秋之所譏耳。麗春曰：人定者勝天，又何疑焉？	（刪去）
	第恐失此才郎也。	（刪去）
	如有所俟。	（刪去）
	忽聞剝啄叩門聲。	忽聞扣門聲
並蒂蓮花記	麗春曰：「子讀何書？」生曰：「孟子。」麗春曰：「孟子義利之辨，其說甚詳，無非欲人之趨於正道也。」生曰：「既欲人趨於正道，何以日逾東而樓其處子，則得妻不樓，則不得妻乎？」麗春曰：「此設譬之詞耳，苟不待父母之命，媒妁之，言鑽穴隙相窺，踰牆相從，寧有是禮哉。」生曰：「食色天性也，人所不免耳。」	（刪去）
	麗春袖中出花箋一幅。	麗春從袖中出花箋一幅
	請君爲我改教之	請君爲我改教
	夫婦人倫之大綱，豈眞苟合耶	（刪去）
	觀之者如歸市	觀者如市
張紅橋傳	一時名勝持行卷求通者	持詩求通者
雙鴛塚志	（文字相同）	
楊玉香	（文字相同）	
王翹兒	（文字相同）	
靈犀小傳	（文字相同）	
范　微	（文字相同）	
野廟花神記	（文字相同）	
菊　異	（文字相同）	
王秋英傳	（文字相同）	

三、〈金釧記〉等十八篇

1、〈金釧記〉

　　見《廣豔異編》卷八幽期部、《續豔異編》卷四，兩書版本文字皆同。又收在《情史》卷三情私類〈章文煥〉。因有「天曆己巳，建康富人竇時雍」等語；所指時間是元明宗二年（1329），因此，應該是元明時期的作品。

　　這是一篇才子佳人的愛情故事。敘述竇羞花與章文煥以詩談情，羞花以金釧私訂終身。當竇時雍發現女兒幽會的事情後，馬上要文煥回家派媒人來迎娶。文煥在新婚之夜，通過岳父的作詩考驗後，完成婚姻大事。敘述二人的相關詩作，多到可輯合出版，稱為金釧集。故事情節極簡，文中多羅列二人的情詩，多達十五首；是一篇典型的才子佳人小說。

2、〈綵舟記〉

　　收在《廣豔異編》卷八幽期部，與《續豔異編》內容、字數皆相同。又收在《情史》卷三情私類，題名〈江情〉；文後附記：「小說曰〈緣舟記〉」。從男主角江情的身份上：「初為南京禮部主事」；明初曾定都南京，由此，可證本篇應是屬於明人傳奇小說。

　　內容敘述福州太守吳君，帶著女兒停泊淮安時，遇到太原江商也帶著兒子江情到此。江情向吳女以詩示愛，吳女約他晚上到船中相會；不料，第二天江商的船開走了，吳女祇得將他藏在船上。三天後被嫂子發現，揪出江情；在他俯首認罪後，吳君答應了婚事。旅程結束後，不僅讓他讀書，且回太原尋找父親。當江情中了進士之後，大家都將這段姻緣，引為奇譚。

　　後來這篇小說被改寫成話本小說，〈吳衙內鄰舟赴約〉，收在馮夢龍《醒世恒言》卷二八。又被改編成戲曲〈緣舟記〉。

3、〈並蒂蓮花記〉

　　見於《廣豔異編》卷九情感部一；與《續豔異編》卷五、《情史》卷十一情感類〈並蒂蓮花〉。比較《廣》、《續》兩種版本，可知《續》本刪去男女主角的議論文字；但在故事情節上是完全相同的。而《情史》本則與《續》本相同，文末只增李仁卿所作〈摸魚兒〉，記敘民家男女殉情的地方，長出並蒂蓮花一事。因文中有「咸淳末海寇犯揚州」等語；咸淳是宋度宗的年號，已經是宋末元初的時候。又從所說有「並蒂蓮花集，至今傳誦不絕」，小說最早應是元代以後寫成；所以可推斷是元明的作品。

　　內容敘述揚州張麗春與曹璧的愛情故事。麗春欣賞曹璧的才情，彼此愛慕；

以詩句表達自己的心意。麗春主動暗示他應當明媒合婚；兩人作幾首詩後，麗春就回家了。不久，曹璧被張父招爲女婿，終成美眷。後來當海盜侵犯揚州時，二人爲保持節操，一同跳入池中自殺。第二年池中長出並蒂蓮花，文人競相歌頌此事。

小說的高潮在兩人保身殉節，因此，麗春對曹璧談論人倫之道，實有暗示結局的作用；因她遵守儒家禮教的規範，才會與夫婿有自殺保身的舉動。但在《續豔異編》中，則刪去此段議論，雖使小說少了說教意味，卻使麗春的性格刻劃不夠完整；也無法推究二人因海寇而死的緣由。

4、〈張紅橋傳〉

見《廣豔異編》卷九情感部、《續豔異編》卷五〔註8〕，《情史》卷十三。文中男主角福清林鴻，與《廣豔異編》卷十二夢遊部〈瑤華洞天記〉的林鴻是同一人，篇中記：「林鴻福清人也，洪武時爲將樂縣訓導。」林鴻有《鳴盛集》，集中收入此篇；但是《四庫全書總目》認爲：「此必銅（邵銅）摭小說妄增之。……才人放佚，人或有之，決無存諸本集之理。」〔註9〕以此推之，大概作者不是林鴻。女主角張紅橋是明初閩縣的女詩人，在《明詩百卅家集》中，收有她的十二首詩；《福建通志》題作〈紅橋遺稿〉。

敘述閩縣女張紅橋，受到許多人的追求，包括王恭、王偁等人；但她只接受林鴻的感情。兩人以詩傳情，私下相會，情感愈堅。一年後林鴻前往金陵，幾個月後紅橋即思念而亡；獨留林鴻暗自神傷。故事情節很簡單，文中大多錄傳情詩作，共有三十九首之多。

5、〈雙鴛塚志〉

見《廣豔異編》卷十感情部、《續豔異編》卷五；兩種內容字數相同，《續》本沒有刪節。又見於《情史》卷十七情累類〈林澄〉。因文末有「今再遇時正德三年事也」，所以可確定是明人所寫。

敘述林澄因爲戴貴的緣故，認識戴的女弟伯璘；二人情投意合。在侍女壽娘的幫助下，二人以詩傳情，又進一步幽會。半年之後，伯璘的奴僕拿著斧頭，闖入私會的房間，林澄誤觸斧頭而死，伯璘也隨即上吊。家人在看見情詩後，才知其中緣由；使二人合葬。

〔註8〕 台北天一出版社，影印《廣豔異編》本〈張紅橋傳〉，收在第3冊，裝訂有誤。將19、20兩頁，與情感部2〈娟娟傳〉的內容錯置。

〔註9〕 見紀昀等撰，《四庫全書總目》，卷169，別集23（台北：藝文印書館，影印出版），頁3386。

這篇小說的前半部，不脫才子佳人的戀愛模式；以詩傳情，再進而私會。但是，故事的後半部，僕人拿著斧頭誤殺了男主角，使結局由喜轉悲，則是比較特殊的地方。

6、〈楊玉香〉

見《廣豔異編》卷十一妓女部、《續豔異編》卷六；二種版本的文字全同。小說的故事背景在「明成化己巳多」，可確定是明人傳奇。此篇雖是才子與妓女的愛情悲劇，也舖敘了十五首情詩；但寫來迷離恍忽，給人淒美的感受。林景清透過邵三認識陳玉香，由於玉香善於作詩，很快即吸引了景清。歡聚幾個月後，景清從金陵回到福州；一別六年，不通消息。當景清搭船北上時，途中玉香夜來歡聚，早晨就離開了。心生疑惑的景清回到舊宅，看見邵三穿著喪服而出；才知玉香一個月前相思而死。

楊玉香與林景清的事蹟，又見潘之恒《曲中志》〈楊玉香〉條，可見是眞人眞事。〔註10〕

7、〈王翹兒〉

這是一篇流傳很廣的作品。不僅見於《廣豔異編》卷十一、《續豔異編》卷六、《情史》卷〈王翠翹〉、《智囊補》卷廿六閨智部雄略。還見於潘之恒《亙史》外紀卷二、吳震元《奇女子傳》、清張潮《虞初新志》卷八等書中。由於張潮注明是采自余懷的手授抄本，所以有學者便將余懷（1617〜？）視爲小說的作者。例如，李悔吾《中國小說史》，即是。〔註11〕但從時間上來說，余懷的時代較後；最早收錄此篇的《廣豔異編》，在萬曆卅三年前後（1605）就已刊行。所以，暫不論余懷的所謂手授抄本，是根據何種版本；他都不可能是〈王翹兒〉的原作者。

本篇敘述嘉靖間海盜徐海侍妾王翠翹的故事。翠翹本是民女，被賣到娼家後，因善於歌唱，在一位少年的資助下，離開娼家，以唱曲維生。當海盜侵擾時，她被俘虜後送給徐海；徐海寵愛有加，許多計謀都是她一手策劃。雖然表面上跟徐海很親熱，實際上卻希望早點脫離徐海。剛好朝廷要招降徐海，她救了派臥底的華老人後，慫恿徐海接受招降。但是，當官兵來受降時，趁機殺斬徐海，抓走翠翹。由於翠翹有功不忍殺，卻將她許配給永順酋長。翠翹悲於背叛了徐海，反而要跟隨另一賊寇，於是投河自盡。

在茅坤《紀剿除徐海本末》中，也記敘了王翠翹投江一事〔註12〕；可見王翠翹

〔註10〕見潘之恒，《曲中志》，收在《說郛續》，弓 44（上海古籍出版社，說郛三種，第 10冊），頁 2045。

〔註11〕李悔吾，《中國小說史》（台北：洪葉文化事業公司，1995 年 4 月，台初版），頁 130。

〔註12〕明茅坤，《紀剿除徐海本末》（收在台北新興書局，《筆記小說大觀》，10 編，4 冊），

是眞有其人。評論此事者，大多著眼於翠翹能以一位娼女，考慮到國家的安定，計滅徐海以報效國家。小說最後有「外史氏曰」的評論，雖不知外史氏是誰，但從中可知他由華老人處得知此事的。

敘述王翠翹故事的通俗小說也不少。例如，陸人龍《型世言》卷七〈胡總制巧用華棣卿、王翠翹死報徐明山〉。周清源《西湖二集》卷三四〈胡少保平倭戰功〉。相關的戲曲有無名氏〈兩香丸〉、王瓏〈秋虎丘〉、葉稚斐〈琥珀匙〉、夏秉衡〈雙翠園〉。越南詩人阮攸（1768～1820），並將此事改寫成長篇敘事詩〈金雲翹傳〉。

8、〈靈犀小傳〉

見《廣豔異編》卷十一妓女部、《續豔異編》卷六，兩書所錄文字都相同。又見《情史》卷一情貞類〈朱葵〉。故事敘述朱葵遇到鄭翰卿後，在他的幫助下，脫離娼家，嫁給他。當朱葵被假父抓回去時，他更全力救她；二人終可長相斯守。

9、〈瑤華洞天記〉

見《廣豔異編》卷十二夢遊部。主角與〈張紅橋傳〉中的林鴻是同一人。敘述林鴻在遊山時，因醉酒而夢入瑤華洞天中。在青衣女子的帶領下，見到洞中公主董芸香，才知此地是管理人間詩文的地方。目睹載錄人間佳作的《霞光集》後，與芸香互贈詩句。林鴻本想進一步與芸香親熱，卻被拒絕；剛好洞主返回，芸香隨即離開。林鴻出了房門，卻好像墜入萬丈深淵而醒。第二天經過一池深潭時，見鯉魚將他的詩作啣走；並叼回蠟箋浮詩，看完立即消失。此後，林鴻想要進入洞中，卻再也沒有實現過。

此篇與入仙界洞天的傳奇不同的是，只有作詩傳情，沒有遇合或悟道的情節安排。藉著鯉魚叼蠟箋互通詩作，是比較特殊的情節。

10、〈玉虛洞記〉

見《廣豔異編》卷十二夢遊部。從敘述的語氣上來看，一開頭說「宋丞相馮公京」；應該不是宋人的作品，而是元明人所寫的傳奇才是。即使在宋人的筆記中，已提到馮京的軼事，但都沒有提到「洞主」一事。例如，金盈之《新編醉翁談錄》卷六〈禪林叢錄〉，馮丞相坐禪一條，只記他在中書任內，喜歡坐禪而已。〔註13〕又如劉延世《孫公談圃》卷中，寫他曾經死而復生。〔註14〕

頁 2396～2397。

〔註13〕宋金盈之，《新編醉翁談錄》，卷六〈禪林叢錄〉（《筆記小說大觀》，19 編 3 冊，台北：新興書局，影拜經樓抄足本），頁 2215～2216。

〔註14〕見劉延世，《孫公談圃》，卷中，（《筆記小說大觀》，8 編 1 冊，台北：新興書局出版），頁 539。

小說敘述馮京在久病後，被一位童子帶往金光仙洞；見到金光洞主，和奇異景物。後又到玉虛洞中，卻沒見到洞主；童子說洞主遊戲人間五十六年了。又到雙摩訶池，金光洞主說起五十年前同遊的往事，與三十年後他會再回到此地。馮京不知緣由，洞主即在壁上畫一圓圈，讓他看前身禪修的模樣，才知自己是玉虛洞主。察覺後隨即醒來，奇境全消失無蹤。

小說較特殊的是金光洞主在壁上畫圓圈，開一視窗讓他看前世的情節；與現今科幻電影中的時光隧道類似。淩濛初《拍案驚奇》卷廿八〈金光洞主談舊蹟、玉虛尊者悟前身〉；就是根據本篇加以改作。而且，對照傳奇與話本，許多文字都直接從傳奇中摘錄；因此，〈玉虛洞記〉可解決話本的來源問題。〔註15〕

11、〈范微〉

見《廣豔異編》卷十二夢遊部、《續豔異編》卷七。因有「宣德七年」等字，所以必定是明人傳奇。敘述范微在遊百花園時，作詩吟唱後，在花棚下入睡。恍忽夢到五美人，分別是陶氏、李氏、杏氏、唐氏、牡氏，與他吟詩交會。就在他極為歡欣之際，突然醒來；才知夢入花境，五人全是花精。

12、〈老樹懸針記〉

見《廣豔異編》卷二三草木部。敘述明英宗天順年間的異事。報恩寺的年輕和尚宗潤，偷偷與歌妓歡會；一年多都沒有被老師父察覺。某天見到張容在歌妓家所題的詩，以為已被發現，不敢再去。一個月後，椅著牆內皂筴樹思念歌妓，忽然有一美人自稱是余六姐，與他幽會。晚上出現，清晨就離開；且常在房中縫製鞋襪。師父覺得他日漸消瘦，半夜聽見婦女聲，逼問之下，才知原委；並要他插五色線在美人髮間。第二天清晨，前往李家園找到余六姐，但並非是那個美人；卻在筴樹旁發現五色線，才知美人是樹妖。當和尚們砍伐樹時，流出血水；而那些鞋襪都變成楓葉綠草，不久宗潤就過世了。

這篇小說中，老師父要宗潤在美人頭上插線的情節，與《鴛渚志餘雪窗談異》中的〈弊帚惑僧錄〉，老和尚要湛然插絨花的描寫類似。

13、〈臧頤正〉

見《廣豔異編》卷二三草木部。敘述明景泰間所發生的故事。臧頤正在夜遊時迷路，遇二位吳姓、祝姓老人；到老人的住所閒談。其間以作詩為樂，分別歌詠竹

〔註15〕胡士瑩，《話本小說概論》，第十四章第二節，〈二拍故事的來源和影響〉，對〈金光洞主談舊蹟、玉虛尊者悟前身〉的來源，則沒有考出是從〈玉虛洞記〉而來（北京：中華書局，1980年出版，頁579）。

子與梧桐樹。當頤正說「何時斬得長枝去」，兩人立即忿而離去。此時天色也已漸亮，才發現二叟原來是竹子與梧桐；驚醒而回。

14、〈野廟花神記〉

見《廣豔異編》卷二三草木部、《續豔異編》卷十九。雖然本篇沒有可資證明的時代敘述，但從文字敘述上、標題上，可以推估應是明人的作品。

敘述姚天麟在錯過關城門的時間後，受到一位眞君的款待，並且與辛夷、麗春、玉蘂、含笑四美人，飲酒作詩。但等到天明時，卻只發現一座泥像，和眞君廟前的四朵花；才知所遇是花精與神人。

此篇似乎是仿李禎《餘話》〈江廟泥神記〉而作。〈江廟泥神記〉是書生遇到四位泥神；〈野廟花神記〉則是遇到四位花神。

15、〈菊異〉

見《廣豔異編》卷二三草木部、《續豔異編》卷十九；《情史》卷十九情妖類。敘述明洪熙間的戴君恩，迷路時遇到黃、白兩美人。三人作詩歌詠黃、白菊圖。第二天，君恩道別時，二人分別贈送金掩鬢、銀鳳釵。第二年再經過此地，卻不見華宅；打開鬢釵，都變成黃、白菊花瓣了。

16、〈蔣生〉

見《廣豔異編》卷三十獸部；又見於《情史》卷十二情媒類〈大別狐〉，但文字刪節甚多。王同軌《耳談》卷七〈大別山狐〉，即載此事。

明朝天順間，杭州人盧金和蔣常到漢陽做生意，住在舒家店。店主姓馬，女兒長得很漂亮，蔣生很喜歡她，但苦於無法接近。某天夜裏，有一女自稱是馬氏；並約定晚上會面，白天要裝作不認識。蔣生照約定交往，沒多久日漸消瘦。盧金逼問下，知道實情，覺得內情不簡單；要蔣生半夜送女子包芝麻的粗布。第二天，蔣生循芝麻到後山，見到石洞內的狐女。狐女羞愧萬分，送給他三束草，教他計娶馬氏。蔣生用草救了自己，又使馬氏生病，再以草救她，順利娶得馬氏。第二年和盧金相約，帶著馬氏回杭州。

小說中有狐女助人娶得美妻的情節；是唐宋的狐女傳奇小說中所沒有的，相當特殊。這個故事曾被改寫成話本，有凌濛初《二刻拍案驚奇》卷二九，〈贈芝麻識破狐形、擷草藥巧諧眞偶〉。陸人龍《型世言》卷三八，〈妖術巧合良緣、蔣郎終偕伉儷〉。又凌濛初在話本中寫道：「這一回書，乃京師老郎傳留，原名爲『靈狐三束草』。」所以，這個故事原本傳自於京師說話藝人，爾後有以傳奇和話本小說的形式，加以改寫。

17、〈王秋英傳〉

見《廣豔異編》卷三二鬼部、《續豔異編》卷十三；二書的文字都相同。又收在《亘史》外篇卷一，題名〈韓鶴算〉；此版本刪去四首詩詞。這是一篇人鬼結合生子的故事，從敘述的語氣上來說，應是閩人的作品；因為不僅主角韓夢雲是閩地福清人，小說的背景也在閩地。

韓夢雲在經過藍田石湖山時，見滿山遺骸，撿拾掩埋。半夜王秋英來道謝，自稱與父親在元至正間被強盜所殺；秋英和夢雲當夜做了夫妻。不久秋英懷了孩子，要夢雲帶她回家，以取得生人乳，使孩子存活。夢雲妻很高興秋英生下兒子，村人爭相目睹；秋英為免遭人非議，帶孩子飛上屋瓦離開，寄養在湘陰。十八年後，夢雲依信所寫指認兒子鶴算。此時秋英又出現；並隨夢雲回閩，十年後才離開。

明談孺木《棗林雜俎》中，也簡述王秋英與韓夢雲生子一事。〔註16〕此外，在《情史》卷十六情報類中，有一篇〈王玉英〉，也是敘述韓鶴算的出生故事；本於王同軌《耳談》，但情節稍有不同。主角名為王秋英、韓慶雲、鶴齡，慶雲埋荒骨、玉英報恩的情節都相同，但認回兒子的過程則較曲折：慶雲假扮相命師，到湘潭黃家找兒子，因家貧沒法子接回。後人並將玉英的詩輯合成〈玉英集〉。

這個故事也有改寫的話本小說，〈瘞遺骸王玉英配夫、償聘金韓秀才贖子〉，收在凌濛初《二刻拍案驚奇》卷三十。

18、〈遊會稽山記〉

見《廣豔異編》卷三二鬼部、《續豔異編》卷十四，又見《情史》卷十九情鬼類〈花麗春〉，三書所收文字皆同。

這是一篇人鬼相戀的志怪傳奇。敘述明天順間，鄒師孟遊會稽山時，夜遇花麗春；自稱在等待能歌誦四絕句的人，就嫁給他。當師孟詩成後，即與她同眠。但麗春不准他外出，直到一年後，忽然要師孟趕快離開。師孟走到半路，回頭看見雷電交加，屋子消失，只剩下古墓與白骨。驚問鄉人，才知原地是宋度宗與妃子花麗春的陵墓。師孟回鄉後，因對麗春的思念，不再娶妻，到天台山修煉。

以上十八篇，可確定是元或明人的傳奇小說。餘如《廣豔異編》卷七〈金鳳外傳〉、卷八〈姚月華小傳〉、〈紫竹小傳〉、〈寶環錄〉、〈投桃錄〉、卷十〈太曼生傳〉、〈烏山幽會記〉等篇，雖可確定不是唐傳奇，但無法證明是宋或元明傳奇，先予以保留，留待日後有新證據，再加以論述。

〔註16〕見談孺木，《棗林雜俎》（《筆記小說大觀》，22 編第 6 冊，台北：新興書局出版），頁 3887。

第二節　馮夢龍與《情史》八篇傳奇

一、馮夢龍與《情史》

　　馮夢龍，字猶龍，一字子猶、耳猶；因居室名爲墨憨齋，以此爲號。此外，根據胡萬川先生的考訂，他的化名，有茂苑野史氏、綠天館主人、隴西君、隴西可一居士、江南詹詹外史氏、可一居士、可一主人，等等。〔註17〕蘇州府長洲縣人；生於萬曆二年（1574），卒於清順治三年（1646）；年七十三歲。〔註18〕

　　早年才華出眾，但屢試不第。中年之後，以教書爲業；到崇禎三年（1630），五十七歲時才入貢。崇禎七年（1634）六月，出任福建壽寧府的知縣；任內頗有政績。〔註19〕

　　馮夢龍出版的作品很多，大體而言，可以分成長篇歷史演義類（如《新列國志》）、話本小說類（如三言）、民歌類（如《山歌》）、文言小說類（如《情史》）、劇作類（如〈雙雄記〉）、散曲詩集（如《太霞新奏》）、時事類（如《甲申紀聞》）、經學應舉類（如《麟經指月》），等五十多種書。〔註20〕

　　《情史》，一名《情史類略》，又稱做《情天寶鑑》。收錄歷代的筆記、野史、小說、軼聞傳說，等等；同時也應該有他自己的創作，但不易分辨。全書分成情貞、情緣、情私、情俠，等二十四卷；共八百七十一篇，保存了許多小說史與戲曲史料。今天所見版本，有明末刻本、清初芥子園刊本、清嘉慶十四年刊本，等多種版本。〔註21〕

二、〈李妙惠〉等八篇

　　雖然馮夢龍選入《情史》的傳奇，經過他的修改與刪節；但在故事情節上，則無所更動，只去掉他認爲多餘的議論或描寫。所以，對保存明代傳奇小說上，仍是

〔註17〕見胡萬川，《馮夢龍生平及其對小說之貢獻》（政治大學中國文學研究所，1973 年 6 月，碩士論文），頁 4～7。

〔註18〕馮夢龍的生卒年，除據胡萬川，《馮夢龍生平及其對小說之貢獻》，同註 17，頁 7。又據馬興榮，〈馮夢龍及其創作〉一文的推論（《華東師範大學學報》，哲學社會科學版，1985 年第 4 期），頁 52～53。

〔註19〕見清朱珪修、李拔纂，《福寧府志》，卷 17，〈壽甯循吏傳〉（台北：成文出版社，影印清乾隆二十七年修光緒六年重刊本，華南地方 74 號影印本），頁 332：「政簡刑輕，首尚文學。遇民以恩，待士有禮。」

〔註20〕有關馮夢龍著作的統計與分類，參閱繆詠禾，《馮夢龍與三言》（古代小說評介叢書，遼寧教育出版社，1992 年 10 月一版），頁 20～21。

〔註21〕有關《情史》的版本，參見袁行霈、侯忠義編，《中國文言小說書目》（北京：北京大學出版社，1981 年 11 月出版），頁 335。

有貢獻的。尤其是某些篇章只有在《情史》中仍保留著，而不能在其他類書中或叢書中找到的，彌足珍貴。

1、〈李妙惠〉

《情史》卷一情貞類。文中寫到「成化二十年」，因此，可據以確定是明人傳奇小說。

敘述李妙惠嫁給盧某為妻，當盧某在西山寺中苦讀時，剛好有同名同姓者死，鄉人誤以為是妙惠丈夫。妙惠父母逼她改嫁謝姓鹽商，妙惠只肯當婢妾隨侍。當商船到了金山寺，妙惠題詩在寺壁上。盧生為修憲宗實錄，經過家門，才知妻已改嫁。後來又經金山寺，見妙惠題詩，選最精敏的人去打探。那人在鹽商停泊的地方唱著妙惠的詩，終於引來妙惠的詢問。趁著謝鹽商出外時，妙惠趁機與盧某團聚。謝鹽商在發現錢財完好如初後，也沒有再追蹤她的下落了。

話本小說〈盧夢仙江上尋妻〉故事亦同，收在天然痴叟著、墨憨主人評《石頭點》卷二。墨憨主人即是馮夢龍，因此，〈李妙惠〉有可能是馮夢龍據話本小說改寫成傳奇；也有可能是天然痴叟據傳奇以改寫。

2、〈丘長孺〉

見《情史》卷六情愛類。文中有「先是吳中尚書凌雲翼」等語；凌雲翼是明嘉靖二十六年進士，萬曆時為南京工部尚書〔註22〕，因此，本篇必定是明傳奇小說。又文末「子猶氏」：「余昔年遊楚，與劉金吾、丘長孺俱有交。」長孺是馮夢龍的在麻城的朋友，所以本篇極可能是馮夢龍的作品。

這篇丘長孺娶兩位歌妓的故事，情節構思頗為曲折；與一般的愛情傳奇不同，帶有俠氣味。長孺的姐夫劉金吾，貸款給凌雲翼的兒子廷年，使雲翼能脫罪。廷年聽說金吾將到，獻歌妓白六生以償債。金吾帶她回家中炫耀，六生每天唱歌，只有長孺懂得吳語；日久生情下，金吾也漸漸不喜歡她，將她送給長孺為妾。沒多久，金吾聽說他們倆人早有私情在先，一怒之下，毒死六生。當長孺從外地趕回來時，只見屍體；為了懷念她，到吳中找六生的妹妹白二，又得到白十郎。三人居住在客店中，長孺得罪客店主人，主人向白老鴇告狀，於是白二、十郎都被抓回去。在朱生的幫助下，長孺娶了白二回家。

幾年之後，白老鴇有官司在身，請求金吾幫忙；事成後，使十郎陪金吾。十郎詢問長孺近況，金吾於是以百金買下十郎，送給長孺，以補償他害死白二的過失。

〔註22〕凌雲翼的生平資料，見清廷玉《明史》，卷222（北京：中華書局出版），頁5861～5862。

3、〈李月華〉

　　見《情史》卷九情幻類。這篇小說的背景發生在萬曆庚辰年間。李月華因為避仇家，居住在鄉間別墅；因而認識落魄的書生王沼。王沼與雲髻道士飲酒，半夜突然想念月華，道士為他做法事將月華招來；但要王沼不能與月華飲酒。月華彈琵琶到四更告辭，王沼卻強要她喝酒，被道士制止後，化作煙氣而滅。天亮後王沼找月華，琵琶仍在；問她晚起的原因，只說作夢到仙宮演奏。王沼才知昨晚所見是她的魂魄，而道士也失去蹤影了。

4、〈易萬戶〉

　　見《情史》卷十情靈類。故事發生的背景在明穆宗隆慶年間。易萬戶與某工部交情很好，當妻子各自有孕時，指腹為婚；易萬戶生男，工部生女。沒多久，二家失去音訊，而工部全家得癘而死；不久，萬戶也過世了。等到易生成年後，打獵時遇見一位長者，拿出當年訂立婚約的羅衫；當晚就讓他與女兒成親。住了一個多月，忽然想家，但長者家人卻不願他回去；易生佯稱要蹓馬而逃。半路又折回，卻只見一片墓園；才知是遇到工部家魂。不久，易生承襲父職；巡邏時，工部女抱了和易生長得像的孩子前來。十八年後，那孩子也襲了易生的職位。

5、〈小青〉

　　見《情史》卷十四情仇類，又收在張潮《虞初新志》七卷；又有戔戔居士作於萬曆四十年（1612）本、支小白本、陳翼飛本，等五種不同的版本。根據鄧長風的考證，五種本子可歸納成二種系統：一是《情史》根據戔戔居士本，二是陳翼飛所據的支小白本。〔註23〕由於支小白本是收在《幽媚閣文娛》，此書有明崇禎三年（1603）刻本，是較後的本子；所以〈小青〉的作者，當是戔戔居士。戔戔居士也有可能是馮夢龍的別號之一。

　　這是一篇姬妾遭妻子虐待，鬱悶而死的故事。小青十六歲，嫁給某生；但某生的妻子善妒，常控制她的行動。有位夫人與某生妻交情很好，卻很同情小青的遭遇，常與小青談心。當夫人遠行之後，小青無處抒悶，於是得了重病。死前要畫工來為她畫像，總共畫了三幅她才滿意。見某生最後一面，即吐血而死，留下畫像、十二篇詩詞、和給夫人的一封信。

　　〈小青傳〉的藝術成就，在於刻劃出小青遭妒的無奈和心理活動。例如，在小青臨死前為了留下最好的倩影給心愛的人，一次又一次地請畫工修改畫像。吳志達

〔註23〕見鄧長風，〈卓人月：一位文學奇才的生平及其與小青傳之關係〉（收在《明清戲曲家考略》，上海：古籍出版社，1994年12月一版），頁242。

《中國文言小說史》，評〈小青傳〉：「敘事娓娓動人，抒情眞切，頗得唐人傳奇之致。」
〔註24〕雖以唐人傳奇爲評論標準；〈小青傳〉確實是相當特殊的一篇閨怨愛情小說。

小青的故事，由於作者對主角的眞實姓名多所隱瞞，於是引起許多人的好奇與考證。例如，施閏章（1618～1683）《蠖齋詩話》，即說小青是馮夢禎之子——馮雲將的小妾；所謂某夫人，是錢塘進士楊廷槐元蔭的妻子。〔註25〕周亮工（1612～1672）《因樹屋書影》卷四，則列舉了王勝、支長卿、鄭超宗等人的意見。〔註26〕有那麼多人討論小青的身份，是因爲後來有十多種戲曲搬演它。例如徐士奇《春影波》雜劇、朱京藩〈小青娘風流院本〉、吳炳〈療妒羹〉、胡士奇〈小青傳〉，等等。又有改編成話本者，如古墨浪子《西湖佳話》，卷十四〈梅嶼恨跡〉即是。

6、〈阿檽〉

《情史》卷十四情仇類。小說的時代背景在元末雲南，女主角阿檽是雲南梁王公主。元末紅巾賊攻打雲南時，梁王和官吏們競相奔逃，唯有段功和楊淵海打退紅巾。梁王於是將女兒阿檽公主嫁給段功，並授雲南平章官。當段功回大理探視妻子後，再度回來；卻引起梁王的猜忌。梁王偷偷交給阿檽孔雀膽，要她毒殺段功；她下不了手，並要段功小心。段功毫不在意，在赴梁王宴途中，受到狙殺。阿檽尋死未果，楊淵海卻仰藥自殺；梁王將楊與段合葬大理。

小說以雲南的大理爲背景，並且敘述了少數民族以孔雀膽殺人的情節，在傳奇小說中是很少見的。可視爲現代金鏞武俠小說《天龍八部》中，描寫苗女和大理國的先聲。

7、〈邵御史〉

《情史》卷十八情累類。小說敘述發生在蘇州地方官的一件醜事。何氏兄弟見到一位臉上長滿鬍子的人，大郎請他吃飯，看他如何下箸；那人卻相當感激。後來二位兄弟到海上做賣漆的生意，被一群海賊抓走，賊首正是那位長鬚者。長鬚送他們四十桶漆，和一些金子；二人各分了二十桶回家。有人買了二桶漆後，第二天一早又來買，大郎將漆倒出，才發現桶子底下有二塊金元寶。大郎於是將二郎的漆統統騙回，而二郎發現後爭吵不休；大郎便毒殺他。二郎的妻子去告官，案子本已審好定案，剛好御史邵天民喜歡大郎妻；在指揮張健節的幫助下，每天晚上都去陪伴御史，大郎即被釋放。從此邵御史聲名大損。

〔註24〕見吳志達，《中國文言小說史》（山東：齊魯書社，1994年9月一版），頁714。

〔註25〕見施閏章（清），《蠖齋詩話》（收在丁祐仲編，《清詩話》，第1冊，台北：藝文印書館出版）。

〔註26〕見周亮工（明），《因樹屋書影》（台北：漢京文化公司，1984年3月初版），頁117。

與本篇相關的話本，有〈烏將將一飯必酬、陳大郎三人重會〉，收在凌濛初《二刻拍案驚奇》卷八。又陸容《菽園雜記》卷八，有蘇州商人請鬍鬚客吃飯；商人死後，鬍鬚客派人護送棺柩一事。〔註27〕在請鬍鬚客吃飯與得到報答的情節相似，但小說中佈局和結局，則完全不同。

8、〈桃園女鬼〉

《情史》卷二十情鬼類。弘治年間有位余丁，和同輩看元宵花燈，回程時遇到女子，跟他回家，早晨即離開。以後每天晚上都來，鄰居聽到女子聲，於是向余生父母告狀。余生說出始末，輾轉使郡守李君知道。李君教余丁用長線綴衣、剪裙探她身份，或用民兵、勇將圍攻；都先後被女子識破。後來再問余丁女子的衣著，李君推斷是通判的女兒。通判本來很生氣，後來聽妻子的分析，也覺得是葬在桃園中的長女。李君趁新御史來訪時，調集了二百民兵；御史離開後，即刻調民兵到桃園中伐棺。女子面貌如生，焚燒後就沒有再去找余丁了。

這篇小說敘述詳盡，情節構思也很曲折；特別是李君要察知女子的住處，和女鬼鬥智的經過，相當精彩，是明傳奇中的志怪佳作。

以上八篇出自《情史》的傳奇，可確定是出自元明人之手。其中〈丘長孺〉一篇，有可能是馮夢龍所寫的。由於《情史》所收的小說，大多會被刪去一些太長的詩詞或書信。因此，與原作會或多或少有些出入。但是在小說的佈局上，尤其是情節的推展，大多按照原作者的構思以錄。不過，若非《情史》的收錄，我們或許無緣看到這些傳奇小說了。

小　結

目前只能斷定這二十六篇，收在《廣豔異編》、《情史》等書中的傳奇小說，是元明人的作品。除此之外，應該還有一些篇章也是才對，衹不過沒有進一步的證據，無法證實而已。在所引介的小說中，志怪、愛情故事爲多；佔了四分三以上。由於這些傳奇是收在晚明專集中，大多是以情節爲主的小說；即使原作有舖敘的詩詞或議論，也被刪去。

在這些小說中，某些以福建爲小說背景的篇章，如〈綵舟記〉、〈張紅橋傳〉、〈雙鴛塚志〉、〈楊玉香〉、〈瑤華洞天記〉、等篇，在敘述手法上很類似，有可能是出自福建某位作家之手，有待進一步查證。

〔註27〕陸容，《菽園雜記》（上海：古籍出版社，1991年12月一版），頁308。

第十二章　結　論

　　本論文在甲編傳奇專集的部份，詳論了《剪燈新話》到《覓燈因話》等六部，簡介《秉燭清談》和《奇見異聞筆坡叢脞》二部小說。在乙編單篇傳奇部份，則有十五位作家的廿九篇小說；與不題撰人的廿六篇傳奇。總共引論了一百七十七篇傳奇小說。元明傳奇在筆者保守的估計下，數量應該是不止這些而已。從《情史》、《廣豔異編》等文言小說專集中，還可以找到更多；只是沒有進一步的證據，可證明是元明作家所寫的作品而已。所以，唐宋傳奇到元明的發展，並沒有萎縮，反而有愈來愈多作家與作品。

第一節　發展大勢

　　綜觀元明傳奇小說的發展，可以分成四個階段：元代、明代前期、明代中期、與明代後期。

作家作品分期表

分　期	時　代	作家（生卒）	作品名稱（完成時間）	篇　數
元代	1280～1360	宋本（1281～1334）	〈工獄〉	1
		鄭禧	〈春夢錄〉（1318）	1
明代前期	1361～1460	朱元璋（1328～1398）	〈周顛仙人傳〉（1396）	1
		瞿佑（1347～1433）	《剪燈新話》四卷（1379）	21
		李禎（1376～1452）	《剪燈餘話》五卷（1420）	22
		趙　弼（1371～1435）	《效顰集》三卷（1428）	25

		周禮	《湖海奇聞》（1496）、《秉燭清談》（1498）	
		馬中錫（1446～1512）	〈中山狼傳〉	1
		陶輔（1441～1523以後）	《花影集》四卷（1523）	18
明代中期	1461～1550	蔡羽（1470～1541）	〈遼陽海神傳〉（1536）	1
		楊儀（1488～1558）	〈金姬傳〉（1545）等	4
		陸粲（1494～1551）	〈洞蕭記〉	4
		周復俊（1496～1574）	〈唐寅〉等	3
		雷燮	《奇見異聞筆坡叢脞》（1540）	
		胡汝嘉	〈韋十一娘傳〉	1
明代後期	1551～1644	釣鴛湖客	《鴛渚志餘雪窗談異》（1582）	29
		馮時可（1571進士）	〈張少華傳〉	1
		陳繼儒（1558～1639）	〈李公子傳〉	2
		邵景詹	《覓燈因話》（1592）	8
		宋楙澄（1569～1619）	〈負情儂傳〉（1607）等	4
		潘之恒（1556～1621以後）	〈蘇麻子傳〉等	4
		吳大震	《廣豔異編》中收	18
		馮夢龍（1574～1645）	《情史》中收	6

一、元代：承接宋明傳奇的橋樑

元代文學的主流是雜劇，相形之下，傳奇的寫作顯得貧乏。唯有宋遠〈嬌紅記〉所開啓的中篇傳奇，是元傳奇異於唐宋傳奇的一項成就。

在短篇傳奇小說上，雖只有宋本〈工獄〉、鄭禧〈春夢錄〉二篇，算是比較好的作品。然而，宋本的〈工獄〉，藉小木工一案，反映了元代司法的亂象。文字簡樸，敘述手法以情節爲主，與宋代公案傳奇小說的表現技巧類似；可看出承襲宋代傳奇的痕跡。〔註1〕而鄭禧〈春夢錄〉以自傳式書信體的方式寫作，舖敘作者與吳女的愛情故事；除了書中有提到宋傳奇〈王幼玉傳〉之外，自傳式寫法也受到宋代王山〈盈盈傳〉的影響。〔註2〕因此，即使元傳奇小說作家作品，寥寥可數；但在傳奇小說的發展上，卻顯示了與宋傳奇一脈相傳的關係。

〔註1〕請參見拙作，《宋代傳奇小說研究》，第七章第三節，宋代公案小說的藝術技巧分析（東海大學，中文研究所碩士論文，1993年6月），頁148。

〔註2〕王山〈盈盈傳〉，本出王山《筆奩錄》，今只見收在李憲民《雲齋廣錄》，卷9；與洪邁《夷堅志》己集卷一，〈吳女盈盈〉。

二、明前期：以傳奇專集爲主流

明前期包括洪武、建文、永樂、洪熙、宣德、正統、景泰、天順等。單篇傳奇雖有朱元璋的〈周顛僊人傳〉，然而主流卻是瞿佑、李禎、趙弼等人的傳奇專集。明代前期的文壇以詩文爲主，並且出現了《三國志通俗演義》和《水滸傳》，等通俗小說。所以，明朝前期的傳奇小說，呈現多穿插詩詞韻語的特徵，如瞿佑《新話》、李禎《餘話》，是可以理解的現象。而在傳奇小說中顯現了儒家儒理、忠孝節義的思想，如趙弼《效顰集》；則是受到歷史演義的影響。

瞿佑《剪燈新話》開創了作家創作傳奇專集的風氣；嚴整的體製與風格下，以志怪筆法述奇聞異事，用借陰諷陽的技巧，抒發憤慨。除了影響後來的傳奇寫作，或書名的訂立之外；最大的成就，在於影響域外的傳奇小說，使日本、朝鮮、安南仿作類似的作品。這在中國小說史上是空前之事，即使如深受日本人喜愛的唐傳奇張文成〈遊仙窟〉，也沒有如此大的影響力。

其後，李禎和趙弼雖同受瞿佑《新話》的啓發，但二人的作品風格，卻截然不同。《剪燈餘話》在文辭和寫法上，趨近於唐人的講究修辭；以詩歌傳達情意、注重氣氛的塑造。《效顰集》偏重於模仿《新話》的史筆，趨近於宋人的重議論；較少背景的烘托，以闡述史觀和情節推展爲主。從模仿中塑造了自己的藝術風格，因此，他們才會成爲明代中期作家陶輔仿效的對象。

小說史家在評論元明短篇傳奇時，往往用概論式的語言來描述。〔註3〕事實上，元明傳奇在寫法雖有雷同，但每位作家都有自己的藝術風格，不能一概而論。如瞿佑《剪燈新話》和李禎《剪燈餘話》、趙弼《效顰集》的風格，就大不相同。

三、明中期：傳奇小說家輩出

從趙弼《效顰集》（1428）之後，歷經宣德、正統、天順、成化、到弘治初年，傳奇小說的寫作，曾經沈寂了六、七十年。到了周禮的《湖海奇聞》（1496）之後，才開始出現大批的短篇、中篇傳奇小說。所以，石昌渝在論明朝中葉的傳奇復興時，以弘治十六年（1503）單行本〈鍾情麗集〉刊行，訂爲傳奇小說的重振時間。〔註4〕大體上是正確的，但筆者以爲，在時間上還要早幾年。

明朝中葉承繼明初傳奇集的寫作，仍有陶輔《花影集》、周禮《秉燭清談》、雷燮《奇見異聞筆坡叢脞》等作品；此外，更有許多文人零星寫作的傳奇小說出現。

〔註3〕例如，侯忠義、劉世林，《中國文言小說史稿》（下冊）（北京：北京大學出版社，1993年2月一版），頁135：「明傳奇一方面繼承了唐傳奇描寫時事的傳統，在元末明初的社會背景下寫志怪，富有現實主義精神，另方面寫法上也有雷同之處。」

〔註4〕見石昌渝，《中國小說源流論》（北京：三聯書局，1994年2月一版），頁202。

從馬中錫、蔡羽、楊儀、陸粲、周復俊到胡汝嘉，都有代表性的傳奇小說；散見於文集或文言小說集中。由此可知，明英宗正統七年（1442）李時勉上書請禁《新話》，雖使傳奇小說沈寂了六、七十年，卻沒有從此消聲匿跡。在弘治以後，傳奇作家作品的數量，有增加的趨勢；只是沒有將小說結集成書而已。

明中葉傳奇寫作蔚爲風氣的內在因素，除了受到明初傳奇的啓發以外；最重要的是，作家們之間的相互影響；這與明初趙弼和李禎因《新話》一書才寫作不同。例如，馬中錫與陸粲透過林見素而結識，藉由蔡羽使陸粲和楊儀成爲間接的朋友，而經由陸粲使蔡羽和周復俊熟識，表列如下。

然而，使人誤認爲明初到中葉傳奇漸少的原因，不外乎是經過了清代禁《新話》一類的作品後，許多傳奇小說散失。就以陶輔《花影集》爲例，將它影印回國內，也是近二十年的事。而藏在北京圖書館的雷燮〈奇見異聞筆坡叢脞〉，只見於《中國古代小說百科全書》的引介，還沒有影印或校注本刊行。

四、明後期：輯評傳奇小說的風氣

這個時期的傳奇集，有釣鴛湖客專寫嘉興一地故事的《鴛渚志餘雪窗談異》，和邵景詹的《覓燈因話》。學者論明代後期的傳奇小說，大多以《覓燈因話》爲代表；甚至認爲它是明代後期唯一的個人傳奇專集。〔註5〕事實上，還有如釣鴛湖客的《志餘談異》。不僅作品數量比《因話》多，更爲後期通俗類書中許多傳奇小說的來源。它的重要性比《因話》，有過之而無不及。單篇傳奇作家，則有馮時可、陳繼儒、宋楙澄、潘之恒等四位。

後期傳奇小說的特點是，以情節的推展爲主，較少詩詞的氣氛烘托，或情感的渲染。小說的取材大多以當代歷史事件，或現實社會中的小人物；呈現出濃厚的勸世意味。因此，若以「明代傳奇作家偏重詩筆而忽略史才，堆砌詩詞歌賦」。〔註6〕來論述明代後期的傳奇特色，則非公允。

明代輯前人文言小說，雖然早在明中期就有陸采輯《虞初志》，但大量編輯與刊行則是在後期，例如，馮夢龍《情史》、吳大震《廣豔異編》。在保存元明短篇傳奇

〔註 5〕 見同註4，石昌渝，《中國小說源流論》，頁 207。

〔註 6〕 見程毅中，〈文備眾體的唐代傳奇〉，收在《神怪情俠的藝術世界——中國古代小說流派漫話》（中共中央黨校出版社，1994 年 1 月一版），頁 83。

小說上，功不可沒。很可惜地，大多沒有表明小說的出處，和作者是誰，對研究元明傳奇小說而言，阻礙不小。

明後期的另一項特色，是小說品評的風氣，也影響了傳奇小說的寫作。傳奇小說中表現作者觀點的議論，從唐宋傳奇以來就存在著；但讀者對傳奇小說的品評，則是到了明代後期才成為趨勢。例如，《鴛渚志餘雪窗談異》中除了〈東坡三過記〉、〈鬻柑老人錄〉、〈燈妖夜話錄〉三篇以外，每篇都有「評曰」的評論。而專門輯前人作品，並加以品評的作品，也在此時出現了。例如，袁宏道參評、屠隆點閱的《虞初志》。祇是這些評點，至今沒有學者加以研究。

元明傳奇作家們的分布時代，請參閱附表三：元明傳奇作家生平分布表。此外，從這些作家分布的籍貫地域來看，以江蘇最多，其次是安徽、江西、浙江和河北、四川、福建。從地緣上可以看出風格相類的痕跡。例如，同樣是小說文字簡樸的宋本和馬中錫，都是河北人。而偏好勸世的釣鴛湖客和邵景詹都是浙江人。此外，中篇傳奇作家宋遠是江西清江人，恰好受〈嬌紅記〉影響的〈賈雲華還魂記〉，其作者李禎也是江西人。

作 家 籍 貫 分 布 表

江 蘇	浙 江	安 徽	江 西	河 北	四 川	福 建
瞿佑 （淮安）	鄭儇 （溫州）	朱元璋 （鳳陽）	李禎 （盧陵）	宋本 （大都）	趙弼 （巴縣）	雷燮 （建安）
蔡羽 （蘇州）	周禮 （餘杭）	陶輔 （鳳陽）		馬中錫 （河間）		
楊儀 （常熟）	釣鴛湖客 （嘉興）	潘之恒 （歙縣）				
陸粲 （吳縣）	邵景詹 （仁和）	吳大震 （歙縣）				
周復俊 （上海）						
胡汝嘉 （南京）						
馮時可 （華亭）						
陳繼儒 （華亭）						
宋楙澄 （華亭）						
馮夢龍 （蘇州）						

第二節　題材類型

一百七十七篇傳奇中，以元明當代時事爲背景者佔大部份，共有一百六十二篇。在元以前的只有十五篇，除了李禎〈聽經猿記〉以後唐廬陵爲背景、陳繼儒〈李公子傳〉以唐肅宗爲背景外，其餘十三篇都以宋代爲背景。所以，整體而言，寫元明時所發生的近事者爲多。

若按題材類型來分，可分成志怪、愛情、歷史、世情、宗教、豪俠、思想、寓言等八類。每一篇的題材類型，請參見附表一：「篇目分析表」，與附表二：「題材分類表」。

一、志怪類七十一篇

在元明傳奇小說中，志怪類的數量最多。雖然有學者認爲：「和通俗神怪小說相比，明代的文言神怪小說，則相對地顯得不怎麼興旺。」〔註7〕但是，志怪一類卻是元明傳奇的主流。

元明志怪傳奇，可以分成人與鬼怪的戀愛、人進入冥間或仙境、奇遇鬼神仙、與鬼或神仙議論等類型。例如，瞿佑〈牡丹燈記〉，寫喬生與鬼戀愛的故事。李禎〈何思明遊酆都錄〉，記何思明入冥間的故事。趙弼〈三賢傳〉，則藉司馬相如、揚雄等漢代文人的鬼魂，議論史事。

元明傳奇和唐宋傳奇中的志怪類相比，作者的主觀立意更強，並非純粹志人、事、物而已。例如，瞿佑〈修文舍人傳〉，藉夏顏死後可以擔任修文舍人，對比在世間貧困致死的慘狀；以諷刺現實中有才能的人，卻無法得到任用。李禎〈泰山御史傳〉，藉宋珪與好友秦軫的對談，批評文人「銘誌不實，廣受潤筆之資，多爲過情之譽。以眞亂贗，以愚爲賢，使善惡混淆。」用志怪法加傳奇的糖衣，包裹著知識份子的理想和不滿。因此，明代傳奇已開「用傳奇法以志怪」的先河，到了《聊齋志異》時才大量運用。

在這麼多的篇章中，雖然有許多小說佈局類似、或創作立意相似的志怪傳奇，例如，瞿佑〈令狐生冥夢錄〉、李禎〈何思明遊酆都錄〉、趙弼〈酆都報應錄〉，都是講述地獄果報的小說。然而也有如佚名〈蔣生〉、瞿佑〈金鳳釵記〉、李禎〈胡媚娘傳〉、蔡羽〈遼陽海神傳〉，等等；寫得很有特色的志怪傳奇。

二、愛情類三十一篇

在元明短篇傳奇小說中，愛情故事僅次於志怪類，共有三十一篇。其中又可以

〔註 7〕林辰，《神怪小說史話》（遼寧：遼寧教育出版社，1992 年 10 月一版），頁 84。

分為：才子佳人型、才子歌妓型兩種；例如瞿佑〈聯芳樓記〉，是才子鄭生娶得二位才女佳人的故事，又如宋楙澄〈負情儂傳〉、潘之恒〈胡白苧〉，都是才子與歌妓戀愛的故事。

元明愛情傳奇與唐宋愛情傳奇相比，則悲劇多於團圓收場；如周復俊〈唐寅〉一篇，有情人終成眷屬的，實在不多。殉情和為情所苦者多，從李禎〈瓊奴傳〉、陶輔〈心堅金石傳〉，到宋楙澄的〈負情儂傳〉；都是使人動容的愛情悲劇。由於這些感人的愛情傳奇，使元明的愛情傳奇呈現多樣化。同時也可以看出，它們與其他通俗類書中的中篇傳奇小說，迥然不同；沒有才子佳人小說大團圓的俗套。

此外，周復俊〈唐寅〉一篇，已出現刻劃男主角浪漫追求女主角的故事。在過去愛情傳奇中的男女主角，都是一見鍾情，或頂多看見一首詩就談戀愛了。〈唐寅〉能刻劃男主角不藉外力，用自已的智慧和毅力，主動追求，終於娶得嬌妻美眷；更「表現了明代文人才子的一種特殊的情趣和風貌」〔註8〕，實為浪漫愛情傳奇中的佳作。而如宋楙澄〈珠衫〉與〈負情儂傳〉、李禎〈芙蓉屏記〉、潘之恒〈胡白苧〉，都是情節曲折、結局出人意表的愛情小說。

三、歷史類二十二篇

元明歷史傳奇中，歷史類共有二十二篇。所描寫的歷史大事主要有二：元末明初群雄起義的故事、明朝中葉海盜汪直擾亂東南沿海的事件。例如，趙弼〈蜀三忠傳〉，寫元末忠臣朗革歹、完者都、趙資三人，抵抗明玉珍的侵擾，不願受降的事。陶輔〈東丘侯傳〉和邵景詹〈孫恭人傳〉，則是舖寫明開國功臣花雲的相關故事。到了明世宗嘉靖年間，隨著海盜汪直、徐海等人的擾亂；生活在東南沿海的作家，親身遭遇到此事，便寫出了幾篇見證歷史的小說。例如，潘之恒〈蘇麻子傳〉、不題撰人〈王翹兒〉、馮時可〈張少華小傳〉。此外，在瞿佑筆下的志怪、愛情故事，也或多或少以元末明初的戰亂為背景。

唐傳奇的歷史故事多述當代事件；宋代雖不乏講述當代故事者，如〈李師師外傳〉，但是佔較大份量的是前代歷史逸聞。元明歷史傳奇，又回歸到以當代史事為多。而如《鴛渚志餘雪窗談異》中的〈東坡三過記〉，以宋代蘇東坡的軼事為題材，是比較特殊的例子。

元明的歷史傳奇在比例上，沒有宋人歷史傳奇多。原因在於明代有許多歷史演義，如《三國演義》、《隋唐兩朝志傳》，等等。前代的歷史故事，大部份被寫到長篇

〔註8〕李春青等人主編，《明人奇情》，〈情的奧秘〉（台北：雲龍出版社，1996年2月初版），頁60。

白話小說中；傳奇小說中只有如趙弼〈宋丞相文文山傳〉，正面讚揚歷史人物的小說。或是如楊儀〈金姬傳〉，記近代奇女子的事蹟。而明代地方志書的編纂風氣，也影響了歷史傳奇；使這些歷史故事，充滿了地方色彩。例如，釣鴛湖客《鴛渚志餘雪窗談異》的歷史傳奇，都是寫嘉興一帶的歷史名人。

此外，元明傳奇中作者運用「借陰諷陽」的手法，取代了宋人的「借古諷今」；於是歷史人物的故事，紛紛跑到志怪傳奇中了。例如，趙弼〈續東窗事犯傳〉、〈木綿庵記〉，以志怪法寫宋代的奸臣；連帶地使歷史傳奇小說，相對減少。

四、世情類十九篇

偏向於社會寫實的世情傳奇，從宋傳奇開啓之後，到了明代有增多的趨勢。尤其是明嘉靖以後，作品較多；剛好與通俗小說《金瓶梅》出現的時間吻合。

元明世情傳奇十九篇中，可以分成兩種類型，一種是反映某個社會事件的始末，一種是反映社會中的某些現象。例如，楊儀〈保孤記〉，趙五金保育孤子的故事；呈現當時妻妾們以孩子爭權的現象。周復俊〈赫應祥〉，反映當代女尼不守清規的情形。戔戔居士〈小青傳〉，可見出明人娶妾風氣的興盛，和婢妾們生活的苦悶。而陶輔的〈丐叟歌詩〉、釣鴛湖客〈醒迷余錄〉，則是反映了當時小市民生活起伏、和沈溺於賭博的社會現象。

五、宗教類十六篇

元明傳奇中，總共有十六篇宗教故事。可以分成宗教異人型、遇修道異人型、悔悟入教型、神仙顯靈型、宗教論辨型。例如，朱元璋〈周顛僊人傳〉，周顛有預知真命天子的能力；李禎〈聽經猿記〉、趙弼〈覺壽居士傳〉，都屬於純粹敘述宗教異人得道的故事。而陶輔〈華山採藥記〉，則是吳見理在被人騙到華山採藥時，遇到真正修道有成的人，使他明瞭神仙之道不需外求。釣鴛湖客的〈大士誅邪記〉，則是觀音大世誅殺妖怪顯靈，救回仇大姓的女兒。趙弼〈兩教辨〉、〈繁邑古祠對〉，都是屬於論辨不同宗教信仰的故事。

若與唐宋傳奇中的宗教故事相比，元明傳奇中的宗教故事，不易分辨出是屬於佛教、或道教的小說；宗教融合的傾向，更爲明顯。而且在故事主題思想上，也呈現多樣化的型態。例如，朱元璋〈周顛僊人傳〉，不再單純描寫宗教異人；並涵蓋了政治層面。又如楊儀〈唐文〉，則是融合了神仙傳說與果報、輪迴的思想，寫出情節構思曲折的宗教傳奇。

六、豪俠類與公案類十二篇

　　崔奉源在《中國古典俠義小說研究》一書中：「今考明代文言短篇小說，說起來，實在太少。」並認爲除了田汝成、瞿佑、李禎、趙弼外，根本沒有主要作品，而其餘者，僅是文人筆記形式而已。〔註 9〕以元明傳奇數量的多少，推論明代文言武俠的作品不多的原因，是不太妥切的。事實上，元明有大量的傳奇小說出現；祇是豪俠傳奇不多，但仍不乏佳作。例如，胡汝嘉的〈韋十一娘傳〉、宋楙澄的〈劉東山〉、潘之恒的〈蘇麻子傳〉，都是寫的很有特色的豪俠故事：韋十一娘論俠、劉東山被俠士教訓、與蘇麻子的智謀。

　　公案類只有宋本〈工獄〉、陸粲〈張御史神政〉、周玄暐〈張蓋〉、陶輔〈龐觀老錄〉、邵景詹〈貞烈墓記〉等五篇。若與唐宋公案傳奇相比，以描述案件的發生經過爲主，較少穿插判詞；因此，故事情節構思曲折、人物眾多。以〈龐觀老錄〉爲例，牽涉其中的主要人物就有五人。

　　明代有許多長篇英雄故事，例如《水滸傳》、《楊家府世代忠勇演義志傳》，等等。公案故事也不少，例如，《包龍圖判百家公案》、《皇明諸司公案》，等等，共有十二部公案小說專集。〔註 10〕那麼爲何在傳奇小說中，豪俠和公案故事不多？最重要的原因是，這兩類故事，既然已有適合表現的體裁，如長篇章回白話體、短篇話本體。很自然地，傳奇小說的作者，就不會以傳奇體裁寫這類的小說。

　　此外，某些傳奇小說，雖然有公案或豪俠的的成分，但是因爲其他題材偏向的關係，所以被劃歸到其他類中。例如，李禎〈芙蓉屏記〉除了寫崔英、王氏的悲歡離合外，也敘述了梢公犯案與被補的經過。所以，如豪俠傳奇的作品比較少，並非「和明代文言小說本身的衰微有關」。〔註 11〕而是與明代小說蓬勃發展，其他文體的排擠，息息相關。

七、思想類和寓言類六篇

　　思想類在唐宋傳奇中是少見的，而明代傳奇有陶輔〈潦倒子傳〉、〈夢夢翁錄〉、〈管鑑錄〉、〈雲溪樵子記〉、〈閑評清會錄〉等五篇。藉虛幻故事，以論述理氣、陰陽的思想爲主；顯示出明代理學論辯的現象。它們的出現，不單純是陶輔對理學的喜好，更是明代中期理學再度復興的佐證。例如，理學家陳獻章（1428～1500）、明代心學的代表人物王陽明（1472～1528），他們的主要活動時間與陶輔（1441～1523

〔註 9〕見崔奉源，《中國古典俠義小說研究》（台北：聯經出版社，1986 年 12 月一版二印），頁 86。

〔註 10〕黃岩柏，《公案小說史話》：「明代短篇公案小說專集，有十二部之多。」（遼寧：遼寧教育出版社，1992 年，一版），頁 56。

〔註 11〕見同註 9，崔奉源，《中國古典俠義小說研究》，頁 85。

以後）時代相當。很可惜地，陶輔這些小說並非寫得很好，祗具存在意義，影響力不深。

馬中錫的〈中山狼傳〉，則應列入寓言傳奇故事。雖然在元明傳奇中只有這麼一篇，卻是膾炙人口的佳作。

第三節　元明短篇傳奇小說的價值

元明短篇傳奇小說的重要性，首先，在於它是傳奇小說中承繼唐宋，下開清代傳奇的樞紐。許多論述傳奇小說發展的學者，往往認為唐傳奇和清《聊齋》，是古短篇小說的"雙峰"；而「宋明古典小說是一個低谷，（宋偶有佳者），影響也略遜。」〔註12〕或在論述清《聊齋志異》的創作借鑒時，總是取魏晉、唐宋的文言小說為範本，甚至是較晚的話本小說；就是不提元明傳奇對《聊齋》的影響。例如，舉《聊齋》卷三〈魯公女〉，「頗似《拍案驚奇》中的〈宣徽院仕女秋千會、清安寺夫婦笑啼緣〉。」〔註13〕不直接說它出自明代李禎的〈秋千會記〉，反而說它似較後出的話本小說。

由此可知，對元明傳奇小說無法給予正面的肯定，往往來自於論者先入為主的觀念。認為這個時期的傳奇小說，祗是承繼唐宋傳奇的遺緒，沒有太多新意。事實上，我們從元明短傳奇的數量上，和表現技巧的演進上；都可以看出元明傳奇是中國傳奇小說史上，重要的一環，上承唐宋、下啟清代傳奇小說。

其次，元明傳奇小說的價值，還體現在對通俗小說和戲曲的影響上。雖然，元明文學的主流是戲曲和白話小說，但傳奇小說卻為它們提供了豐富的創作素材。一百七十七篇中，對通俗小說與戲曲有直接影響的篇章，總共有四十三篇（見下表）：相關話本戲曲對照表與話本相關的有三十五篇，與戲曲相關的有二十五篇；對話本與戲曲同時產生影響力的有十八篇。這項統計還不包括對長篇通俗小說的影響，或因年代久遠而遺佚的資料。

〔註12〕見陳炳熙，《古典短篇小說藝術新探》（上海：華東師範大學出版社，1991 年 9 月一版），頁 237。
〔註13〕見同註 11，陳炳熙，《古典短篇小說藝術新探》，頁 225。

相 關 話 本 、 戲 曲 對 照 表

作　者	篇　名	話　本	戲　曲
朱元璋	周顛僊人傳	型世言卷 34：奇顛清俗累·仙術動朝廷	
瞿佑	三山福地志	二拍卷 24：庵內看惡鬼善神·井中談前後因果	
瞿佑	金鳳釵記	初拍卷 23：大姊游魂完宿願·小妹病起續前緣	沈璟〈墜釵記〉、佚〈碧桃花〉、傅青眉〈人鬼夫妻〉、李漁〈一種情〉、范文若〈金鳳釵〉
瞿佑	聯芳樓記		佚名〈蘭蕙芳樓記〉
瞿佑	渭塘奇遇記		王文秀〈渭塘奇遇記〉
瞿佑	翠翠傳	二拍卷 6：李將軍錯認舅·劉氏女詭從夫	葉憲祖〈金翠寒衣記〉、清袁聲〈領頭書〉
李禎	聽經猿記		孤本元明雜劇卷 4〈龍濟山野猿經〉
李禎	田洙遇薛濤聯句記	二拍卷 17：同窗友認假作眞·女秀才移花接木	
李禎	鸞鸞傳		南　戲〈柳　穎〉
李禎	芙蓉屏記	啖蔗乾冊：芙蓉屏記 初拍卷 27：顧阿秀喜拾檀那物·崔俊臣巧會芙蓉屏	佚名〈芙蓉屏〉、張其禮〈合屏記〉、葉憲祖〈芙蓉屏〉
李禎	秋千會記	初拍卷 9：宣徽院仕女鞦記·清安寺夫婦啼笑	謝宗錫〈玉樓春〉
李禎	賈雲華還魂記	西湖二集卷 27：洒雪堂巧結良緣	〈紅梅閣〉、梅孝己〈灑雪堂〉、佚名〈賈雲華還魂記〉
趙　弼	鍾離叟嫗傳	警世通言卷 4：拗相公飲恨半山堂	
趙　弼	續東窗事犯傳	喻世明言卷 32：遊酆都胡母迪吟詩	
趙　弼	木綿庵記	喻世明言卷 22：木綿庵鄭虎臣報冤	〈別有天〉、〈小天台〉、〈醉西湖〉、〈雙鴛珮〉
陶輔	劉方三義記	醒世恒言卷 10：劉小官雌雄兄弟	葉憲祖〈三義成姻〉、范文若〈雌雄旦〉、王元壽〈題燕詩〉、黃正中〈雙燕詩〉、清佚名〈彩燕詩〉
陶輔	心堅金石傳	包龍圖判百家公案卷 5：辨心如金石之堅	佚名〈霞箋記〉

馬中錫	中山狼傳		康海〈中山狼〉、汪廷訥〈中山狼〉、陳與郊〈中山狼〉、王九思〈中山狼院本〉
蔡羽	遼陽海神傳	二拍卷 37：疊居奇程客得助・三救厄海神顯靈	
楊儀	娟娟傳		佚名〈因緣夢〉
陸粲	洞簫記	西湖二集卷 12：吹鳳簫女誘東牆	
周復俊	唐寅	啖蔗坤冊：唐伯虎傳 警世通言卷 26：唐解元一笑姻緣	孟稱舜〈花前一笑〉、卓人月〈花舫緣〉、史槃〈蘇台奇遘〉、彈詞〈笑中緣〉
周復俊	赫應祥	警世通言卷 15：赫大卿遺恨鴛鴦條	佚名〈玉蜻蜓〉
周玄暐	張藎	醒世恒言卷 16：陸五漢強留合色鞋	
胡汝嘉	韋十一娘傳	初拍卷 4：程元玉店肆代償錢.十一娘雲崗縱譚俠	
釣鴛湖客	王翠珠傳		清佚名〈紫金鞍〉
釣鴛湖客	大士誅邪記	初拍卷 24：鹽官邑老魔魅色・會骸山大士誅邪	李玄玉〈人關獸〉
邵景詹	桂遷夢感錄	警世通言卷 25：桂員外途窮懺悔	
邵景詹	姚公子傳	二拍卷 22：痴公子狠使躁脾錢，賢丈人巧賺回頭婿	清傳青眉〈賢翁激婿〉 明吳龐〈錦蒲團〉
邵景詹	唐義士傳	西湖二集卷 26：會稽道中義士	卜世臣〈多青記〉、蔣世銓〈多青樹〉
邵景詹	臥法師入定錄	初拍32：喬兌換胡子宣淫・顯報施臥師入定	
宋楙澄	負情儂傳	警世通言卷 32：杜十娘怒沈百寶箱	明彥琛〈百寶箱〉、黃國珌〈百寶箱〉
宋楙澄	珠衫	啖蔗乾冊：珍珠衫記 喻世明言卷 1：蔣興哥重會珍珠衫	袁于令〈珍珠衫記〉、閑閑子〈遠帆樓〉、葉憲祖〈會香衫〉
宋楙澄	劉東山	初拍卷 3：劉東山誇技順城門・十八兄奇蹤村酒肆	
戔戔居士	小青傳	西湖佳話卷 14：梅嶼恨跡	徐士奇〈春影波〉、吳炳〈療妒羹〉、朱京藩〈小青娘風流院本〉

不題撰人	王翹兒	型世言卷 7：胡總制巧用華棣卿、王翠翹死報徐明山 西湖二集卷 34：胡少保平倭戰功	無名氏〈兩香丸〉、王瓏〈秋虎丘〉、葉稚斐〈琥珀匙〉、夏秉衡〈雙翠園〉
不題撰人	玉虛洞記	初拍卷 28：金光洞主談舊蹟‧玉虛尊者悟前身	
不題撰人	綵舟記	醒世恒言卷 28：吳衙內鄰舟赴約	
不題撰人	邵御史	二拍卷 8：烏將軍一飯必酬、陳大郎三人重會	
不題撰人	蔣生	二拍卷 29：贈芝麻識破假形、擷草藥巧諧真偶 型世言卷 38：妖狐巧合良緣、蔣郎終偕伉儷	
不題撰人	王秋英傳	二拍卷 30：癡遺骸王玉英配夫、償聘金韓秀才賣子	〈鴛鴦被〉
不題撰人	李妙惠	天然痴叟石頭點卷 2：盧夢仙江上尋妻	

　　此外，釐清元明短篇傳奇的作者與作品出處，更有助於研究明代通俗類書的來源；進而考察明代後期的出版狀況。例如《鴛渚志餘雪窗談異》中的二十二篇小說，散見於至少八部文言專集和通俗類書中，即是最好的例證。

參考書籍及單篇論文

（按作者姓氏筆劃排列）

壹、專　書

一、原始資料

1. 方勺（宋），《泊宅編》，《筆記小說大觀》，三編，第 2 冊（台北：新興書局出版）。

2. 文震孟（明），《姑蘇名賢小記》，《明代傳記叢刊》第 148 冊（台北：明文出版社，1991 年 10 月影印出版）。

3. 王世貞編（明），《豔異編》，《明清善本小說叢刊》初編（台北：天一出版社，1985 年 5 月影印明刊本）。

4. 王世貞編（明），《豔異編》（瀋陽：春風文藝出版社，1988 年 11 月排印版）。

5. 王世貞（明），《弇州山人續稿碑傳》，《明代傳記叢刊》第 154 冊（台北：明文出版社，1991 年 10 月版影印出版）。

6. 王士禎（清），《古夫于亭雜錄》，《四庫全書珍本》，12 集（台灣：商務印書館出版）。

7. 王鴻緒（清），《明史稿》，《明代傳記叢刊》第 97 冊（台北：明文出版社，1991 年 10 月影印出版）。

8. 王闢之（宋），《澠水燕談錄》（台北：商務印書館，影印文淵閣四庫全書本）。

9. 元好問（元），《遺山集》（台灣：商務印書館，影印文淵閣四庫全書本）。

10. 天理圖書館善本叢書漢籍之部編印委員會編集，《三分事略‧剪燈餘話‧荔鏡記》（東京：八木書店，1980 年 9 月影印本。）

11. 毛晉編（清），《六十種曲》（北京：中華書局，1993 年 4 月影 1935 年開明書店排印本）。

12. 毛晉（清），《虞鄉雜記》，《百部叢書集成》48，《借月山房彙鈔》（台北：新文豐公司出版）。

13. 牛僧孺（唐），《玄怪錄》（台北：文史哲出版社，1989 年 7 月台一版）。

14. 宋遠（元），《嬌紅記》（上海：生活書店，《世界文庫》第三冊，1935 年 7 月出版）。

15. 宋濂（明），《元史》（北京：中華書局出版）。

16. 宋褧（元），《燕石集》（台灣：商務印館，影印文淵閣四庫全書本。）

17. 宋如林等修、孫星衍等纂（清），《松江府志》，《華中地方志》第 10 號（台北：成文出版社，據嘉慶二十二年（1817）刊本影印）。

18. 宋楙澄（明），《九籥前集》，萬曆四十年（1612）刻本，藏（台北：國家圖書館）。

19. 宋楙澄（明），《九籥集》，萬曆四十年（1612）刻本，藏（台北：國家圖書館）。

20. 祁彪佳（明），《遠山堂劇品》，《中國古典戲曲論著集成》第六集（中國：戲劇出版社，1959 年 7 月出版）。

21. 沈自晉編（明），《南詞新譜》，《善本戲曲叢刊》第 3 輯（台灣：學生書局，1984 年出版）。

22. 江盈科（明），《雪濤諧史》，明刊本，藏（台北：國家圖書館）。

23. 江盈科撰、潘之恒刪，《互史鈔》，明萬曆壬子（1612）《吳公勵校刊本》，藏（台北：國家圖書館）。

24. 邵博（宋），《邵氏聞見後錄》，《筆記小說大觀》，15 編，第 2 冊（台北：新興書局出版）。

25. 邵伯溫（宋），《邵氏聞見錄》，《筆記小說大觀》，15 編，第 1 冊（台北：新興書局出版）。

26. 李昉等編（宋），《太平廣記》（台北：文史哲出版社，1987 年 5 月再版）。

27. 李培等修（明）黃洪憲等纂，《秀水縣志》，《華中地方志》第 57 號（台北：成文出版社，據民國十四年（1925）鉛字重刊本影印）。

28. 李禎（明），《剪燈餘話》（台北：世界書局，1974 年 11 月出版）。

29. 李禎（明），《剪燈餘話》（台北：天一出版社，1986 影印乾隆五十六年剪燈叢話本）。

30. 李禎（明），《運甓漫稿》（台灣：商務印書館，影印文淵閣四庫全書本）。

31. 李翊（明），《戒庵漫筆》，《藏說小萃》本，明萬曆三十四年（1606）原刊本，藏（台北：國家圖書館）。

32. 李如一（明），《藏說小萃》，明萬曆三十四年（1606）原刊本，藏（台北：國家圖書館）。

33. 李廷幾（明），《詞林人物考》，《明代傳記叢刊》，17 冊（台北：明文出版社，1991 年 10 月出版）。

34. 李銘院等修、馮桂芬等撰（清），《蘇州府志》，《華中地方志》第 5 號（台北：成文出版社，據清光緒九年（1883）刊本）。

35. 呂天成（明），《曲品》，收在《中國古典戲曲論著集成》第六集（中國：戲劇出版社，1960 年 1 月出版）。

36. 田汝成（明），《西湖遊覽志餘》（台北：木鐸出版社，1982 年 6 月初版）。

37. 吳大震輯（明），《廣豔異編》，《明清善本小說叢刊》初編（台北：天一出版社，1986 年影印明刊本）。

38. 吳大震輯、湯顯祖批選（明），《新鐫玉茗堂選續豔異編》，《明清善本小說叢刊》初編（台北：天一出版社，1986 年影印明刊本）。

39. 吳秀之等修，《吳縣志》，《華中地方志》第 18 號（台北：成文出版社，據 1933 年鉛印本影印）。

40. 吳金瀾等修（清），《崑新兩縣續修合志》，《華中地方志》第 19 號（台北：成文出版社，據清光緒七年（1881）刊本影印）。

41. 吳從先（明），《小窗自紀》等五種，《明萬曆間原刊本》，藏（台北：國家圖書館）。

42. 吳偉業（清），《梅村家藏稿》，《歷代畫家詩文集》（台灣：學生書局，1975 年出版）。

43. 吳敬所（明）編，《國色天香》，《明清善本小叢刊》初編（台北：天一出版社，1985 年 5 月影印萬曆二十五年（1597）萬卷樓重鋟本）。

44. 吳敬所（明）編，《國色天香》（台北：新文豐圖書公司，1980 年 2 月影印周文煒重校本）。

45. 吳敬所（明）編，《國色天香》（瀋陽：春風文藝出版社，1989 年 1 月出版）。

46. 吳敬所（明）編，《國色天香》，《中國歷代禁毀小說海內外珍藏秘本集粹》（台北：雙笛國際出版社，1995 年 8 月出版）。

47. 朱右（元），《白雲稿》，《四庫全書珍本》，2 集（台灣：商務印書館出版）。

48. 朱衣（明），《漢陽府志》（台北：新文豐出版社，影印天一閣藏明嘉靖本）。

49. 朱希顏（元），《瓢泉吟稿》，《四庫全書珍本》，初集（台灣：商務印書館出版）。

50. 朱竹垞（明），《靜志居詩話》，《明代傳記叢刊》第 8 冊（台北：明文出版社，1991 年 10 月影印出版）。

51. 朱珪修、李拔纂（清），《福寧府志》，《中國地方志·華南地方》74 號（台北：成文出版社，影印清乾隆二十七年修光緒六年重刊本）。

52. 何良俊（明），《何翰林集》，國立中央圖書館，《明代藝術家彙刊》續集，1971 年影印嘉靖 44 年（1565）刊本。

53. 何大掄（明），《重刻增補燕居筆記》，《明清善本小說叢刊》初編（台北：天一出版社，1985 年 5 月影印明金陵李澄源盛堂刊本）。

54. 余公仁編刊（明），《增補批點圖像燕居筆記》，古本小說集成（上海：古籍出版社，影印日本內廳書陵部藏清初原刊本）。

55. 林近陽編（明），《新刻增補全相燕居筆記》，《明清善本小說叢刊》初編（台北：天一出版社，1985 年 7 月影印明余泗泉萃慶堂刊本）。

56. 林景熙（元），《霽山文集》，《四庫全書珍本》，5 集（台灣：商務印書館出版）。

57. 岳珂（宋），《桯史》，《筆記小說大觀》，28 編，第 3 冊（台北：新興書局出版）。

58. 周密（元），《齊東野語》，《筆記小說大觀》，13 編第 4 冊（台北：新興書局出版）。

59. 周暉（明），《金陵瑣事》，明萬曆三十八年（1610）原刊本，藏（台北：國家圖書館）。

60. 周近泉（明），《新鐫全像評釋古今清談萬選》，《明清善本小說叢刊》初編（台北：天一出版社，1985 年 7 月影印明萬曆間大有堂刊本）。

61. 周玄暐（明），《涇林續記》，《叢書集成初編》，功順堂叢書影清潘祖蔭校刊本。

62. 周玄暐（明），《涇林續記》，《涵芬樓秘笈本》第六冊（台灣：商務印書館景印）。

63. 周亮工（明），《因樹屋書影》（台北：漢京文化公司，1984 年 3 月初版）。

64. 周復俊（明），《涇林集》，明嘉靖間張文柱校刊本，藏（台北：國家圖書館）。

65. 金盈之（宋），《新編醉翁談錄》，《筆記小說大觀》，19 編第 3 冊（台北：新興書局出版）。

66. 施閏章（清），《蠖齋詩話》，收在丁祐仲編，《清詩話》第 1 冊（台北：藝文印書館出版）。

67. 洛源子編（明），《一見賞心編》，《明清善本小說叢刊》初編（台北：天一出版社，1985 年 7 月影明萃慶堂刊本）。

68. 胡應麟（明），《少室山房筆叢》（台灣：商務印書館，景印文淵閣四庫全書本）。

69. 東狂古魯生（清）編，《醉醒石》（上海：古籍出版社，1992 年 11 月一版）。

70. 查繼佐（清），《罪惟錄》，《明代傳記叢刊》第 86 冊（台北：明文出版社，1991 年 10 月出版）。

71. 茅坤（明），《紀剿除徐海本末》，《筆記小說大觀》，10 編第 4 冊（台北：新興書局出版）。

72. 起北齋赤心子（明）編，《繡谷春容》，《明清善本小說叢刊》初編（台北：天一出版社，1985 年 5 月影明金陵世德堂刊本）。

73. 耶律楚材（元），《湛然居士集》（台灣：商務印書館，影印文淵閣四庫全書本）。

74. 姚希孟（明），《姚孟長全集》，明崇禎間蘇州張叔籟刊本，藏（台北：國家圖書館）。

75. 凌雲翰（明），《柘軒集》（台灣：商務印書館，影印文淵閣四庫全書本）。

76. 唐伯虎（明），《唐伯虎全集》（台北：水牛出版社，1982 年 5 月出版）。

77. 秦淮寓客（明）編，《綠窗女史》，《明清善本小說叢刊》初編（台北：天一出版社，1985 年 5 月影印明刻本）。

78. 馬中錫，《東田漫稿》，明嘉靖十七年（1518），開州知州文三畏刊本，藏（台北：國家圖書館）。

79. 馬中錫，《東田皋言》，收在《說郛三種》，《說郛續》（上海：古籍出版社出版）。

80. 徐釚（清），《詞苑叢談》（台灣：商務印書館，影印文淵閣四庫全書本）。

81. 徐紘編（明），《皇朝明臣琬琰錄》，《明代傳記叢刊》第 43 冊（台北：明文出版社，1991 年 10 月影印出版）。

82. 徐一夔，《始豐稿》，《四庫全書珍本》，10 集（台灣：商務印書館出版）。

83. 徐伯齡（明），《蟫精雋》，《四庫全書珍本》二集（台灣：商務印書館出版）。

84. 徐開任（清），《明名臣言行錄》，《明代傳記叢刊》第 53 冊（台北：明文出版社，1991 年 10 月影印出版）。

85. 徐應秋（明），《玉芝堂會錄》，《筆記小說大觀》第 23 編 1、2 冊（台北：新興書局出版）。

86. 許瑤光修（清）吳仰賢等撰，《嘉興府志·華中地方志》第 53 號（台北：成文出版社，影印光緒 4 年（1878）刊本）。

87. 郭英（明），《大明英烈傳》（台北：三民書局，1989 年 9 月出版）。

88. 陳田（清）輯，《明詩紀事》（上海：古籍出版社出版）。

89. 陳焯（清），《宋元詩會》（台北：商務印書館，影印文淵閣四庫全書本）。

90. 陳霆（明），《渚山堂詞話》（台灣：商務印書館，影印文淵閣四庫全書本）。

91. 陳子龍，《安雅堂稿》，明末刊本，藏（台北：故宮博物院）。

92. 陳後山（宋），《後山詩話》，詩話叢刊（台北：弘道出版社，1971 年 3 月初版）。

93. 陳洪綬（明），《治世餘聞錄》，《叢書集成初編》，紀錄彙編本。

94. 陳繼儒（明），《眉公雜著》（台北：偉文圖書公司，1977 年 8 月影印本）。

95. 陳繼儒（明），《晚香堂集》，《眉公十種藏書》（中國：文學珍本叢書，第 1 輯，台灣商務印書館出版社出版）。

96. 陸容（明），《菽園雜記》（上海：古籍出版社，1991 年 12 月一版）。

97. 陸粲（明），《說聽》，《筆記小說大觀》第 16 編（台北：新興書局出版）。

98. 陸粲（明），《陸子餘集》（台灣：商務印書館，影印文淵閣四庫全書本）。

99. 陸人龍（明）著、覃君點校，《型世言》（北京：中華書局，1993 年 7 月一版）。

100. 陸人龍（明）著、朴在淵校注，《型世言》（韓國天安：江原大學出版部，1993 年 7 月一版）。

101. 張炎（宋），《山中白雲詞》（台灣：商務印書館，影印文淵閣四庫全書本）。

102. 張萱（明），《西園見聞錄》，《明代傳記叢刊》（台北：明文書局，1991 年 10 月影印出版）。

103. 張潮（清），《虞初新志》（北京：文學古籍刊行社，1954 年 12 月，據開明書店紙版重印，一版）。

104. 張吉安等修、朱文藻等纂，《餘杭縣志》（台北：成文出版社，《華中地方志》第 56 號影本）。

105. 張廷華（清），《香艷叢書》（台北：古亭書屋，1969 年 4 月，據清宣統元年本影印）。

106. 都穆（明），《都公譚纂》，《叢書集成新編》（台北：新文豐公司，第 87 冊，1985年出版）。

107. 陶輔（明），《花影集》，《明清善本小說叢刊》初編（台北：天一出版社，1985年 5 月影印日本早稻田大學圖書館藏明刊本）。

108. 陶輔撰（明）程毅中點校，《花影集》（吉林：大學出版社，1995 年 11 月一版）。

109. 陶輔（明），《桑榆漫錄》（台灣：商務印書館，1969 年，影印明刊本《今獻彙言》）。

110. 陶宗儀等編，《說郛三種》（上海：古籍出版社出版）。

111. 國立中央研究院歷史語言研究所校勘，《明實錄》，1966 年 4 月出版。

112. 國史編委會（韓），《朝鮮王朝實錄》（韓國：東國文化社，檀紀 289 年 8 月出版）。

113. 釣鴛湖客（明）評述，《鴛渚志餘雪窗談異》，天津南開大學圖書館藏硬筆抄本，收在王汝梅、薛洪勣主編，《中國古代稀見珍本叢書》（吉林：大學出版社，1995年出版）。

114. 馮時可（明），《馮元敏集》，《明萬曆間原刊本》，藏（台北：國家圖書館）。

115. 馮復京（明），《明常熟先賢事略》，《明代傳記叢刊》第 150 冊（台北：明文書局，1991 年 10 月影印出版）。

116. 馮夢龍（明）評輯，《情史類略》，《明清善本小說叢刊》初編（台北：天一出版社，1985 年 5 月影印清初刊本）。

117. 馮夢龍（明），《情史》，收在《馮夢龍四大異書》（長春出版社，1993 年 10 月一版）。

118. 馮夢龍（明），《智囊補》，收在《馮夢龍四大異書》（長春出版社，1993 年 10月一版）。

119. 馮夢龍（明），《警世通言》（台北：桂冠圖書公司，1984 年 3 月初版）。

120. 馮夢龍（明），《醒世恒言》（台北：桂冠圖書公司，1988 年 11 月再版）。

121. 馮夢龍（明），《喻世明言》（台北：桂冠圖書公司，1989 年 3 月初版）。

122. 湯日昭等修（明），《溫州府志》，明萬曆 32 年（1604）刊本，藏台北國家圖書館，善本書室。

123. 朝鮮人選編、朴在淵校注，《刪補文苑楂橘》（韓國：成和大學中文系，1994月 2 月出版）。

124. 過庭訓（明），《本朝分省人物考》，《明代傳記叢刊》第 140 冊（台北：明文出版社，1991 年 10 月影印出版）。

125. 傅維麟，《明書》，《明代傳記叢刊》第 87 冊（台北：明文書局，1991 年 10 月影印出版）。

126. 焦竑（清），《國朝獻徵錄》，《明代傳記叢刊》，110 冊（台北：明文出版社，1991年 10 月影印出版）。

127. 褚人獲（清），《堅瓠續集》，《筆記小說大觀》第 23 編，第 9 冊（台北：新興書局出版）。

128. 楊榮（明），《文敏公集》（台灣：商務印書館，影印文淵閣四庫全書本）。

129. 楊儀（明），《高坡異纂》，《煙霞小說》本，明嘉靖間陸詒孫原刊本，藏（台北：國家圖書館）。

130. 楊儀（明），〈明良記〉，《藏說小萃》本，明萬曆 34 年（1606）原刊本，藏（台北：國家圖書館）。

131. 楊儀（明），《七檜山人詞》，舊鈔本，藏（台北：國家圖書館）。

132. 楊儀（明），《南宮小集》，舊鈔本，藏（台北：國家圖書館）。

133. 楊開第修、姚光發等纂（清），《重修華亭縣志》，《華中地方志》第 45 號（台北：成文出版社，據清光緒 4 年（1878）刊本影印）。

134. 楊循吉（明），《雪窗談異》（山西：人民出版社，1992 年 5 月一版）。

135. 雷禮（明），《國朝列卿記》，《明代傳記叢刊》第 37 冊（台北：明文出版社，1991 年 10 月出版）。

136. 趙弼撰、王靜校（明），《效顰集》（台北：天一出版社，影印日本江戶寫本）。

137. 趙弼（明），《效顰集》，《筆記小說大觀》，10 編 4 冊（台北：新興書局出版）。

138. 趙弼（明），《雪航膚見》，明成化二十年（1484）書林魏氏仁實堂刊本，藏（台北：國家圖書館）。

139. 楚江僊叟石公纂輯、吳門翰史茂生評選（明），《花陣綺言》，《明清善本小說叢刊》初編（台北：天一出版社，1985 年 5 月影印明刊本）。

140. 蔡羽（明），《林屋集》，明嘉靖八年（1529）刊本，藏（台北：國家圖書館）。

141. 蔡羽（明），《南館集》，明嘉靖八年（1529）刊本，藏（台北：國家圖書館）。

142. 鄒漪（清），《啓禎野乘》，《明代傳記叢刊》第 127 冊（台北：明文出版社，1991 年 10 月出版）。

143. 詹宜猷等修、蔡振堅等纂，《建甌縣志》（台北：成文出版社，《華中地方志》第 95 號影本）。

144. 蒲松齡（清），《聊齋志異》（台北：里仁書局，1991 年 9 月出版）。

145. 鄧球（明），《皇明泳化類編》，《明代傳記叢刊》第 81 冊（台北：明文書局，1991 年 10 月出版）。

146. 熊大木（明），《大宋中興通俗演義》（台北：天一出版社，影萬曆間雙峰堂萬卷樓刊本）。

147. 熊龍峰（明），《熊龍峰刊行小說四種》，中國話本小說大系（江蘇：古籍出版社，1990 年 4 月一版）。

148. 潘之恒（明），《亘史》，明天啓六年（1626）重刊本，藏（台北：國家圖書館）。

149. 潘之恒（明），《曲中志》，《說郛續》，号 44，《說郛三種》第 10 冊（上海：古籍出版社， 出版）。

150. 潘之恒（明），《鸞嘯集》，《明萬曆間原刊本》，藏（台北：國家圖書館）。

151. 潘永因（清），《宋稗類鈔》（台北：商務印書館，影印文淵閣四庫全書本）。

152. 談孺木（明），《棗林雜俎》，《筆記小說大觀》，22 編第 6 冊（台北：新興書局出版）。

153. 鄭鍾祥等修（清），《常昭合志稿・華中地方志》第 153 號（台北：成文出版社，據清光緒三十年（1904）刊本影印）。

154. 蔣子正（元），《山房隨筆》，《四庫筆記小說叢書》（上海：古籍出版社，1991年 12 月初版）。

155. 劉延世（宋），《孫公談圃》，《筆記小說大觀》，8 編，第 1 冊（台北：新興書局出版）。

156. 劉將孫（元），《養吾齋集》，《四庫全書珍本》，初集（台灣：商務印書館出版。）

157. 盧純學（明），《明詩正聲》，明萬曆十九年（1591）廣陵江氏刊本，藏（台北：國家圖書館）。

158. 錢謙益（清），《列朝詩集小傳》，《明代傳記叢刊》（台北：明文出版社，1991年 10 月影印出版）。

159. 嚴從簡（明），《殊域周咨錄》，明萬曆間刊本，藏（台北：國家圖書館）。

160. 鍾嗣成、賈仲明撰，馬廉校注，《錄鬼簿新校》（北京：文學出版社，1957 年 6月一版）。

161. 聶心湯修（清），《錢塘縣志・華中地方志》第 192 號（台北：成文出版社，影印清光緒十九年（1893）丁氏校刊本）。

162. 瞿佑（明），《剪燈新話》（台北：世界書局，1978 年 3 月再版）。

163. 瞿佑（明），《剪燈新話》，《明清善本小說叢刊》初編（台北：天一出版社，1985年 5 月影印朝鮮句解本）。

164. 瞿佑（明），《香臺集》，藏台北故宮博物院圖書館。

165. 瞿佑（明），《歸田詩話》，收在丁福保輯，《歷代詩話續編》第 3 冊（木鐸出版社出版）。

166. 羅燁（宋），《醉翁談錄》（台北：世界書局，1965 年 3 月再版）。

167. 顧起元（明），《客座贅語》，明萬曆 46 年（1618）原刊本，藏（台北：國家圖書館）。

168. 釋法果撰、潘之恒選（明），《雪山草》，明萬曆庚戌昭陽李思睿校刊本，藏（台北：故宮博物院）。

169. 無名氏（明）撰、陳妙如整理，《啖蔗——明人話本集》（台北：福記文化圖書有限公司，1984 年 9 月初版）。

二、相關研究著作

1. 丁肇琴，《唐傳奇的寫作技巧》（台灣大學，中國文學研究所，1987 年 6 月，碩士

論文）。

2. 王淑琤，《剪燈三種考析》（台灣大學，中國文學研究所，1982 年 6 月，碩士論文）。

3. 王國維，《曲錄》（台北：藝文印書館，1950 年出版）。

4. 石昌渝，《中國小説源流論》（北京：三聯書局，1994 年 2 月一版）。

5. 石昌渝，《小説》（人民文學出版社，1994 年 7 月一版）。

6. 北京大學中文系，《中國小説史》（北京：人民出版社，1987 年 11 月一版）。

7. 白化文、孫欣，《古代小説與宗教》，《古代小説評介叢書》第 4 輯（遼寧：教育出版社，1992 年 10 月一版）。

8. 任遵時，《明代劇作家周憲王研究》，1995 年 12 月再版。

9. 汪辟疆編，《唐人傳奇小説》（台北：文史哲出版社，1988 年 4 月再版）。

10. 李春青等主編，《明人奇情》（台北：雲龍出版社，1996 年 2 月初版）。

11. 李格非、吳志達選注，《元明清小説選》（河南：中州古籍出版社，1984 年 8 月一版）。

12. 李悔吾，《中國小説史漫稿》（湖北：教育出版社，1992 年 7 月初版一印）。

13. 吳辰伯，《江浙藏書家史略》（台北：文史哲出版社，1982 年 5 月初版）。

14. 吳志達，《中國文言小説史》（山東：齊魯書社，1994 年 9 月初版）。

15. 吳志達，《明清文學史》（明代卷）（武漢：大學出版社，1991 年 12 月一版）。

16. 吳組緗、沈天佑，《宋元文學史稿》（北京：大學出版社，1989 年 5 月一版）。

17. 林辰，《神怪小説史話》，《古代小説評介叢書》第 2 輯（遼寧：教育出版社，1992 年 10 月一版）。

18. 林辰、鍾離叔，《古代小説與詩詞》，《古代小説評介叢書》第 4 輯（遼寧：教育出版社，1992 年 10 月一版）。

19. 林麗容，《「伽婢子」和「剪燈新話」之比較研究》（東吳大學，日文研究所，1987 年，碩士論文）。

20. 孟瑤，《中國小説史》（台北：傳記文學出版社，1991 年 4 月再版）。

21. 昌彼得，《説郛考》（台北：文史哲出版社，1979 年 12 月初版）。

22. 侯忠義、劉世林，《中國文言小説史稿》（下冊）（北京：大學出版社，1993 年 2 月一版）。

23. 祝秀俠，《唐代傳奇研究》，《現代國民知識叢書》第 4 輯（台北：中華文化出版事業委員會，1957 年 5 月初版）。

24. 胡大雷、黃理彪，《鴻溝與超越源溝的歷程——中國古代文言短篇小説史》（陝西：師範大學出版社，1995 年 2 月一版）。

25. 胡士瑩，《話本小説概論》（北京：中華書局，1980 年 5 月一版）。

26. 胡萬川，《馮夢龍生平及其對小説之貢獻》（政治大學，中國文學研究所，1973 年 6 月，碩士論文）。

27. 柳喜在，《三笑姻緣故事研究──以「唐解元一笑姻緣」爲主》（中國文化大學，中國文學研究所碩士論文，1987 年 5 月）。

28. 孫一珍，《明代小説簡史》（上、下），《古代小説評介叢書》第 1 輯（遼寧：教育出版社，1992 年 10 月一版）。

29. 范煙橋，《中國小説史》（台北：漢京出版社，1983 年 9 月初版）。

30. 俞汝捷，《幻想和寄託的國度──志怪傳奇新論》（台北：淑馨出版社，1991 年 4 月初版）。

31. 郭箴一，《中國小説史》（台灣：商務印書館，1988 年 2 月台 8 版）。

32. 剪燈新話讀書會，《剪燈新話校訂》（北九州：中國文學評論社，1985 年出版）。

33. 黃敏譯注、章培垣審閱，《明代文言短篇小説選譯》（四川：巴蜀書社，1991 年 10 月初版）。

34. 黃岩柏，《公案小説史話》，《古代小説評介叢書》第 2 輯（遼寧：教育出版社，1992 年 10 月一版）。

35. 黃岩柏，《中國公案小説史》（遼寧：人民出版社，1995 年 5 月一版）。

36. 陳大康，《通俗小説的歷史軌跡》（湖南：出版社，1993 年 10 月一版）。

37. 陳文新，《中國文言小説流派研究》（武漢：大學出版社，1993 年 9 月一版）。

38. 陳妙如，《啖蔗研究》（中國文化大學，中國文學研究所，1988 年 12 月，博士論文）。

39. 陳炳熙，《古典短篇小説藝術新探》（上海：華東師範大學出版社，1991 年 9 月一版）。

40. 陳益源，《剪燈新話與傳奇漫錄之比較研究》（台北：學生書局，1990 年 7 月初版）。

41. 陳益源，《元明中篇傳奇小説研究》（中國文化大學，中文研究所，1995 年博士論文）。

42. 陳益源，《從嬌紅記到紅樓夢》（瀋陽：古籍出版社，1996 年 7 月一版）。

43. 陳浦清，《中國古代寓言史》（湖南：教育出版社，1983 年 11 月一版）。

44. 張兵，《話本小説史話》，《古代小説評介叢書》第 2 輯（遼寧：教育出版社，1992 年 10 月一版）。

45. 張兵，《凌濛初與三言》，《古代小説評介叢書》第 9 輯（遼寧：教育出版社，1992 年 10 月一版）。

46. 張虎剛、林驊選譯，《元明小説選譯》（上海：古籍出版社，1990 年 6 月一版）。

47. 張穗芳，《馮夢龍「情史類略」情論研究》（中國文化大學，中國文學研究所，1988 年 6 月，碩士論文）。

48. 崔奉源，《中國古典短篇俠義小説研究》（台北：聯經出版社，1986 年 12 月一版二印）。

49. 徐丙嫦，《剪燈新話與金鰲新話之比較研究》（台灣師範大學，國文研究所，1981

年，碩士論文）。

50. 徐君慧，《中國小說史》（廣西：教育出版社，1991 年 12 月一版）。

51. 游秀雲，《宋代傳奇小說研究》（東海大學，中國文學研究所，1993 年 6 月，碩士論文）。

52. 寧稼雨，《中國志人小說史》（遼寧：人民出版社，1991 年 10 月一版）。

53. 楊義，《中國歷朝小說與文化》（台北：業強出版社，1993 年 8 月初版）。

54. 楊子堅，《新編中國古代小說史》（南京：大學出版社，1990 年 6 月出版）。

55. 趙景深，《元人雜劇鉤沈》（上海：古典文學出版社，1956 年 2 月一版）。

56. 趙景雲、何賢峰，《中國明代文學史》（北京：人民出版社，百卷本中國全史，第 97 冊，1994 年 4 月一版）。

57. 趙興勤，《古代小說與倫理》，《古代小說評介叢書》第 4 輯（遼寧：教育出版社，1992 年 10 月一版）。

58. 葉德均，《戲曲小說叢考》（北京：中華書局，1979 年 5 月一版）。

59. 董乃斌，《中國古典小說的文體獨立》（中國：社會科學出版社，1994 年 2 月一版）。

60. 董國炎，《蕩子‧柔情‧童心──明代小說思潮》（北岳：文藝出版社，1992 年 9 月一版）。

61. 鄭振鐸，《鄭振鐸古典文學論文集》（上海：古籍出版社，1984 年 1 月一版。）

62. 齊裕焜主編、吳小如審訂，《中國古代小說演變史》（敦煌：文藝出版社，1990 年 9 月一版）。

63. 齊裕焜、陳惠琴，《中國諷刺小說史》（遼寧：人民出版社，1993 年 5 月一版）。

64. 鄧長風，《明清戲曲家考略》（上海：古籍出版社，1994 年 12 月一版）。

65. 鄧紹基主編，《元代文學史》（北京：人民文學出版社，1991 年 12 月一版）。

66. 蔣瑞藻，《彙印小說考證》（台灣：商務印書館，1975 年 3 月初版）。

67. 魯迅，《中國小說史略》（台灣：谷風出版社，翻印版）。

68. 劉蔭柏，《中國武俠小說史》（古代部份）（石家莊：花山文藝出版社，1992 年 3 月一版）。

69. 錢靜方，《小說叢考》（台北：長安出版社，1979 年 10 月台一版）。

70. 戴不凡，《小說見聞錄》（浙江：人民出版社，1980 年 2 月出版）。

71. 薛克翹，《剪燈新話及其他》，《古代小說評介叢書》第 9 輯（遼寧：教育出版社，1992 年 10 月出版）。

72. 薛洪勣等選註，《明清文言小說選》（湖南：人民出版社，1981 年 6 月一版）。

73. 繆詠禾，《馮夢龍與三言》，《古代小說評介叢書》第 9 輯（遼寧：教育出版社，1992 年 10 月一版）。

74. 韓秋白、顧青《中國小說史》（台北：文津出版社，1995 年 6 月初版）。

75. 蕭相愷，《宋元小說簡史》，《古代小說評介叢書》第 1 輯（遼寧：教育出版社，1992 年 10 月一版）。

76. 蕭相愷，《珍本禁毀小說大觀》（中州：古籍出版社，1992 年 2 月一版）。

77. 譚正璧，《中國小說發達史》（台北：啟業書局，1978 年 9 月台四版）。

78. 譚正璧、譚尋，《古本稀見小說匯考》（浙江：文藝出版社，1984 年 11 月一版）。

79. 譯正璧、譚尋，《話本與古劇》（上海：古籍出版社，1985 年 4 月一版）。

80. 羅立群，《中國武俠小說史》（遼寧：人民出版社，1990 年 10 月一版）。

81. 顧建華，《中國元代文學史》（北京：人民出版社，百卷本中國全史，第 69 冊，1994 年 1 月出版）。

82. 權寧愛，《型世言研究》（台北：福記文化圖書公司，1993 年 9 月初版）。

83. Hanan 著，張保民、吳兆芳合譯，《韓南中國古典小說論集》（台北：聯經出版社，1979 年 9 月初版）。

三、重要工具書及文學理論

1. 丁丙，《八千卷樓書目》，《書目四編》（台北：廣文書局出版）。

2. 方祖燊，《小說結構》（台北：東大圖書公司，1995 年 10 月初版）。

3. 王先霈主編，《小說大辭典》（長江：文藝出版社，1991 年 8 月一版）。

4. 王利器輯，《元明清三代禁毀小說戲曲史料》（上海：古籍出版社，1981 年 2 月，增訂版）。

5. 王重民，《中國善本書提要》（上海：古籍出版社，1983 年 8 月一版）。

6. 王啟忠，《小說文化》（北方：文藝出版社，1992 年 1 月一版）。

7. 不題撰人，《傳奇彙考》（北京：書目文獻出版社，1994 年 3 月一版）。

8. 日本內閣文庫，《內閣文庫漢籍目錄》（進學書局，1970 年 8 月影印初版）。

9. 中國古代小說百科全書編輯委員會，《中國古代小說百科全書》（北京：中國大百科全書出版社，1993 年 4 月一版）。

10. 江蘇省社會科學院明清小說研究中心編，《中國通俗小說總目提要》（北京：中國文聯出版社，1990 年 2 月一版）。

11. 吳慰祖（清），《四庫各省採進書目》，《書目類編》第 13 冊（台北：成文出版社出版）。

12. 胡邦煒、岡崎由美，《古老心靈的回音——中國古典小說的文化——心理學闡釋》（四川：文藝出版社，1991 年 3 月一版）。

13. 高儒（明），《百川書志》，《書目類編》第 27 冊（台北：成文出版社，1978 年 7 月影印 1957 年古典文學出社排印本）。

14. 清高宗敕撰，《欽定續通考》（台北：新興書局，1963 年 10 月一版）。

15. 袁行霈、侯忠義，《中國文言小說書目》（北京：大學出版社，1981 年 11 月一版）。

16. 秦亢宗主編，《中國小說辭典》（北京：出版社，1990 年 4 月一版）。

17. 孫楷第，《日本東京所見小說書目》（北京：人民文學出版社，1991 年 5 月一版三印）。

18. 孫殿起，《續販書偶記續編》（台北：洪氏出版社，1982 年 1 月初版）。

19. 紀昀（清），《四庫全書總目》（台北：藝文印書館出版）。

20. 徐岱，《小說形態學》（杭州：大學出版社，1992 年 11 月一版）。

21. 徐勃（明），《紅雨樓書目》，《書目類編》第 28 冊（台北：成文出版社出版）。

22. 陳平原，《小說史：理論與實踐》（北京：大學出版社，1993 年 3 月一版）。

23. 曹璉，《寶文堂書目》（台北：成文出版社，《書目類編》第 28 冊，影印 1957 年古典文學出社排印本，1978 年 7 月出版）。

24. 黃文暘撰、董康校，《曲海總目提要》（天津：古籍書店影印大東書局 1928 年版，1992 年 6 月一版）。

25. 黃虞稷（清），《千頃堂書目》，《書目叢編》（台北：廣文書局出版）。

26. 張季皋，《明清小說辭典》（石家莊：花山文藝出版社，1992 年 8 月一版）。

27. 趙用賢（明），《趙定宇書目》，《書目類編》第 29 冊（台北：成文出版社出版）。

28. 趙琦美（明），《脈望館書目》，《叢書集成初編》（台北：新文豐出版社出版）。

29. 鄭萬里，《西諦書目》，《書目類編》，44 冊（台北：成文出版社出版）。

30. 董康，《書舶庸譚》（台北：世界書局，1971 年 9 月出版）。

31. 靜嘉堂文庫，《靜嘉堂文庫漢籍分類目錄》（進學書局，1969 年 6 月台一版），

32. 橋川時雄，《續修四庫全書提要》（台灣：商務印書館，1971 年 3 月出版）。

33. 羅樹華、陶繼新、李振樹主編，《小說辭典》（中國：礦業大學出版社，1989 年 12 月一版）。

34. E.M.Forster 著、李文彬譯，《小說面面觀》（台北：志文出版社，1973 年出版）。

35. W.Kenney 著、陳迺臣譯，《小說的分析》（台北：成文出版社，1977 年出版）。

36. Wriffred L.Guerin、John R. Willingham、Earle C. Labor、Lee Morgan 編，徐進夫譯，《文學欣賞與批評》（台北：幼獅文化事業公司，1975 年 4 月初版）。

貳、單篇論文

1. 丁奎福著、陳祝三譯，〈中國小說對韓國小說的影響〉，《中韓關係史論文集》，1983 年 12 月，頁 373～464。

2. 丁奎福，〈剪燈新話的激盪〉，中國古典文學研究會主編，《域外漢文小說論究》（臺灣：學生書局，1989 年 2 月初版，頁 157～169）。

3. 大塚秀高著、謝碧霞譯，〈明代後期文言小說刊行概況（上、下）〉，《書目季刊》，19：2，1985 年 9 月，頁 60～75；19：3，1985 年 12 月，頁 34～51。

4. 王三慶，〈萬錦情林初探〉，明史研究小組印行，《明史研究專刊》，1992 年 10 月，頁 37～71。

5. 王先霈，〈剪燈二種與明初文人以文爲戲的小說觀〉，《華中師範大學學報》（哲學社會科學報），1986 年第 2 期，頁 94～99。

6. 王瑞功，〈關於古典小說發展問題的思考〉，濟南《文史哲》，1986 第 6 期，頁 3～8。

7. 王卓華，〈說傳奇〉，安陽師專《殷都學刊》，1990 年第一期，頁 54～59。

8. 王欲祥，〈京本通俗小說真偽談〉，《古典文學知識》，1990 年第 3 期，頁 103～106。

9. 王國良，〈韓國抄本漢文小說集啖蔗考辨〉，《漢學研究》，6 卷 1 期，1988 年 6 月，頁 243～248。

10. 石昌渝，〈「小說」界說〉，北京《文學遺產》，1994 年第一期，頁 85～92。

11. 石昌渝，〈《剪燈新話》價值的重估〉，南京《古典文學知識》，1992 年第三期，頁 77～79。

12. 市成直子，〈關於《剪燈新話》的版本〉，《上海大學學報》，1995 年第 3 期，頁 69～76。

13. 皮述民，〈明初《剪燈二種》的諷刺與譴責〉（新加坡國立大學中文系學術論文，1982 年，頁 1～22）。

14. 包紹明，〈論宋懋澄在中國文言小說史上的地位〉，《明清小說研究》，1998 年 2 輯，頁 173～184。

15. 朱穎輝，〈承先啓後的愛情悲劇《嬌紅記》〉，《戲劇》，1988 年春季號，總第 47 期，頁 98～105。

16. 朱鴻林，〈記宋楙澄九籥集〉，《漢學研究》，5 卷 2 期，1987 年 12 月，頁 559～564。

17. 伊藤漱平著、謝碧霞譯，〈『嬌紅記』成書經緯：其變遷及流傳過程〉，《中外文學》第 13 卷第 12 期，1985 年 5 月，頁 90～111。

18. 成澤勝，〈《剪燈新話》て金鰲新話〉——「萬福寺樗蒲記」の構成中心に〉，《中國文學研究》5，1979 年 12 月，頁 76～88。

19. 肖東發，〈明代小說家、刻書家余象斗〉，《明清小說論叢》第四輯（瀋陽：春風文藝出版社，1986 年 6 月，頁 195～211）。

20. 近滕春雄，〈剪燈新話的世界〉，《說林》25，1977 年 2 月，頁 45～54。

21. 近滕春雄，〈剪燈新話和唐代小說〉，《說林》23，1974 年 12 月，頁 54～64。

22. 杜聯喆，〈明人小說記當代奇聞本事舉例〉，《清華學報》7：2，1969 年 8 月，頁 156～175。

23. 李慶，〈瞿佑及其時代：日本內閣文庫所藏瞿佑「樂全稿」探析〉，《中華文史論叢》，53 輯（上海：古籍出版社，1994 年 6 月一版），頁 258～281。

24. 吳敦，〈未見著錄之中國小說十種提要〉，《明清小說論叢》第三輯（瀋陽：春風文藝出版社，1985 年 6 月，頁 217～234）。

25. 吳志達，〈關於中國文言小說的幾個問題〉（《武漢大學學報》社科版，1993 年第 3 期），頁 89～96。

26. 何長江，〈《國色天香》成書年限〉，南京《明清小說研究》，1993 年第 2 期，頁 250～251。

27. 何長江，〈論元明長篇傳奇小說的發展歷程〉，南京《明清小說研究》，1994 年第 2 期，頁 134～144。

28. 何長江，〈《燕居筆記》編者余公仁小考〉，南京《明清小說研究》，1993 年第 2 期，頁 105～108。

29. 金榮華，〈啖蔗辨瑣〉，《大陸雜誌》，74 卷 4 期，1987 年 4 月，頁 1～5。

30. 金榮華，〈啖蔗續辨〉，《漢學研究》，6 卷 2 期，1988 年 12 月，頁 355～368。

31. 金榮華，〈型世言及三刻拍案驚奇等書考略〉，《華岡文科學報》第 19 期，1993 年 7 月，235～254。

32. 金榮華，〈型世言考略補述〉，《華岡文科學報》，1994 年 7 月，第 20 期，頁 143 ～151。

33. 官桂銓，〈明小說家余象斗及余氏刻小說戲曲〉，《文學遺產增刊》，十五輯（北京：中華書局，1983 年 9 月，頁 125～130）。

34. 官桂銓，〈所發現的明代文言小說《麗史》〉，北京《文獻》，1993 年第三期，頁 3～19。

35. 林辰，〈小說史的研究和小說的民族傳統〉，《明清小說論叢》第 5 輯，1987 年 9 月，頁 49～62。

36. 岡琦由美，〈瞿祐《香臺集》——《剪燈新話》成立的側面〉（中國文學研究 9，1983 年 12 月，頁 87～98）。

37. 岡琦由美，〈賈雲還魂記に於ける文言小說長篇化の指向性〉，《早稻田大學苑文學研究科紀要》，別冊第十一集，1984 年，頁 135～144。

38. 姜東賦，〈中國小說觀的歷史演進〉（天津：師大學報社科版，1992 年第 1 期，頁 55～62）。

39. 胡從經，〈東瀛訪稗錄之七《幽怪詩壇》和《效顰集》:《聊齋》先聲與騷人之作〉，香港《明報》月刊，1989 年 1 月號，頁 99～101。

40. 胡萬川，〈京本通俗小說的新發現〉，《中華文化復興月刊》，10 卷 10 期，1977 年 10 月，頁 37～43

41. 柳鐸一，〈燕山居詔論採購中國小說考〉，《第三屆中國域外漢籍國際學術會議論文集》（台北：聯合報文化基金會國學文獻館，1980 年 11 月），頁 363～374。

42. 范志新，〈關於中山狼傳的兩個問題〉，《明清小說研究》，1988 年第 4 期，頁 65 ～70。

43. 唐富齡，〈文言小說肖像描寫淺議〉（《武漢大學學報》（社會科學），1984 年第 6 期，95～99）。

44. 唐富齡，〈藻繪與尚質的分歧〉，《古典文學知識》，1989 年第 5 期，頁 48～54。

45. 唐富齡，〈文言小說人物性格刻劃的歷史進程〉，《武漢大學學報》，1990 年第 4 期，95～102。

46. 高美華，〈時事傳奇與明代社會〉，《嘉義師院學報》第 5 期，1991 年，頁 199～232。

47. 夏咸淳，〈馮夢龍的情史及其人情說〉，《明清小說研究》第 4 輯，頁 482～494。

48. 孫一珍，〈明代小說的橫向勝覽與正名〉（中國：社會科學院文學研究所編，《俞平伯先生從事文學活動六十五周年紀念論文集》，巴蜀書社，1992 年 3 月，頁 341～365）。

49. 孫之梅，〈傳奇與志怪的珠聯璧合〉，《古典文學知識》，1988 年 4 月，頁 54～57。

50. 馬幼垣，〈京本通俗小說之各篇的年代及其真偽問題〉，《中國小說史集稿》（台北：聯經出版社，1983 年 5 月再版，頁 19～44）。

51. 馬興榮，〈馮夢龍及其創作〉，《華東師範大學學報》（哲學社會科學），1985 年四期，頁 52～57。

52. 秋吉久紀夫，〈原剪燈新話的期刊〉，《中國文學論集》7，1976 年 6 月，頁 28～38。

53. 秋吉久紀夫，〈再論剪燈叢話——萬曆時期文藝思想動向的一斑〉，《文藝與思想》，44 期，1980 年 11 月，頁 44～52。

54. 徐朔方，〈小說鍾情麗集的作者〉，《中華文史論叢》，1987 年第一期，頁 309～310。

55. 堀田文雄，〈剪燈新話考——文脈の二層性について——〉，《集刊東洋學》，1978 年 6 月，頁 38～53。

56. 陳飛，〈談明代短篇韻文小說《會仙女志》〉，《明清小說研究》，1988 年第 3 期，頁 278～280。

57. 陳遼，〈中國古小說中的紀實小說〉，《遼寧大學學報》，1995 年第 1 期，頁 3～8。

58. 陳大康，〈論小說史上的兩百年空白〉，《華東師範大學學報》，哲學社會科學版，1990 年第五期，頁 77～84。

59. 陳文新，〈論晚明文言小說中的名士風度〉，《明清小說研究》，1989 年第 2 期，頁 91～100。

60. 陳良瑞，〈《剪燈叢話》考證〉，《文學遺產增刊》，十八輯，山西人民出版社，1989 年 3 月，頁 268～283。

61. 陳炳熙，〈論古代文言小說的文人性〉，《南開學報》，1992 年第 1 期，頁 71～77。

62. 陳益源，〈越南漢文小說《傳奇漫錄》的淵源與影響〉，中國古典文學研究會主編，《域外漢文小說論究》（臺灣：學生書局，1989 年 2 月初版，頁 113～155）。

63. 陳益源，〈明清小說裏的《嬌紅記》〉（中國：古典文學研究會編，《古典文學》第十一集，台灣學生書局，1990 年 12 月，頁 197～237）。

64. 陳慶浩，〈瞿佑和剪燈新話〉，《漢學研究》6－1：明代戲曲小說研討會論文專號，1988 年 6 月，頁 199～211。

65. 陳蘭村，〈明代傳記體小說略論〉（《貴州社會科學》，1993 年第四期，頁 57～62）。

66. 張火慶，〈說岳全傳中以報應與地獄為主題的四段情節〉（台北：聯經出版社，《小說戲曲研究第一集》，1988 年 5 月初版，頁 261～280）。

67. 張發穎、刁雲展，〈花陣綺言對戲曲小說的影響——明末清初小說述要之二〉，《社會科學輯刊》，1982 年第六期，頁 153。

68. 張增元，〈瞿祐事跡考略〉，《文學遺產增刊》15，1983 年 9 月，頁 119～124。

69. 崔子恩，〈論中國文言小說的發展及其創作傳統〉（《中國社會科學院研究生學報》，1986 年第六期，頁 52～57）。

70. 喬炳南，〈剪燈新話對日本江戶文學的影響〉，《古典文學》第七集（台北：學生書局，1985 年 8 月出版，頁 781～808）。

71. 程毅中，〈略談才子佳人小說的歷史發展〉，《明清小說論叢》第一輯（瀋陽：春風文藝出版社，1984 年 5 月，頁 34～48）。

72. 程毅中，〈十二卷本《剪燈叢話》補考〉，北京：《文獻》，1990 年第二期，頁 68～73。

73. 程毅中，〈《花影集》與陳經濟故事〉，北京：《文學遺產》，1993 年第五期，頁 57。

74. 程毅中，〈《嬌紅記》在小說藝術發展中的歷史價值〉，《許昌師專學報》，社會科學版，1990 年第二期，頁 15～20。

75. 程毅中，〈文備眾體的唐代傳奇〉，收在《神怪情俠的藝術世界——中國古代小說流派漫話》（中共中央黨校出版社，1994 年 1 月一版，頁 67～83）。

76. 程國賦，〈從唐傳奇到話本小說之嬗變研究〉（《江蘇社會科學學報》，1995 年第 1 期，頁 110～115、131）。

77. 游秀雲，〈青瑣高議對剪燈新話的影響〉，《華岡研究學報》，創刊號，1996 年 3 月，頁陸 1～16。

78. 葉德均，〈讀明代傳奇文七種〉，《戲曲小說叢考》（北京：新華書局，1979 年 5 月一版，頁 535～541）。

79. 蔡國梁，〈人物傳記之林——虞初新志今論〉，《明清小說研究》，1988 年第 2 期，頁 185～199。

80. 蔡國梁，〈虞初續志四種述略〉，《明清小說研究》，1988 年第 4 期，頁 152～162。

81. 鄭炳昱，〈金時習研究〉，《檀大論文集》第七輯，頁 70～174。

82. 鄭樹平，〈明代傳奇小說的重要收獲——略論新話、餘話、因話〉，《明清小說研究》，1988 年第 1 輯，頁 9～20。

83. 歐陽健，〈試論研究古代小說版本的意義和方法〉（《江蘇社會科學》，1992 年第 1 期，頁 98～103）。

84. 蔣星煜，〈小說《中山狼傳》作者考〉，《學林漫錄》2，1981 年 3 月，頁 121～127。

85. 魯迅，〈中國小說的歷史變遷〉，收在《魯迅全集》第九卷（台北：谷風出版社），1989 年 12 月台一版，頁 306～344。

86. 魯迅，〈《唐宋傳奇集》稗邊小綴〉，收在《魯迅全集》第十卷（台北：谷風出版社，1989 年 12 月台一版），頁 83～149。

87. 劉輝、薛亮，〈明清稀見小說經眼錄〉，北京《文學遺產》，1993 年第一期，頁 13～20。

88. 劉奉文，〈《國色天香》周文煒刻本補考〉，南京《明清小說研究》，1991 年第一期，頁 161～165。

89. 謝碧霞，〈「豔異編」研究〉，中國古典文學研究會編，《古典文學》第八集（台灣：學生書局，1986 年 4 月，頁 287～311）。

90. 澤田瑞穗，〈剪燈新話的舶載年代〉（《中國文學月報》第 35 號，頁 186～188）。

91. 薛洪勣，〈明清文言小說管窺〉（吉林省：社會科學院，《學術研究叢刊》1，1980 年），頁 81～89。

92. 薛洪勣，〈明清文言小說的發展歷程〉，《長春社會科學戰線》，1990 年第二期，頁 254～261。

93. 薛洪勣，〈中國小說史上的一個發展環節──明代「文言話本」縱橫談〉，《長春社會科學戰線》，1992 年第一期，頁 288～293。

94. 蕭東發，〈明代小說家、刻書家余象斗〉，《明清小說論叢》4，1986 年 6 月，頁 195～211。

95. 羅榮德，〈略論庚巳編〉，《明清小說研究》第一輯，頁 188～196。

96. 蘇興，〈京本通俗小說辨疑〉，《文物》，1978 年 3 期，頁 71～74。

附　表

一、篇目分析表

（一）、傳奇集

次	卷	篇　名	主　角	題材	詩　歌	背　景	字　數
瞿佑《剪燈新話》							
1	1～1	水宮慶會錄	余善文	志怪	2詞1曲1詩	元末潮州	1581
2	1～2	三山福地志	元自實	志怪		至正山東	2091
3	1～3	華亭逢故人	全生、賈生	志怪	4詩	至正松江	867
4	1～4	金鳳釵記	興哥	志怪		元成宗揚州	1836
5	1～5	聯芳樓記	鄭生	愛情	15詩	至正吳郡	1122
6	2～1	令狐生冥夢錄	令狐譔	志怪	1詩1供文		1428
7	2～2	天台訪隱錄	徐逸	志怪	1詩1古風	明洪武	1683
8	2～3	滕穆醉遊聚景園	滕穆	志怪	3詩1弔文	元仁宗永嘉	1836
9	2～4	牡丹燈記	喬生	志怪	3供1判詞	元末浙東	1734
10	2～5	渭塘奇遇記	王生	愛情	4詩30韻	元至順	1377
11	3～1	富貴發跡司志	何友仁	志怪		至正泰州	1428
12	3～2	永州野廟記	畢應祥	志怪		元成宗永州	1122
13	3～2	申陽洞記	李德逢	志怪		元明宗桂州	1530
14	3～4	愛卿傳	趙六、羅愛愛	愛情	4詩2詞	元末嘉興	1989
15	3～4	翠翠傳	金生	愛情	6詩1信	元末湖州	2397

16	4～1	龍堂靈會錄	聞人子述	志怪	5 長詩 1 詞	元順帝吳江	2295
17	4～2	太虛司法傳	馮大異	志怪		至元丁丑	1530
18	4～3	修文舍人傳	夏顏	志怪	3 詩	至正兩浙	1173
19	4～4	鑑湖夜泛記	成令言	志怪		元天歷會稽	1734
20	4～5	綠衣人傳	趙源	志怪	2 詩	元仁宗西湖	1326
21	附錄	秋香亭記	商生	愛情	5 詩 1 信	至正浙江	1479
	李禎	《剪燈餘話》					
22	1～1	長安夜行錄	巫馬期仁	志怪	2 長詩	明	1850
23	1～2	聽經猿記	袁文順	宗教	12 詩 1 信	後唐盧陵	2730
24	1～3	月夜彈琴記	烏斯道	志怪	30 詩 1	明吉安	3000
25	1～4	何思明遊酆都錄	爛柯樵者	志怪	銘文	宋	2500
26	1～5	兩川都轄院志	吉復卿	志怪	6 絕句	宋四川	1500
27	2～1	連理樹記	賈粹、逢萊	愛情	17 詩	元福建	1900
28	2～2	田洙遇薛濤聯句記	田洙、薛濤	志怪	10 聯句	元明蜀	3500
29	2～3	青城舞劍記	眞本無、文固虛	豪俠	2 詩 1 詞	元蜀	1850
30	2～4	秋夕訪琵琶記	沈韶	志怪	3 詩 1 詞	明江西	3000
31	2～5	鸞鸞傳	柳穎	愛情	10 詩 1 信	元	2550
32	3～1	鳳尾草記	龍生、練氏	愛情	4 長歌	明南京	1750
33	3～2	武平靈怪錄	齊仲和	志怪	9 詩 1 歌	元	2150
34	3～3	瓊奴傳	徐苕郎	愛情	4 詩	明	2050
35	3～4	幔亭遇仙錄	杜撰成	宗教	8 詩 1 歌	明福建	6950
36	3～5	胡媚娘傳	黃興、蕭裕	志怪	符文	新鄭	1200
37	4～1	洞天花燭記	文信美	志怪	9 詩 2 文	天目	1800
38	4～2	泰山御史傳	宋珪、秦軫	志怪	2 文	元山東	1700
39	4～3	江廟泥神記	謝生、王連	志怪	4 詩 4 歌 1 信	四川	2150
40	4～4	芙蓉屏記	崔英	愛情	2 詩 1 歌	元蘇州	2075
41	4～5	秋千會記	拜住、速哥失里	愛情	2 詩	元	1200
42	附錄	至正妓人行	金芙蓉	世情	韻文	元明	1600
43	5～1	賈雲華還魂記	魏鵬	愛情	49 詩 2 信 1 文	元至正杭州	13250

趙弼《效顰集》						
44	上～1	續宋丞相文文山傳	文天祥	歷史	1祭文1長歌1律	元初福建	1770
45	上～2	宋進士袁鏞忠義傳	袁鏞	歷史		宋浙江四明	1260
46	上～3	蜀三忠傳	朗革夕、完者都、趙資	歷史	3律	元至正四川	1500
47	上～4	何忠節傳	何廷臣	歷史	1祭文1律	明洪熙安南	1140
48	上～5	玉峰趙先生傳	趙廷璋	歷史	2長詩	元四川	1080
49	上～6	張繡衣陰德傳	張志忠	歷史		明宣德兩湖	600
50	上～7	孫鴻臚傳	孫伯堅	歷史		明洪武四川	660
51	上～8	趙氏伯仲友義傳	趙銘	歷史	4律	明四川	1080
52	上～9	愚莊先生傳	潘文奎	歷史		明福建湖南	840
53	上10	新繁胡大尹傳	胡侯	歷史		明初新樂	1110
54	上11	覺壽居士傳	袁覺壽	宗教	10偈	明廣福山	1380
55	中～1	三賢傳	司馬相如、揚雄、王褒	志怪	5律	四川	2370
56	中～2	鍾離叟嫗傳	王安石	歷史	7詩	宋湖北鍾離	2190
57	中～3	酆都報應錄	李文勝	志怪	3判詞	元至正四川	2220
58	中～4	續東窗事犯傳	胡迪	志怪	1詩2判詞	四川	3030
59	中～5	鐵面先生傳	韓德原	志怪	1祭1絕	四川	1080
60	中～6	逢萊先生傳	林孟章	志怪	5詩3詞1狀	四川	2430
61	下～1	青城隱者記	李有	志怪	2詩1歌1詞	明四川	2210
62	下～2	兩教辨	韋正理	宗教		元潼川	2100
63	下～3	丹景報應錄	劉海蟾	志怪	4詩1判	元至元四川	2190
64	下～4	木綿庵記	賈似道	歷史	1短歌	宋福建	1350
65	下～5	繁邑古祠對	東郭生	宗教		繁邑	1170
66	下～6	泉蛟傳	龔銘諱	志怪	1短歌	明永樂天彭	1080
67	下～7	疥鬼對	守拙生	志怪	1遣文	四川成都	840
68	下～8	夢遊番陽彭蠡傳	趙弼	志怪	33律詩2長歌	明洪武武昌	2940

陶輔《花影集》							
69	1～1	退逸子傳	鮑道	志怪	2詩1歌1銘		1764
70	1～2	劉方三義記	劉方、劉奇	愛情	3絕句	明宣德河西	2358
71	1～3	華山採藥記	吳見理	宗教	1律		2142
72	1～4	潦倒子傳	祝理	思想	11詩1祭文	山陽	2538
73	1～5	夢夢翁錄	華胥國人	思想	10詩		2322
74	2～1	節義傳	王生、陳安、郝氏	世情	1祭文1銘	宣德	2100
75	2～2	賈生代判錄	賈譽之	志怪	判文	山東	2214
76	2～3	東丘侯傳	花雲	歷史	銘歌	元至正濠州	2142
77	2～4	廣陵觀燈記	余論	世情	自狀	元至正廣陵	2196
78	2～5	管鑑錄	王屠、管鑑	思想	11詩	元末河北	1998
79	3～1	邗亭宵會錄	劉生	宗教	10詩	高郵鄱陽	2610
80	3～2	郵亭午夢	李炯然	志怪	3詩	明成化寧夏	3042
81	3～2	心堅金石傳	李彥直、張麗容	愛情	1頌	至元松江府	2142
82	3～4	四塊玉傳	繆以文	志怪	1詩6供判詞	永樂	3996
83	3～5	龐觀老錄	張生、四和	公案	1長詩1歌	金陵至元	2286
84	4～1	丏叟歌詩	李自然	世情	8詩	臨清	2736
85	4～3	雲溪樵子記	雲溪子	思想	1長詩	元至元江南	2502
86	4～4	閑評清會錄	閑評	思想	1長詩	明	1764
釣鴛湖客《鴛渚志餘雪窗談異》							
87	上～1	東坡三過記	蘇東坡	歷史	4詩	宋、嘉興本覺寺	1040
88	上～2	天王冥會錄	張處士	宗教	1長詞	明鴛湖之南	1040
89	上～3	弊帚惑僧錄	湛然	志怪		明本覺寺	858
90	上～4	甘節樓記	姜氏	歷史		明嘉興	676
91	上～5	妖柳傳	陶希侃	志怪	2詩	明會稽秀州	2860
92	上～6	德政感禽錄	楊繼宗	歷史		明成化嘉興	1820
93	上～7	賣婦化蛇記	張鑑	志怪		秀水白蓮寺	1144
94	上～8	招提琴精記	金鶴雲	志怪	2歌	宋、招提寺	988
95	上～9	觀燈錄	鄒翁	志怪		嘉興東塔寺	1170

96	上 10	鬻柑老人錄	老人	志怪		嘉興	650
97	上 11	西子泛雪記	倪生	志怪		禾城金明殿	1066
98	上 12	龍潭聯詠錄	曹睿	宗教	5 詩	秀水景德禪寺	2236
99	上 13	羞墓亭記	朱買臣	歷史	1 長歌 3 詩	漢嘉興	2028
100	上 14	酒藥迷人傳	姜應兆	志怪		元至元	2756
101	上 15	王翠珠傳	潘生	世情	戒嫖論	禾城	2288
102	上 16	景德幽瀾傳	寺僧	志怪		嘉善景德寺	702
103	下～1	秋居訪仙錄	吳子	志怪	20 詩	南湖幽村	2366
104	下～2	名閨貞烈傳	項氏、周應祈	歷史	1 詩	禾城檇李	1274
105	下～3	海變錄	李盡心	志怪	1 詩	明鹽官	858
106	下～4	高尚處士記	劉道士	宗教	2 詩	隱真寺	1950
107	下～5	俠客傳	張獻忠	豪俠		宋秀州	1612
108	下～6	三異傳	戴君實	世情		嘉興楓涇里	1768
109	下～7	朱氏遇仙傳	朱氏	志怪	10 首絕句	嘉興府治	1300
110	下～8	錄事化犬記	陳生	世情	4 詞	宋秀州	480
111	下～9	大士誅邪記	仇大姓	宗教		明鹽官會骸	1924
112	下 10	硤山遇故錄	貝瓊、談經	志怪	2 絕句	明紫微山	2574
113	下 11	醒迷余錄	忠告、胡應奎	世情	醒余迷論	明正德中	3380
114	下 12	佞人傳	施八者	志怪		宋施搭里	1300
115	下 13	燈妖夜話錄	張翼	志怪		明嘉興	1560
		邵景詹《覓燈因話》					
116	1～1	桂遷夢感錄	桂遷、施濟	世情		元大德會稽	3468
117	1～2	姚公子傳	姚公子	世情		浙東	1989
118	1～3	孫恭人傳	孫氏、花雲	歷史		元末紅巾亂	1224
119	1～4	貞烈墓記	郭氏、李奇	公案		元至正天台	871
120	1～5	翠娥語錄	李翠娥	世情		至元淮揚	1092
121	2～1	唐義士傳	唐珏	豪俠		明	1638
122	2～2	臥法師入定錄	銍生、狄氏	世情		明	1521
123	2～3	丁縣丞傳	丁縣丞	世情		明宣德中	793

（二）、單篇傳奇

序	作 者	篇 名	出 處	主 角	題材	韻 文	背 景	字 數
1	宋本	工獄	元明清小說選	工長	公案		元大都	1118
2	鄭禧	春夢錄	說郛卷42	鄭生、吳女	愛情	18詩6詞 4信2文	元	5500
3	朱元璋	周顛僊人傳	金聲玉振集	周顛、朱元璋	宗教	4詩1文	明初	1960
4	馬中錫	中山狼傳	東田文集	東郭先生	寓言			2000
5	蔡羽	遼陽海神傳	古今說海	程宰	志怪		明	3960
6	楊儀	金姬傳	亙史外紀42	金姬	歷史		元末	6200
7	楊儀	保孤記	藏說小萃	趙金五	世情		嘉靖	2745
8	楊儀	娟娟傳	高坡異纂卷中	木涇生、娟娟	愛情		嘉靖	1386
9	楊儀	唐文	高坡異纂卷中	唐文	宗教		成化	1285
10	陸粲	洞蕭記	庚己篇卷1	徐鑒	志怪		弘治	1800
11	陸粲	尤弘遠	庚己篇卷4	尤弘遠	志怪		明	832
12	陸粲	唐圯	庚己篇卷4	唐圯	志怪		明	832
13	陸粲	張御史神政	庚己篇卷4	張昺	公案		成化	1216
14	周復俊	唐寅	情史卷5	唐寅	愛情		弘治	980
15	周復俊	赫應祥	情史卷17	赫應祥	世情		明	783
16	周玄暐	張薑	情史卷17	張薑	公案		明	1053
17	胡汝嘉	韋十一娘	亙史外紀3	程德瑜、韋十一娘	豪俠		成化	3000
18	馮時可	張少華傳	明代文言短篇小說選譯	張少華	歷史		嘉靖	2280
19	陳繼儒	李公子傳	說郛續卷43	李公子	世情		唐肅宗	1911
20	陳繼儒	楊幽妍別傳	說郛續卷43	楊幽妍、張聖清	愛情		嘉靖	1256
21	宋楙澄	負情儂傳	九籥集5	李生、杜十娘	愛情		萬曆	2413
22	宋楙澄	珠衫	九籥前集11	楚賈、楚賈妻	愛情		明	1716
23	宋楙澄	劉東山	九籥前集11	劉東山	豪俠		嘉靖	1064
24	宋楙澄	李達福	九籥前集10	李達福	宗教		姑蘇	1178
25	潘之恒	蘇麻子傳	亙史外紀6	蘇麻子、徐海	豪俠		嘉靖	2200
26	潘之恒	王 六	亙史外紀23	王姬、廬生、何俠	愛情		萬曆	2360
27	潘之恒	李 昭	亙史外紀31	李昭、范仲凝、丘長儒	豪俠		萬曆	1280
28	潘之恒	胡白苧	亙史外紀36	白苧、汪遺民、洪茂才	愛情		萬曆	2400

（三）、不題撰人傳奇

吳大震《廣豔異編》簡稱"廣"。《續豔異編》簡稱"續"。馮夢龍《情史》簡稱"情"。清張潮《虞初新志》簡稱"虞"。

次	篇　名	出處/卷數	主　角	題材	韻　文	背　景	字數	備　註
1	金釧記	廣8、續4	竇羞花、章文煥	愛情	16 詩	元天曆 2 年	1034	情 3 章文煥
2	綵舟記	廣8、續4	吳氏、江情	愛情		閩福州	758	情 3 江情
3	並蒂連花記	廣9、續5	張麗春、曹壁	愛情	11 詩 1 詞	宋咸淳末	1436	情 11 並蒂蓮
4	張紅橋傳	廣9、續5	張紅橋、王偁、林鴻	愛情	36 詩 3 詞	明洪武閩	1937	情 13 張紅橋
5	雙鴛塚志（又題雙鴛鴦傳）	廣10、續6	林澄	愛情	4 詩	明正德 3 年	594	情 17 林澄
6	楊玉香	廣11、續6	林景清、楊玉香	愛情	11 詩 2 詞	明成化閩	1145	
7	王翹兒	廣11、續6	徐海、王翠翹	歷史		明嘉靖	915	互外 2 王翠翹、情 4 王翹兒、虞 8
8	靈犀小傳	廣11、續5	朱葵、陳伯行	愛情	2 詩		774	情 1 朱葵
9	瑤華洞天記	廣12	林鴻、董芸香	宗教	5 詩	閩洪武	898	
10	玉虛洞記	廣12	馮京、金光洞主	宗教		宋	1490	
11	范微	廣12、續7	范微	志怪	7 詩	明宣德 7 年	722	
12	老樹懸針記	廣23	呂宗潤	志怪	1 詩	明天順元年	661	
13	臧頤正	廣23	臧頤正	志怪	2 詩	明景泰間	529	
14	野廟花神記	廣23、續19	姚天麟	志怪	4 詩		753	
15	菊異	廣23、續19	戴君恩	志怪	4 詩	明洪熙	754	情 19 情妖菊異
16	蔣生	廣30	蔣常、盧金、馬氏、狐女	志怪		明天順 8 年	976	情 12 大別狐
17	王秋英傳	廣32、續13	韓夢雲、王秋英、韓鶴算	志怪	6 詩 6 詞	明嘉靖萬曆	2028	互史外篇 1 韓鶴算
18	遊會稽山記	廣32、續14	花麗春、鄒師孟	志怪	6 詩 1 詞	明天順	1343	情 19 花麗春
19	李妙惠	情1	李妙惠、杜子開、盧生	世情	1 詩	明弘治成化	840	
20	丘長孺	情6	六生、白二、十娘	愛情		明萬曆年間	840	
21	李月華	情9	王沼、李月華	志怪		明萬曆庚辰	560	
22	易萬戶	情10	易萬戶	志怪		明隆慶	672	
23	小青	情14	小青	世情	10 詩 1 詞 1 書	明廣陵	2408	虞卷 1

24	阿襤	情14	阿襤	愛情	2 詩	元至正	592	
25	邵御史	情18	邵天民、張健節	世情	1 詩	明蘇州		
26	桃園女鬼	情20	余丁、李君	志怪		明弘治	1600	

二、題材分類表

類別	作者	篇　名	小計
志怪類71篇	瞿佑	水宮慶會錄、三山福地志、華亭逢故人、金鳳釵記、令狐生冥夢錄、天台訪隱錄、滕穆醉遊聚景園、牡丹燈記、富貴發跡司志、永州野廟記、申陽洞記、龍堂靈會錄、太虛司法傳、修文舍人傳、鑑湖夜泛記、綠衣人傳	16
	李禎	長安夜行錄、聽經猿記、月夜彈琴記、何思明遊酆都錄、兩川都轄院志、田洙遇薛濤聯句記、秋夕訪琵琶記、武平靈怪錄、胡媚娘傳、洞天花燭記、泰山御史傳、江廟泥神記	11
	趙弼	三賢傳、酆都報應錄、續東窗事犯傳、鐵面先生傳、逢萊先生傳、青城隱者記、兩教辨、丹景報應錄、泉蛟傳、疥鬼對、夢遊番陽彭蠡傳	10
	陶輔	退逸子傳、賈生代判錄、郵亭午夢、四塊玉傳	4
	蔡羽	遼陽海神傳	1
	陸粲	洞蕭記、尤弘遠、唐坧	3
	釣鴛湖客	弊帚惑僧錄、妖柳傳、賣婦化蛇記、招提琴精記、觀燈錄、鬻柑老人錄、西子泛雪記、酒蘗迷人傳、景德幽瀾傳、秋居訪仙錄、海變錄、朱氏遇仙傳、硤山遇故錄、佞人傳、燈妖夜話錄	15
	佚名	范微、老樹懸針記、臧頤正、野廟花神記、菊異、蔣生、王秋英傳、遊會稽山記、李月華、易萬戶、桃園女鬼	11
	鄭禧	春夢錄	1
愛情類31篇	瞿佑	聯芳樓記、渭塘奇遇記、愛卿傳、翠翠傳、秋香亭記	5
	李禎	連理樹記、鶯鶯傳、鳳尾草記、瓊奴傳、芙蓉屏記、秋千會記、賈雲華還魂記	7
	陶輔	劉方三義記、心堅金石傳	2
	楊儀	娟娟傳	1
	周復俊	唐寅	1
	陳繼儒	楊幽妍別傳	1
	宋楙澄	負情儂傳、珠衫	2
	潘之恒	王六、胡白苧	2
	佚名	金釧記、綵舟記、並蒂蓮花記、張紅橋傳、雙鴛塚志、楊玉香、靈犀小傳、丘長孺、阿襤	9
歷史類22篇	趙弼	續宋丞相文文山傳、宋進士袁鏞忠義傳、蜀三忠傳、何忠節傳、玉峰趙先生傳、張繡衣陰德傳、孫鴻臚傳、趙氏伯仲友義傳、愚莊先生傳、新繁胡大尹傳、鍾離叟嫗傳、木綿庵記	12
	陶輔	東丘侯傳	1

	楊儀	金姬傳	1
	釣鴛湖客	東坡三過記、甘節樓記、德政感禽錄、羞墓亭記、名閨貞烈傳	5
	馮時可	張少華傳	1
	邵景詹	孫恭人傳	1
	佚名	王翹兒	1
	李禎	至正妓人行	1
世情類19篇	陶輔	節義傳、廣陵觀燈記、丐叟歌詩	3
	楊儀	保孤記	1
	釣鴛湖客	王翠珠傳、三異傳、錄事化犬記、醒迷余錄	4
	邵景詹	桂遷夢感錄、姚公子傳、翠娥語錄、臥法師入定錄、丁縣丞傳	5
	周復俊	赫應祥	1
	陳繼儒	李公子傳	1
	佚名	李妙惠、小青、邵御史	3
宗教類16篇	朱元璋	周顛僊人傳	1
	李禎	聽經猿記、幔亭遇仙錄	2
	趙弼	覺壽居士傳、兩教辨、繁邑古祠對	3
	陶輔	華山採藥記、邢亭宵會錄	2
	楊儀	唐文	1
	釣鴛湖客	天王冥會錄、龍潭聯詠錄、高尚處士記、大士誅邪記	4
	宋楙澄	李達福	1
	佚名	瑤華洞天記、玉虛洞記	2
豪俠類7篇	李禎	青城舞劍記	1
	胡汝嘉	韋十一娘	1
	釣鴛湖客	俠客傳	1
	邵景詹	唐義士傳	1
	宋楙澄	劉東山	1
	潘之恒	蘇麻子傳、李昭	2
公案類5篇	宋本	工獄	
	陸粲	張御史神政	1
	周玄暐	張蓋	1
	陶輔	龐觀老錄	1
	邵景詹	貞烈墓記	1
思想	陶輔	潦倒子傳、夢夢翁錄、管鑑錄、雲溪樵子記、閑評清會錄	5
寓言	馬中錫	中山狼傳	1

三、作家時代分布表

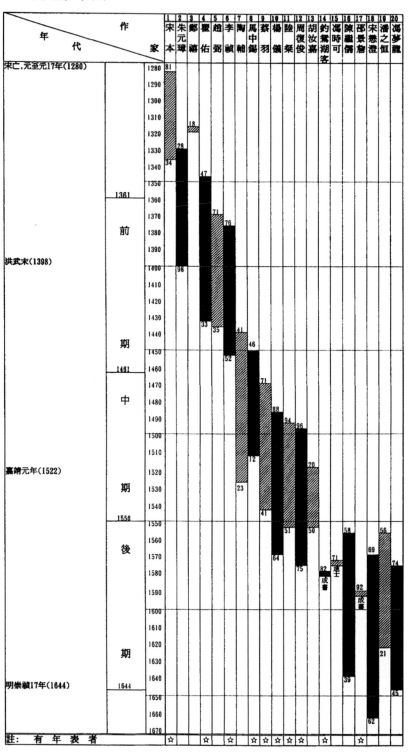

四、作家生卒及傳奇小說紀事表

帝號紀元	西　元	作　　家	傳奇小說紀事
元世祖至元 18 年	1281	宋本生	
元世祖至元 23 年	1286	貫雲石生	
元世祖至元 29 年	1292	閏 6 月鄭元佑生	
元成宗元貞元年	1195	12 月 25 日楊維禎生	
元武宗至大 3 年	1310	宋濂生	
元仁宗延祐 5 年	1318		鄭禧〈春夢錄〉前序
元泰定帝泰定 1 年	1324	貫雲石卒	
元泰定帝泰定 5 年	1328	朱元璋生	
元明宗天曆 2 年	1329	7 月張養浩卒	
元順帝元統 2 年	1334	宋本卒	
元順帝至正 2 年	1336	高啓生	
元順帝至正 7 年	1347	瞿佑生	
元順帝至正 24 年	1363	鄭元佑卒	
元順帝至正 25 年	1364	楊士奇生	
明太祖洪武 2 年	1369	解縉生	
明太祖洪武 3 年	1370	楊維禎卒	
明太祖洪武 4 年	1371	楊榮生	
明太祖洪武 5 年	1372	曾啓生	
明太祖洪武 6 年	1373	錢習禮生	
明太祖洪武 7 年	1374	高啓卒	
明太祖洪武 8 年	1375	劉基卒	
明太祖洪武 9 年	1376	李禎、王英生	
明太祖洪武 11 年	1378		瞿佑〈剪燈新話序〉
明成祖永樂 10 年	1412		李禎撰〈賈雲華還魂記〉
明成祖永樂 16 年	1418	邱濬生	
明成祖永樂 18 年	1420		李禎〈剪燈餘話序〉 王英、曾棨、羅汝敬、劉子欽爲餘話寫序
明成祖永樂 19 年	1421		瞿佑〈重校剪燈新話序〉
明成祖永樂 22 年	1424	丁鶴年卒	
明宣宗宣德 3 年	1428		趙弼〈效顰集後序〉

明宣宗宣德 8 年	1433	瞿佑卒	張光啓刊刻《剪燈餘話》
明英宗正統 7 年	1442		黃氏集義精舍刊《新刊剪燈新餘話》 李時勉請禁《剪燈新話》
明英宗正統 8 年	1446	馬中錫生	
明英宗正統 12 年	1447	6 月 9 日李東陽生	
明景帝景泰 3 年	1452	李禎卒	
明景帝景泰 7 年	1456	楊循吉生	
明英宗天順 3 年	1458	都穆生	
明英宗天順 4 年	1459	祝允明生	
明憲宗成化 6 年	1470	文徵明生	
明憲宗成化 7 年	1471	蔡羽生	
明憲宗成化 8 年	1472	李夢陽生	
明憲宗成化 9 年	1473	王陽明生	
明憲宗成化 15 年	1479	6 月 20 日康海生	
明孝宗弘治元年	1488	楊慎生 楊儀生	周禮《秉燭清談》成於弘治年間 （1488～1505）
明孝宗弘治 5 年	1492	魏良輔生	
明孝宗弘治 7 年	1494	陸粲生	
明孝宗弘治 9 年	1496	周復俊生	
明孝宗弘治 17 年	1504		雷燮《奇見異聞筆坡叢脞》刊刻
明武宗正德元年	1506	歸有光生	
明武宗正德 2 年	1507	唐順之生	
明武宗正德 5 年	1511		清江楊氏刊《新增補相剪燈新話大全》
明武宗正德 7 年	1512	茅坤生、馬中錫卒	
明武宗正德 15 年	1520		
明武宗正德 16 年	1521	徐文長生	
明世宗嘉靖元年	1522		《鴛渚志餘雪窗談異》成書
明世宗嘉靖 2 年	1523		陶輔《花影集》成書
明世宗嘉靖 4 年	1526	王世貞、宗臣生、都穆卒	
明世宗嘉靖 5 年	1527	李贄生、祝允明卒	
明世宗嘉靖 8 年	1530	李夢陽卒	
明世宗嘉靖 10 年	1532		楊儀《高坡異纂》
明世宗嘉靖 14 年	1536	申時行生	

明世宗嘉靖 19 年	1541	康海卒	
明世宗嘉靖 20 年	1542	屠隆生、蔡羽卒	
明世宗嘉靖 23 年	1545		楊儀〈金姬傳〉
明世宗嘉靖 28 年	1550	8 月 14 日湯顯祖生	
明世宗嘉靖 29 年	1551	12 月 25 日陸粲卒	
明世宗嘉靖 33 年	1555	江盈科生	
明世宗嘉靖 34 年	1556	潘之恒生	
明世宗嘉靖 37 年	1559	陳繼儒生	
明世宗嘉靖 42 年	1563		楊儀〈保孤記〉
明世宗嘉靖 43 年	1564	楊儀卒	
明穆宗隆慶 3 年	1569	宋楙澄生	
明神宗萬曆 2 年	1574	馮夢龍生、周復俊卒	
明神宗萬曆 15 年	1587		謝友可序《國色天香》
明神宗萬曆 18 年	1590	王世貞卒	赤子心序《繡谷春容》
明神宗萬曆 20 年	1592		邵景詹《覓燈因話》
明神宗萬曆 21 年	1593	徐文長卒	《剪燈叢話》刊刻
明神宗萬曆 25 年	1597		周對峰萬卷樓重刻《國色天香》
明神宗萬曆 26 年	1598	毛晉生	余象斗刻《萬錦情林》
明神宗萬曆 29 年	1601	茅坤卒	
明神宗萬曆 30 年	1602	李贄卒	
明神宗萬曆 33 年	1605	江盈科、屠隆卒	洛源子編《一見賞心編》刊行
明神宗萬曆 35 年	1607		宋楙澄〈負情儂傳〉
明神宗萬曆 38 年	1610	袁宏道卒	《花陣綺言》出版下限
明神宗萬曆 40 年	1612	周亮工生	
明神宗萬曆 41 年	1613	顧炎武生	
明神宗萬曆 45 年	1617	湯顯祖卒	
明神宗萬曆 46 年	1618	侯方域生	
明神宗萬曆 48 年	1620		陳繼儒序《風流十傳》
明熹宗天啓 2 年	1622	宋楙澄卒	
明熹宗天啓 4 年	1624	魏禧、陳維崧、汪琬生	
明熹宗天啓 6 年	1626	潘之恒卒	
清世祖順治 3 年	1646	馮夢龍卒	

五、元明傳奇作家年表初編

（一）宋本年表初編

西　元	帝號紀元	干　支	歲	生　　　　平
1281	至元 18 年	辛　巳	1	生於大都爲美坊。
1283	至元 20 年	癸　未	3	父親宋槙到杭州東南隅任錄事判官，隨父前往，受到何天麟的啓蒙。
1289	至元 26 年	己　丑	9	隨父親前往歸州興山縣，閉門讀書。
1299	大德 3 年	己　亥	19	父親寓居武昌，因貧不能謁選。
1301	大德 5 年	辛　丑	21	父親任江陵路平準之前，宋本獨立支持家計，並教弟弟克敏、裝。
1302	大德 6 年	壬　寅	22	師事江陵王奎文。
1307	大德 11 年	丁　未	27	父宋槙逝世。
1309	至大 2 年	己　酉	29	得郡守趙嘉郁的幫助。
1312	皇慶元年	壬　子	32	被推薦任河北河南道肅政廉訪司，掌理圖書。
1316	延祐 3 年	丙　辰	36	母逝世。
1319	延祐 6 年	己　未	39	舉家遷回大都。
1320	延祐 7 年	庚　申	40	大都鄉試榜首。
1321	至治元年	辛　酉	41	進士及第，授翰林院修撰承務郎同知制誥，兼國史院編修官，預修元仁宗實錄。
1324	泰定元年	甲　子	44	春天，任監察御史。一個月後，調國子監丞。冬天，進兵部員外郎。
1325	泰定 2 年	乙　丑	45	轉任中書左司都事。
1326	泰定 3 年	丙　寅	46	冬，有感於朝廷擢用有過失的人，對朝政失綱不滿，稱疾不出。
1327	泰定 4 年	丁　卯	47	春，遷禮部郎中。
1328	天歷元年	戊　辰	48	冬 12 月，陞吏部侍郎中憲大夫。
1329	天歷 2 年	己　巳	49	改禮部侍郎。
1330	至順元年	庚　午	50	進奎章閣學士院供奉學士。
1331	至順 2 年	辛　未	51	出爲河東廉訪使，還沒上任，又升爲禮部尚書。
1332	至順 3 年	壬　申	52	寧宗崩，朝廷據宋本建議，行朝賀禮。
1333	元統元年	甲　戌	53	兼延經官，冬不拜陝西台治書侍郎史，仍留爲奎章閣學士與兼經筵官。
1334	元統 2 年	乙　亥	54	夏，轉集賢學士，兼國子祭酒。11 月 25 日卒。

（二）瞿佑年表初編

西 元	帝號紀元	干支	歲	生 平
1347	元至正 7 年	丁亥	1	7 月 14 日生。
1360	至正 20 年	庚子	14	作詠雞詩，章復彥贈桂花一枝；父親爲他建造傳桂堂。（《歸田詩話》卷下）
1366	至正 26 年	丙午	20	重到到蘇州，作八聲甘州。（陳霆《渚山堂詞話》卷 3）
1368	明洪武 1 年	戊申	22	返居杭州與凌雲翰爲忘年友。楊維楨讚譽他爲千里駒。友人結詩社。和凌雲翰詩二百首，依楊維楨作香奩八體。仿效元好問編鼓吹續音，編剪燈錄 40 卷。作餘清樓調寄摸魚兒製西湖十景詞。又著春秋貫珠、春秋捷音。（《歸田詩話》卷下鍾馗圖、香奩八體、紀吳亡事、鼓吹續音。凌雲翰《柘軒集》。丁丙抄本《樂府遺音》題識）
1377	洪武 10 年	丁巳	31	寄居西湖，岳父富氏子明家中。薦明經，到南京就徵。（《渚山堂詞話》卷 3）
1378	洪武 11 年	戊午	32	任仁和縣訓導（今杭州市），掌教誠意齋。與教諭沈尊、訓導卜埜改建仁和縣學。撰誠意齋課稿、剪燈新話并序。（嘉靖《仁和縣治》卷 5、重校剪燈新話序）
1380	洪武 13 年	庚申	34	凌雲翰（1323～1388）序剪燈新話。
1381	洪武 14 年	辛酉	35	吳植序剪燈新話。
1389	洪武 22 年	丁卯	43	桂衡序剪燈新話。
1394	洪武 27 年	甲戌	48	升河南宜陽教諭。（河南郡志卷 12 宦蹟 3）
1400	建文 2 年	庚辰	54	權停江北五布司學校，自河南齎學印赴禮部交納，授太學助教，兼修國史。（《歸田詩話》卷下，桂孟平題新話、《樂全集南雍志》卷 6、柘杆集序）
1402	建文 4 年	壬午	56	擢周定王朱橚府右長史到汴梁。次子瞿達領河南鄉薦。（《歸田詩話》卷下，莫士安寄問、《樂全集》舟中望紫金山）
1408	永樂 6 年	戊子	62	4 月進周府表到京師。因詩禍被拘禁於錦衣衛。又自汴梁取家小十二口到南京武定橋，撥給房至居住。（〈重校剪燈新話後序〉，《樂全詩集》至武定橋、《歸田詩話》卷下和獄中詩。《萬曆杭州志》卷 85、郎瑛《七修類稿》。）
1410	永樂 8 年	庚寅	64	序《通鑑綱目集覽鐫誤》
1416	永樂 14 年	丙申	66	謫戍保安，居城南；似任教職或開教館。作品散佚。
1420	永樂 18 年	庚子	74	春天胡子昂因公事到興和，公暇到保安，與瑞州守唐岳訪瞿佑。瞿佑因此重校新話。胡子昂並寫跋文，唐岳寫卷後志。（〈重校剪燈新話序〉）
1421	永樂 19 年	辛丑	75	瞿佑重校剪燈新話序。
1422	永樂 20 年	壬寅	76	興和失守，友陳子昂死；作望江南 5 首、漫興、書生嘆感念。

1425	洪熙元年	乙巳	79	7月太師英國公張輔（1375～1449）奏請召還，佑復原職任內閣辦事，留居西府，主持家塾。
1428	宣德3年	戊申	82	得尚書蹇義（1363～1435）奏，恩賜還鄉。9月11日自北京啓程，到10月15日抵南京長子進之住所。途中完成《樂全詩集》。
1429	宣德4年	己酉	83	4月26日登舟啓程，5月10日抵松江次子達家中，達此時爲松江訓導。途中完成〈東遊詩〉。重編《詠物詩》並序。
1430	宣德5年	庚戌	84	3月自松江回杭州故居，往從弟宗傳家祭祖。5月仍返松江；作《樂全續集》。爲凌雲翰《柘軒集》作序。
1433	宣德8年	癸丑	87	卒，墓在錢塘甘溪。

（三）李禎年表初編

西　元	帝號紀元	干支	歲	生　平
1376	洪武8年	乙卯	1	6月26日生。
1404	永樂2年	甲申	29	中進士。與修永樂大典。
1412	永樂10年	壬辰	37	撰〈賈雲華還魂記〉。
1418	永樂16年	戊戌	43	任廣西布政使。
1419	永樂17年	己亥	44	役於房山（北京附近）。
1420	永樂18年	庚子	45	撰成《剪燈餘話》。李時勉爲〈至正妓人行〉寫跋，王英、曾棨、羅汝敬、劉子欽爲《餘話》寫序。
1421	永樂19年	辛丑	46	服父喪；楊榮爲李禎父寫墓誌銘。上書十五事，冬天以忤旨下獄。
1423	永樂21年	癸卯	48	在楊榮推薦下，恢復原職。
1425	洪熙元年	乙巳	50	任河南布政使司。上書言事，觸犯忌諱幾乎死；又上書諫仁宗皇帝幾死。
1426	宣德元年	丙午	51	宣宗召見赦罪，任官侍讀，預修實錄。
1429	宣德4年	己酉	54	服母喪。
1430	宣德5年	庚戌	55	再赴河南。
1433	宣德8年	癸丑	58	張光啓刊刻《剪燈餘話》。
1436	正統元年	丙辰	61	爲文天祥立廟。
1439	正統4年	己未	64	因病退隱。
1442	正統7年	壬戌	67	李時勉上書請禁《剪燈新話》。
1452	景泰3年	壬申	77	3月25日卒，葬於紫陽山招義院。

（四）馬中錫年表初編

西 元	帝號紀元	干支	歲	生 平
1446	正統 11 年	丙寅	1	生。
1448	正統 13 年	戊辰	3	早慧能識字。《國朝列卿記》卷 73
1452	景泰 3 年	壬申	7	能賦詩。
1461	天順 5 年	辛巳	16	游邑庠。
1474	成化 10 年	甲午	28	舉卿試第一。
1475	成化 11 年	乙未	29	中進士。
1476	成化 12 年	丙申	30	拜刑部給事中，劾萬貴妃之弟、汪直。
1485	成化 21 年	乙巳	38	被貶到雲南，任按察司僉事。《東田漫稿》卷 5〈改南京工侍〉：「成化乙巳，予以言謫官於滇。」
1489	弘治 2 年	己酉	44	任陝西提學。
1492	弘治 5 年	壬子	47	大理寺右少卿。
1494	弘治 7 年	甲寅	49	任職於南京。《東田漫稿》卷 6〈過徐州次相之韻〉：「弘治甲寅春，予勘事音南都。」
1495	弘治 8 年	乙卯	50	由左少詹升左少卿，春命調閱居庸關。10 月 2 日與李承德、錢蕙會合聯句。
1496	弘治 9 年	丙辰	51	任宣府右副都御史。
1499	弘治 12 年	乙未	54	2 月平定虜擾，3 月以疾辭歸，家居七年。《東田漫稿》卷 5〈改南京工侍〉：「弘治乙未以事謝病于家。」
1505	弘治 18 年	乙丑	60	重任遼東巡撫。《東田漫稿》卷 5〈貽朱太監口號〉：「弘治戊午秋，朱常侍鎮宣府。踰年還京，予適巡撫於彼餞送之，越九年予復膺命巡撫遼東。」
1506	正德元年	丙寅	61	6 月升兵部右侍郎。劉瑾用事，深恨中錫，故 12 月改詔爲南京工部侍郎。
1507	正德 2 年	丁卯	62	因爲官糧腐壞，被陷害入獄。
1508	正德 3 年	戊辰	63	被押往遼東。《東田漫稿》卷 6〈醫巫閭山賦〉：「戊辰歲秋，予以邊儲逮棣廣寧傳舍。」
1509	正德 4 年	己巳	64	以賠償官糧損失結案，革職爲民。
1510	正德 5 年	庚午	65	9 月劉瑾被殺，又復官任大同巡撫。
1511	正德 6 年	辛未	66	春霸州盜賊首領楊虎、劉七侵擾山東、河北等地；爲了平定盜賊，被升任右都御史。
1512	正德 7 年	壬申	67	採用招撫法平定盜賊，卻被以通盜賊的罪名，再度入獄；5 月 2 日，卒於獄中。
1516	正德 11 年	丙子		巡按御史盧雍追訟下，中錫冤平反，朝廷賜祭予廕。
1518	正德 13 年	戊寅		《東田漫稿》刊刻。

（五）蔡羽年表初編

西 元	帝號紀元	干支	歲	生 平
1471	成化 6 年	庚寅	1	概生於此年。
1482	成化 18 年	壬寅	12	5 月 14 日父蔡滂（1445～1482）卒。《林屋集》卷 18〈先考滴州府君先妣吳孺人行狀〉）
1491	弘治 4 年	辛亥	21	娶馬氏。（《林屋集》卷 19〈亡室馬氏墓銘〉）
1492	弘治 5 年	壬子	22	中舉人
1493	弘治 6 年	癸丑	23	8 月 17 日母吳氏（1437～1493）卒。（《林屋集》卷 18〈先考滴州府君先妣吳孺人行狀〉）
1502	弘治 15 年	壬戌	32	就學宮。《林屋集》卷 11〈送李時賢應試西序〉：「歲壬戌就余學宮外舍，明年隨余讀包山。」
1504	弘治 17 年	甲子	34	《南館集》卷 7〈治平僧曉公骨塔記〉：「弘治甲子吾於爾時持有弟子李時賢尋徇於爾室。」
1513	正德 8 年	癸酉	43	秋，與文衡山、湯雙梧同遊。（《南館集》卷 9〈文衡山湯雙梧京遊詩畫跋〉）
1516	正德 11 年	丙子	46	《南館集》卷 7〈治平僧曉公骨塔記〉：「正德丙子，吾於爾時持有弟子王履約、王履吉。」
1517	正德 12 年	丁丑	47	5 月 11 日遊林屋洞記。（《林屋集》卷 3〈遊屋洞記〉）
1521	正德 16 年	辛巳	51	贊助建石湖草堂。（《林屋集》卷 14〈石湖草堂記〉）
1523	嘉靖 2 年	癸未	53	2 月北行參加科考，與湯珍、文徵明宴別雙梧堂。《林屋集》卷 12〈春夜話別〉）
1525	嘉靖 4 年	乙酉	55	在湛甘泉先生門下。（《林屋集》卷 14〈桂亭記〉）
1526	嘉靖 5 年	丙戌	56	2 月與王寵數人遊。（《林屋集》卷 14〈石湖草堂後記〉） 12 月得入太學。（《林屋集》卷 12〈送賴子歸寧都序〉）
1528	嘉靖 7 年	戊子	58	作〈婚喪亭記〉。（《林屋集》卷 14） 初夏在京師聽「遼陽海神」事。 8 月 4 日妻馬氏卒。（《林屋集》卷 19〈亡室氏墓銘〉）
1529	嘉靖 8 年	己丑	59	3 月 15 日作〈林屋山人自序〉。（《林屋集》卷 12）
1531	嘉靖 10 年	辛卯	61	自今考 14 次不第，已歷 40 年。
1533	嘉靖 13 年	甲午	63	以太學生赴選調，特程試第 2，授南京翰林院孔目。
1535	嘉靖 14 年	乙未	65	寄居京師。《南館集》卷 7〈憲堂終慕序〉：「嘉靖乙未蔡子寓京師。」
1536	嘉靖 15 年	丙申	66	致仕歸。 在南京都孔目任內，見到程宰，作〈遼陽海神傳〉。
1540	嘉靖 19 年	庚子	70	1 月 22 日成《太藪外史》一卷。
1541	嘉靖 20 年	癸卯	71	卒於 1 月 3 日。年約 71。

（六）楊儀年表初編

西元	帝號紀元	干支	歲	生　平
1488	弘治元年	戊申	1	《南宮小集》卷一〈生辰得子和姚生韻〉：「余生時，先大父夢鳳，有靈鳥賦。」
1501	弘治 14 年	辛酉	14	《南宮小集》〈聞鴈〉：「十四歲時作聞鴈詩」。
1506	正德元年	丙寅	19	《七檜山人詞》〈長相思〉：「題唐伯虎畫折枝。……是歲正德丙寅，予年十又九矣。」
1507	正德 2 年	丁卯	20	《南宮小集》〈尤村秋興〉：「弱冠時作，先人命題命韻作。」
1510	正德 5 年	庚午	23	《南宮小集》〈題李烈士祠〉：「庚午歲鄉薦不第，從郡中還賦此」 《七檜山人詞》〈南柯子〉：「初下第，歸泰墩竹下作」
1516	正德 11 年	丙子	29	《南宮小集》〈奉和松溪翰林喜雪〉：「予與張學士皆公丙子榜門生也。」丙子榜門生，中舉人。
1526	嘉靖 5 年	丙戌	39	〈送鄧德邵司訓武進〉：「丙午（嘉靖五年）春，同試春官，……予雖偶得一第。」春，中進士。 《七檜山人詞》〈錦堂書〉：「初及第作。」
1532	嘉靖 11 年	壬辰	45	撰《高坡異纂》。
1536	嘉靖 15 年	丙申	49	《南宮小集》〈滕王閣留別藩臬諸公〉：「丙申秋予使江西，刑部郎中馮望之，期以七月二十六日論刑於南昌。三司諸公欲以是日餞予于貢院，此地即逆藩宸濠書院也。望之特緩一日，明日予行，憲副陸肯堂爲予鄉邑故人。」7 月 26 日出使江西。 《南宮小集》〈遊乳洞〉：「丙申八月九日，予過常山遂安，令錢汝載遣使邀于乳洞。」8 月 9 日過常山。
1541	嘉靖 20 年	辛丑	54	《南宮小集》〈送蔡大常之南都〉：「予舉辛丑冬以通政，遷南都太常。」
1543	嘉靖 22 年	癸卯	56	《七檜山人詞》〈瑤臺第一層〉：「癸卯元宵後一日」
1544	嘉靖 23 年	甲辰	57	《南宮小集》〈生辰得子和姚韻〉：「甲辰七月十三日得子，與予生辰偶同」7 月 13 日生日時得子。
1545	嘉靖 24 年	乙巳	58	〈金姬傳跋〉：「嘉靖乙巳夏，予譔慶安鎮平寇記方成，適聞太倉江寇竊發殺戮守帥，因有所感，而述爲此篇。」寫〈金姬傳〉 《南宮小集》：「9 月與友夏仁甫從蘇還過。」
1548	嘉靖 27 年	戊申	61	《七檜山人詞》〈惜春令〉：「戊申 3 月之望夜，宴畢松坡。」 《七檜山人詞》：「3 月 21 日閑中理菊自詠，作〈撥不斷〉。」

1549	嘉靖 28 年	己酉	62	《七檜山人詞》:「5 月雨夕,對金鳳花有感而和之(東坡韻),作〈翻香令〉。」 《七檜山人詞》〈道和〉:「乙酉 6 月 13 日,久雨初霽,獨坐萬卷樓對月。」 《七檜山人詞》〈玉宇無塵〉:「乙酉中秋爲周宣人七十壽辰元夕預祝。」
1550	嘉靖 29 年	庚戌	63	《七檜山人詞》〈初開口〉:「庚戌春,予與劉顧同,送莫甥子良北上。聯舟數日,談笑甚歡,既與子良爲別,三月廿七日夜將半再入惠山寺。」 《七檜山人詞》:「6 月 17 日夜坐,作〈生查子〉。」
1551	嘉靖 30 年	辛亥	64	《七檜山人詞》〈杏花天〉越調「辛亥正月水仙盛開,對花夜酌,用古調店花天翻新詞。」
1552	嘉靖 31 年	壬子	65	《七檜山人詞》〈劍南神曲〉:「壬子春日作」
1563	嘉靖 42 年	癸亥	76	〈保孤記〉:「今上皇帝備堯舜之盛德,……癸亥夏惟公歲周。」撰寫〈保孤記〉。
1564	嘉靖 43 年	甲子	77	卒。李如一〈保孤記跋〉:「公沒於嘉靖甲子正月」(藏說小萃本)

(七)陸粲年表初編

西 元	帝號紀元	干支	歲	生 平
1494	弘治 7 年	甲寅	1	6 月 26 日生。
1497	弘治 10 年	丁巳	4	弟陸采生。
1499	弘治 12 年	己未	6	能誦數千言,與論漢高祖殺功臣不仁。(黃佐《貞山先生給事中陸公粲墓表》)
1502	弘治 15 年	壬子	9	精於作文。(同上)
1507	正德 2 年	丁卯	14	進入學邑受教。(同上)
1521	正德 16 年	辛巳	28	4 月 1 日作〈怡老園燕集詩序〉。(《陸子餘集》卷 1)
1525	嘉靖 4 年	乙酉	32	鄉薦第四。
1526	嘉靖 5 年	丙戌	33	會試第三,選入翰林院。
1527	嘉靖 6 年	丁亥	34	冬,改授工科給事中;上任三天上疏文,議請修寧夏邊牆。
1528	嘉靖 7 年	戊子	35	8 月,編《浙江鄉試錄》。 春彈劾太監馬閤洪,與御史熊浹;下錦衣獄,杖三十,踰月被釋。貶貴州任都鎮驛丞。
1530	嘉靖 9 年	庚寅	37	妻盛氏(1495~1530)8 月 21 日卒。(《陸子餘集》卷 3〈亡妻盛氏墓誌銘〉)

1532	嘉靖 11 年	壬辰	39	從貴州遷任江西永新縣知縣。
1533	嘉靖 12 年	癸巳	40	冬，因母老而乞疏歸。（《陸子餘集》卷 5〈乞疏仕疏〉）
1537	嘉靖 16 年	丁酉	44	3 月 18 日，葬妻盛氏。 9 月 22 日，弟陸采死，年 41 歲。
1539	嘉靖 18 年	己亥	46	與黃佐結識。
1545	嘉靖 24 年	乙巳	52	12 月 13 日葬弟陸采，並作〈天池山人墓志銘〉。
1549	嘉靖 28 年	己酉	56	為文徵明寫八十歲序。（《陸子餘集》卷 1〈翰林文先生八十壽序〉） 11 月 8 日母親胡氏（1461～1549）卒，年 89，粲哀痛萬分。
1550	嘉靖 29 年	庚戌	57	12 月 26 日作〈祭僉事方公文〉。（《陸子餘集》卷 4） 作〈書大理卿胡公遺詩後〉。（同上集卷 7）
1551	嘉靖 30 年	辛亥	58	12 月 25 日逝世。

（八）周復俊年表初編

西 元	帝號紀元	干支	歲	生 平
1496	弘治 9 年	甲寅	1	3 月 15 日生。
1525	嘉靖 4 年	乙酉	30	高中南直隸省試。
1532	嘉靖 11 年	壬辰	37	會試第七。
1533	嘉靖 12 年	癸巳	38	授工部水主事。
1542	嘉靖 21 年	壬寅	47	4 月 17 日《全蜀藝文志》成。 8 月 10 日，作〈送憲僉平川陸公入賀聖節敘〉（《涇林集》卷 4）
1548	嘉靖 27 年	戊申	53	3 月 29 日，自濼川至十里墩亭。（《涇林集》卷 2，〈登福泉寺湯池〉序）
1549	嘉靖 28 年	丁未	54	冬，到霸郡督戎。（《涇林集》卷 4，〈敘霸州志〉）
1553	嘉靖 32 年	癸丑	58	夏，第三度到雲南訪楊慎。（《涇林集》卷 5，〈刻南中集鈔敘〉）
1555	嘉靖 34 年	乙卯	60	作〈書悼亡辭〉。（《涇林集》卷 7）
1556	嘉靖 35 年	丙辰	61	6 月任南京太僕寺卿。（《涇林集》卷 1〈蒼蠅賦〉）
1561	嘉靖 40 年	辛酉	66	秋自雲南奉檄入覲。（《涇林集》卷 5〈北征圖詩敘〉）
1564	嘉靖 43 年	甲子	69	為陸粲《陸子餘集》作序。
1567	隆慶元年	丁卯	72	詔進通議大夫資治尹。
1574	萬曆 2 年	甲戌	79	卒。

（九）宋楙澄年表初編

西元	帝號紀元	干支	歲	生　平
1569	隆慶 3 年	己巳	1	楙澄生。 《九籥集》卷 2〈蘼蕪館手錄序〉：「華亭春申浦之南九里，爲余故鄉。」 《九籥集》（下簡稱「集」）卷 6〈先府君本傳〉：「少兒弟行名楙澄，澄與懋不合義，八歲將抵京復命名尚新。曰：庶而思義乎！尋牽於昆仲，復名楙澄。」
1573	萬曆元年	癸酉	5	集卷 1〈白毫光記〉：「楙澄五六歲時，常於落日見多佛雲及寶座獅象雲如是。」
1576	萬曆 4 年	丙子	8	集卷 9〈燕中祭先府君文〉：「昔吾父來燕中也，澄甫八齡耳。」 集卷 9〈祭先考方林府君及先妣張太孺人文〉：「丙子之冬，暨於今日越三十有二年矣。」 父親死於到北京途中。
1580	萬曆 8 年	庚辰	14	十二歲夢禮觀世音菩薩。「集卷 1〈白毫光記〉」
1581	萬曆 9 年	辛巳	13	集卷 9〈燕中祭先府君文〉：「當辛巳之冬，兄濴葬父於故鄉馬漊之陽。」
1587	萬曆 15 年	丁亥	19	娶楊氏。前集文卷 6〈亡婦楊氏誄有序〉：「以今上丁亥冬歸楙澄。」 集卷 9〈燕中祭先府君文〉：「澄娶於己亥，新婦楊氏（當是丁亥）。」
1590	萬曆 18 年	庚寅	22	《九籥前集》（下簡稱「前集」）文卷 10〈與張大〉：「我二十前好名貪得，庚寅已後，備嘗艱險。」 集卷 1〈白毫光記〉：「庚寅春，從友人遊，始知身有佛性。」 集詩卷 4〈賦得長相思五首〉：「余於庚寅元宵前三夜泊舟，胥門雨雲凄。」 前集文卷 1〈夢記〉：「庚寅季冬日在朔，余以寡妻病故，應老母命策蹇南歸，在途十七日抵泗州。」 集卷 9〈燕中祭先府君文〉：「新婦楊氏，當庚寅之歲，生子虎兒，婦因產而亡。」
1591	萬曆 19 年	辛卯	23	前集文卷 10〈與蔣六〉：「辛卯秋八月，登牛首浮屠。」 集文卷 1〈夢受大丹記〉：「余自辛卯，相聞宗旨，往來得失之間。」 集卷 9〈燕中祭先府君文〉：「昔吾父來燕中也，澄甫八齡耳。……不五年（1581）而吾妹亡，又十年而姊逝。」

1592	萬曆 20 年	壬辰	24	前集文卷 10〈與蘭二〉:「壬辰四月住廣陵,十五日不得至二十四橋,迨六月出橋李。」 集詩卷 3〈白氏第五女郎長齋十二絕句〉:「壬辰之春,余偕友人訪婁中。」 集文卷 1〈遊華陽洞天記〉:「因憶壬辰之多,值外舅施吉甫先生閩游,約以明年中秋爲余禱夢於仙游,至期宿牛首山。」 集卷 9〈燕中祭先府君文〉:「壬辰繼室於吳之施女,生女阿寶。」
1593	萬曆 21 年	癸巳	25	前集文卷 10〈與蓟一〉:「癸巳六月初日,句容尹以四人。」 又〈與陸二〉:「癸巳六月初十日,登惠山,南望震澤茫然,洞庭所在。」 又〈與蔣六〉:「癸巳八月重來(牛首山)」 又〈與周二〉:「癸巳秋,九月別自金陵抵滁州。」 又〈與韓二〉:「癸巳入京,至彭城,無資遂陡步入京。」
1594	萬曆 22 年	甲午	26	前集文卷 8〈貍說前〉:「甲午自華亭徙居村落。」 又卷 10〈與張大〉:「自甲午病胃犯噎,乃慨然束經。」 前集卷 10〈與王大〉:「甲午夏,已遷家故里,復不喜飲,飲便中夜坐起。」 集卷 6〈先姚張太孺人乞言狀〉:「孺人悽惻命澄:……況汝當甲午以來,每欲焚呵筆硯。」
1595	萬曆 23 年	乙未	27	前集文卷 2〈聽吳歌記〉:「乙未孟夏(4 月)返。」 又,卷 6〈殤兒協虎誌銘〉:「言生自庚寅至今乙未,蓋六年矣。夏五月終。」
1596	萬曆 24 年	丙申	28	集詩卷 3〈白氏第五女郎長齋十二絕句〉:「壬辰之春,余偕友人訪婁中。……丙申孟多偶客吳下,乘間訪白氏,則七已從人,五亦長齋四年矣。」 集卷 1〈白毫光記〉:「淹逾丙申謁師於金山,頓知揣逆之非。」 集文卷 1〈夢受大丹記〉:「余自辛卯,相聞宗旨,往來得失之間。丙申秋,因我師發明心印,若所謂神仙者,絕意六七年矣。」 集卷 1〈日本刀記〉:「丙申秋日,侍師於眞州公署,時余年 28 矣。壬寅以先慈訃,南奔。」
1597	萬曆 25 年	丁酉	29	集卷 1〈白毫光記〉:「丁酉旅燕,偶於病中能隨風過去。及下第南歸,已絕意世聞。未期年而遭先兄之喪,爲時勢所趨。」

1598	萬曆 26 年	戊戌	30	集詩卷 4〈雜興〉序：「戊戌仲春住吳郡桃花塢，風雨經旬，留滯蘭若，憶昔年上下群山，作雜興詩三十首」之 1「山清雲淨月彎弓」(時東征捷之 6)「十年湖海結專諸」(時余已謝調詮部)之 11「神州地脈絕金銀」(癸巳秋，慧星……)之 29「煙深花徑雨淹淹」(將遷居吳門)
				集卷 9〈燕中祭先府君文〉：「壬辰繼室於吳之施女，生女阿寶，今已七周矣。」
				集卷 9〈燕中祭先府君文〉：「兄瀠亡於戊戌，澄遷父柩而殯諸王父之昭位。」
1599	萬曆 27 年	己亥	31	集卷 2〈積雪館手錄序〉：「己亥之秋，爲明年文戰計，時未有兒，遂攜婦（施氏）北上。」
				集卷 3〈薦沈楊兩公疏文〉：「己亥復客燕中，受知於沈侍御、楊宮諭兩公，結文酒之友。迄於乙巳，荏苒七年。」
1600	萬曆 28 年	庚子	32	集卷 2〈積雪館手錄序〉：「迨庚子文弗式，斥於當時。」
				集卷 1〈白毫光記〉：「至有燕京之役，庚子下第，留燕。」
				集卷 5〈負情儂傳〉：「余自庚子秋聞其事，……七月二日作文寄語，……不數日，女奴露桃死。」
				集卷 7〈先姚張太孺人乞言狀〉：「庚子復下第。」
1601	萬曆 29 年	辛丑	33	集卷 2〈積雪館手錄序〉：「及春而婦妊遂不克謀歸，雖單騎省，遺老母遂於是多謝世。聞訃之後，悔恨欲顚。……遂居古今書讀之，遇奇事則錄，在舟曰䕝蕉，在陸曰積雪。」
				集卷 7〈先姚張太孺人乞言狀〉：「明年（辛丑）而婦娠，遂單騎歸省……遷延抵多而訃聞矣。時年辛亥十一月初二日，享年五十有二。(應是辛丑，誤作辛亥)」
				集卷 2〈錢氏劍策序〉：「辛丑季多，余以先慈之變，顚沛南還。」
				集卷 3〈千金報漂母論〉：「辛丑夏，淮陰城謁漂母祠作。」
				集卷 3〈一日受金牌十二論〉：「辛丑秋，桃山謁武穆祠作。」
				集文卷 2〈南雲小言序〉：「檢笥中有《南雲小言》一卷，乃辛丑歸省道中作也。」
1602	萬曆 30 年	壬寅	34	集文卷 1〈遊華陽洞天記〉：「壬寅多九月二十日余舟次丹陽，有所俟不至，乃與客王無功謀爲華陽遊。……余碌碌人間三十有四，進不能躋伊傅之功，退不能與麋鹿爲友，親亡家破。」
				集卷 1〈日本刀記〉：「壬寅以先慈訃，南奔。」
				集卷 6〈兒龍媒誌銘〉：「兒生於今上壬寅，多十月壬子，生母陳氏。」

1603	萬曆 31 年	癸卯	35	集卷 1〈游湯泉記〉:「癸卯復客燕中,……行時 6 月 17 日也。」
				集卷 3〈發願斷酒文〉:「今上癸卯春,余以先慈櫂厝家居,不善治生產。……於今三十五年。」
1605	萬曆 33 年	乙巳	37	集卷 3〈薦沈楊兩公疏文〉:「己亥復客燕中,受知於沈侍御、楊宮諭兩公,結文酒之友。迄於乙巳,荏苒七年。」
1607	萬曆 35 年	丁未	39	集卷 6〈兒龍媒誌銘〉:「丁未南還,生五年矣。」
				集卷 1〈遊西山滴崖水記〉:「丁未遇居停辛孝廉,仲春二十有三,日同友人出平子門大道之萬壽寺。……會同行者慮明晨放榜,勢不可留。」
				集卷 1〈順天府宴狀元記〉:「萬曆丁未春,三月十八日,偶之順天府答拜一貴人。」
				集卷 1〈白雲山房記〉:「會中年多病,稍習養生家言,丁未夏太醫金君為余鄉人,告老而歸。」
				集卷 8〈將遷居金陵〉:「矧丁未南還。」
				集卷 5〈負情儂傳〉:「余自庚子秋聞其事,……丁未捉筆足之。(七月二日作文寄語)不數日,女奴露桃死。」
				集卷 9〈祭女奴墮水文〉:「萬曆三十五年七月初五日,主父華亭宋秌澄,自燕京攜家南歸。」
				集卷 9〈黃河祭亡奴文〉:「孤淹息在外幾二十年矣。」
1608	萬曆 36 年	戊申	40	集詩卷 4〈賦得長相思五首〉序:「余於庚寅元宵前三夜泊舟,胥門雨雲淒。……戊申遇平康一女郎,偶叩其年,乃庚寅十三子夜生也。」
				集卷 1〈記夢〉:「戊申冬十月,旅虎丘。」
				集卷 9〈祭先考方林府君及先妣張太孺人文〉:「丙子之冬,暨於今日越三十有二年矣。」
1609	萬曆 37 年	己酉	41	集詩卷 4〈賦得長相思五首〉序:「己酉春將事北上,道出金閶,值女郎生辰,因賦相思五闋。」
				集卷 1〈遊彭城雲龍記〉:「己酉八月,南還晦日,泊舟彭城南,日晡矣。」
				集卷 1〈遊石排山記〉:「己酉南歸嘗棲遲金山之盤陀石者。」
				集卷 2〈南雲小言序〉:「生平作詩而不解作詩秌澄也。己酉春將四方,苦無羔鴈,檢笥中有《南雲小言》一卷,乃辛丑歸省道中作,惜其為絕筆之詞,故先梓之。」
				集卷 9〈再祭女奴露桃文〉:「與汝別三年矣,汝其有所依耶,抑已化耶,(己酉經衛河)。」

1611	萬曆 39 年	辛亥	43	集卷 1〈遊石排山記〉:「辛亥夏遭惡奴侵漁輸額,乃身自往役,四月十七日,泊舟北固口。」 集卷 6〈兒龍媒誌銘〉:「辛亥余役於漕輸,遭奴侵盜,當事者勸余北征。念兒未閑於訓,遂挈兒。……已然矣,時五月六日戌夜也。」
1612	萬曆 40 年	壬子	44	集卷 8〈將遷居金陵〉:「矧丁未南還,是以壬子之役,義不復渡江……壬子借一於南都,不捷。……余年踰四十,而猶冀五十之畏。」 集卷十〈呂翁事九〉:「壬子於金陵謁客。」 此年刊印《九籥前集》《九籥集》;「書前有謝友可撰於萬曆 40 年 9 月 15 日的序。」
1619	萬曆 47 年	己未	51	失意南歸。
1622	天啓二年	壬戌	54	卒。吳偉業〈宋幼清墓誌銘〉:「崇禎十三年(1640)吾友雲間宋轅生轅文兄弟,葬其先君幼清,偕配楊孺人施孺人於黃歇浦之鶴涇,而屬余以書曰:子固習知我公者也,不可以無銘。嗚呼,公之亡距今十八年矣。」

(十)潘之恒年表初編

西元	帝號紀元	干支	歲	生　平
1556	嘉靖 35 年	丙辰	1	生。
1573	萬曆元年	癸酉	18	與吳氏結婚。
1578	萬曆 6 年	戊寅	23	搬到長安。
1582	萬曆 10 年	壬午	27	生子弼諧、弼基。
1585	萬曆 13 年	乙酉	30	友梅守箕序《鶯嘯集》。 友謝陛序《蒹葭館詩》。
1586	萬曆 14 年	丙戌	31	生四子弼亮。 暮春,方沆序《白榆社詩》。
1588	萬曆 16 年	戊子	33	秋天,在金陵與王世貞見面。王世貞《東游小序》
1589	萬曆 17 年	己丑	34	生長女潤。 王世貞序《東游詩》。 夏,周弘禴序《白榆詩社草序》。
1590	萬曆 18 年	庚寅	35	梅守箕〈潘景升詩序〉:「景升之北地,己丑庚寅之間。」
1591	萬曆 19 年	辛卯	36	《燕都妓品》:「余自辛卯出都。」 3 月 3 日何喬遠序《冶城詩草》。 程福生作〈鶯嘯集引〉。
1597	萬曆 25 年	丁酉	42	生五男弼時,倦遊在家。

1598	萬曆 26 年	戊戌	43	袁宏道序《涉江集》。 虞淳熙跋《涉江集》。 5 月江盈科序《涉江集》：「君年四十不得意」 6 月初王穉登序《涉江集》。
1599	萬曆 27 年	己亥	44	冬由郡中試出。 屠隆序《涉江集》。
1600	萬曆 28 年	庚子	45	子弸基死。 梅守箕序《涉江詩》。
1605	萬曆 33 年	乙巳	50	自跋《燕都妓品》。
1610	萬曆 38 年	庚戌	55	爲釋法果《雪山草》編選出版。
1612	萬曆 40 年	壬子	57	自序《四小書》。 顧起元序《亙史》。 爲江盈科《亙史鈔》刪選出版。
1621	天啓元年	辛酉	66	十月朔日，自序《金陵妓品》。
1626	天啓 6 年	丙寅		此年之前即已卒。子潘弸亮重刻《亙史》序。

六、《效顰集》版本對照表

（一）《效顰集》「宣德原刻本」與「戊辰鈔本」差異對照表

篇　名	宣德原刻本	文化戊辰舊抄本	頁
卷 1、續宋丞相文文山傳上	北朝以退陬之國	北朝以退之陬國	1
	嗚呼天乎嗚呼天乎	嗚呼天乎嗚呼	2
	左右皆駭其言	皆駭其言	2
	惟思盡忠宋朝而已	惟思宋朝而已	2
	苟釋之使去	苟釋之	2
	無愧乎古史與今乘	無愧乎古往與今來	5
	昭乎若九天之□□，□□□□、	昭乎若九天之雲漢,體魄之降、	5
	夐乎若萬□之□□	夐乎若萬仞之瓊台	5
	天□地□	天荒地老	5
	□□□之無不死者矣	是丈人之無不死者矣	5
	負經濟才	負經濟身名	5

2、宋進士袁鏞忠義傳	爾虜罔知仁義	爾罔知仁義	7
	而致默相者乎	而致然哉嗟呼	8
	爲宋名臣	爲宋大臣	9
3、蜀三忠傳	分兵由陸路寇保寧潼川，……待以上賓之禮、	（缺戰爭之況、趙資殺妻等情節，共90句）	10～11
	豈助爾而孝盜乎	矧助趾而孝盜乎	12
	使親所幸者	俾所親幸者	12
	召至朝廷	召至朝天門	12
	身何獨存	身何獨在	12
	後世之人有好掉筆頭者	後世書生有好掉筆頭者	12
	天命不可廢	大倫不可廢	12
	吾輩與世辭	吾輩與汝曹	12
	乃命並戮之於大十字街	乃命有司殺於大十字街	13
	夫婦兩□□□□	夫婦兩全忠節義	13
	□□此日□□壞	遺骸此日□黃壞	13
	芳□何時□□□	芳躅合何時到玉堂	13
	□□貧儒顛沛□	潦倒貧儒顛沛衷	13
	□□□□□光	愧無好語發幽光	13
	在朝者死官	在朝者死於官	14
	故延得其所	故死得其所	14
4、何忠節傳	雖嚴寒盛暑	雖嚴寒暑	16
	寇侵邊境	冠侵邊境	16
	爲吾華夏之民	爲吾華夏之良民	16
	指日六師至討	指日六師至詩	16
	厲聲呼曰	公厲聲呼曰	16
	胡界公以經濟之學	胡界公以經濟之學	16
	寓於時而不可以智取	富於時而不可以知取	16
	其爲榮也莫大矣	其爲榮也莫大多	17
	愈遠愈盛,愈久愈明	愈遠愈久愈明	17

5、玉峰趙先生傳	自遊玩名山歸來	自遊玩名山皈來	19
	歸休嬾折腰	皈休嬾折腰	20
	丘壑甘退穩	丘岳從茲隱	20
	春秋七十有八	春秋有八	20
6、張繡衣陰德傳	則存寬恤之心	則在寬恤之心	21
	而來就食者	而來就食	21
	公罄已貲	公度已貲	21
	苟視其飢寒	苟視其飢食	21
	（「則可活命百人」與「諸使揮使戶候皆慨然悅從」之間缺〈濟饑疏〉）	既而復撰濟饑疏其略云：「……」（此疏太長略錄）	22
	設巨斧十餘於沙市街亭	設巨斧十餘於承天寺	22
7、孫鴻臚傳	犯者重懲	犯者重咎	23
	不惜朋友之誼	不惜朋友之義	23
	言既怒罵而起	攘袂怒罵而起	23
	吾已懾服此生矣	吾能愎服此生矣	23
	公不賜箠死萬幸也	公不賜箠死死萬幸	24
8、趙氏伯仲友義傳	明威年將七旬	明威年將七袠	25
	出為嫡嗣	爾為嫡嗣	25
	已立足為嗣	已立兄為家胤	25
	尊卑次序已定	尊卑次序以定	25
	迄於今四十餘年	逮今四十餘年	25
	如不欲襲	兄不欲襲	25
	家世簪纓當代羨	家世簪纓當代盛	26
	今者一旦使兒蔭襲,非惟致兒於不義、外人亦有偏愛之也,孟開自度不可辭,乃佯狂於途,不知其意者以為祟、明威召巫治之弗愈,次年偶以他疾卒於家、	今者一但使兒,何敢僭也、	27
	假仁義而弔虛名也	假仁義而串虛名也	27
	有自來矣	自來矣	27
	而無興起之志,誠馬牛襟裾者也	而誠馬牛襟裾者也	27

9、愚莊先生傳	其學以忠行爲本	其學以德行爲本	28
	一以理勝	必以理勝	28
	陞福建右參議	陞福建左參義	28
	故述其存歿之事	故下故述其存歿之事	30
10、新繁胡大尹傳	乃詢其窘乏之由	乃詢其窘乏之田	30
	自題句云	自題云	30
	吾豈無糟糠之義而不念乎	吾豈無糟糠之義而念乎	31
	學聖賢道	學聖道	31
	今若娶此失節之婦	（缺此句）	32
	言者大愧而退	言者矣大愧而退	32
	馬忽病,命獸醫陳某治之,數日弗愈,其家人來報曰:汝妻昨宵死矣！	馬忽病,命整獸囊,待汝皈來方殯、	32
	宰公以何爲路費,我寧負亡妻之義,不可負宰公之恩、	宰公之恩	33
11、覺壽居士傳	今居士默坐偶人	今居士默坐如愚人	34
	以視其患	以視民患	34
	商遊於廣福	適遊於廣福	35
	時人皆以居士慧目先見也	人皆以居士惠日先見也	35
	荼毗此幻身矣	荼毘此身矣	35
	自心既明	心心既明	36
	（缺）	又	36
卷1、三賢傳 中	既而復言歷代隱居高潔之士	既而復信歷代隱居高潔之士	38
	乃趨出迎拜	乃出趨迎拜	39
	說與傍人渾未識	說與傍人渾不識	40
	今者訐人之短	今日訐人之短	41
	太守以下郊迎	太守以下效迎	41
	箴莫善於虞	箴莫善於虞箴	42
	子萬世之後	千萬世之後	43
	而子三世不從官	而子三世不徒官	43
	青目黑翅	青目黑頰	43
	眾中有一長,他皆奉命,有急則同類相率而赴,眾族而悲、	狀百猿,但人有取其一,則同類相卒而赴,聚族而悲、	43
	莽拜子大夫	莽拜士大夫	44

2、鍾離叟嫗傳	由黃河沂流而往	由黃河沂流雨往	45
	言吾惡者不可爲怒	言吾不可爲怒	45
	強辨鶉刑非直道	強辨鶉刑非正道	46
	公紿曰	公治曰	47
	尤不解其意	最不解其意	48
	公不言,頜之而已、	公不言不言,頜之而已、	49
	至金陵，憂恚成疾	金陵憂恚成疾	50
	吾恐時至不能發言,故今敘此耳	吾恕特至不能發,今敘此耳	50
3、酆都報應錄	錦袍金帶	錦袍玉帶	51
	爲漢家萬世之利	爲漢家萬世之計	52
	誅臣於陳市	誅臣於東市	52
	盎以矯誣食祿	盎以矯詐竊祿	52
	爾勿妄言	爾勿言此	53
	幸於二帝	幸於文帝	53
	爲天子家令	爲太子家令	53
	專權國事	專權用事	54
	欺枉仁慈之主	欺枉仁慈之至	55
	生某家爲女子	生其家爲女子	55
	惟莽弒平帝	惟莽毒平帝	55
	王莽篡位之事	王莽篡逆之事	55
	作金藤而欺黎庶	作金縢而欺黎度	55
	焚骨揚灰	蒸骨揚灰	56
	俾爲綬雉	俾爲綬	57
	遭飛鷹走犬之噬	遭飛鷹雉走犬之噬	57
4、續東窗事犯傳	另見附表二：續東窗事犯傳四	種版本差異對照表	
5、鐵面先生傳	被暴雷震死	皆被暴雷震死	66
	奚業奚愆	奚業愆	66
	敻野荒涼	覆野荒涼	66
	晉患蹊目	晉患蹊田	67
	縱火之齊單數傑	縱火之齊單致據	67

	□周善□□之言	莊周善清道之言	67
	世落落寡聞焉	世落落以聞焉	67
	多□□而棄捐	乃驅什而棄捐	67
	既曰天生	既日天牲	67
	惟小子狂愚之儔	惟小子狂愚之僭	67
	以管蠡讕語之陳	以管鄙語之陳	67
	非若□□□□□	至若成聲之震驚	67
	亦籍風雲之相應	亦籍川震之相應	67
	發色怒號	巽二恕號	67
	列缺掣火鞭於九霄	列缺掣金蛇於九霄	67
	孰云陰陽之相薄	孰云陰陽之相爾	67
	送彼豺狼之虐	逞般豺狼之雪	67
	積善者顧貧窮而落魄	積善者願貧而爲魄	68
	第見灶祠前雷光閃爍	第見社祠前雷光閃爍	68
	侯思止	侯思正	69
	（缺此三句）	嗚私謂二十八人,各十四爲大，七世爲牛	69
6、蓬萊先生傳	而爲守錢之虜哉	而爲守錢之虜耳	69
	因號蓬萊先生	同號蓬萊先生	69
	非攝生之道	非根生之道	70
	或成艱疾	或艱疾	70
	將若之何	將若夫何成	70
	允思指謂邢曰	允思指謂邢而	71
	韶華正是三陽	韶華正是一陽	72
	最堪嗟兩鬢容易星霜	最堪嗟兩髮容易霜	72
	失節事極大	失（缺數字）	73
	豈料雨雲生別徑	豈料雨雲生別館	73
	今朝歡愛	新郎歡愛	73
	仍有短吟	仍有短命吟	73
	月明獨臥麒麟塚	日明獨麟臥塚（虞抄至隔行）	74
	謾有故園當北郭	謾有故園當北斗	75
	播諸遐爾	播諸遠近	75
	雉壇之誓尚聞	雉壇之擔尚聞	76

卷 1、青城隱者記下（舊抄本無"記"）	生大駭謂曰	生大駭謂云	78
	中原失守	中原去守	78
	計孟氏據蜀二世	計孟氏據蜀傳二世	79
	憶兔走烏飛	憶兔走飛	80
	儘忘生桃閫	儘忘生生桃弔鬥	80
	且青城山乃九天丈人之福地也	且青城山宿九天丈人云福地也	80
	宮嬪五千人皆妙年絕色	宮嬪五十人皆妙年絕色	81
	宋之兵甲精強	宋之兵用精強	82
	欲其速亡耳	欲力其速亡耳	82
	若到人間如遇問	若到人間如遇	83
2、兩教辨	某蓬溪人	其蓬溪人	84
	有求皆請	有求皆應	84
	今乃夷狄之人為正	今乃以夷狄之人為正	84
	與吾中國本非同氣	與吾中國本無相涉	85
	在中國本無信者	吾中國本無譜者	85
	以妄作有	以妄作真	85
	愚其智,溺其心	愚民陷溺其心	85
	絕宗廟血食	斷宗廟血食	85
	受校霄籙	受神霄錄	85·
	老僧曰	老僧云	86
	□國老聃	吾聞老聃	86
	荒唐之徒	荒唐之辭	86
	化胡為□	化胡為佛	86
	是皆明載史實	是皆明載史書	86
	傅奕除佛法之言	傅奕除佛法之書	86
	柔之能剛,弱之能強	柔之能強	87
	戰勝以喪禮據之	戰以喪禮據之	88
	設齋饉祭於其處,再拜而去	設齋羞祭	89

3、丹景報應錄	有道者也	有道也者	89
	遨遊於蜀郡	遨遊於西蜀	89
	敕勘天下人獸飛禽之處	較勘天下人鬼罪福之處	89
	吾爲全眞	吾全其	89
	亦無邪塵之穢	亦無邪塵穢	89
	烏得不見	烏得不至見	89
	劉君別來無恙,急視之	劉君別來無恙乎,視之	90
	尸解數年矣	凡解數年矣	90
	諸君亦曾在世間否	諸君亦曾在世	90
	出應聖主,匡輔太平之治	出應明時,以輔太平之治	90
	或生牛羊太豕之類	變爲牛羊犬豕之類	90
	悉皆雙手反縛	前皆裸身反縛	90
	清辜已服	辜已服	90
	滅吾四十餘代之業	滅吾四十餘代之族	91
	以成彼之矯誣	以成彼之矯詐	91
	舉心發蹤	舉心發端	91
	坑陷儒生數百人	坑戮儒生數百人	91
	以馭臣子	以馭臣下	91
	往返爭辨未已	往返爭辨未迦已	91
	神人共知	神人俱知	91
	歷千紀難於恩宥	歷千年難以恩宥	91
	汝於某處某官家生爲男子	缺「家」字	92
	長受其蔭	長蔭其秩	92
	蒙恬生於某處某官家	蒙將軍於某處其官家	92
	宦寺小人	官寺小人	92
	生既伏辜霜刃下	生既僵尸霜刃下	93
	輕騎馳驟咸陽道	他時馳驟咸陽道	93
	好□□旁柳□空	好看阿旁柳地空	93
	博得此身爲異類	轉得此身爲異類	93

	以爲處貴顯而不仁者戒	以爲姦貪殘處不道者戒	95
	車馬聲喧	仙樂鏗鏘	95
	或和□□□□□	或棄姦車	95
	或□□□□□	或跨鸞駕鶴就地騰而起	95
	但聞異香馥郁	第聞香聞馥郁	95
	□□□□□□□□	仙苑亂墜，時陋下五鼓矣	95
	仙去云	仙去焉	95
4、木綿庵記	賈似道□□□□□□□□□□□□□□□□無子	賈似道者萬安縣薄賈涉之婢所生也，涉年逾四旬無子。	95
	厥妻楊氏□□□□□□□□□□□□□□會楊宴	厥妻楊氏性妒，惟生一女，涉欲買妾，楊不許。一日，縣尹室會楊宴	95
	涉□□□□□胡海棠□□□□□□涉見之興動	涉自入廚覓水，時賤婢胡海棠者裸眠窗下，涉見之興動	95
	因而□□□□□□□所污矣	因而幸焉，其婢自是情亦淫蕩矣	95
	□□□□□□□日道奴者	涉有養子曰似兒、道奴者	95
	□□□□□□□楊見之	婢當夜就二子，因是有娠，楊見之	95
	婢遂言涉□□□□□之事	婢遂言涉覓水入廚偶私之事	95
	痛撻之	仍撻之	95
	恭帝怒降其官	太后怒乃降其官	96
	左宰相王爚	宰相王爚	96
	徐直方陳景行上言似道專權罔上	太后不許,翁合上言似道專權罔上	96
	遂謫循州安置	遂徙循州安置	96
	風雨淒涼紫陌陰	風雨淒涼紫殿陰	97
	忽語人曰：吾將逝矣	忽語人將逝矣	97
	題此詩何意	題詩何意	97
	爾世君枉上	爾欺君枉上	98
	姦邪之徒	姦邪之臣	98
	於酆都勘我	命酆都勘我	98

5、繁邑古祠對	可離於山川乎	離可於山川乎	100
	子以偶俑爲神	爲子以偶俑爲神	100
	矧誨人乎	矧教人乎	101
	矧訓人乎	矧	101
	化人之德耶	有化人之德耶	101
	與不善人居,如入鮑魚之肆,而不聞其臭,亦與之化矣	（缺）	102
	揖謝不敏	揖謝不視之,惟見明河在敏	102
	啓窗觀之	啓窗視之	102
6、泉蛟傳	鄉民浚其底	鄉民浚其源	102
	天彭農民	天彭農夫	103
	眾曰	眾云	103
	此蛟龍也	此泉蛟也	103
	放之於井	放於井	103
	其夕雷霆大震	其後雷霆大震	104
	哭進㞗胸起禍胎	突進㞗胸起禍胎	105
7、疥鬼對	□□一身	主乎一身	106
	侮我零丁	侮我伶仃	106
	洗我身痍	洗身痍	106
	聆吾告爾	何聆吾告爾	106
	古之賢哲	非古之賢哲	106
	卜商處編蓬之戶	卜商著鶉結之衣	106
	孫敬閉門	孫敬閉戶	106
	燈下攻讀乎	燈下吾伊乎	107
	對景吟詠	對景今詠	107
	宜遠去焉	速宜去焉	108
8、夢遊番陽彭蠡傳	余	予（多寫此字）	108
	而至混學仙子	而至況學仙乎	108
	參透黃芹扣玉鍾	咽透黃芬扣玉鍾	109
	光浮玻瓈盛龍翅	光浮碇碗飪龍脂	109
	尚記昔年行樂處	尚記當年行樂處	109
	於	于（多寫此字）	110

□□□□□□，□□□□□□□，□□□□□□□，□□□□□□□、	海洋弱水隔蓬萊，內隱眞仙顯異才、州藥煉成驅鬼守，黃庭畫罷鶴飛來、	110
養就眞元七返舟	養就其元七返舟	111
青山綠水乾坤久	青山綠水乾坤人	112
倦來□□□□處	倦來更有堪折處	112
杏壇風暖鶴梳翎	醮壇風暖鶴梳翎	112
仙境無塵春晝永	仙館無塵春晝永	113
恪守行藏遵孔聖	恪守行藏導孔聖	114
寂其心□	寂其心事	115
收其□□	收其眼纈	115
駐神□□	融神於宇宙	115
含元和於橐籥	韜形於橐籥	115
身處塵寰	身處宦途	115
叱雷電以乘虹霓	叱雷電以剪虹霓	115
無遠見高謀	無遠見之謀	116
吾徒以閑言遲子	吾從以閑言遲子	116
隨眞一夜遊蓬丘	隨眞一夜隨蓬丘	116
鼓掌戲詠青雲中	鼓掌嘯詠青雲中	117

（二）《效顰集》〈續東窗事犯傳〉　四種版本差異表

宣德原刻本	戊辰鈔本	燕居筆記本	國色天香本
涉獵經書			涉獵經史
飲至半酣	飲至酣		
閻君命僕等相召	閻君命僕等相招	閻君命僕等相招	
生尚醉			生醉間
吾素昧平生			猥素昧平生
如深秋之時	如深林之時		深秋時候
猙獰可畏			卓立可畏
王呼吏以紙筆			王命吏以紙筆
每憐岳飛父子之冤		每岳飛父子之冤	視岳飛父子之冤
便欲得而生吞			便欲死而生吞

斯言至矣			缺
生日新者既臨			生者新者既臨
風聲水月			風水聲月
偏視泉局報應			偏視報應
過殿後三里許			過后殿三里許
有石垣高數仞			有巨垣高數仞
普掠之獄			普掠冥司之獄
以白簡示之			以白簡與之祝焉
廣袤五十餘里			廣五十餘里
東曰風雷之獄			東曰風山之獄
王黼、朱勉、耿南仲、吳拜、莫儔、范瓊、丁大全、賈似道		王黼、朱勉、耿南仲、丁大全、賈似道	耿南仲、丁大全、賈似道
又呼獄卒驅至金剛獄，縛檜等於鐵床之上，牛頭者長哨數聲，黑風飄揚，飛戈衝突，碎其肢體，久之吏呵曰：矣。牛頭復哨一聲，黑風乃止，飛戈亦息。又驅至火車之獄，一夜叉以鐵撾驅檜等登車，以巨扇拂之，車運如飛，烈焰大作，且焚且碾。頃刻皆為煨燼，獄卒以水洒之，復成人形。又至溟冷之獄，夜叉以長矛貫檜等沉於寒冰中，霜刃亂斫，骨肉皆碎，良久以鐵鉤挽而出之。仍驅於舊所以釘釘手足於銅柱，用沸油淋之。		又呼卒驅至金剛火車溟冷等獄，縛檜等受刑尤甚。	又呼卒驅至金剛火車溟冷等獄，各獄將檜等受刑尤甚。
烈焰大作	烈焰天作		
變為牛羊犬豕			變為牛羊犬馬
引生至西北一鐵門	引生至西垣一小門	引生至西垣一小門	引生至西垣一小門
上有鐵鳥十餘，如鸇鴉之狀，往來啄其面背，下有毒蛇嚙其身足，血流盈地，有巨犬三五食。			

吏歷歷指示生曰：前桔者漢之張湯竇憲，梁冀董卓彭寵及十常侍。次則三國時鍾會孫綝，晉之王敦蘇峻桓溫桓玄，南北時沈攸之侯景孔範爾朱榮，隋之楊素楊玄感宇文述也。又次則唐之李林甫盧杞史思明安祿山李希烈李輔國仇士良王守澄田令孜，宋之呂惠卿黃潛善苗傅韓侂胄也。曩者貴爲將相列卿，妒害忠良，欺枉人主。	吏曰：是皆歷代將相姦回黨惡，欺君罔上，蠹國害民者。每三日亦與秦檜等同受其刑；三年後變爲畜類，皆同檜也。復至南垣一小門，題曰不忠內臣之獄。內有犯牛數百，皆以鐵索貫臬，繫於鐵柱圍，以火灸之。生曰：牛畜類也？何罪而致是耶！吏曰：君勿言怪，俟觀之。即呼獄卒以巨扇拂火。須臾烈焰直天，牛皆不勝其苦，哮吼躑躅，皮毛焦爛，良久大震一聲，皮忽綻裂突出者，皆人視之，俱無鬚髯，悉寺人也。吏呼夜叉擲於鑊湯中烹之，已而皮肉融液，惟存白骨而已，復以冷水沃之，仍復人形。吏謂生曰：此皆歷代宦官，漢之十常侍，唐之李輔國仇士良王守澄田令孜，宋之閻丈應童貫之徒，曩者長養禁中，錦衣玉食，欺枉人主，妒害忠良。	同舊鈔本	同舊鈔本
復至東壁，男女以千數			復至東垣，其女數千
是皆在生爲官爲吏	是皆在世爲官		
不孝於親			（缺）
悖負師長			悖負師長
秦檜父子夫妻之過			秦檜父子夫妻之惡
其他忠臣義士	其他忠信義士		
以釋鄙懷	以適鄙懷	以適鄙懷